因孤独而仰望星空；因仰望而不再孤独。

怀疑越彻底，终极的思考越接近正确。

一个人读书越多，越知道自己知道的不多；
读书越少，越不知道自己知道的很少。
与别人的差距，往往只有在阅读后才会知道。

星空下的仰望

陈 平◎著

新 华 出 版 社

图书在版编目（CIP）数据

星空下的仰望 / 陈平著. -- 北京：新华出版社，
2022.9

ISBN 978-7-5166-6441-4

Ⅰ.①星… Ⅱ.①陈… Ⅲ.①散文集–中国–当代
Ⅳ.①I267

中国版本图书馆CIP数据核字（2022）第170748号

星空下的仰望

陈平著

责任编辑：李　成
封面设计：周　玲

出版发行：新华出版社

社　　址：北京石景山区京原路8号　　　邮　　编：100040

网　　址：http：//www.xinhuapub.com

经　　销：新华书店

购书热线：010-63077122

中国新闻书店购书热线：010-63072012

印　　刷：成都现代印务有限公司

成品尺寸：185mm × 260mm　1/16

印　　张：22　　　　　　字　　数：395千字

版　　次：2023年1月第一版　印　　次：2023年1月第一次印刷

书　　号：ISBN 978-7-5166-6441-4

定　　价：89.60元

自 序

仰望，直抵灵魂的欢愉

　　有位哲人说过："世界上唯有两样东西能让我们的内心受到深深的震撼：一是我们头顶上灿烂的星空，二是我们内心崇高的道德法则。"

　　星空，辽阔而深邃、寂静而蔚蓝。星空，使人仰望、让人敬畏、令人遐想。

　　我之所以将这本书定名为《星空下的仰望》，出于我对星空的喜爱和敬仰。这里所说的星空，不仅是指头顶上的星空，更是指人类文明的星空。纵观人类历史的长河，曾经涌现出许许多多的思想家、哲学家、文学家、艺术家、政治家。他们以深邃的思想，引领着人类的文明与进步；他们以不朽的精神，烛照着人类的希望与未来，他们灿若群星，闪耀在人类文明的星空，值得我们以仰望而表达崇敬，因崇敬而铭记永恒。

　　《星空下的仰望》全书共分十二个章节，每一个章节都在一个清晰的主题下，编入数量不等的一组文章。这些文章都是我对生活中所见所闻所阅引发的感悟，涉及哲学、思想、灵魂、人性、道德、伦理、修养、文学、历史、音乐等诸多人文社科领域。诚然，这些文字尚不成体系，只能算是一种有感而发的随笔散论，而这正是本书与众不同的特点。

　　哲学是一门让人欢愉而又充满智慧的学科，虽然艰涩难懂，但也并非高深莫测、抽象得难于捉摸。书中列举的一些哲学现象，也是人们在现实中碰触过到。走进哲学、研究哲学、辨析哲学，才是真正的热爱哲学。

　　人是要有思想的。一个没有思想和灵魂的人，就等于行尸走肉。而有灵魂的人往往也是一个孤独的人。一个有灵魂的孤独者，又是多么渴望在孤独的道路上，能与灵魂相通的人结伴而行。

历史的长河中，文学是最灿烂的浪花。文学不是一个简单的学科，它是生活的一杯杯醇酿，也是人生的一剂良药。再读中外文学名著，重温世界名人名言，这些阅读的享受，让我感奋不已，充满了我对社会的热爱、对生活的憧憬、对生命的珍爱。

历史事件和历史人物是由不同的人从不同的角度加以观察和记录，这种记录避免不了时代的烙印和记录者的偏见。从历史真相中、从褐色的画面中、从常识和推理中，对一些历史事件和历史人物再次解读，不图新鲜和刺激，只求再现和还原，但不免又带有自己的一些观点。

一些历史人物离我们很远，但我们看到了他们伟大的背景。一些历史人物身上虽然有阴暗面，但也有闪光点和可圈可点之处，而不忽略这些，何尝不是一种实事求是的价值取向。

道德操守是一个人无需提醒的自觉。在这个人间冷暖、世态炎凉的现实社会，需要我们每个人都有温度地出现在人群中，用炽热的爱去拥抱世界。之所以把一些不言而喻的道德问题还要抛出来分析研究，旨在强调自觉。

社会历来是一个万花筒，五味杂陈。当我们看到黑暗时，不要怀疑终无天日，要懂得救赎与穿越，共同迎接黎明。对待弱小，懂得怜悯与关爱；对待邪恶，心存良知与正义；对待愚昧，彰显人性与引导。

本书中书写的一些政治家、思想家、哲学家、文学家、科学家等伟人与大师，都是一个时代的非凡人物，他们的名字如雷贯耳，他们的思想与日月同辉、他们的精神激励后人。他们既是凡夫俗子，但又像神一般地存在。他们立体而丰满、他们深沉而伟岸、他们睿智而有趣。我们只有在虔诚的仰望中，才能更走近他们，走进他们。走进他们的内心与灵魂，走进他们的思想与精神。当然，叙写和评价他们的书籍，可以说是铺天盖地，随手可得。而我作为一名无名之辈，因为崇敬，因为仰望，而有了书写他们的冲动与激情。我想用自己的文字，来表达对他们的无限敬仰。

身处无奇不有的大千世界，活在五彩缤纷的尘世凡间，当我每一次举头仰望群星璀璨的文明世界，总感觉自己是多么的渺小。我曾无数次叩问自己：渺小的我该用什么与星空对话？唯独用心灵与之相聊，唯独用精神与之相守。空旷无垠、寂静无声的星空下，多少次，我默默仰望，思绪难平；多少次，我无声倾诉，沉醉其中；多少次，我独语有声，壮怀高吟。

写作的灵感来自于某一瞬间的感悟，写作的情怀却贯穿于每一段文字的成形，思想的火花来自于某一话题的触碰，而观点的提炼，则凝聚着我全部的心血。

唯有内心的感慨，才有真情记录；唯有真情记录，才有更深切更长远的感动。本书的每一篇随笔，都是我感触时的记录，都是我感动时的体悟。文章中的每一个文字，都无不浸透着我对文明星空的一份崇敬，都无不流露着我对读者的一份深情的爱。

我是一个追求完美的人，对于本书的写作与出版，我是十分地用心用功，可以说，写作的深情留在了我的笔尖，渴望能力透纸背，也力求观点表达正确、文字呈现精彩。但苦于才情不达和笔头笨拙，不足于把内心的感悟与思想抒发得淋漓尽致，有些甚至只是平铺直叙、泛泛而谈。文字及资料的引用中，肯定也还留有一些瑕疵和硬伤。相信热心的读者一定会赐予包容的心态，并会提出中肯有益的真知灼见，这也是我的满心期待。

有句话说得好：如果有人借着您的文字取暖，那也是一种功德。但愿吾用吾心点燃的文字之火，能为正在驱寒逐冷中的您，馈赠一缕无须回报的暖意，能为在孤独的道路上寻找灵魂相通的您，搭桥铺路。倘若其中的某一段文字，或者某一个观点，能引发您思想上的共鸣、灵魂上的相通，并与我席地而坐，一起仰望人类文明的星空，一起共享直抵灵魂的欢愉，那该是一种多么稀缺的人生之乐啊！

是为序。

2022年8月1日

目录
CONTENTS

■ **第一章** ■

哲学：寻觅精神不朽的家园

■ **第二章** ■

灵魂：彰显不可退却的倔强

■ 第六章 ■

智慧：照耀人生道路的明灯

■ 第七章 ■

文学：烛照人类心灵的光芒

■ 第八章 ■

音乐：通往灵魂深处的道路

■ 第十二章 ■
生命：一场不可辜负的奔赴

哲学

壹

寻觅精神不朽的家园

怀着乡愁的冲动去寻找精神家园

在普通人的眼中，哲学肯定是一门玄虚高妙的学问，即使在哲学家的眼里，有时也会为哲学问题搞得头昏脑胀，甚至神经兮兮。

以至人们发出这样的叹息：没有一位哲学家是幸福的，哲学家们是不食人间烟火的幻想家。

作为一门古老的学问，哲学已有2000多年的历史。在中国古代就把哲学称作为玄学，可见它的玄虚和深奥。

两千多年来，不同时期的哲学家总是不断地追问什么是哲学？这种不间断的反躬自省和对哲学自身镜像的不停息的探寻，正是哲学的玄奥和魅力所在。

不过，在哲学界对什么是哲学的回答，答案基本上是一致的：哲学是对基本和普遍之问题的研究的学科，是关于世界观和方法论的理论体系。

但一般人对此解答还是感觉抽象。

在现实社会中，人们对哲学还存在着两种不同的认识：一种认为哲学太抽象了，太玄奥了；另一种认为哲学太高深了，太伟大了。

有位哲人曾经就如何理解科学和哲学时，有过这样一段话："学科学，我不说，你糊涂，我一说，你明白；而学哲学，我不说，你明白，我一说，你糊涂。"

人们对一些高深莫测、晦涩难懂的有思想的人特别欣赏和敬佩。因此，哲学家也常常成为受人尊敬的学问家。

记得法国哲学家笛卡儿曾经说过："一个国家最值得庆幸的事情就是拥有自己伟大的哲学家。"

但许多哲学家关于哲学概念的表述，还是让一般人感觉有些抽象。

18世纪德国著名浪漫派诗人诺瓦利斯关于哲学的定义是这样表述的："哲学是全部科学之母，哲学活动的本质原就是精神还乡，凡是怀着乡愁的冲动到处寻找精神家园的活动皆可称之为哲学。"

对于我这个没有系统学过哲学、且对哲学懵懵懂懂、但又有着强烈好奇心的人来说，诗人诺瓦利斯关于哲学的解释，我认为是通俗易懂的。

德国古典哲学家黑格尔说："一个有文化的民族如果没有哲学就像庙里没有神一样。"这个比喻说明，哲学是文化的灵魂，没有哲学的文化，好比群龙无首。

但哲学晦涩艰深得近乎愚昧，因此，学习哲学也是一件枯燥乏味的事。古希腊哲学家西塞罗说："再也没有比在哲学家的著作中看到的东西更为荒诞的了。"

西方文明的思想宗师柏拉图在谈论学习哲学这件事情的时候，也承认哲学家有时笨拙迂腐，甚至有些哲人使人感到幼稚愚蠢。

一个有哲学思想的人，不会在乎旁人的误解，也不会在乎世俗的偏见，因为他的内心就是一个完美的世界。在人类思想的历史长河中，一些偏执的有思想的人，往往是这个社会的清醒者，是现实问题的第一反思者。

生活中时有不安和烦躁会弥漫和萦绕我们的心头。乡愁源于对异乡的不安，家园消除了乡愁的不安。家园的熟悉和稳定又会产生新的不安，否则谁愿意安于现状呢？也就不会出现乡愁，也无所谓家园的存在。

因为哲学源于人们在实践中对世界的追问和思考，所以哲学活动的本质就是精神还乡，哲学就是怀着乡愁的冲动到处寻找精神家园。

一个有思想的人、一个有灵魂的人、一个有追求的人、一个有情怀的人，他一定不囿于自己固有的思想、捉襟见肘的知识，而一定是坐卧不安，带着求知的渴望到处寻找精神家园和思想乐园。他一定去寻找有思想的地方，也一定与有思想的人为伍。

俗话说，读书的多少决定着一个人思维的深度，经历和阅历决定着一个人眼界的宽度，社交面广的人决定着一个人境界的高度。

哲学源于好奇，许多哲学思想都是从好奇中萌发产生的。好奇就是求知欲，就是不断地探索。人类社会正处在一个社会思想多元化的时代，需要我们不断学习，明辩是非。

西方哲学的奠基者苏格拉底说过："知道的越多，才知知道的越少。"当今世界是信息化时代，我们通过信息看到了大千世界，但透过大千世界，又使我们感到知识的不足。

哲学是理论化、系统化的世界观，是自然知识、社会知识、思维知识的概括和总结，是世界观和方法论的统一。

哲学就是对于人生的有系统的反思思想。这种反思活动，应当说人人都会有。所以，人人都应该学点哲学，具有哲学思维。

哲学注重的则是人生境界和辩证思维，哲学是思维精深、学识渊博、富有智慧的学科，这就要求我们必须以严谨认真的态度对待哲学。不能以为自己是哲学专科毕业，不能以为自己学过一点哲学，就有一种满足感。

当代著名学者王小波深有体会地说："我总以为，有过雨果的博爱，萧伯纳的智慧，罗曼·罗兰又把什么是美说得那么清楚，人无论如何也不该再是愚昧的了。"但恰恰相反的是许多人还是对哲学一知半解。而对哲学一知半解的人往往在于读书不多、思考不深。

正如柏拉图所说："哲学是一种高尚的欢愉。"学习和运用哲学能使人睿智。实践证明，你可以不爱哲学，但你必须学会以哲学思维去观察世界、思考问题，不然你的思想永远是狭隘的。

我们对美好的精神家园的追求来自于乡愁的冲动，而这种美好的追求又源自于内心的情怀。

学习哲学，动力来自于对思想的追求，来自于内心深处的情怀。只有带着追求和情怀，才会在玄奥而有高深的哲学天地里产生深邃的哲学思想。

美国思想家梭罗独居瓦尔登湖畔，自耕自食、体验简朴、接近自然，倾情书写了长篇散文《瓦尔登湖》。他的许多哲学思想大都出自《瓦尔登湖》。他在瓦尔登湖畔发出了"唯有我们觉醒之际，天才会真正破晓，而非太阳升起"的深情感慨。

"时间决定你会在生命中遇见谁，你的心决定你想要谁出现在你的生命里，而你的行为决定最后谁能留下。""爱情无药可医，唯有爱得更深。""一切经得起再度阅读的语言，一定值得再度思索。"

这些箴言都是千万级文案，这些名言涵盖的哲学思想无不浸润着哲学家梭罗的全部情感。

如果梭罗在瓦尔登湖畔没有深深的情怀，他是不会写出如此激荡人心的名言，不会渗透出如此深刻的哲学思想。

古希腊哲学家亚里士多德早已告诉我们：哲学起源于对外部世界的惊奇。伟大的革命导师马克思说："问题是时代的格言。"

所以，我们要带着大大的问号去了解世界，带着深刻的问题去观察世界。

法国哲学家笛卡儿提出了"我思故我在"的著名命题。在他看来，其他一切（甚至包括外部世界是否存在）均可被怀疑，但此刻，"我正在怀疑，正在思考"这一点却无法被怀疑。

哲人对哲学智慧的这种无以复加的崇尚至今仍残留在我们饥渴的灵魂中，因为我们一生的大部分时光依然停留在无聊、犹豫中。

带着内心的情怀去追求美好，就要求我们必须确立一种高尚的情趣、高远的心境和宽广的胸怀，超出时间和金钱的制约，跳出自我，从情感的深处萌发，而不是把功利的得失作为自己的行为标准。

尽管欲望会随时把我们从崇高思想的天堂拉回到追名逐利的世俗生活中，但理性的哲学会告诉我们应该追求什么。

鲁迅先生曾说："无限的远方，无数的人们，都与我有关。"鲁迅这一名言就是要求我们站在别人的角度，有为他人考虑的情怀。为他人考虑的情怀，首先是要确立家国情怀。

我们要把自身追求与社会目标结合起来，既要树立"修身、齐家、治国、平天下"的社会传统，又要确立"舍己为家、家国同构"的现代理念。家国情怀具有强大的精神凝聚力，必须在全体民众中凝聚这种民族文化的合力。

精神家园是一个古老而漫长的命题。人类从诞生的那一天起，就从未停止过寻找美好的精神家园。

所谓精神家园，就是指心灵能够获得安慰的地方、精神能够有所寄托之所，就是指一个人在遇到挫折、苦难、徘徊、无助、无奈的时候，可以存放心灵，并提供终极的人文关怀。

人是生理的、心理的和伦理的存在，人的精神家园奠基于人的生活世界，形成于人的生命历程。人的物质生活、精神生活和社会生活，人的幸福和梦想，都离不开人的精神家园。

对于一个人来说，精神家园是安身立命的精神归属；对于一个民族来说，则是精神文化延续与发展的动力源泉。

在全球化、现代化、市场化、信息化迅猛发展的时代背景下，传统与现代、道德与利益、多元与一元等诸多矛盾日益凸显，建构并坚守精神家园显得极为重要和迫切。

寻找精神家园，从本质上说，就是寻找真理、自由、幸福。

真理是最符合实际而永恒不变的正确的道理，真理的力量永远雄浑深厚，我们必须坚持真理。

哲学上的幸福就是让自己的心灵更和谐、平静、自由、快乐、健康，最重要的是让心灵找到家园的感觉。

我们追求哲学上的自由，是指对必然的认识和对客观世界的改造。同时，追求哲学上的自由必须要有自由的思想。

精神家园作为一种精神的寄托、一种尊严的象征和一种温馨的家园感而存在，是主体精神文化高度自觉的产物，也是一个民族独特的精神气质和价值取向的反映。

马克思主义哲学认为，人具有自然、社会和意识三种属性，马克思主义从生存论和价值论两个层面为理解和认识精神家园提供了理论依据。为精神家园的根基、精神家园的内涵、精神家园的培育、精神家园的陶冶、精神家园的升华、精神家园的支撑、精神家园的源泉等指明了方向。

对精神家园的反思，根本上是对人性的反思；对精神家园的关注就是对人的生存与价值的关注。

不同历史时期，精神家园表现出不同的主题，我们应该与时俱进，不断修正和完善自己的哲学思想。

德国古典哲学家黑格尔说："哲学就是引导人们尊敬他自己并自视能配得上最高尚的东西。"哲学就是使人崇高，那么哲学当然就和建构精神家园紧密相联。

哲学家赵鑫珊在《哲学与当代世界》中说，哲学解除灵魂的烦恼。当科学说不清楚的地方，正是哲学在暮色苍茫的一片朦胧中喃喃自语，扬起自己的声音，进行反思的时候。

让我们在暮色苍茫的一片朦胧中，怀着乡愁的冲动去寻找美丽的精神家园！

放弃思考意味着选择平庸

人是一种有思想、有灵魂的高级动物，具有高度发达的大脑，会对变化着的事物进行一系列的思考。

人，之所以为人，是因为人类会思考。思考是一种全面深入的思维活动，思考的过程是选择的过程。人类的全部尊严都来自于思考。人对事物没有思考，就等于没有思想、没有灵魂，就等于行尸走肉。

人类的文明与进步、人的自由而全面的发展，都是在人的思考下实现的。

放弃思考，就是意味着选择跟随盲从、选择平庸、甘于愚蠢。

平庸，本没有错，但缺乏思考、缺乏正义、缺乏良知。面对纷扰的世界，面对杂乱的人群，面对难于辨别的是非，平庸的人只会人云亦云、随波逐流、麻木不仁。

平庸的实质就是一种恶。在风险面前、是非面前、黑白面前、原则面前，我们应该出于正义、出于公平、出于良知、出于善良、出于人性，敢于思考、敢于发话、敢于亮剑，勇于站在不同的立场，维护真理、维护公正，维护公平，绝不能保持沉默、跟随大流、浑浑噩噩。

重庆万州公众车坠江河事故不是一起简单的交通事故，而是一场由女乘客不文明、不理智，好人沉默引发的人类悲剧。

2018年10月29日，一位女乘客因错过下车点，与司机发生口角，本是一件日常小事，但争吵升级，双方都进行语言攻击。遗憾的是车厢里竟然没有一个人出来劝说。

随后，女乘客用手机打击司机的头部，当女乘客第二次用手机打击司机时，司机放开方向盘反击。最终，车辆向左偏离越过中心实线，与对向正常行驶的红色小轿车相撞后，冲上路沿、撞断护栏坠入江中，当场造成15人死亡。

这本是一起不该发生的事件。如果车厢里其他人员对此不是视而不见，冷眼旁观，而是站出来主持公道，维护公平，劝一劝，拉一拉，制止一下，这样的悲剧会发生吗？想独善其身，结果自己遭殃。

法国浪漫主义诗人雨果在《悲惨世界》中说："正义是有愤怒的，并且正义的愤怒是一种进步的因素。"

把知道的真相告诉大家，是一种正义；把目睹的罪恶告诉大家，是一种良知。

当这个世界的罪恶不能激起你的愤怒，这不是成熟，也不是稳重，而是麻木，更是平庸。

对坏人嚣张时保持沉默，这也是一种平庸，这是人性的弱点、人性的悲哀、也是人性的罪恶。沉默不是金，而是社会的悲剧。因沉默而引发的社会动荡实在太多了。

中国现代思想解放的先驱鲁迅先生在《纪念刘和珍君》一文中说："不在沉默中爆发，就在沉默中灭亡。"

一个人只有对事物和现象产生怀疑时，这个人才显得作为人的存在。西方现代哲学思想的奠基人、法国哲学家笛卡尔有一个著名的命题："我思故我在"，这是哲学上的第一原理，这一原理告诉我们：我们只有思考，我们才显得存在。

美国批判现实主义作家马克·吐温说："当你发现站在了大多数人的一边，你就该停下来反思了。"

多数人代表主流观念，但不一定是正确观念。对个体生命来说，个人想法和主流观念截然不同时是危险的，只要自己放弃想法，就可以脱离危险。但放弃自我、放弃思考，就是放弃灵魂、就是苟且偷生。

古希腊哲学家、西方哲学的奠基者苏格拉底是一个为追求真理而死的圣人。他宁愿选择去死，也不愿意站在他认为不一定正确的多数人一边，他相信真理可能在少数人一边。

苏格拉底在临死前有人问他："难道你不后悔选择了带来死亡危险的道路吗？"苏格拉底不假思索地回答："如果你觉得一个有价值的人应该在生死问题上耗费时间的话，那你就错了。在做任何事情之前，他只需考虑一件事：就是他行为的对错，他是像一个坏人还是好人。"苏格拉底选择了思考、选择了去死，这是一个哲学家为捍卫真理而作出的视死如归的选择。

苏格拉底的死，留给后人深深的启示：对于错误的事物，不能放弃思考，要敢于坚持真理，守住良知，哪怕献出生命。

在大是大非面前、在邪恶势力嚣张时、在弱小被欺凌时，一个有良知的人必须觉醒。

"唯有我们觉醒之际，天才会真正破晓，而非太阳升起。"美国哲学家，超验主义代表人物梭罗的这一醍醐灌顶的名言提醒我们：良心的觉醒才是灵魂的伟大，一个人最伤心的事莫过于良心的泯灭。

战争恶魔、法西斯头目希特勒在上世纪二三十年代经济大萧条时期，宣扬纳粹主义，反共产主义、反资本主义、反犹主义。他肆意麻痹德国民众，甚至还宣扬：民众不思考就是政府的福气。

但反人类的希特勒却赢得了成千上万的德国民众盲目的跟随和狂热的支持。广大的民众对纳粹文化、纳粹分子缺乏辨别，不去思考、盲目崇拜、盲目顺从。其结果诱发了残酷的第二次世界大战，造成了人类历史上空前的灾难。

许多人对于发生在身边的坏人作恶的现象，保持沉默、不愿意对抗，其实质是一种没有残暴动机的残暴罪行。在保卫自由时，极端不是恶；在寻求正义时，中庸不是善。

美国科学家和思想家爱因斯坦说："世界不会因那些作恶多端的人而毁灭，却会因冷眼旁观、保持沉默的人而灭亡。"

现实生活中，有些人不但不敢站起来发声，而且还嘲讽、讥笑、甚至挖苦那些敢于站起来与邪恶对抗的人。放弃思考，虽然有时是在规避风险，但也是一种潜在的危险。

德国反纳粹神学者和路德教派牧师马丁·尼默勒有一个选择放弃思考的切身体会，他说："在德国，起初他们追杀共产主义者，我没有说话，因为我不是共产主义者；接着他们追杀犹太人，我没有说话，因为我不是犹太人；后来他们追杀工会成员，我没有说话，因为我不是工会成员；此后，他们追杀天主教徒，我没有说话，因为我是新教教徒；最后，他们奔我而来，却再也没有人站起来为我说话了。"

人间最凶猛的瘟疫是对邪恶的沉默。许多的邪恶来自于集体的沉默，每个人始终保持与己无关。就像有句名言所说的：雪崩的时候，没有一片雪花知道自己是有责任的。许多人甘愿当雪崩时的一片平庸的雪花。

不在乎自己的身边发生什么，不考虑自己言行的负面影响，也不思考自己的沉默会造成怎样的后果，对别人的痛苦极其麻木不仁，这是人性的可悲，也是一种平庸之恶。

俄罗斯作家、被称为"俄罗斯人的良心"的索尔仁尼琴说："我们知道他们在说谎，他们也知道他们在说谎，他们知道我们知道他们在说谎，我们也知道他们知道我们知道他们在说谎，但是他们依然在说谎。"

如果我们善于思考、敢于揭露，说谎的人就无法说谎，邪恶就会被制止。

思考是灵魂的自我谈话，选择思考的人就是一个具有灵魂的人，因为伟大的灵魂是向往怀疑的。

　　古希腊哲学家、被马克思称为古希腊哲学家中最博学的人物亚里士多德说："人生最终的价值在于觉醒和思考的能力，而不只在于生存。"没有觉醒和思考的生存，无疑就是苟且偷安。

　　当一个人为讨好众人，放弃思考，跟随大帮，选择盲从时，就是他平庸的开始。因为他放弃了真实的自我、放弃了良知、放弃了灵魂。

　　思考者有时是个孤独者，但不要害怕孤独。孤独是一个人的狂欢；狂欢是一群人的孤独。

　　宁可做一个有思想的孤独者，不可做一个平庸的跟随者。要坚信：孤独的道路上一定有灵魂相通、思想合拍的人。

怀疑是思考的起点

"怀疑是思考的起点"。这是一个哲学的概念，也是人生必须思考的终极问题。

怀疑，就是心有所疑，心有存疑。也就是我们平常所说的：不很相信。

怀疑论与哲学上的不可知论有着本质上的不同，怀疑论体现的是反思、犹疑、怀疑。而不可知论的基本观点就是"一切都是无法理解的"。

怀疑在人类这个物种的进化过程中起到了积极的促进和推动作用。因此，从人类进化论的角度来说，怀疑是件好事。

在哲学史上没有永恒真理和绝对真理可言，也没有宗教那样的教条，更没有金科玉律的约束，迈向哲学的第一步就是大胆地去怀疑，怀疑一切。怀疑是独立思考的前提，独立思考又是研究哲学的前提，而哲学又是一切科学的科学。

法国哲学家、近代哲学之父笛卡尔提出了"普遍怀疑"的主张，他指出："怀疑是理性的始祖。"

马克思就是一个提倡怀疑的人。马克思的女儿燕妮问马克思："你的座右铭是什么？"马克思答："怀疑一切。"这也是马克思众多经典名言中最短小精炼的一句名言。

怀疑一切指的是事物都是在不断的质疑中完善发展的，对一切未知事物，抱有怀疑的态度。在科学和生产力还很落后的遥远的过去，我们的祖先在决定是否穿越一条汹涌的河流之前都会"摇摆不定"。也因为这种怀疑，他们才获得了生存。

即使在科技和信息高度发达的今天，我们在微信上转账之前，也会感到有种怀疑和不确定。这种怀疑是件好事，因为我们对未知情况和不是明确的命题表示怀疑，其实是一种规避风险。

有怀疑就会有思考；有思考，就会产生正确的结果。

西班牙作家乌纳穆诺说："真正的科学首先教人们怀疑，教人们摸不着头脑。"人类的文明、进步和发展就是在人类的怀疑中实现的。

一个有思想的人是在怀疑中成长、成熟和成功的。只有不断地怀疑，才能表明自己在不断地思考；也只有不断地思考，才能使自己不断地进步。

彻底的怀疑不仅"怀疑一切"，而且还对"怀疑"本身进行怀疑。

笛卡尔在《谈谈方法》中说："我可以怀疑这，怀疑那，但我不能怀疑我在怀疑。因为我一旦怀疑我在怀疑，恰好证明我在怀疑。我怀疑，所以我思考。我思考，所以我存在。"

因此，笛卡尔说出了"我可以怀疑一切，但我却不能怀疑我正在怀疑""我思故我在"这两句著名的哲学名言。

思考是何等的重要呀，不思考，人还有什么存在的价值呢？思考很重要，怀疑就是思考的前奏曲。德国哲学家黑格尔说："人是靠思想站立起来的。"怀疑有助于独立思考，思考本质上就是有思想。

2003年春"非典"暴发，国内许多医学权威都认为是衣原体病毒，但钟南山院士大胆质疑，屡次坚持自己的观点，认为是冠状病毒。正是钟院士的怀疑和思考，为当时快速确诊、救治病人立下了大功劳。

文艺复兴时期的意大利思想家、自然科学家布鲁诺，就是一位为真理而呐喊的自然科学家。他不顾教会的禁令，大胆揭露宗教的愚昧。他把当时先进的自然科学和哲学有机地结合起来，建立起自己的唯物主义自然哲学宇宙观。布鲁诺坚持和发展了哥白尼学说，把地球从宇宙中心天体降为太阳系的一颗行星，从而动摇了天主教神学统治的基础。他的思想和行为，被反动的教会视为异端，最后被烧死在罗马鲜花广场。布鲁诺以生命捍卫并发展了哥白尼的日心说，使人类对天体对宇宙有了新的认识。

布鲁诺就是一个不愿意站在大多数人一边，敢于怀疑，善于思考的灵魂坚守者。

世界不会因那些作恶多端的人而毁灭，却会因那些冷眼旁观、保持沉默的人而灭亡。在人性、是非、正义面前，我们不能沉默，不能不怀疑、不能不发声。

1992年2月，柏林墙倒两年后，守墙警察格·亨里奇受到了审判。原因是在柏林墙倒塌前，他射死了一位企图翻墙而过的东德青年克里斯·格夫洛伊。

许多人普遍认为，警察执行上级的命令，不应该判刑呀！但法官认为，作为警察，不执行上级命令是有罪的，但打不准是无罪的。作为一个善良的人，你应该承担良心的义务，把枪口抬高一厘米。这个世界，在法律以外还有良知，如果警察有怀疑的态度，作良知的思考，就不会有悲剧的发生。

当这个社会的不公和罪恶不能激起一个人的愤怒时，这不表明这个人的成熟，也不表明这个人的稳重，而是表明这个人的麻木、这个人的平庸。

不怀疑、放弃思考，就是选择平庸，就等于没有灵魂，就等于行尸走肉。这是人性的弱者、也是人性的悲哀、更是人性的罪恶。

美国批判现实主义作家马克·吐温说："每当你发现自己和大多数人站在一边，你就该停下来反思一下。"真理有时在少数人这一边，实践才是检验真理的唯一标准。我们遇到问题，特别是重大问题，无论出现分歧也好，还是大多数人赞成也好，都需要我们去怀疑、去思考、去分析、去甄别。

怀疑越彻底，得到的终极思考越接近正确。对问题、对现象的怀疑，体现了一个人有思想、有灵魂。有思想、有灵魂的人，就是一个与众不同的人，就是一个超凡脱俗的人，就是一个站在了思想高度的人。

德国作家海塞说："信仰与怀疑相辅相成，没有怀疑就没有真正的信仰。"我们要在不断地怀疑中坚守信仰。任何理论的提出都需要有怀疑的精神，而理论的不断实践也需要怀疑的精神。这是一个怀疑的社会，需要我们用怀疑的态度去怀疑一切。

但是，当我们无助和无奈的时候，我们时常把"怀疑人生"挂在嘴边，成为"口头禅"。但却从未真正怀疑过自己的人生。人生本来就值得怀疑，只有怀疑人生，才能迎来美好的人生。

在怀疑和思考的道路上，我们会遇到阻力，甚至会被讥笑、嘲讽和打击。但为了真理、为了正义，我们宁可做一个偏执的思想者，不可做一个平庸的跟随者。只有这样，我们才无愧于良心，无愧于自己作为一个人的存在。

法国人道主义作家罗曼·罗兰说："怀疑能把昨天的信仰摧毁，替明日的信仰开路。"只有不断怀疑，人类才能不断地进步与发展。

一个人怀疑一切，不等于他没有自信。恰恰相反，说明他善于怀疑、善于在怀疑中思考，相信自己在怀疑中能找到更精准的答案。

为了分辨是非，看清真假，我们必须提高洞察力和鉴别力。而读书无疑是提高这方面能力最有效的途径和方法。读书，不只是为了提高自己的综合知识能力，也不只是为了减少轻信和盲从，而是为了更好地去思考、鉴别和权衡。

面对纷繁复杂的大千世界，我们要不断地怀疑和思考、不断地自我突破、不断地自我更新、不断地自我提高。

人的一生中，每个人都对自己有过怀疑，甚至对自己已被别人认可的取得的成就怀疑。怀疑促使人们去反思进步，找寻答案。保持怀疑的精神会使人不断进步提高。

美好的人生从怀疑一切开始。伟大的灵魂总是向往怀疑的，我们要善于怀疑，怀疑一切，不要怀疑自己正在怀疑。

未曾痛哭长夜，何谈领悟人生

人生的道路是一条曲折之路。漫长的路上风风雨雨，坎坎坷坷，很少有人一帆风顺，一路歌声。

在这条漫长的道路上，大多数人一路奔波，一路劳累。更有一些人一路苦难，一路泪水。而真正能够谈人生的感受、悟人生的真谛的人，是在人生的道路上，有过挫折、有过磨难、有过长夜痛哭的人。

唐代著名诗人孟郊在《古意赠梁肃补阙》中写道："不有百炼火，孰知寸金精？"

生活的实践也告诉我们：一个人未曾经历过人生道路上的苦难与磨炼，未曾遇到过生活中的惊涛和骇浪，他的人生就不是最精彩的，也就是不完整的，甚至就是残缺的。

台湾作家三毛在《亲爱的三毛》中写道："人，不经过长夜的痛哭，是不能了解人生的，我们将这些痛苦当作一种功课和学习，直到有一日真正的感觉成长了时，甚至会感谢这种苦痛给我们的教导。"

人生就是痛苦的过程，出生是痛，死亡是痛，其过程还要经历各种各样的深痛和心痛。我们在痛苦中治愈，在痛苦中成长。

人生有过曲折和磨难，才会成熟、才会沉稳、才会历练，才能行稳致远。人生就是一边跌倒，一边含泪奔跑。

没有一次深夜的无眠，不会让你看清人性；没有一次深夜的流泪，不会让你瞬间成长；没有一次长夜的痛哭，不会让你醒悟人生。

因此，一定不要怨恨有过的长夜痛哭，一定不要错过绝处逢生的机会，一定不要忘记有过彻夜未眠的过去。

纵使人生艰难，仍要高歌猛进；纵使前方一路荆棘，仍要披荆斩棘。真正的强者不是从不流泪，而是眼泪打转，也要懂得微笑，含着眼泪依然奔跑。

不要害怕有过的痛哭，只有彻夜的痛哭，才会记得切肤之痛，才能不忘过去。

英国《进化论》的奠基者达尔文说："最强壮的，也不是那些最聪明的，而是那些对变化作出快速反应。"

因此，受挫了、跌倒了、流泪了，并不要紧，只要我们擦干眼泪，咬紧牙关，轻装上阵，及时总结经验和教训，胜利依然会向我们招手的。胜利也往往在于坚持一下的努力之中，所有坚韧不拔的努力迟早会取得果实的。

不要因为一次挫败和失败，不要因为一次的痛苦和泪水，就放弃了自己原来确定的目标和决心。

要知道，这个世界上没人在乎你怎样在深夜痛哭，也没人在乎你辗转反侧的要熬几个秋。外人只看结果，只有自己独撑其过程，无需讲述苦难的经历。

放弃很容易，坚持一定很酷。放弃谁都可以，但千万不能放弃自己。

世界交响乐之父贝多芬28岁时由于疾病，听觉就开始减退，到了48岁时，完全失去了听觉，他只能用书写的方式来和别人交流。

在这样痛苦的情况下，贝多芬仍坚持创作。他的不朽名作9部交响曲的后7部，都是在失聪的情况下完成的。而其中的第3、第5、第6和第9部交响曲被公认为是人类永恒的旷世杰作。

中国历史上有许多名人都曾经遭受磨难，曾经长夜痛哭过。西伯侯姬昌被纣王囚禁时编纂了《周易》；孔子在困顿的时候编写出了《春秋》；屈原被放逐时写就《离骚》；左丘明在失明时编写了《国语》；孙膑被处以"膑刑"后写出了《孙膑兵法》；吕不韦被放逐到蜀地后修订了《吕氏春秋》；韩非被囚禁在秦国时写下了《说难》、《孤愤》；司马迁被处以宫刑后编撰了不朽的《史记》。

奥地利20世纪著名的科技哲学家波普尔说："如果我们过于爽快地承认失败，就可能使自己发觉不了我们非常接近于正确。"

也正像捷克斯洛伐克籍法国作家米兰·昆德拉所说的："负担越重，我们的生命越贴近大地，它就越真切实在。"

当然，坚持的过程是煎熬的过程，也是痛苦的岁月。但黑夜无论怎样悠长，白昼总会到来。失败了，可以痛哭一场，但痛哭以后要擦干眼泪，准备启程。而不是经常为之眼泪汪汪。人可以流泪，但不能落魄。

号称"人类文学奥林匹克山上的宙斯"的莎士比亚说："适当的悲哀可以表示情的深切，过度的伤心却可以证明智慧的欠缺。"

俗话说，男人有泪不轻掉，只是未到伤心处。世界上没有不掉眼泪的男人，但经常会掉眼泪的肯定称不上是一个男人。

不要以为生活有过磨难、有过痛苦、有过长夜痛哭，就认为阳光总在风雨后，幸福的日子就要到来了。要知道祸不单行，有时当悲伤来临的时候，不是单个来的，而是会成群结队的。面对残酷的生活，我们要作好长期艰苦卓绝的思想准备。

苦难是人生的老师，苦难也是一次历练。美国作家海明威在《老人与海》中说："生活总是让我们遍体鳞伤，但到后来，那些受伤的地方一定会变成我们最强壮的地方。"凡是不能杀死你的，最终都会使你更强大。

不要为痛苦而叫苦不迭，不要为失败后悔莫及。生命必须要有裂缝，阳光才能照射进去；人生有坎坷，人才会变得坚强起来。

要记住：无论你觉得自己多么的不幸，永远有人比你更加不幸。你没有鞋子穿，还并不可怜，有的人还没有脚呢；你没有脚，也不是最可怜的，有的人连手脚都没有呢。

什么地方跌倒，就要在什么地方爬起，这才是汉子、这才是英雄的本色。只要站立起来的次数比倒下去的次数多，那就是成功。每一次的跌倒后重新站立，都会让人变得愈发坚强。跌倒的，都是行走的人。坐着的人、躺着的人是永远不会跌倒的，但也永远不会到达成功的目标。

有一次，大发明家爱迪生一边散步，一边思考，由于想得入神，一路上跌倒了五六次。他的一位同事见了大笑不止。爱迪生回应道："你笑什么？你知道跌倒的是什么人吗？跌倒的，都是行走的人。"

现代作家毕淑敏在《恰到好处的幸福》中有这样一句话："只要你自己不倒，别人可以把你按倒在地上，却不能阻止你满面灰尘、遍体伤痕地站起来。"

长夜痛哭肯定是很痛苦的事，所谓痛苦，就是自己被迫离开原地。

最可怕的敌人，就是面对痛苦而产生的懦弱，导致没有意志力。意志就是那座架在痛苦和力量之间的桥梁。

现实生活中，人们不在意你曾经跌倒过，也不在意你曾经跌倒过几次，人们只在意的是你能否会崛起，而不是失去灵魂，一蹶不振。

眼泪不是答案，拼搏才是唯一的选择。跌倒了，失败了，甚至撞墙了，无助了，都不是问题，问题是长夜痛哭后有没有反醒，有没有含泪站立起来。

人生路上，烦恼无数，有时失败惨重，找别人倾诉，是一种选择；靠自己消化，才是一种修行。

人生若无悔，该有多无趣。

一个人经历的苦难越多，这个人懂得的东西也越多，这个人也越容易获得成功。

既然选择了脚下这条路，就算是跪着也要把它走完。既然选择了远方，就要风雨兼程。

　　不要光看别人上台领奖时的喜悦，要知道，别人是脚踏实地走向领奖台的；不要看着别人光辉耀眼的一生而羡慕，要知道，每一张自信的笑脸背后，都藏着一个咬紧牙关的灵魂。

　　人生的道路上绝非一帆风顺，更多的是艰难险阻。当如日冲天的事业遭到毁灭性的打击时；当朝夕相处的亲人突然离去时；当一起从小长大的朋友背信弃义、出卖自己时；当资金被骗、被人中伤、遭人暗算时，你会长夜痛哭。

　　但一定要有"打掉门牙和血吞"的坚忍；一定要有"不到黄河心不死"的坚信；一定要有"留得青山在，不怕没柴烧"的坚毅。只有这样，长夜的痛哭，才会变成整夜的微笑。

　　要知道，成熟不是人的心变老，而是泪在打转还能微笑。含泪播种的人一定能含笑收获，在泪水中浸泡过的微笑是最灿烂的，从迷惘中走出来的灵魂是最清醒的。

　　法国思想家罗曼·罗兰说过："世界上只有一种真正的英雄主义，那就是在认识到生活的真相后，依然热爱生活。"

　　愿我们熬过长夜痛哭，天亮后依然铿锵如故；愿我偿擦干眼泪，给自己一份足够的坚强；愿我们咬紧牙关，给自己一份坚定的信心。

　　让我们以更加火热的心去面对挫折，拥抱生活；面对现实，拥抱未来。

尼采，我也写写你

"我已经写够了整个世界，现在让这个世界写写我。"

这是德国哲学家、西方现代哲学的开创者、20世纪哲学世匠之首尼采一句十分自信的名言。

尼采哲学思想深邃、思想影响深远。一位哲学大师曾经这样说过："如果说康德是一座不可逾越的通往古典哲学的桥，那么尼采则是一座不可逾越的通往现代主义及后现代主义的桥。"此话十分精辟。

尼采在传播哲学思想时，时常用格言和悖论来显示自己的写作风格和语言特色，常常使人惊叹不已。

尼采以口出名言而自恋，我以熟记尼采的名言而自豪。

在尼采的众多名言中，我特别欣赏他的"我已经写够了整个世界，现在让这个世界写写我"这一名言。我觉得这一名言至少说明了两个方面的内容：一是尼采哲学研究领域广泛；二是尼采自信笃定，狂傲独特。

尼采的哲学思想有些自恋、有些轻狂、有些狂傲、甚至有点疯癫，真正属于自己的卓尔不群。尼采睥睨世俗的哲学思想，始终保持着哲人的独立思想。

对尼采这种放荡不羁的哲人风格有点讨厌的人还真不少。而我始终认为：哲学家应该有自己独立的思想、独特的个性、独到的智慧。

我也深深知道，哲学家有他的苦恼、无奈、甚至悲伤。一个伟大的人物都是从磨难中过来的，凡夫俗子是根本不会理解的。

今天，作为尼采的崇拜者，作为一名凡夫俗子，我也书写一下尼采，也权当是对尼采的认同和点赞，这不是盲目的随波逐流，而是发自内心地书写和歌颂。

一、尼采的哲学思想引领了西方哲学的发展，尼采，我为你欢呼和骄傲

哲学家都有独立的思想，尼采也不例外。他在现代哲学思想史上又是一个特立独行者。

　　尼采是19世纪西方哲学史上最伟大的哲学家之一。他那激荡人心而又颇具争议的思想在国内外掀起了一波又一波的浪潮，引起了广泛而持久的关注。他的酒神精神、超人学说、价值评估、悲剧的诞生、艺术的起源和人的强力意志等思想，至今被人们传颂。

　　往后出现的生命哲学、存在主义、弗洛伊德主义、后现代主义等思想潮流，都以各自的形式回应和渗透着尼采的哲学思想。

　　德国文化哲学的创始人卡西尔在一篇评论康德的文章中说过，伟大思想家的周围总是笼罩着一层浓厚的晕圈，但这一晕圈不仅没有折射，反倒愈加掩盖了思想家自身的光芒。这一说法适用于康德，更适用于尼采。

　　尼采的哲学思想具有傲视一切、批判一切的气势。这正是他的哲学被后现代主义欣赏的重要原因。尼采还提出了他的超人哲学，建构理想人生的哲学。超人是人生理想的象征，也是尼采追求的理想目标和人生境界。

　　"但凡不能杀死你的，最终都会使你更强大。""我不需要任何人来反驳我，我本身就足以反驳我自己。"尼采的这些名言，都弥漫着强人和超人的哲学思想。

　　尼采说："假使有神，我怎能忍受我不是那神，所以没有神！"具有连神都敢于挑战的精神的哲学家，恐怕只有尼采一人。

　　这种狂野的思想肯定会吓到一些人，这些人可能连尼采的著作都不敢看，唯恐神会找他们算账。但我觉得这正是真正有思想的哲学家应该具备的。

　　尼采的思想有点与众不同。达尔文在《人的遗传》中写道，如果一个部落的成员总是乐于互相帮忙并为了共同的利益而牺牲自己，那么，这个部落就能胜过其他大多数的部落。尼采却说：我要改变这一设想，如果需要的话，就让这个部落牺牲自己去保护一个伟大的个体存在吧，人不是为了追求生存而奋斗，而是为了追求伟大而奋斗——接着就是为了追求权力而奋斗！

　　尼采的哲学思想很超前。他说："我的书都是写给二百年后的人看的。"事实也是如此，尼采的哲学思想在当时不被人认同。希腊哲人说：有人是死后方生。尼采逝世后，他的思想影响力前所未有，震世骇俗。

　　可以说，20世纪的西方哲学、神学、文学、历史学、艺术、社会科学、心理学等，无不打上了尼采哲学思想的烙印。各种思想流派更是把哲学家尼采奉为鼻祖，佩服得五体投地。

　　也正是在这样的思想潮流下，上个世纪初，在五四新文化运动和"打倒孔家店"的喧嚣声中，尼采的哲学思想连同西方文化思想一起漂洋过海，来到古老、沉闷、封闭的中国。

二、尼采的经典名言得到了前呼后拥的崇拜，尼采，我为你高兴和点赞

尼采时常用格言和悖论来显示自己的写作风格和语言特色。他的许多名言自恋、霸气，让人荡气回肠，更让人惊叹不已。

尼采说："每一个不曾起舞的日子，都是对生命的辜负。"哲学家的这一名言，激励人们在火热的工作和生活中，要有所作为，不能虚度年华。

尼采说："如果你总是睁大眼睛注视别人的缺点，就会将你的缺点也暴露无遗。"哲学家的这一名言，教育我们要宽宏大量、大气包容、海纳百川，不要计较别人的缺点和不足，应该懂得互相欣赏，取长补短。

尼采说："许多真理都是以笑话的形式讲出来。"哲学家的这一名言告诉我们，没有所谓的玩笑，所有的玩笑都有认真的成分，真理也是从笑话中出来。

尼采说："人在哪里看不到意义，人就会否定意义。"哲学家的这一名言说出了失志者的心里话。一个人在一个地方失意失志，看不到希望，他一定会怨恨那个地方，否定这个地方。

尼采说："伟大的灵魂是向往怀疑的。"这也印证了马克思最短小的一句名言："怀疑一切"

哲学家也只有带着怀疑的态度，才能有新思想新观念的不断产生。

"完全不谈自己是一种甚为高贵的虚伪。"

"没有可怕的深度，就没有美丽的水面。"

"在需要面前，一切理想主义都是虚伪的。"

"生命中最难的阶段不是没有人懂你，而是你不懂你自己。"

"过于妩媚的笑总是在怀疑。"

这些都是尼采的经典名言。读了，使人心旷神怡；学了，让人提升品位。

三、尼采的强人哲学受到了纳粹主义的误读，尼采，我为你伸冤叫屈

尼采的哲学具有傲视一切、批判一切的气势，这正是他的哲学被后现代主义欣赏的重要原因。

尼采崇尚以暴力来涤荡人类精神中的垃圾，提出了"权力学说""超人哲学""强人哲学"。他在《违反自然的道德》一文中指出，如果我们要变得强大，相较于需要朋友而言，我们更需要敌人，只有敌人才能更好地、更快地促使我们成长和强大起来。我们能够非常深刻地感觉到拥有敌人的价值之所在，敌人的价值，尤其是具有足够分量的敌人的价值要比朋友的价值大得多。

尼采认为：一个新的创造物，更需要的是敌人，而不是朋友。尼采并非否定朋友的价值，他说："我们要发展和强大，拥有足够分量的敌人，是更为必要的。"

尼采的哲学思想，在当今，无论是在社会主义国家，还是在资本主义国家，都作为近代伟大的哲学创造被人接受。

尼采的哲学思想的核心是"权利意志"。一方面可以理解成以强凌弱的强权政治，另一方面又可以理解为不断超越自我，奋发图强的意志哲学。

当时有些人认为法西斯主义源于尼采，甚至有人把他扣上"法西斯的精神教父"的帽子。这是对尼采和尼采哲学的误读，是以偏概全的错误解读。

但尼采的哲学思想恰恰被德意法西斯所利用。两次世界大战期间，德国士兵在战壕里捧读的"圣经"就是尼采的《查拉图斯特拉如是说》。

纳粹分子希特勒和墨索里尼公开声称自己是尼采的信徒。墨索里尼致信给尼采的妹妹：尼采是他最喜爱和最崇拜的哲学家，并为尼采档案馆捐款。希特勒曾经说过："强者必须统治弱者，只有天生的弱者才会认为这是残酷的。""人类在永恒的斗争中壮大，在永恒的和平中毁灭。""同情弱者是对大自然最大的不敬。"这些反人类的好战思想、战争论的思想，都是对尼采强人思想的亵渎。

所以，人们误认为尼采的哲学思想有着纳粹法西斯主义的成分，引发了法西斯主义的产生，这分明是无稽之谈。

就事实而言，尼采并不是法西斯主义，从思想到实践，他都不是。只是他的哲学追求强力而被法西斯政治利用。因此，法西斯化是20世纪对尼采思想的最大曲解。

尼采被人误解的另外一个原因是因为他的光芒太真实耀眼了，会让习惯了低调和阴森的人们感到恐惧和失明。如果进行时间推理的话，尼采生活在纳粹之前百年，不可能有目的地支持纳粹主义。

德国哲学家、存在主义大师海德格尔说：尼采是最后一个形而上学者，传统的形而上学在尼采那里终结了。谁为尼采学说披上法西斯主义的外衣？谁是制造尼采成为"法西斯圣人"的始作俑者？

尼采逝世后，他的哲学思想和震世骇俗的名言不胫而走。一个幽灵，一个尼采的幽灵不仅在欧洲游荡，而且漂洋过海在世界各地游荡，至今魂不守舍。

这就引证了尼采的一句名言："伟人因为被人误解方才成为伟人。"

四、尼采的坎坷人生印证了哲学老人的预言，尼采，我为你温情取暖

美国老式自由主义者门肯说："在人类历史的记载中，从未有过一位幸福的哲学家。"尼采也不例外。

尼采认为：灵魂深处只能孤独。是的，一个杰出的哲学家，在孤独的道路是要寻找思想上契合的人是很难的，有时只能选择孤独，而且也因清醒而注定孤独。一个有超凡思想、人也不会与凡夫俗子灵魂相通，共存共处。

一个有思想的人是不会寂寞的，因为他的思想超前。尼采的思想是超前的，他的思想不被他的时代所理解，不被人们所认同，这也在情理之中。因此，尼采生前的哲学思想的影响力，只局限在欧洲几个小国的学术圈子里。尼采也是寂寞的、孤寂的。

尼采总是抱怨世人不理解他的哲学思想。其实，作为常人，读他的书，听他的言，那种彻骨的孤独和失意，总让人自觉不自觉地跟着沉闷到底，谁又愿意像俘虏一样地跟着他呢？

尼采是西方哲学史上最狂的哲人。他甚至说："我们伟大得足以结束上帝对我们的主宰。"狂野的哲人，肯定树敌众多。因此，尼采朋友稀少，知音难觅。

在当时思想观念下，尼采的哲学思想不但不被许多人认同，而且遭到哲学家们的炮轰。尼采活着的时候，他的著作没有人去读。

他的著名作品《查拉图斯特如是说》，是一部横扫基督教宣扬的精神奴性的作品，它谱写了一曲照耀人类自由主义思想的人性壮歌。但就是这样一部伟大的著作，竟然找不到出版商，他只好自费印了40本。

即便如此，他仍然狂傲不改。他在写给妹妹伊丽莎白的信中写道："你看来一点也没有意识到，你是那个命中注定要决定几千历史走向的人的最直系的亲属——毫不夸张地说，人类的未来就掌握在我的手中！"

尼采对社会不满和厌倦；对朋友期待和失望；对家人爱着并轻视；对婚姻幼稚和纯真。

尼采认为：伟大的哲学家都是不结婚的。可能受这一思想的影响，导致他婚姻上的屡次失败。

尼采也是男权主义者，他在《查拉图斯特如是说》的作品中写下了"你要去女人那里吗？别忘了你的鞭子！"这句话，成为男权主义的经典名言。

尼采曾迷恋上一位姑娘，遗憾的是暗恋的他，大概还没来得及向心仪的姑娘表白，就被她劈腿了。

尼采曾被欣赏和崇拜他的俄国姑娘露莎乐美强烈地吸引，但尼采相信柏拉图式的精神恋爱，鄙视肉体上的结合，希望不娶而精神联姻。尼采，你太天真了，哪有这样的姑娘愿意陪伴你一生呢？他两次求婚都以失败告终，因此他最终选择独身。

1889年1月3日，他看到一个马车夫用鞭子抽打一匹老马，他抱上马哭昏过去。

当尼采醒来时，他已经成了一个疯子。精神崩溃12年后，尼采离开了人世。

尼采这位生前自以为"不合时宜"的哲学家，在他逝世后不久，激起了哲学门类各异的回声，产生了巨大的思想影响力，引领了此后一个多世纪西方哲学思想的整体格局和思想走向。

尼采是一位才华横溢而又思想独特、桀骜不驯的哲学家。尼采的哲学思想是有冲击力的，至少是对人们对基督那种虔诚的奴性是一种斗胆的否定。尼采的哲学思想也给西方哲学带来颤栗。

尼采的经典名言是充满智慧的，至少被喜欢哲学的人们所广泛传颂。

尼采的短暂一生是不幸和孤寂的，但至少对形成他的思想、完美他的作品，是有关联和影响的。

尼采的哲学思想是现代思想史不可缺少的组成部分，是现代思想的一座巍然耸立的里程碑。

20世纪初全人类许多哲学家都在尼采的著作中，寻找那些能激发自己富于创造性和战斗性的思想和精神。

至少鲁迅就是。

也许鲁迅的《呐喊》《狂人日记》《文化偏至论》等作品的创作冲动，正是来自于尼采这位敢于蔑视一切偶像和权威、甚至是神、具有斗士那种战斗不息、顽强搏击的哲学思想和酒神精神。

不然，当时半封建半殖民地的中国的思想界为什么把鲁迅称作是"中国的尼采"呢？

柏拉图的"千年鸡汤"，
今天"再喝"依然热上心头

柏拉图的哲学有多牛？英国哲学家怀特海说："西方两千年的哲学史，不过是柏拉图的注脚而已。"这话似乎有点夸大，但它足于能够说明柏拉图哲学地位和哲学思想的伟大。

柏拉图是古希腊伟大的哲学家，西方文明的思想宗师，全部西方哲学乃至整个西方文化最伟大的哲学家和思想家之一。他和老师苏格拉底、学生亚里士多德并称为"希腊三贤"。

全世界许多次权威性的评选，都把柏拉图列为人类有史以来最伟大的十大思想家之一。

因此，无论什么时期，人们只要谈论起有关哲学的问题，总绕不过柏拉图这个哲学鼻祖。

柏拉图不愧是一个千年思想家，他的哲学思想至今依然具有强大的穿透力和吸引力。从哲学上来说，柏拉图是西方客观唯心主义的创始人，其哲学体系博大精深。他论证了理念思想的真实性、目的性、唯一性，解决了人的认识多神论，经验论的相对性、混乱性、虚无性的问题。他的理念思想开辟了西方政治精英思想文化发展的方向。

从政治上来说，柏拉图将人的理念和信仰、人的自由平等权利及人的自然差异统一成的人权、民主和精英共和，确立为政治的要素和基石，这种政治价值观文化一直被今天的西方现代政治制度所沿用。

柏拉图创办学院，传播先进思想，他是西方教育史上第一个提出完整的学前教育思想并建立了完整的教育体系的人。

柏拉图生活的时代，人们对社会的评价是一片的赞美声，看不到阴暗面。而柏拉图却对这个社会、对人与人之间的一切关系都产生怀疑和疑问，提出了一系列振聋发聩、发人深省的问题。

柏拉图热衷于政治、关注着政治，他目睹了雅典民主制的衰败与无能。他亲眼看到了自己的老师苏格拉底被腐败的雅典民主政权以破坏宗教和毒害青年的罪状处死。他知道不能通过政治来改变社会，只能通过哲学，指望以道德统治国家。

柏拉图崇尚理性的权威，推动思想的发展，是位无可非议的思想先驱。

柏拉图的爱情观是柏拉图思想的重要组成部分，柏拉图式的爱情追求心灵沟通和理性的精神上的纯洁爱情。

当今社会，人们常常将柏拉图式的爱情与异地恋、网恋等所谓的"精神恋爱"相联系。更有的人还认为柏拉图式的爱情是男性间的同性之爱。这是人们对柏拉图关于爱情的哲学思想的一种曲解。

当然，今天社会上男女的爱情方式远不是柏拉图式的爱情所指的方向，但柏拉图式的爱情提倡"最崇高的爱情是精神之爱，是爱的双方对真善美的共同追求"，这些爱情思想，无疑对现在社会恋爱观是有促进意义的，至少对男女爱情的基础增加了爱的份量。

柏拉图提倡男女之间的爱要大胆追求，他说："既然爱，为什么不说出口，有些东西失去了，就再也回不来了！"

柏拉图强调爱情观也是一种品德观。他说："为着品德而去眷恋一个情人，总是一种很美的事。"

他强调爱情必须以爱为基础，指出："没有了爱的语言，所有的文字都是乏味的。"

"分手后不可以做朋友，因为彼此伤害过；不可以做敌人，因为彼此深爱过。所以我们变成了最熟悉的陌生人。"

"相爱是种感觉，当这种感觉已经不在时，我却还在勉强自己，这叫责任！分手是种勇气，当这种勇气已经不在时，我却还在鼓励自己，这叫悲壮。"

"若爱，请深爱，如弃，请彻底，不要暧昧，伤人伤己。"

"有时爱也是一种伤害，残忍的人选择伤害别人，善良的人，选择伤害自己。"

这些爱情思想，无疑是符合伦理道德的，符合人类的真善美。

柏拉图这个哲学老人留下了大量的警世恒言，至今仍不失人性的光辉。许多金句名言振聋发聩，让我们沉醉，让我们一眼泪目。

柏拉图的名言充满着对音乐的热爱和对生活的憧憬：

"旋律与和声是通往灵魂最深处的道路。"

"语言的美、乐调的美以及节奏的美，都表现好性情。"

柏拉图的名言充满着进取的精神：

"无论你从什么时候开始，重要的是开始后就不要停止；无论你从什么时候结束，重要的是结束后就不要悔恨。"

"没有反省的人生不值得活。"

"人生最遗憾的，莫过于轻易地放弃了不该放弃的，固执地坚持了不该坚持的。"

"那些生活中最幸福的人，往往是最容易满足的人。"

柏拉图的名言充满着温情和浪漫：

"如果你曾歌颂黎明，那么也请你拥抱黑夜。"

"每个恋爱中的人都是诗人。"

"真正的爱，应该超越生命的长度、心灵的宽度、灵魂的深度。"

柏拉图的名言还充满着哲理：

"哲学源于好奇。"

"如果只允许一种声音存在，那么唯一存在的那个声音，基本上就是谎言。"

"一个人不知道自己的无知，那才是双倍的无知。"

"智者说话，是因为他们有话要说；愚者说话，则是因为他们想说。"

"人是一切事物的尺度，是存在者之存在、不存在者之不存在的尺度。"

柏拉图的一些名言，至今还被我们在日常生活中运用着，通俗易懂，亲切可人。但我们有时就是想不起来，不知道这句话就是柏拉图说的。

"真理永远在少数人一边。"

"良好的开端，等于成功的一半。"

"每天告诉自己一次：'我真的很不错'。"

"生气是拿别人做的错事来惩罚自己。"

柏拉图两千多年前的警世名言，至今仍是我们人生道路上必须铭记的，这些"心灵鸡汤"，今天"再喝"依然热上心头。

灵魂

贰

彰显不可退却的倔强

在孤独的路上寻找灵魂相通的人

思想的自由是人类自由最重要的组成部分，也是人类自由的最高阶段。追求思想上高度的独立性和非类比性，必然会造成共鸣者越来越少，也必然会造成孤独的思想者越来越孤独。

有思想的人，通常是不合群的。但有思想的人并不因为不合群而感觉孤独。

一个有独立思想的人，不会在乎旁人的误解，也不会在乎世俗的偏见，因为他的内心就是一个完美的世界。

真正有思想的人，必然也是个内心强大的人。周围人的指责、非议，对他来说是不屑一顾和不以为然的。

一个有独立思想的人，他们崇尚独立的人格与尊严，他们有着自己独特的思想和观点，他们的内心其实并不孤独，只是不和一般人一般见识而已。

美国著名思想家威廉·詹姆斯在哈佛大学开学典礼上，曾经说过这样一段话："真正的哈佛是无形的哈佛，藏于那些追求真理、独立而孤隐的灵魂里……这所学府在理性上最引人称羡的地方就是：孤独的思考者不会感到那样的孤单，反而得到丰富的滋养。"

人类历史上许多伟大的思想家，大都遭受过社会的偏见和不公正的待遇，甚至受到牢狱之灾乃至献出生命。意大利文艺复兴时期的思想家布鲁诺因为勇敢地捍卫和发展哥白尼的太阳中心说，一生始终与"异端"联系在一起，并为此颠沛流离，最终被烧死，成为为真理而献身的孤独的思想者。

正是像布鲁诺这样偏执而有思想的人，才是这个社会的清醒者和推动者。他们总是站在思想解放的前沿，他们始终是现实问题的第一反思者。他们不被大多数的观点所左右，他们总是带着的怀疑的眼光审视问题，在怀疑中思考，在思考中坚信。

孤独的思想者内心并不孤独，他们在寂寞中沉思，其思想往往是先进的、深刻的。

德国哲学家尼采说："灵魂深处只能孤独"，同时又说："要么孤独，要么庸俗。"是的，一个有思想的人，要寻找思想上契合的人也是很难的。有思想的人宁愿孤独，也不愿意类同，更不愿意靠近低俗。

思想者虽然孤独，但他的思想已经超过了别人的高度、越过了原有的疆界、跳出了他人的藩篱。

孤独的思想者其实一点也不孤独，不会因异见而焦虑、不会因孤独而不安。

尼采就是个有思想且与众不同的人。在西方社会普遍信仰基督教，以上帝为核心的主流思想下，他对基督教进行了无情的揭露，猛烈地批判了西方的传统道德所崇尚的美德。尼采思想狂傲，喊出了："上帝死了！""假使有神，我怎能忍受我不是那神，所以没有神！"

这种具有连神都敢于挑战精神的西方哲学家可能就尼采一个。这位孤独的思想者，哲学思想深邃、思想影响深远，引领了西方哲学思想的发展。

物理学家杨振宁曾说过："爱因斯坦是一位孤独的物理学家。"正是这位有着自己独特思想的物理学家，才说出了"通向人类真正的伟大境界的通道是一条苦难的道路""世界不会因那些作恶多端的人毁灭，却会因冷眼旁观、保持沉默的人而灭亡"的心声，更发出了"在真理的认识方面，任何以权威自居的人必将在上帝的嬉笑中垮台"的强音。

20世纪文学标杆式的人物加西亚·马尔克斯在《百年孤独》中说："生命从来不曾离开过孤独而独立存在。无论是我们出生、我们成长、我们相爱还是我们成功失败，直到最后的最后，孤独犹如影子一样存在于生命一隅。"

一个有思想的人，其实就是已经觉醒的人，也就是佛教里称为已经觉悟的人。正如美国哲学家梭罗所说的"唯有我们觉醒之际，天才会真正破晓，而非太阳升起。"

古来圣贤皆寂寞。英格兰作家赫胥黎说："越伟大越有独创精神的人越喜欢孤独。"

孤独的思想者的思想往往是深刻的、前卫的、先进的，因为真理往往掌握在少数人手中。思想者的孤独是一种不被时人理解的遗弃式孤独。身体行走在人群之中，思想却在"无人区"里游荡。

学会了和孤独相处，才能在登上人生的高峰之后，不会有高处不胜寒之感；享受着孤独的欢愉，才能在独处中使自己的灵魂变得丰满。

人生短暂，要茫茫人海中，寻找一位与自己灵魂相通的人，就像在世界上寻找两片相同的树叶，谈何容易。有时即使暂时找到了，但相处久了，也许会发现并不是自己喜欢的菜，最终还会分道扬镳。因此，有些人独处一方静思，选择孤独。

灵魂的孤独才是真正的孤独，唯有在孤独中，才能与相通的灵魂相遇。孤独的思想者喜欢"独善其身"，也喜欢寻找灵魂相通的人，愿意与灵魂相通的人同频共振，形成共鸣点。有独立思想的人也是真正富有的人。

人类伟大的思想家和科学家爱因斯坦有一句名言："世间最美好的东西，莫过于有几个头脑和心地都很正直的严正的朋友。"

伟大的革命导师马克思与恩格斯就是灵魂相通的人。深邃的思想契合、崇高的目标追求，奠定了他们革命友谊的基础。也使得他们为了国际共产主义和人类的解放事业，志同道合、风雨同舟、携手并进。

我们每个人都希望在这世界上，有那么几个人，哪怕一个人，真正懂得自己的内心世界，能与自己的观点契合、思想共鸣、灵魂相通。

所谓灵魂相通，就是一个眼神就能让对方领会自己的内心；一句没有讲完的话就能让听者明白自己的意思；即使无言，也能知道自己内心的想法，这是一种思想上和精神上的高度认同和高度契合。

相同或相似的灵魂在一起，一定有一种似曾相识的感觉，有一见如故、相见恨晚的愉悦。灵魂相似的人，在思想脉点上合拍，有幸相逢，就会永恒。灵魂相通的人有共同的泪点、有一样的笑点、有共同的燃点。

人以群分，物以类聚。当今社会漂亮的脸蛋很多，但有趣的灵魂很少。与灵魂相通的人相处，总是乐此不疲。既能颐养品行带来正能量，又能愉悦舒心提高免疫力。

英国哲学家菲力蒲·西登尼说："与高贵的思想为伍的人，是决不会孤独的。"

一个有思想的人，喜欢与有思想的人打交道。他们的生活方式如伟大的牛顿所说的那样："与柏拉图为伍，与亚里士多德为伍，更要与真理为伍。"（后来此言成为哈佛大学校训）

遇见了灵魂相通的人，你才明白，原来在这个世界上，自己并不是孤单的。人与人之间若灵魂不能相通和发生共振，那仅仅只是浅浅的偶遇，终究会成为陌路人。那种心灵深处的懂得、精神层次的认同，就是心灵伴侣，就是一个灵魂孕育在两个躯体里。

狂欢是一群人的孤独，孤独是一个人的狂欢。

在这个崇尚思想自由的社会，在这个追求思想解放的时代，孤独的思想者是一个清醒者，也是一个富有者。

背起行囊，独自远行，在那遥远的地方，你一定会在孤独的路上、孤独的地方，与灵魂相通的人相遇。

尊严，是不可退却的灵魂坚守

尊严是尊贵庄严、可尊可敬、神圣不容侵犯的身份地位。因此，坚守和维护尊严是人的基本要求，也是一个人的底线。

尊严植根于绵亘千古人文精神的圣殿，是人类不可亵渎的理性、正义与良知。

尊严是无价的，尊严是神圣的，尊严是一个人的灵魂。

"人受到的震动有种种不同：有的是在脊椎骨上；有的是在神经上；有的是在道德感受上；而最强烈最持久的则是在个人尊严上。"这是20世纪初期英国现实主义文学的代表作家约翰·高尔斯华馁的一句振聋发聩的名言。这一名言告诉我们：人的尊严对于一个人来说是最重要的。

简单地说，所谓尊严，就是当你在任何地方、任何时候，你都被当作一个人物而不是一件东西来看待。

有这样一句谚语："两腿站立的普通人，比屈膝下跪的名人高大。"一个高贵的人，从来不会得"软骨病"，他浑身都是傲骨。

中国现代漫画事业的先驱丰子恺说："有些动物主要是皮值钱，譬如狐狸；有些动物主要是肉值钱，譬如牛；有些动物主要是骨头值钱，譬如人。"

坚守尊严就是一个人活着要有风度和骨气。贫贱不能移，威武不能屈。宁愿站着死，决不跪着生。坚守尊严也是一个有骨气的人矢志不渝、不可退却的最后的倔强。

民主革命家、女诗人秋瑾面对死亡，大义凛然，发出了"虽死犹生，牺牲尽我责任；即此永别，风潮取彼头颅。壮志犹虚，雄心未渝，中原回首肠堪断！"的吼声。

亲自抓捕并监斩秋瑾的县令李钟岳被秋瑾倔强的性格和视死如归的浩然正气所折服。一直因未能保护秋瑾而自责和内疚，悬梁自缢，随一代女杰而去。

一个人必须要有尊严，一个国家、一个民族也是如此。民族尊严也是一个民族传统文化的核心内容。

正如英国哲学家席勒所说："如果不能勇于不惜一切地去维护自我尊严，那么，这个国家就一钱不值。"

近年来谈论抗美援朝战争的话题不少，万花筒般的文字充斥网络。当然大多是讴歌抗美援朝是一场伟大的战争，但人群中也有一些偏见和短见，还有一些杂音，甚至有些鬼话，说这场战争代价巨大，没有必要介入。

毛泽东同志在当时党内对出兵朝鲜问题不是很统一的情况下，正是带着战略家的思想，出于民族尊严、不畏强暴的精神，才下定决心与美国侵略者血战到底。

试想，如果不是雄赳赳、气昂昂地跨过鸭绿江，战争的硝烟不就在我们的国土吗？

如果我们不和美国血战上甘岭、争夺"三八线"，以美国为首的联合国军会乖乖地在板门店签订停战协议吗？

如果不是黄继光、邱少云、杨根思等这样的民族英雄的视死如归，如何来证明中国人是不好欺侮的？我们的民族尊严是不容侵犯的？

军事战略专家戴旭说：尊严在勇者的剑锋之上。一个真正的剑客可以倒在对方的剑下，但决不能跪在对方的剑下。一个国家和民族也必须敢于亮剑，在这个丛林法则盛行的世界上赢得起码的尊严和生存权利。

西方一位政治家说过："一个真正伟大骄傲而又勇敢的民族，宁可应对战争的任何灾难，也不愿在牺牲其民族尊严的情景下换得卑贱。"

人的所有尊严都在于思想，体现在灵魂。只有当我们的灵魂崇高时，我们才会有尊严，尊严才会成为我们心灵的防线。

俄罗斯思想家别林斯基说过："自尊是一个人灵魂中的伟大杠杆。每一个正直的人都应该维护自己的尊严。"

一个人具有灵魂的根本体现就是坚守尊严。坚守尊严，就是骨子里要有不屈不挠的精神、不卑不亢的性格。

我们可以有各种追求，但我们必须要有尊严。不能因为追名逐利，而丢掉良心、失去尊严。为了挣钱，可以计谋，但不能唯利是图；路再难走，既然选择了远方，哪怕千山万水，也要风雨兼程；苦难再多，脸上也要有笑容，也要充满自信，自信的背后是有着咬紧牙关的灵魂。

一个人有多大的尊严，就有多少风骨，就能取得多大的成功。

一个民族的尊严，也决定着这个民族能走远，决定着在世界民族之林的地位。

坚守自己的尊严，保持昂首挺立的风骨。著名画家徐悲鸿有句座右铭："人不可有傲气，但必须有傲骨。"

但目前社会上"软骨病"的现象比较普遍。没有人格，丢失脸面、丧失尊严、讨好和跪拜权力与金钱，而且讨好的时候又是那么的露骨和媚骨，令人呕吐。这种植根于封建时期的恶劣现象，出现在现代文明的社会，一定会误国害民。

人活着就要有尊严。人活一辈子，不要让别人看扁自己。人有时必须倒逼自己一把，充分展现人生的价值。当然，一个人如果要得到别人的尊严，但自己也必须要有灵魂，要有作为。有时别人不会太在意你的自尊，人们看到的只是你的成功，在你没有成功以前，也切勿过分强调自尊。

人争的是一口气，争的是一份尊严，它告诉别人：自己失去的东西，一定拿得回来；它告诉别人：我行，我一定成功；它告诉别人，一旦尊严被侵犯，就要绝地反击。

人与人之间的和谐相处，核心的一点就是要尊重对方的尊严。尊重他人是一门学问，尊人优雅，就会散发出高贵气质。尊重别人的自尊，请勿践踏别人的尊严。尊重他人，并不是取悦别人而使自己失敬于人。我们要做到尊重自己与尊重别人的统一。一个不知道坚守自己尊严的人，他就不可能尊重别人的尊严。因此，只有尊重自己，才能更好地尊重别人。

与人相处要有以心换心的态度、要有以诚换诚的真心，要彼此各自尊重，这也是各自保持尊严的体现。

尊严是不可退却的人性坚守，也是最后的倔强，尊严的灵魂也是倔强的灵魂。让我们昂首挺胸，坚守尊严，恪守底线，做一个有灵魂、有尊严的人。

人可以落泪，但不能落魄

落泪和落魄，是许多人在人生道路上都经历过的。

落泪和落魄，虽然一字之差，但它们却表达了截然不同的意思。

人生的历程是一个曲折的过程，充满着艰辛，更有着苦难。许多人曾经落泪过，一些人还落魄过。任何一个成功者的成长经历都不是一帆风顺的。在这期间，你可以哭，但不能输；你可以难过，但不可以落魄。

眼泪，有时候是一种无法言喻的幸福，是一种喜悦的泪水；微笑，有时候是一种没有说出口的伤痛，是一种无奈的苦笑。

花无百日红，人无千日好。人生的道路总是坎坷不平，一个人跌倒了，要勇敢地爬起来，不能悲观失望，不能落魄落魂。要相信：阳光总在风雨后。

假如你独自一人狠狠流出眼泪，那说明你自己内心还没有干涸。

一个成功者不是从不失败，而是他从不放弃。美国第16位总统亚伯拉罕·林肯说过："我不在意你曾经堕落，我只在意你是否会崛起。"勇气，不过是在无路可退时那最后的孤注一掷。就像英国首相丘吉尔所说："纵然坚持下去，并不是我们真的足够坚强，而是我们别无选择。"

人生的路上，很多时候是因为丧失信心而放弃了最后一次的尝试。擦干眼泪，调整心态，振奋精神，奋起直追，一定会赢得最后的胜利。

作家毕淑敏说："只要你不倒，别人可以把你按倒在地，却不能阻止你满面灰尘、遍体伤痕地站起来。"

被誉为"八十年代的新雷锋""当代的保尔"的张海迪小时候因患血管瘤导致高位截瘫，但她人残志不残，开始了她独特的人生。她自学了大学英语、日语、德语以及世界语，翻译了数十万字的英语小说，创作和翻译的作品超过100万字。张海迪说："我像颗流星，要把光留给人间。"她正是怀着这样的理想，以非凡的毅力、顽强的意志，唱出了一首生命的赞歌。张海迪在做过癌症手术后，继续以不屈的精神与命运抗争。她的事迹近四十年来一直被人们传颂。

美国大发明家爱迪生，小时候家穷买不起书，买不起做实验用的器材，他就到处收集瓶罐。一次，他在火车上做实验，不小心引起了爆炸，车长甩了他一记耳光，他的一只耳朵被打聋了。

打掉门牙和血吞。爱迪生忍辱负重，面对生活上的困苦，身体上的缺陷，他并没有灰心丧气，更加勤奋钻研，拥有超过2000多项发明，成为一名举世闻名的世界科学家和发明家，被誉为世界"发明大王"。

落魄，就是落魂。落魄落魂的人就是潦倒失意，就是遇到危难时惊慌失措，意志消沉，畏缩逡巡。

"中华千古第一完人"曾国藩曾经提醒世人：一个人如果出现骄、奢、倦、怠的征兆，往往是落魄的开始。

骄傲自居，懒惰低迷，就会导致怠惰。生活奢侈容易导致事业败落。这些都是没有进取心的表现，而没有进取心就是落魄的开始。

落魄的人也是懦弱的人。遇到困难时落魄，不但不能使自己振奋精神，而且还会被人瞧不起。那些曾经看似真诚相待的人，在你落魄的时候，他会露出自己的真面目。没人在乎你怎样在深夜里痛哭，也没人在乎你辗转反侧的要熬多少个日子。外人只看结果，只有自己独撑其过程。

富在深山有远亲，穷在闹市无人问。这是一个利益相关的世界，当你处在人生风光的时候，特别是当你有权有势的时候，许多人都会巴结你，哪怕是那些心底里根本看不起你的人，他们也会在你身边唯唯诺诺、点头示好。

但是，当你一旦失意失志、陷入落魄的境地，这些人便会原形毕露，他们就表现出对你十分的蔑视和嘲笑，甚至是奔走相告地挖苦你。所以说，人在风光的时候，有时根本就分不清身边的人，是真是假。只有在你落魄的时候，你才能真正看清自己身边的人，是人还是鬼。落魄的人生是难熬的，但走出沼泽地，就是一片阳光。逆境使人成熟，绝境使人醒悟。人生的道路上，每个人都有不如意的时候。当无路可退时，只有绝地反击，背水一战，才能绝处逢生。

落泪，解决不了问题；落魄，更会使跌倒的自己爬不起来。别指望有多少人在你落泪落魄时，会扶你、拉你、帮你；更别指望有人会永远陪着你。要知道，下雨天的时候连影子都会缺席。黑夜的时候，连影子都不陪自己。

这个世界上从来没有不带伤的人，无论在什么时候你都要相信，真正能治愈你的只有你自己。你要知道，在你落魄时，有些人，你永远不必等，在灯火阑珊处独自流泪，也许是一种放松。

要坚信自己，做一个有灵魂的孤独的前行者。人生的道路上总有成败，不必遗憾。若是美好，叫做精彩；若是糟糕，叫做经历。

人生无非是笑笑人家，再被人家笑笑。也不必太在意自己偶尔的失败，更不能因此而落魄。让你难过的事情，总有一天，你一定会笑着说出来。

千万不要忘记自己落魄时，身边不离不弃的这些朋友。要记得大雨磅礴时曾经给你送伞的朋友。黎巴嫩作家、阿拉伯文学的奠基人纪伯伦说："和你一同笑过的人，你可能把他忘掉；但是一同和你哭过的人，你却永远不忘。"

一个懂你眼泪的朋友胜过一群只懂你笑容的朋友。这些风雨同舟的朋友才是自己一生可信赖的知己。

放弃不难，坚持一定很酷。落泪，不一定会输；落魄，一定不会赢。

落魄就是落志；落志就是失败。一个真正有思想的人，必然是一个内心强大的人。人生只有走出来的美丽，没有等出来的辉煌。人生最精彩的不是实现梦想的瞬间，而是坚持梦想的过程。

梦想不在于伟大，而在于坚持。胜利也往往就在坚持一下的努力之中。

当自己遇到危难时，当自己遇到无助时，当自己的眼泪忍不住要流出来的时候，睁大眼睛，你会看到世界由清晰变模糊的全过程，但你的心会在你泪水落下的那一刻变得清澈明晰。在泪水中浸泡过的微笑最灿烂；从迷惘中走出来的灵魂最清醒。失败并不可怕，可怕的是你始终以这句话为托词而屡屡失败。换取一个人幸福生活的从来就是汗水，而不是眼泪。

每张笑容背后，都有一个紧咬牙关的灵魂，都有着辛酸的眼泪。每一个华丽转身的背后，都有着一个让人难于忘怀的苦难的往事。要用自己含泪拼来的可能回敬所有人认为的不可能。含泪播种的人一定能含笑收获。

求人帮助的时候，求穷人比求富人容易。所以，也就别指望求任何人。一切靠自己，这世界没有什么救世主。博得同情，赢得赞誉，不是靠泪水，而是靠汗水赢得掌声。

丘吉尔在总结英国取得反法西斯战争胜利时说："成功根本没有秘诀可言，如果有的话，就有两个：第一个就是坚持到底，永不言弃；第二个就是当你想放弃的时候，回过头来看看第一个秘诀，坚持到底，永不言弃。"

不放弃，就会有成功的希望；一放弃，只会是失败的必然。

咬紧牙关，不落泪；挺起胸膛，不落魄。风雨兼程，勇敢地向前，明天就是艳阳天，前方就是阳光大道。

一个先驱者的灵魂

在中国共产党的历史上，陈独秀无疑是个不能被忘记、不能被否认、不能被绕开的重要的历史人物。

这不仅仅因为他是中国共产党最主要的创始人，也不仅仅因为他曾经连续担任过五届中央委员会的主要负责同志，而且还因为他是新文化运动的旗手、中国文化启蒙运动的先驱、"五四运动"的精神领袖。

同时，陈独秀的思想、个性和结局，也是个不得不提的重要人物。

陈独秀是新文化运动的倡导者、发起者和主要旗手，"五四运动的总司令"。他是中国近现代历史上特别是中国共产党早期历史上的杰出人物，是早期的马克思主义者、中国共产党的领袖。

陈独秀是一位叱咤风云、顽强奋斗的革命先驱，他曾经5次被捕坐牢、多次被通缉。在辛亥革命过程中牺牲的烈士大多是来自陈独秀领导的"岳王会"，可见，陈独秀对推翻满清王朝的统治起了多么大的作用呀！

陈独秀的一生因有过许多曲折的变化而成为复杂的历史人物。

中国共产党成立以来，我们党本着实事求是的精神，对陈独秀的评价也有过几次变化。1945年4月20日，中共六届七中全会原则通过的《关于若干历史问题的决议》，以中央决议的形式通过了"陈独秀右倾投降主义路线"的说法，这对其后中共对陈独秀的评价起了重要影响。

毛泽东同志在中国共产党第七次代表大会预备会议上指出：关于陈独秀这个人，我们今天可以讲一讲。"他创造了党，有功劳。"他是"五四运动时期的总司令"，整个运动实际上是他领导的。他不仅是现代中国最勇敢的思想家，而且是历史上伟大的革命家之一。

1951年出版的《中国共产党三十年》评价陈独秀是"并不是好的马克思主义者"。在这本建国初期最具权威的党史书籍中，除了那句"当马克思主义传入中国以后，他成了有很大影响的社会主义宣传者和党的发起者"之外，几乎找不到任何关于对陈独秀的正面或积极的评价。

1981年《关于建国以来党的若干历史问题的决议》中，对陈独秀责任的定性，明确使用了"陈独秀右倾投降主义"的提法。2002年版《中国共产党历史》中，将"陈独秀右倾投降主义"变更为"陈独秀为代表的右倾机会主义错误"去掉了"投降"两字。原因就是考虑到陈独秀一生虽然数次被捕入狱，却从未投降敌人的因素。2004年4月30日，胡锦涛同志在中共中央纪念任弼时同志诞辰一百周年座谈会上的讲话中，放弃"右倾机会主义"旧说，采用了"共产国际和陈独秀的右倾错误"的新提法。

陈独秀在党的历史上犯过错误，这是不争的事实。但他为中国共产党的建立、为我党早期发展壮大的历史功勋也是不可磨灭的，也将载入史册。

一、独立自由的思想，展现了一个革命者忧国忧民的理想抱负

陈独秀生活在那个风雨如晦的年代，面对战乱不已、人民饥寒交迫、备受奴役的残酷现实，他以一个革命者的伟大抱负，肩负救亡图存的民族使命，勇敢地站在中华民族和世界进步潮流的前列，推动中国历史前进。

陈独秀追求思想上的独立和自由，他既敢于向旧制度、旧思想、旧文化发起进攻，又勇于提出新思想、新文化。他组织领导了中国近代史上第一次伟大的思想解放运动——新文化运动。

陈独秀创办的《新青年》，是中国近现代历史上影响最大的刊物，是当时传播马克思主义的主要阵地，其重要作用是任何其他报刊都不能替代的。他以《新青年》为阵地，积极传播马克思主义，揭开了中国思想解放运动的序幕。陈独秀组织领导了1919年的"五四运动"，在中国历史上第一个举起了"民主"和"科学"两面大旗，冲击了禁锢人们思想的闸门，极其深远地影响了中国思想文化和政治发展的方向。1919年4月，他发表了《20世纪俄罗斯的革命》一文，分析指出了18世纪法兰西的政治革命和20世纪俄罗斯的社会革命，都是"人类社会变动和进化的大关键"，它对中国共产党的发展起了重要的作用。

陈独秀作为一个早期的马克思主义的主要传播者、作为中国共产党的主要创立者，他影响了一大批革命者。

毛泽东同志早年曾评价陈独秀为"思想界的明星""其人者，魄力颇雄大，诚非今日俗学所可比拟"。毛泽东同志的这一看法在大革命失败以后也没有改变。1936年7月，毛泽东同志应美国记者斯诺之邀，在谈及早年经历时，他多次以尊敬的口吻提到陈独秀。他说，自己当时十分崇拜陈独秀和胡适所作的文章，"他们成了我的

模范""当我在北大的时候，他对我的影响也许比其他任何人对我的影响都大"。

陈独秀是中国共产党最主要的创始人。如果没有陈独秀，就没有中国共产党在1921年的成立，至少要推迟好多年才会产生中国共产党。从中共一大到五大，陈独秀一直是党的最高领导人。

陈独秀是中国近现代历史上第一个深刻总结、反思苏联和社会主义民主政治建设经验教训的人。今天苏联的结局，也许印证了陈独秀早年对苏联的现象的分析、反思和总结。陈独秀对中国共产党成立初期革命运动的开展、对反帝反封建民主革命纲领的制定、对推动1924年至1927年的大革命运动、对建立国共合作、领导五卅运动和上海工人三次武装起义、反对国民党新老右派的斗争和批判戴季陶主义等，都发挥了重要的领导和指导作用。

陈独秀在任期间，中共"二大"上民主革命纲领的制定、中共"三大"上国共合作方针的确定、中共"四大"关于无产阶级在民主革命中领导权问题和工农联盟问题的提出等等，无疑对巩固和壮大党的队伍，起到了积极的推动作用。

党的"四大"后，中国共产党组织领导了轰轰烈烈的大革命运动，党的队伍迅速发展到6万多人，为后来的革命奠定了坚实的基础，陈独秀无疑起到了无可替代的作用。1931年"九一八事变"后，在国难当头、民族危机空前严重的情况下，陈独秀发表一系列文章，提出抗日反蒋的主张。1931年10月，陈独秀在《抗日救国与赤化》《此次抗日救国运动的康庄大路》等文章中，坚决"反对国民党政府在和平谈判的掩盖之下，实行其对帝国主义投降"的行为。抗日战争开始后，陈独秀的许多言论，都表达了他强烈的爱国热忱和坚决抗日的态度。

二、独特不凡的个性，显示了一个奋斗者狂傲不羁的不屈精神

陈独秀是个既有风骨又有傲骨的人，他追求思想独立自由，他的灵魂是一个充满革命风暴的灵魂。他耿介固执，被人称为"终身的反对派"：反清、反袁、反军阀、反日侵。

时任东北大学文学院院长章士钊评价陈独秀是"不羁之马，奋力驰去，不峻之坂弗上，回头之草不啮，气尽途绝，行同凡马蹄。"

过去也好，现在也罢，从来没有人怀疑过陈独秀的个性和风骨。倔强的性格也显示了他不屈的灵魂。

陈独秀在《研究与监狱》一文中有一句名言："世界文明发源地有两个地方：一是科学研究室；二是监狱。我们青年要立志出了研究室就入监狱，出了监狱就入研究室。监狱与研究室是民主的摇篮。"他用自己的一生实践了他的诺言。

　　陈独秀多次被捕和通缉，但他从不叛党叛国，坚持原则立场，是个坚定的无产阶级革命战士！

　　章士钊曾经替陈独秀作了53分钟的无罪辩护，但他不领情地说："章的辩护全系个人意见。至本人之政治主张，应以本人之辩护为依据。"可见他内心的自信和个性之狂傲。

　　他具有知识分子难能可贵的独立的思想、独立的人格、独特的个性。他是一个刚正不阿、光明磊落的共产党人，他从不搞阴谋诡计，从不以权谋私。陈独秀以光明正大和清正廉洁的形象在社会上赢得了尊重和声誉。

　　陈独秀曾无奈地说过："我奔走社会运动，奔走革命运动，三十余年，竟未能给贪官污吏政治以致命的打击，说起来实在惭愧而又愤怒。"

　　鲁迅曾称赞陈独秀起码是一个表里如一、胸怀坦荡的人。

　　1991年，胡绳玉在《学术月刊》第11期发表了《中共党史人物传不能没有陈独秀》，指出："陈独秀的一生，如果从他1900年参加反清运动算起，到1927年大革命的失败，他已为中国人民的解放事业奋斗了整整27个春秋。就是在生命的最后15年里，在旧中国的泥潭中，陈独秀依然在趔趄向前，尽管步履蹒跚，有时踯躅，有时摔跤，但他毕竟没有当叛徒，没有做汉奸，没有做过丝毫有损于我们这个伟大民族的伟大国格和伟大人格的事来。"

　　即使在艰苦困顿的晚年，陈独秀也从不接受国民党的馈赠，表现出一个革命者的刚强骨气和高尚人格。蒋介石请他出任国民党政府劳动部部长，被他拒绝。国民党政府出资10万元请他另立党派，遭其痛斥。时任中国公学校长胡适曾邀请陈独秀去美国写书，但陈独秀认为，在国难当头，跑到美国去写自传赚钱，是拿共产党人鲜血染红的旗帜炫耀自己，那无异于亵渎和背叛。表现出一个革命者的铮铮铁骨和高尚人格。

　　陈独秀是一位个性鲜明的人，无论晚年经济上如何困苦，他都不会牺牲原则去接受别人的帮助。时任国民党中央组织部部长朱家骅，曾经给陈独秀5000大洋，这在当时是不小的一笔数字，对穷困潦倒的陈独秀而言，更是雪中送炭，但是陈独秀拒绝了。他告诉朱家骅："却之不能，受之有愧。"他曾致信想送物品的、时任国民党陆军中将杨鹏升："素无知交者，更不愿无缘受赐。"

　　作为一个知识分子，陈独秀一生毫不妥协，坚决地、无情地揭露和批判旧制度、旧思想、旧文化和社会种种弊病，代表了一个知识分子的社会良心，为后人做出了杰出的榜样。陈独秀晚年贫病交迫，但还埋头作书写诗和文字学研究。他以大量的精力撰写专著《小学识字教本》，当稿件送审时，教育部长陈立夫认为书名不妥，要求陈独秀改书名。陈独秀坚决不同意，并说"一字不能动"，同时还把预支的8000元稿费也退了回去。

陈独秀晚年的言行、刚正不阿的精神，显现出一个革命者、一个知识分子难以逾越的精神高度。

三、独秀一枝的作品，蕴含了一个大学者深厚扎实的文学情怀

陈独秀是中国近现代历史上杰出的大专家、大学者。他曾经担任过北大文科学长，而且也是校长蔡元培三邀四请才赴任的。陈独秀也是中国近现代历史上杰出的政论家，他的政论文章尖锐锋芒、言词犀利。

他提出了"文学革命"的口号，勇敢地向一切旧思想、旧文化、旧习惯宣战。他的《文学革命论》的发表，标志着中国新文化运动的开始。《敬告青年》等许多文章都是中国近现代历史上少有的、杰出的代表作，至今仍给我们启发。陈独秀主要著作收集在《独秀文存》《陈独秀文章选编》之中。《小学识字教本》是陈独秀文字学研究集大成之作，他还写成了《中国拼音文字草案》。

在狱中，陈独秀还完成了《荀子韵表及考释》《实庵字说》《老子考略》《中国古代语音有复声母说》《古音阴阳入互用例表》《连语类编》《屈宋韵表及考释》《晋吕静韵集目》《戊寅年登石笋山》《干支为字母说》等学术著作。

在中国共产党诞生一百周年之际，我们更加缅怀老一辈无产阶级革命家，不会忘记他们为中国革命、建设、改革事业所作出的不可磨灭的杰出贡献。

我们也不能忘记中国共产党的主要创始人陈独秀在建党初期所作出的特殊的贡献；不能忘记陈独秀忧国忧民、光明磊落、宁死不屈的革命情怀。不能忘记陈独秀的儿子陈延年和陈乔年这两个早年共产党的领导人为共产主义事业的牺牲精神。

认真评价一位历史名人，这也是辩证唯物主义和历史唯物主义的要求。对于中共党史上的一些重要人物和事件，一些评价已经在悄然发生变化。陈独秀作为一个无法绕过的历史文化和精神符号，他一生的功过也总是一件绕不开的历史课题，给他一个客观公正的历史评价是时候了。

不管历史对陈独秀作出什么样的评价，都绝不会影响他作为一个伟大的革命先驱者的历史地位。

自信的背后是咬紧牙关的倔强

美国思想家爱默生说："自信是英雄的本质。"同时他又说："自信就是成功的第一秘诀。"

一个成功者的脸上总是充满着自信、洋溢着喜悦，但这仅仅是我们看到的他们的外在。我们更多地要看到他们的内在：在每一个成功者自信的笑脸背后都藏着咬紧牙关的灵魂，那就是深刻不凡的思想、坚忍不拔的精神和坚强不屈的毅力。也就是我们常说的成功是来之不易的。

伟大的人物最明显的标志，就是他们具有坚定的信念和坚强的意志。

伟大领袖毛泽东同志为了中国人民的解放事业，前后有六位亲人牺牲在残酷的革命斗争的艰苦岁月。面对亲人的离去，毛泽东同志咬紧牙关，抑制住内心的悲痛，以永不放弃的信念追求、永不言败的革命斗志，心中始终深藏崇高的理想信念和奋斗不息的精神，脸上始终洋溢着对中国人民的解放事业充满必胜的坚定信念。

毛泽东同志的"不管风吹浪打，胜似闲庭信步""惜秦皇汉武，略输文采"这种对革命事业充满必胜的信心，这种一定能战胜敌人的革命英雄主义精神，指引着、激励着千百万劳苦大众在他的光辉旗帜下前赴后继、胜利前进。人民群众从革命领袖自信的笑脸上看到了希望的曙光、看到了光明的前景，更坚定了革命斗争的意志。

自信者的脸上总是洋溢着一览众山小的远见卓识；自信者的脸上总是具有举重若轻的强大力量；自信者的脸上总是充满着稳操胜券的必胜信心。

因为自信，他们有着强大的底气和准确的把握，这种骨子里的自信，其力量和魅力由内而发，是战胜一切困难的源泉和动力。

英国首相丘吉尔在总结领导英国人民战胜德国法西斯的战斗实践时说："成功根本没有秘诀可言，如果有的话，就有两个：第一个就是坚持到底，永不言弃；第二个就是当你想放弃的时候，回过头来看看第一个秘诀，坚持到底，永不言弃。"

每一个成功者自信的笑容背后，都有着深思熟虑的考量，而不是盲目乐观的自信，更不是自负不凡的自以为是。每一个华丽转身的背后，都有着一个让人难以忘怀的辛酸的往事。人生的道路上总会成功和失败，失败并不可怕，可怕的是你始终以这句话为托词而屡屡失败。对待困难，我们如果永不退缩，不放弃，就会有成功的希望；但一放弃，只会是失败的必然。

每一张自信自强的笑脸，藏着咬紧牙关的灵魂。脸上的一份从容，背后有着十份的艰辛努力。我们不能光看着成功者谈笑风生的光鲜，而忽视了他们默默无闻的不懈努力。我们在羡慕别人的表面风光的同时，更多地要看到他们内心的坚强，看到他们承受的痛苦，付出的汗水。自信的笑脸和咬紧牙关的灵魂是相辅相成的。只有深藏咬紧牙关的灵魂，脸上才能扬着自信的笑容，只有拥有自信的笑脸，才能给人以自信的勇气。

胜利永远属于那些具有坚韧不拔的毅力的人。最可怕的敌人，就是自己没有坚强的信念和坚定不移的毅力。巨大的成功靠的不是力量，而是自信和韧性。自信的人坚信脚下的这条路是坚实的路、光明的路，即使再困难，也要风雨兼程，含泪奔跑，就算是跪着都要把它走完。

作曲家贝多芬就是具有坚韧不拔的精神的人。由于贫穷，他没能上大学，17岁时患了伤寒和天花病，26岁时不幸失去了听觉。由于这些因素，恋爱与他无缘。失去听觉，对于一个音乐家来说是一个天大的打击。在这种常人难于忍受的情况下，贝多芬没有失去灵魂，他发誓"要扼住生命的咽喉"，与命运顽强搏斗。

在乐曲创作事业上，贝多芬的生命之火越燃越旺。他先后创作了《英雄交响曲》《生命交响曲》等100部音乐作品，被称为世界交响乐之父。

山东青年张海迪因患小儿麻痹症，高位截瘫，但她自强不息，自学了英语、德语、日语、世界语等多种语言，创作和翻译了几百万的文字，成为当代的"保尔"。

人生的旅程中，最大的遗憾莫过于轻易放弃自己理想信念，放弃了自己的目标追求。沿着自己认准的道路走下去，一路上肯定是坎坷不平，但风雨兼程地走下去，一定能看到希望的曙光。

水到绝境是风景，人到绝境是重生。你跌到了从未有过的人生低谷，才能站上你从未到达过的人生高峰。

强者，藐视困难；弱者，仰视困难。强者即使断了一条弦，其余的三条弦还会继续演奏。强者成功的背后有着咬紧牙关的灵魂，有了这种灵魂，就有了自信，就有了成功的希望。

这种咬紧牙关的灵魂，永远指引着他们冲破黎明前的黑暗，不断走向辉煌灿烂的明天！

灵魂是人高贵的品质

人最高贵的品质是什么？有人说是善良、谦逊、真诚、助人、勇敢、宽容……
这些，我都不否定，但它们只是一个人较为高贵的一些品质。

我认为，灵魂才是一个人最高贵的品质。

灵魂，这一名词来自宗教，许多宗教认为，灵魂居于人或其他物质躯体之内并
对之起主宰作用。

当然，不同的宗教和民族，对于灵魂的理解有所不同，甚至截然不同。

灵魂也被不同的意识形态广泛应有。辩证唯物主义所指的灵魂是指精神，是指
人的高尚品格，是指可以对某个人或者某个群体起关键和主导作用的精神方面的核
心因素。

说到底，灵魂是一种意识形态，灵魂的本质是一种催人奋进的精神力量。

有灵魂的人会影响别人，没灵魂的受一群人影响。

我是一个唯物主义者，我不相信一个人死后，他的"灵魂"（魂魄）还会存在。
但我坚信，一个人死后，他的灵魂（思想和精神）永远会在，还会影响一些人（伟
大人物的思想会影响更深，影响更多）。

人最高贵的是有灵魂、有思想，当一个人失去了灵魂、失去了思想，无异于是
行尸走肉。

中国现代漫画事业的先驱丰子恺曾经有这样一句引人入胜的话："你住几层楼？
人生有三层楼：第一层是物质生活，第二层是精神生活，第三层是灵魂生活。此话
也说出了有灵魂才是一个人高贵的品质。

美国思想家爱默生说："世界上唯一有价值的东西就是一个人充满活力的灵
魂。"此话虽然绝对，但足于说明了灵魂对于一个人的极端重要性。

俗话说，好看的皮囊千篇一律，有趣的灵魂万里挑一。一个人的灵魂是由内而
外散发的个人魅力，有灵魂的人就是一个不一般的人。只有灵魂，才能决定一个人
的存在价值。

一、有灵魂的人会有羞耻感

法国批判现实主义作家司汤达说："羞耻心是人的第二内衣。"

羞耻感是人性的一部分。羞耻感是对自己的错误感觉羞耻，对自己的过失感觉内心不安。人无廉耻百事可为。羞耻心是一个人的底线，倘若一个人没有羞耻心，没有愧疚感，就说明他没有了一切，他就会做出任何不三不四的事情来。

中国语言学家季羡林说："坏人是不知道自己是坏人的，因此坏人不可能变好。"

无耻者不知道自己的无耻，这才是最让人感到可怕的事情。我们不否认人具有劣根性，但只要及时认识错误，就会减少其劣根性现象的发生。

一个有灵魂的人，一定会对自己的错误和过失有羞耻感，所以，需要指出和纠正。

自尊心是自我价值的核心，自尊心下面有两个根：一个是羞耻心，一个是上进心。有了羞耻心，说明自己认识到错误，那他就会有改正错误的勇气，就会有上进心。

羞耻感是自尊感的前提，有了羞耻感，才会产生自尊感。

二、有灵魂的人会有荣誉感

荣誉感是追求光荣名誉的情感，这种情感发自内心深处。有了这个情感，就会有无往而不胜的信心和勇气。

没有荣誉感的团队是一个没有希望的团队，一个没有荣誉感的人，是一个没有作为的人。团队取胜的关键在于团结，团结的根本在于有集体荣誉感。

西方贵族精神的实质就是荣誉，东方人的文化，又何尝不崇尚荣誉。

一个有灵魂的人，他一定会有理想信念、一定会有目标追求、一定会有进取精神、一定会追求卓越完美。

我们的革命先烈，为了国家的荣誉和人民的幸福，奋不顾身，用生命捍卫祖国和人民的尊严与荣誉，这是一种何等高贵的灵魂。

荣誉感也是一种成就感和归属感，没有荣誉感的人是一个不求进取的人，也是一个没有灵魂的人。灵魂也是一个人具有荣誉的全部资产。

三、有灵魂的人会有尊严感

尊严植根于绵亘千古人文精神的圣殿，是人类不可亵渎的理性、正义与良知。

尊严是神圣的。人的可贵之处，就在于其有区别于他物的尊严。人之所以为人，是因为有尊严、有灵魂。

坚守和维护尊严是一个人具有灵魂的体现。坚守尊严就是具有风骨，不会满身媚骨。尊严也是一个人不可退却的最后的倔强。

西楚霸王项羽不肯东渡乌江，自刎而死，留下的是一种尊严。南宋民族英雄文天祥的"人生自古谁无死，留取丹心照汗青。"，都是一种尊严的写照。少年英雄刘胡兰面对敌人的屠刀，面不改色心不跳。革命烈士张志新宁愿坐牢、哪怕喉管被割断，也不放弃对真理的追求，正是一种尊严感在支撑。

尊严是一种顽强意志的体现。人生的道路上有成功、也有失败，面对失败，可以落泪，但不能落魄，落魄就是丧失尊严。要坚信：天无绝人之路，阳光总在风雨后。

尊严也是一种担当，每一个有尊严的人都会担当起历史和当下的重任。

有尊严感，必须要懂得自尊，自尊是一个人灵魂中的伟大杠杆。自尊就是要尊重自己的人格，尊重自己的选择，做到不卑不亢、不屈不挠。

法国哲学家帕思卡尔说："人类的全部尊严就在于思想。"一个高贵的人一定有思想、有灵魂。

四、有灵魂的人会有正直感

正直是一个人有灵魂的显著体现，也是灵魂的最高德性。英国诗人阿狄生在《旅行记》中说："世界上没有比正义更伟大更神圣的美德。"

正义是社会制度的首要价值。富有正义感，也是一个人有灵魂的显著标志。

正直善良，有原则、有底线的品德，就是一个人刻在骨子里的教养，是一个人灵魂深处的修养。

一个正直的人无论到什么地方，都知道自重。一个正直的人，性格是直爽的、观点是鲜明的、是非是分明的。一个正直的人，内心是善良的，富有正义感，他不会屈服于任何邪恶，对邪恶的行为有挺身而出的勇气。

一个人不一定能成为一个伟大的人，但一定可以成为一个正直善良的人。

古罗马有句格言：为了正义，哪怕它天崩地裂。不论对待何人何事，一定要有一颗正直善良的心，维护社会的公平正义。

即使是在再糟糕的时代，总还有一些高贵的灵魂不愿随波逐流。这时候的倔强就是风骨，就是灵魂。

1936年6月13日，纳粹分子希特勒出席海军训练船下水仪式。此时所有的人都向希特勒行标准的纳粹礼。但只有一个人不仅没有行礼，还环抱双臂，脸上还露出不屑一顾的神色。不久，这个人被举报。随后，他的妻子因为是犹太人，被杀害；两个孩子被送进了集中营，他被送进监狱。

此人就是奥古斯特·兰德梅塞。1991年3月22日，美国《时代周刊》首次刊登了这张富有不屈的灵魂和正义感的相片，并向巨世人询问他的名字，被奥古斯特·兰德梅塞的女儿认出。

有灵魂就是有思想。有灵魂的人，能在各种复杂的问题中抓住主要矛盾，能分析问题的现象和本质，能预测事物的将来。

有灵魂的人都是洞察力极强的人。洞察力强的人不会被事物表象所迷惑，目光犀利、思想深邃，有高深的理解力和敏锐的洞察力，看待事物能一言道破。洞察力强的人细心周到、镇定自若、自控力强。洞察力就是变无意识为有意识。

美国电影《教父》里有一句影响了很多人的台词："花半秒钟就看透事物本质的人，和花一辈子都看不清事物本质的人，注定是截然不同的命运。"

虽然只是一句台词，但是已经说清了人和人之间明显的不同的地方，这就是透过现象看本质的能力。

洞察力其实就是察言观色的能力，就是让你看到别人看不到的东西。真正的高手，都是洞察力极强的人，这也是让一般人不得不佩服的地方，这也是人与人之间的差距。一个人的洞察力决定了他人生的高度和思想的深度。

每个人都很珍贵，每一个人都很重视自己的价值，所以我们必须活得高贵，才算是不一般。拥有灵魂，这是活得高贵的唯一的选择。

高贵与金钱无关，与地位无关，高贵的背后一定是灵魂的存在。高贵的灵魂，也是自己始终怀有敬畏之心。因此，社会再变，灵魂不能浮躁；诱惑再多，步子不能乱套。

一个有灵魂的人才是一个力量无边的人。与高贵的灵魂为伍的人，提升自己，决不孤独。

这些民国才子的灵魂就是这么有趣

民国的历史虽然短暂，但却是历史长河的一部巨著。民国时期也是不得不写、不得不提的一段历史。

民国的往事离我们很近，但感觉离我们很遥远。

在跌宕起伏、风云变幻的民国时期，虽然战火纷飞，民不聊生，但却是文化繁荣、思想开放的时期。

这个时期，文化思潮涌动，西方文化思潮、传统文化思潮和马克思主义文化思潮这三大思潮始终具有巨大的历史影响力。

在这些浩瀚的思潮中，涌现出一大批文学巨匠、国学大师、思想家和哲学家等。这些才子们以他们横空出世的思想，冲击着腐朽没落的半封建半殖民地社会，以他们忧国忧民的爱国情怀，启迪着国人的科学和民主的思想。

一、陈独秀，独立自由的思想，显示了一个先驱者狂傲不羁的不屈精神

陈独秀是中国新文化运动的旗手、中国文化启蒙运动的先驱，陈独秀也是中国共产党的主要创立者。

陈独秀是20世纪中国第一次思想解放运动的倡导者，他在中国历史上第一次举起了科学和民主两面旗帜，对近现代中国历史的发展产生了巨大的影响。

他追求思想上的独立和自由，既敢于向封建旧制度、旧思想、旧文化发起进攻，又勇于提出新思想、新文化。

他组织领导了中国近代史上第一次伟大的思想解放运动——新文化运动。他的《文学革命论》的发表，标志着新文化运动的开始。

他创办的《新青年节》是当时传播马克思主义的主要阵地，影响和激励了一大批有志的先进青年走上共产主义道路，其重要作用是任何刊物都替代不了的。

陈独秀也是中国历史上第一个深刻总结和反思苏联和社会主义民主政治建设经验教训的人。

陈独秀是中国近现代史上杰出的一位大学者，也是一位杰出的政论家，他文笔犀利、尖锐锋芒。《警告青年》等多篇文章是中国近现代历史上少有的代表作。

陈独秀是个既有风骨又有傲骨的人，他追求思想独立自由，他的灵魂是一个充满革命风暴的灵魂。他耿介固执，被人称为"终身的反对派"：反清朝、反袁世凯、反军阀、反日本侵略。

陈独秀先后5次被捕，他坐过清朝的牢，也多次坐过国民党的牢，但他始终坚贞不屈，坚定自己的理想信念，坚持自己的政治追求，体现了一个思想者崇高而伟大的灵魂。

二、鲁迅，横眉冷对千夫指，以思想者灵魂的坚守唤醒沉睡的社会

鲁迅是中国文化革命的主将。他不但是伟大的文学家，而且是伟大的思想家和革命家。

在白色恐怖的血腥年代，鲁迅先生拿起笔杆子，以"横眉冷对千夫指，俯首甘为孺子牛"的爱憎分明的阶级立场和思想豪情，向着反动势力、反动思想，反动制度发起进攻。

鲁迅先生时时地发出"不在沉默中爆发，就在沉默中灭亡"的吼声。在鲁迅先生身上，体现了众多的"鲁迅精神"：横眉冷对、敢于斗争的不屈精神；忧国忧民的爱国情怀，刚正不阿的思想灵魂，这些都成就了鲁迅先生最高尚的人格品质和最灿烂的人性光辉。

鲁迅先生身上有着对中国精神的深刻反思，他以笔杆子为武器，向着反动派怒吼，向着愚昧和落后发声，彰显出一个旧时代一位知识分子忧国忧民的新思想。他的思想更是骂遍天下，骂醒麻木不仁的人。

现代作家老舍这样评价鲁迅："看看鲁迅全集的目录，大概就没人敢说这不是个渊博的人。可是'渊博'二字还不是对鲁迅先生的恰好赞同。"

现代著名诗人冯雪峰说："鲁迅的文学思想，并非中国传统文学所培植的，但他的思想和作品又无不浸润着中国民族的长久传统，他用民主革命的理性光辉，去照亮中国的传统文化。"

毛泽东同志也十分推崇鲁迅，他指出："鲁迅先生具有政治远见，他用显微镜和望远镜观察社会，所以看得微，看得远；鲁迅先生具有斗争精神，他看清了政治方向，就向着一个目标奋勇地斗争下去，决不中途投降妥协；鲁迅先生具有牺牲精神，他一点也不畏惧敌人对于他的威胁、利诱与残害，他一点不避锋芒地把钢刀一样的笔刺向他所憎恨的一切。"

毛泽东同志还指出："鲁迅的骨头是最硬的，他没有丝毫的奴颜和媚骨，这是殖民地半殖民地人民最可宝贵的性格。鲁迅是在文化战线上，代表全民族的大多数，向着敌人冲锋陷阵的最正确、最勇敢、最坚决、最忠实、最热忱的空前的民族英雄。鲁迅的方向，就是中华民族新文化的方向。"

毛泽东同志对鲁迅先生充满着敬意，也充分肯定鲁迅在中国的价值："如果孔夫子是封建社会的圣人，那么鲁迅则就是现代中国的圣人。"

鲁迅的《呐喊》《阿Q正传》《祥林嫂》等文章，是当时揭露和鞭挞封建蒙昧主义的最有力的文章。

"猛兽总是独行，牛羊才成群结队。"

"革命以前，我是做奴隶；革命以后不多久，就是受了奴隶的骗，变成他们的奴隶。"

"没有思索和悲哀，就不会有文学。"

"不饶恕人，也不求人饶恕。"

这些名言都无不体现着鲁迅的深刻的思想和不屈的精神。

三、胡适，始终高举科学民主的两面大旗，成为新文化运动的旗手

中国文化中最深入人心的品格便是君子的品格。

"世间如果有君子，名字一定叫胡适。"足于说明人们对胡适君子形象和君子文化的高度认可。

胡适在中国文化历史上有很高的地位。胡适在政治上毕生提倡和追求民主、科学、自由思想和理性主义。他坚信只有民主制度才能造就一个稳定的现代国家。胡适的思想对于"五四"后中国民主力量的成长，功不可没。

英国思想家、诗人王尔德有一句名言："这个世界上好看的脸蛋太多，有趣的灵魂太少。"而胡适恰恰是既有被人吸引的帅气的脸，更有被人敬仰的思想灵魂。

鲁迅先生说："《新青年》时期，最惹我注意的是陈独秀和胡适之，我佩服陈胡。"

美籍华裔学者、胡适先生的学生唐德刚评价胡适是"传统中国"向"现代中国"发展过程中，继往开来的一位启蒙大师。

毛泽东同志对胡适也给予了充分的肯定：说实话，新文化运动他是有功劳的，不能一笔抹杀，应当实事求是。

胡适是倡导白话文的旗手，是第一位提倡白话文和新诗的学者，被誉为"中国文化革命之父"。

当时著名的语言文学家黄侃是反对白话文的先锋。一次，黄侃在讲课中竟然这样举例："如果胡适的太太死了（缺乏人性的举例），其家人电报必云：'你的太太死了！赶快回来啊！'长达11字。而文言仅需四字——妻丧速归。"

胡适的回击也令人叫绝。课堂上，胡适对学生们说："前几天，行政院有位朋友给我发信，邀我去行政院做秘书，我拒绝了。同学们如有兴趣，可用文言代我拟一则电文。"学生写完后，胡适选了一则字数最少的——"才学疏浅，恐难胜任，恕不从命。"仅12个字，也算言简意赅。但胡适说："我的白话文电文就5个字：干不了，谢谢。"学生们纷纷叹服。

胡适也是一个幽默风趣的学者。胡适经常到大学里去讲演。有一次在某大学讲演，他引用孔子、孟子、孙中山先生的话。引用时，他就在黑板上写："孔说""孟说""孙说"。最后，他发表自己的意见时，竟引起了哄堂大笑，原来他写的是："胡说"。

四、梁启超，超前的西方政治文思想，使他成为中国政治民主的先驱

梁启超是中国近代杰出的思想家、政治家，近代文学革命运动的理论倡导者。

梁启超自幼聪颖过人，他8岁学为文，9岁能缀千言，11岁中秀才，16岁中举人，被誉为"岭南奇才"。

有一则小故事，足于说明梁启超的天生聪颖。

梁启超10岁那年有一次随父亲到朋友家做客。刚进大门，他就被庭院一株蓓蕾初绽的杏树迷住了，他偷偷地折了一枝，并遮遮掩掩地藏在宽大的袖筒里。

谁知他的这一举动被他父亲和朋友家人都看到了。宴席上，梁启超的父亲为儿子偷摘杏枝的事感到尴尬，心里想着如何不露声色地暗示教育儿子一番。

为了活跃气氛，父亲当众对梁启超说："开宴前，我先出上联，如果你对得上，而且对得好，方可开杯；否则，你只能为长辈斟酒沏茶，不准落座。"

儿子毫无思想准备，也不知父亲的用意，脸上显得有点为难。梁父略加思索，念出上联："袖里笼花，小子暗藏春色。"梁启超听后一惊，但恍然大悟，随口从容对道："堂前悬镜，大人明察秋毫。"众人听了连声赞道："妙！妙！"

梁启超是一位百科全科式的学者，他是中国旧学的终结者，新时代中西结合新文化的开创者，是划时代的文化人物。

梁启超著作颇丰，出版的学术著作有1400万字，未录入著作的有2000万字。他积极倡导诗界革命、小说革命、史学革命，提出新的史学观点。

梁启超坚决不妥协地反对封建专制，倡导民主宪政，开创了中国政治民主化、

思想化和法律制度化的新时代。他提出民权是实施宪政的前提和基础，坚信民权代替君权。

梁启超是一位反帝反封建的爱国的思想家，他的一切活动，都是为了救亡图存，实现民族复兴。

梁启超是一个杰出的爱国主义者，他与蔡锷等组织护国运动。当他知道巴黎和会上日本欲接管山东这一图谋时，及时把这一消息在报纸上发表，由此而引发了标志中国民主革命开始的"五四运动"。

梁启超是一位杰出的宣传家。他创办了《申报》《中外纪闻》《大中华》《新民丛报》《国闻报》等许多重要影响力的报刊，并利用这些媒体宣传新思想、新观念。

梁启超是一位杰出的教育家。他提出了"立志、爱国、成才"的教育理念。他倡导教育救国，兴办学堂，设立图书馆，实地讲学。任清华大学教授时为清华大学题写了"厚德载物，自强不息"的校训。他的9个子女中，有8个出国留学、3个是院士。

梁启超是中国第一个宣传马克思主义的人，早在1902年，梁启超就发表文章宣传马克思主义。中国共产党的创始人李大钊只是在梁启超创办的《申报》供职期间受他的影响才宣传马克思主义的。

胡适对梁启超评价说："文字收功日，全球革命时，此语惟梁氏可以当之无愧。"

美国著名记者爱德加·斯诺评价梁启超是"中国精神之父"；日本首相伊藤博文称他为"中国珍贵的灵魂"。

诗人黄遵宪评价梁启超："从古到今，文学之力之大，无过于此者矣。"

著名作家、爱国人士曹聚仁说："过去半个世纪的知识分子，都受他的影响。"

五、金岳霖，中国哲学界第一人，为爱守望一生

金岳霖是中国著名哲学家，著有《论道》《逻辑》《知识论》，凭这三本著作，奠定了他在中国哲学界的地位，其中《知识论》更在中国哲学史上首次构建了完整的知识论体系。

金岳霖是公认的中国哲学界第一人。

中国现代哲学家张岱年说："家兄张申府先生说过，现在中国如有个哲学界的话，第一人是金岳霖先生。"

原中共中央政治局委员、号称中共中央第一支笔的胡乔木对金岳霖评价说：

"我们党以自己的队伍中有像金岳霖这样著名的老学者而感到自豪。"

金岳霖也是第一个把西方逻辑学介绍到中国的学者。

金岳霖是一位风趣幽默的人。有一回，同学们请他来讲小说与哲学的关系。同学都以为他会讲出什么有意思的观点，结果到最后，他的结论是：小说与哲学没有关系。他认为意义愈清楚，情感寄托愈贫乏；情感的寄托愈清楚，意义愈不清楚。

有人问他逻辑学这么枯燥，你当初为什么还学逻辑学？他的回答道："我觉得它很好玩。"

金岳霖是个勤奋学习的人。抗战时期，他在房子里苦读书，并不知日本飞机来轰炸。结果几枚炸弹炸在金岳霖住处前后，他才惊醒过来。待跑出时，发现前后房子已经不复存在。

金岳霖一生深爱着民国第一才女林徽因，对林徽因的感情是至深至诚至纯。

金岳霖对林徽因的评价很高，但说起他对林徽因的评价，许多人可能只会停留在"一身诗意千寻瀑，万古人间四月天"上，但"极赞欲何词"这5个字，才是在金岳霖对林徽因极度的赞赏。

林徽因是金岳霖心中完美的女神，但是他找不到一个词可以形容那种"极赞"。也许，只有与金岳霖一样痴迷一个人的人，才能懂。他对林徽因的精神之恋远远超过了梁思成与徐志摩。金岳霖评价徐志摩追林徽因是自不量力。

徐志摩钟爱林徽因，但追不到林徽因后改追陆小曼，成就一段姻缘。林徽因去世后，梁思成也再娶。唯独金岳霖终生未娶，用一生痴情守望着林徽因。

梁思成也承认最爱林徽因的人是金岳霖。林徽因去世后，金岳霖依然独处，时常去给林徽因扫墓。

某日，金岳霖在饭店请朋友吃饭，众人赶来后问他请客的原因，他说：今天徽因生日。晚年，金岳霖一直和林徽因与梁思成的孩子住在一起。

金岳霖用哲学的理性诠释他对爱情的理解，始终以最高的理智驾驭自己的感情，用浪漫的一生诠释了他对林徽因最高贵、最无私、最纯洁的爱。

绝色的容颜，有趣的灵魂

美国电影演员玛丽莲·梦露，以她那迷人的招牌式的笑容、充满诱惑力的肢体语言，在银幕上塑造了一个又一个性感女神的形象。

梦露，美国十大文化偶像之一、美国流行文化的代表，是美国人心中挥之不去的记忆。梦露，是那个时代美国人心中的梦中情人，是性感的代名词。她让"性感"两个字变得性感，她是一个让全世界的男人梦魂萦绕、情乱意迷的性感女神。

梦露的美，是一个时代的象征。

难怪美国人说，他们只有两个女人，一个是自由女神，还有一个就是梦露。

梦露的性感和风情是举世闻名的，她甚至令一些世界政要都心中澎湃。

1959年，前苏共中央总书记赫鲁晓夫访问美国，这是一次被称为美苏之间的破冰之旅。当时赫鲁晓夫提出了两个奇葩的要求：一个是想参观迪士尼乐园；另一个是想和梦露共进晚餐（也许是秀色可餐的原因）。

赫鲁晓夫提出参观迪士尼乐园的要求，遭到了美国人民的强烈反对。他们认为不能让苏联政治和这样一个"恐怖"人物去玷污纯洁的孩子们的乐园，迪士尼公司以装修为名谢绝赫鲁晓夫的到来。

同时，美国将赫鲁晓夫提出的与梦露共进晚餐变成了午餐，将一对一的私人宴会，变成了一个由400人参加的大派对。

一个共产党的总书记，不考虑国内外的影响，提出与一个敌对国的女演员共进晚餐，虽然可笑，但也足够勇敢，由此可见，梦露的吸引力和影响力有多大。

梦露是影迷心中永远的性感女神和性感符号。梦露脸上有着婴儿般的眼神和笑容，身材却又是成熟女人的体态。梦露用介于女孩的纯真和女人的成熟之间的一种曼妙的平衡，诠释了什么叫女人真正的性感。

梦露的个人魅力在于她把自己的天真烂漫与妩媚性感的谜一样的结合起来，热情、自然、人性化地呈现在人们面前。

梦露的一生既充满着前呼后拥的掌声，又充斥着艰辛悲苦的泪水。梦露是个私生女，她从童年悲惨的女孩一跃成为好莱坞电影节明星，实现了从"灰姑娘"到一代女神的蜕变。一生坎坷，颠沛流离，又有多少人能明白其中的酸甜苦辣。

梦露是一个悲剧性的女性。父亲生下她以后就走了，小时候曾先后被寄养在11个亲戚家里，在儿童福利院呆过一年。童年的遭遇、家庭的破碎、情感生活的挫折，使她孤标傲世、冷看滚滚红尘。我们无法想象，一个内心充满苦涩，深受噩梦困扰的纯真小女孩，是怎样把自己塑造成一个享誉全球的性感女神。

人们永远不会忘记，她在镜头前表现出的自信、热情、性感、风情、充满魅力的形象，也让成千上万观众感受到女人是柔弱的，但也是坚强的。

我们说到梦露，许多人还仅仅知道她是被美国电影学会评选为"百年来最伟大的女演员"排名第6名的电影演员。

不错，梦露确实是20世纪美国乃至世界著名的电影明星和流行文化偶像。

当许多人对梦露的认识还仅仅停留在一个性感演员的层面上的时候，有些人更对她有趣的灵魂、性感的语言，特别欣赏和敬仰。英国思想家、唯美主义者王尔德说："世界上漂亮的脸蛋很多，有趣的灵魂很少。"梦露不仅有着美丽绝伦的容貌，更有着深深的文学情怀和耐人寻味的语言。

美国作家海明威在评价梦露时说："她有着极强的文学感受力，而我却从未如此幸运。"

正像梦露所说的："男人们愿意花大钱买我一个吻，却不意愿花一美分了解我的灵魂。"我们在观看她演出的精彩电影的同时，更要观察她的内心世界。从梦露的精神世界里，了解她身上许多世界级艺术家不曾拥有的思想灵魂。

"宁可因为你是谁而被人恨，也不要因为你不是谁而被人爱。"

"性是天性的一部分，我服从天性。"

"我并不介意活在一个男权社会，只要我可以作为一个女人存在其中。"

"身体就是用来被看的，而不会被遮掩的。"

"认为女人过去的风流韵事会减少她对自己的男人的爱通常是愚蠢的。"

"不完美也是一种美，疯狂是一种天分，绝对荒谬总比绝对无聊好。"

"梦想成为一个演员比实际成为一个演员有趣得多。"

"给我一双高跟鞋我可以征服全世界。"

一个电影演员，敢这样信誓旦旦的尤物，除了梦露，还能有谁？

上天给了她美丽的容颜，但命运没有给她幸福的人生。1962年，年仅36岁的梦露早早地离开了她心爱的电影事业，离开了她热爱的美好世界。

人们对梦露的突然离去感到惊异和悲伤。《纽约时报》曾报道，梦露逝世后一周内，纽约的自杀率达到史上最高值，每天的自杀人数高达12人。

梦露的墓碑上有这样一行数字："37.22.35"。这数字分别是梦露的胸围、腰围、臀围。一生爱美的梦露，把自己最满意的性感尺寸永远定格在了自己的墓碑上。

60年后的今天，梦露的流行文化仍受到许多人的喜爱，人们认为她是有史以来最有影响力的女性之一。在一些人的眼里，梦露是性感的，这一点，我并不否认。我同时认为，梦露的思想认识大都是感性的。说到感性，许多人一定认为梦露是一个情感丰富的人，也是一个感同身受的人。对于这一点，我也并不否定。

但是，当你看了德国哲学家康德对什么是感性的表述后，也许你和我一样，对梦露的感性认识会有重新的认识。

康德说："通过我们被对象所刺激的方式来获得表象的这种能力（接受能力），就叫作感性。"未曾痛哭长夜，怎能感悟人生。梦露的名言，来自于对童年生活的回忆，来自于现实生活的思考、来自于对过去情感生活的一种体验，来自于一种很自然的表象，来自于一种情不自禁的情愫。

梦露的名言，也是对自己现实生活和情感生活失败后的一种理性的思考，并且都充满着许多理性的成分。

"如果你不能应付我最差的一面，你也不配拥有我最好的一面。"

"我原谅别人不是因为我软弱，而是因为我足够坚强，知道别人也会犯错。"

"我活着是为了成功，不是为了取悦你或任何人。"

"保持微笑，因为生活是美好的，有太多的事情值得微笑。"

梦露也是一个幽默风趣的人。有记者问梦露："你穿什么睡衣入睡？"她回答："香奈儿5号。"（据说从此香奈儿闻名世界）这天衣无缝的回答，既使人浮想联翩，又给人风情万种的感觉。

梦露短暂而传奇的一生，缔造了旷世永恒之美，梦露无疑是好莱坞标志性符号，被誉为"世界级女神"名不虚传。尽管模仿者众多，但仅仅是复制，却始终无人超越。

梦露的名言，不管是感性的也好，理性的也罢，总之，"浑身上下"都充满着睿智、才情、人性和灵魂。

网络上有这样一段话：当一个人的智商和情商都很高时，颜值就是赠品；当灵魂有了深度，颜值就是附加在灵魂深处的守护，所以美貌只是一时的诱惑，而灵魂才是不变的永恒。一个的才华和气质会让人一生都喜欢，而一个人的颜值只会随着时间缓缓陨落。

当我们有了吸引人的颜值时，应该还具有更吸引人的灵魂。

这些，不正是这个时代的人们所欣赏和需要的吗？

生前的灵魂，死后的表白

墓志铭是悼念逝者一生的一种文学表达形式，也是人类历史悠久的一种传统文化。

墓志铭是为过世的人（有的墓志铭是逝者生前为自己写好的）写的，给活着的人看的，是留给世人的最后一句话。

每块墓志铭下面都是一部情节生动的长篇小说。墓志铭也是伟人留给世界的最后一句文案。

伟大的革命导师马克思的墓碑上镌刻着马克思的名言："哲学家们只是用不同方式解释世界，而问题在于改变世界。"由此也可以看出，马克思毕生追求的是改造世界、解放全人类的伟大事业。

一个人的功过，只有到死后才能作出结论。因墓碑空间的限制，篇幅不能冗长。所以，墓志铭是逝者浓缩的盖棺定论，墓志铭也常被看成是一个人在这个世界上的生前告白和谢幕演出。

中国人讲究立德、立言、立功，每一个逝者都希望死后能把自己的毕生追求和信仰、功业成就等写进墓志铭，都选择在最后一刻展现真实自我，以求得人死留名、名扬千秋。

因此，名人的墓志铭，更是千奇百怪地彰显逝者的灵魂、性格、才能、成就，向世人展示自己华丽的一页。

即使凡人的墓志铭，也会绞尽脑汁，书写好自己的最后一笔，唯恐天下人不知。墓志铭上哪怕只有一句话，也能看出一个人一生的大致来。

汉朝大将韩信的墓志铭："生死一知己；存亡两妇人。"

寥寥10个字，总结了韩信一生中掌握其生死存亡的三个人。一知己：成也萧何败也萧何。两妇人：韩信在投军从戎之前，因家贫如洗，食不果腹，差点被活活饿死，幸遇一位洗衣妇人；另一位妇人，韩信谋反被捕，为吕后所杀。这一墓志铭高度总结了韩信无奈人生的重大经历。

一、彰显灵魂的墓志铭，那是逝者思想的集中闪现

墓志铭，有的是逝者生前就由自己书写而成的；有的是后人根据逝者的一贯思想、性格特点而书写的。无论是什么人写的，都是对逝者思想的高度概括，也是逝者灵魂的集中体现。

德国哲学家康德不但哲学思想深邃，而且具有伟大的道德情怀。他提出的内心受到震撼的"头顶上灿烂的星空"和"内心崇高的道德法则"，也集中体现了他一生研究的全部知识。星空因其苍茫而深邃，使得我们仰望和敬畏；道德因其崇高而神圣，值得我们信仰和坚守。

康德一生研究的道德思想集中体现在他的墓志铭："有两样东西一直让我心醉神迷，越琢磨就越是赞叹不已，那就是头顶的星空和内心的秩序。"

俗话说：见墓志铭如见其人。中国当代作家柏杨具有强烈的社会责任感，发表了大量抨击时弊、揭露阴暗面的文章，他以不可退却的性格、无比倔强的目光洞察中国人和中国历史。柏杨的墓志铭："不为帝王唱赞歌，只为苍生说人话。"正是他刚正不阿的性格的真实写照。

人民音乐家聂耳墓志铭引自法国诗人可拉托的诗句："我的耳朵宛如贝壳，思念着大海的涛声。"充分彰显了聂耳短暂一生的音乐情怀，"思念着大海的涛声"就是聂耳作为人民艺术家的人民情怀。

美国批判现实主义的奠基人马克·吐温的墓志铭："他观察着世态的变化，但讲述的却是人间的真理。"反映了马克·吐温生前以强烈的正义感和对普通民众的关心，以幽默和讽刺的写作特点，揭露了美国从初期资本主义到帝国主义的发展过程。

美国医生特鲁多的墓志铭："有时，去治愈；常常，去帮助；总是去安慰。"体现了特鲁多作为一名医者的情愫、职业的操守、理性的谦卑、人性的悲悯和人文的情怀。这一墓志铭已经成为全世界医生的座右铭。许多医务工作者怀着无比崇敬的心情来到美国纽约的撒拉纳克湖，拜谒长眠于此的特鲁多医师，寻找医疗人文的踪迹。

二、书写功业的墓志铭，那是逝者最后的自我炫耀

墓志铭也是逝者功业成就的最后炫耀，也是逝者引以为自豪的真情流露。

德国数学家鲁道夫花了毕生的精力，把圆周率计算到小数点后35位，是当时世界上最精确的圆周率数值。在鲁道夫的墓碑上就刻着小数点后35位数字。

把自己一生最得意的成就写在墓碑上，的确可以引起世人对他伟大贡献的尊重与认同。对于这位数学家来说，一个数字足以能够给他的生命增添无与伦比的光环

和荣耀。

英国科学家牛顿的墓志铭："他几乎神一般的思维力，最先说明了行星的运动和图像、彗星的轨道和大海的潮汐。"

苏格兰数学家马克劳林是牛顿发现和培养的，他的墓碑上刻着这样6个大字："承蒙牛顿推荐"。体现着马克劳林对培养他的牛顿的最后的感激之情。

三、幽默风趣的墓志铭，那是逝者智慧的谦卑表白

世界文豪莎士比亚说："幽默和风趣是智慧的闪击。"莎士比亚的墓志铭就是幽默风趣，他在临终前为自己撰写了墓志铭："看在耶稣的份上，好朋友，切勿挖掘这黄土下的灵柩；让我安息者将得到上帝的祝福，迁我尸骨者定遭亡灵诅咒。"

一些幽默风趣的名人即使即将离开这个世界，也不忘叮咛后人在他的墓志铭上显示他的幽默风趣。

美国军人麦洛维奇在越战中表现英勇，后来被发现是同性恋者，于是被解除军职，他对此十分不悦。他的墓志铭是一种黑色幽默："当我在军队时，他们因我杀害两个人给我一枚勋章，却因我爱一个人解除我的职务。"麦洛维奇生前充满着不悦、不满，死后还要发泄一下。

英国现代杰出的现实主义戏剧作家萧伯纳的墓志铭："我早就知道无论我活多久，这种事情还是一定会发生的。"充分体现了萧伯纳对待生死的一种轻松、自如、乐观的态度。

英国科幻小说家亚瑟·查理斯·克拉克的墓志铭："这里埋藏着阿瑟·克拉克。他一直没有长大，却从未停止过成长。"充分表明克拉克一直保持着童心和好奇心，在科幻的宇宙里探索。

美国作家海明威的墓志铭："恕我不起来了！"海明威知道自己死后，会有许多人来拜谒，苦于死了不能起来招呼。短短的七个字，体现了海明威的礼节和幽默的语言特色。

美国著名插画师斯内的墓志铭："不是死，我只是感觉累了。"斯内把死看得很淡定。

美国诗人佛罗斯特的墓志铭："我和这个世界有过情人般的争吵。"

四、耐人寻味的墓志铭，那是留给后人的长久思考

有的墓志铭没有一个字，但却意义深长，耐人寻味。

武则天是历史上唯一一个没有墓志铭的皇帝。无字碑是武则天生前为自己准备

的，没有一个字，它说明：千秋功过，任由后人评说。

美国著名电影演员玛丽莲·梦露的墓志铭上刻着"37，22，35，R.I.P."这是标志她的胸围、腰围和臀围。梦露是美国性感女神，她以自己性感的身材为自豪，也表明逝者生前爱美的性格特点。

有的墓志铭简单直白，引人入胜。曾经"捕捉"天上雷电的美国科学家富兰克林的墓碑刻的是"印刷工富兰克林"，因为富兰克林毕生引以为自豪的，还是他青年时代做过的印刷工，也表明富兰克林的谦卑。

名人的墓志铭千奇百怪，但凡人的墓志铭也别出心裁。

"可怜地生活，可怜地死去，可怜地掩埋，没有人哭泣。"

这是美国人约翰特里奥的墓志铭。约翰特里奥生前不算名人，但死后，却因墓志铭而成名。

"走开走开，我睡得正香呢。"

"你要是能看到这行字，你就已经站在我的坟上了。"

"单行道，请勿进入。"

"我们终于找到了一个停车位我长眠此地，请你别哭泣，因终有一天，你也将断气。"

追怀思远的墓志铭完成了墓主人生的不朽，承载起对逝者的追思、抚慰和怀念。墓志铭，隐含着厚重的文化，寄托着对逝者的回忆。

校训，校园的灵魂

每当人们进入校园，首先映入眼帘的是醒目的校训。

校训，是学校师生共同遵守的基本行为准则与道德规范，也是一个学校的核心价值理念，对师生的行为规范具有十分重要的教育意义。

校训，是一个学校办学理念、办学传统、治校风格、校园文化的集中体现。

校训，是一个学校的灵魂，是学校人文精神的高度凝练，是学校历史悠远的文化沉淀。

因此，校训会使每一个进校的师生受到潜移默化的教育渗透，受到感染、受到震撼、受到启发。校训也渐渐地成为师生心目中的行为准则和价值尺度。

校训具有强大的号召力、鼓动力、感染力。校训不但影响学校师生的心理脉动，甚至还会影响校园外人们的思想，会产生灵魂上的共鸣。

北京大学的校训："爱国、进步、民主、科学。"一百多年来，北京大学的校训，影响了成千上万的北大师生，也影响了一代又一代的中国青年。

"五四"运动中，北京大学的师生高举"爱国、进步、民主、科学"的旗帜，向着封建主义、殖民主义、帝国主义的反动势力，向着愚昧、落后的腐朽文化，发起冲锋，吹响了振兴中华的号角。也正是这样一场伟大的思想运动，促进了马克思主义在中国的广泛传播，促进了中国共产党的成立。

我们不能否认学校的校训教育的成果，也不能否认校训作为一种学校文化的教育手段，在教育、引导、渗透、影响师生等方面起到的十分重要的作用。

但我们也不得不说，校训教育还没有引起学校足够的重视，一些学校的校训还没有成为师生的共同的核心价值理念和共同的行为准则。有些学校的校训甚至是一种摆设。

一、校训，指引文化方向，成为掌舵学校文化的一个方向盘

忠于党的教育事业，忠于人民的教育事业，必须体现坚持正确的校园文化建设方向，必须体现办学的政治方向，必须体现为人民育人的教育方针。

校训是一校之魂，是学校文化的精髓，是学校的招牌。校训的每一个字、每一个含义，都必须触动到每一个师生的灵魂深处。

校训是一根标尺，必须体现学校办学的原则和方向，必须体现政治家办学。

要始终坚持马克思主义在学校意识形态领域的指导地位，坚定共产主义理想，弘扬中华民族的传统文化，高举爱国、科学、民主、团结的旗帜，让先进文化占领学校阵地。

通过校训教育，要让每一个学生热爱祖国、热爱人民、热爱劳动，崇尚科学，勤于学习，让校训成为每一位学生对母校的精神回忆。

有些学校只将校训作为一个必须要有的"景观之作"，甚至是一种摆设。

在校训的教育上，有些学校只注重对学生的校训教育，而忽视了对教师的教育引导。导致学校有些教师品德低劣，影响了教育、影响了学生、影响了学校的声誉。

校训教育要放在学校教育的突出位置，成为老师和学生的共同的价值追求。要教育广大的人民教师从培养下一代的战略高度，从国家兴旺、民族复兴的高度，增强教师的责任意识，使老师们甘于清贫、甘于清苦、乐于奉献，做一个人民信任、党和政府放心的人民教师。要培养教育学生增强刻苦学习的动力，让学生在学校感受学习美、生活美，从而激发他们热爱祖国、热爱家乡、热爱人民、热爱劳动，培养他们拥有积极进取的人生态度，敢于质疑批判的创新思维，勇于担当尽责的责任意识。

二、校训，彰显文化特色，成为闪耀学校文化的一道风景线

校训，应体现特色。强调特色，就要克服校训千篇一律的雷同现象。

目前大学校训同质化的现象非常普遍，基本都是"四词八字"模式。不要说让校园的师生看了泛胃，就是让校园外过路的人群看了也会摇头。

许多学校的校训出现了口号化的现象，体现不出厚积薄发的学校文化，有些校训缺乏特色，千篇一律，让人觉得乏味。有些校训缺乏教育的指导意义，缺乏可操作性和实践性。有些校训内容冗长、堆叠，让人一看，就觉得这个学校没有文化底蕴和文化特色。

"求真、和谐、勤奋、文明、进取、创新、务实、团结、严谨"等等词语，出现在许多学校的校训中，泛泛而谈、枯燥乏味。让人觉得自己进了这所学校，反而变成了一个没有文化的人。

有人作过统计，在教育部"211工程"大学的校训中，"求实"出现了30次，

"创新"出现了28次，"团结"出现了18次，"勤奋"出现了16次，"博学"出现了13次。有个别大学的校训甚至完全相同。另有一项针对国内256所高校的调查显示，校训同质化、标语化现象也十分严重。有192所学校的校训为"四词八字"的口号式，比例高达75%。其中，带有"勤奋""求实""创新""团结""严谨"任意一词及以上的，有147所学校，占被调查高等学校的近六成。另外，有8所学校的完全一样，有27所学校的其中四个词一样，只是先后的排序有所不同。

由于千篇一律的雷同，很难从文字上让师生折服，难以对师生的思想及灵魂产生刺激及震撼，更谈不上共鸣。

校训要大气、明亮、简洁、优雅、隽永、含蓄。校训必须具有学校特色，无论从文字组织、文化底蕴、都应该折射出其内涵思想，成为学校文化的一道风景线，让进出校园的师生有足够的仪式感。

哈佛大学的两道校训，既不俗套，又易懂，能让人们从简单的道理中悟出哲理：

"觉得为时已晚的今日，恰恰是最早的时候。"

"学习并不是人生的全部，但，既然连人生的一部分——学习也无法征服，还能做什么呢？"

因此，在校训的设计、构思、布局安排等方面，必须体现学校文化的特色。

如果校训缺乏个性，就缺乏了校园迷人的魅力和鲜活的生命。

三、校训，折射文化底蕴，成为检验学校文化的一块试金石

校训不仅是沉淀的学校文化的一种提炼，而且是学校精神的一种外露和张扬。

校训不仅要求言简意赅，而且要求内涵丰富。看到学校的校训，就能知道这个学校的价值追求和价值取向。

"在我的平凡世界里，我就是不平凡。"这是耶鲁大学校训。

"既学会动脑　又学会动手。"这是麻省理工学院的校训。

这些世界名牌大学的校训，虽然没有华丽的词藻，但通俗易懂的语言告诫师生一个简单的道理。

哈佛大学图书馆的校训："此刻打盹，你将做梦；此刻学习，你将圆梦。"也是耐人寻味的语言，给人启迪。

中国人民大学校训："实事求是"。实事求是是党领导人民从胜利走向胜利的重要保障。中国人民大学是一所具有光荣革命历史的大学，把"实事求是"作为校训，就是要教育广大师生一切从实际出发，探求事物的内部联系和发展规律，在实现中华民族伟大复兴的时代洪流中脚踏实地，踔厉奋发，勇往直前。

校训应当成为学校的戒律，规范着师生的行为。

学校应将校训纳入学校的教育主张，将校训作为学校教育教学的一项实践活动，渗透到教育活动之中。中华民族复兴的伟大事业，也取决于学校教育的质量，因此，学校教育任重道远。

德国存在主义哲学家卡尔·西奥多·雅斯贝尔斯在《什么是教育》中说："教育的本质意味着：一棵树摇动另一棵树，一朵云推动另一朵云，一个灵魂唤醒另一个灵魂。"

校训无论是内化为一种评价作用，还是内化为一种导引作用和激励作用，最终都要落实到对师生的激励行为上。

校训，无论是学校教育的出发点，还是学校教育的落脚点，都有着极其深远的意义。因此，必须高度重视、严肃对待。

校训是学校文化的重要组成部分，学校文化又是学校的精神和灵魂，是学校核心竞争力的重要组成部分。让我们高举起鲜明的校训旗帜，肩负起培养千百万国家栋梁的重任，向着中华民族复兴的伟大事业砥砺前行。

道德

叁

坚守人类良善的底线

良心的觉醒，就是灵魂的伟大

"唯有我们觉醒之际，天才会真正破晓，而非太阳升起。"美国哲学家、超验主义代表人物梭罗在散文集《瓦尔登湖》中的这一醍醐灌顶的名言，提醒着追求自由的人们：只有思想的解放，世界才会发生变化。

这一名言也同样提醒人们：良心的觉醒就是灵魂的伟大。

良心是一个人最基本的道德底线，是一个人做人做事的根本。良心也是做人的一张名片。良心的觉醒是最基本的觉醒，但虽然是基本的觉醒，也是体现着灵魂的伟大。

如果一个人良心不觉醒，那么其他一切的觉醒，包括自由的觉醒，都在枷锁中。

古人云：良心者，本然之善心。良心，就是被现实社会普遍认可并被自己所认同的行为规范和价值标准。良心是道德情感的基本形式，是个人自律的突出体现。良心是一个人内心对是非、善恶的正确认识。良心是一种善举，是一个人做事的基本底线。

伟大的革命导师马克思说过："良心是由人的知识和全部生活方式来决定的。"

良心，体现着一个人是否有知识水准；良心也是体现着是否具有基本的道德品德和人性光芒的首要标志。一个人最伤心的事莫过于良心的泯灭，一个人让人恶心的也是其良心的泯灭。

有良心的穷人，他愿意从自己仅有的一点乞讨所得中，分一羹给更需要的穷人。没良心的富人，看到街上乞讨的可怜之手，他会不屑一顾。

良心，与贫穷无关、与富有无关、与知识无关、与地位无关、与性别无关、与年龄无关，它植根于每个人的内心。

有良心的人，不会因为身无分文而去抢劫，也不会因为缺钱而去欺诈别人，更不会为了利益而出卖良心。

对人民来说，唯一的权力是法律；对个人来说，唯一的权力是良心。

纯洁的、充满人性的良心比任何东西都珍贵，寡廉鲜耻的人从来是不会有基本良知的。

良心是无需提醒的道德自觉。约束一个人行为的，只有他自己的良心。

德国诗人海涅说："照耀人的唯一的灯是理性；引导生命于迷途的唯一手杖是良心。"

一个人的良心在他的基本道德中、在他的道德行为中是最重要的。一个有良心的人，首先是一个孝敬父母的人。如果一个人连自己的父母都不知道尽孝的话，那他的其他良心也是虚伪和苍白的。俗话说，不知感恩的子女比毒蛇的利齿更痛噬人心。

如果你现在还不是一个很孝顺父母的人，那就应该立马觉醒，尽子女基本的孝心和良心，体现自己的存在价值，体现一个做人的样子。

当然，良心也是天性的，一个天性就没有良心的人，估计也很难做到孝敬父母。一个人不能忘了父母，不能忘了血脉相通的亲人，不能忘了曾经一起流过泪的人，不能忘了曾经拉过自己一把、雨中给自己送伞的人。

作为一个中国人，也应该有良心。那就是不忘祖先为我们创造的中华民族的优秀文化和文明成果；那就是不忘初心，牢记使命，立志为振兴中华、实现中华民族伟大复兴的中国梦，担当自己应有的历史使命。

良心强调的是"应该"两字，也就是我们每个人内心应该如何去做。对于道德的实践来说，最好的观众就是人们自己的良心。俗话说，天知道，地知道，自己的良心知道。

德国思想家康德说："良心是一种根据道德准则来判断自己的本能，它不只是一种能力，它更是一种本能。"

不管何时、不管何地，不管何人、不管从事何事，良心始终都是放在第一位的。

印度圣雄甘地就是一个心地善良的人。

有一次他乘火车时，由于过于拥挤，他的一只鞋子掉到了铁轨旁。此时火车已经开动，鞋子无法再捡回来。甘地急忙把穿在另一只脚上的鞋子，脱下来扔到掉下来的那只鞋的旁边。一位乘客不解地问甘地："您为什么这样做？"甘地笑着说："我这样做，看到铁轨旁的鞋子的穷人就能得到一双鞋子。"

一颗觉醒了的良心会感动一颗没有觉醒的良心。

有一位单身女子刚搬新家，她发现隔壁住了一个寡妇与两个小孩子，并且这户人家也并不富有。

有天晚上，那个小区忽然停电，那位女子只好自己点起了蜡烛。不一会儿，忽然听到有人敲门，原来是隔壁邻居的小孩子，只见他紧张地问："阿姨，请问你家有蜡烛吗？"女子心想：他们家竟穷到连蜡烛都没有吗？千万别借给他们，免得被他们依赖了！于是她对孩子吼了一声："没有。"

正当她准备关上门时，那小孩关切地说："我就知道你家一定没有。"说完，竟从怀里拿出两根蜡烛，边拿边说："妈妈跟我说你一个人住，可能没有蜡烛，所以我带两根来送你。"

这一刻，女子的心里既自责又感动，她热泪盈眶的将那小孩子紧紧地抱在怀里。

善有善报，付出良心的人，必有良心对他的回报。

关于英国前首相丘吉尔的父亲回报有良心的人，又受到有良心的人回报的事例，人们早已耳熟能详。

故事，不能不说很神奇；故事，不得不说很经典。

丘吉尔小时候玩耍时不小心掉到粪池里，被一个善良的农夫救起。丘吉尔的父亲非常感激，重金酬谢这位农夫，但善良的农夫坚决不要。

于是，丘吉尔的父亲改变答谢方式，资助农夫的儿子亚历山大·弗莱明上学。后来弗莱明成为人类著名的细菌学家，发明了造福人类的"青霉素"。已经当上英国首相的丘吉尔在一次访问中，不幸感染肝炎，生命垂危，正是弗莱明用刚发明的青霉素治好了他。

当丘吉尔对弗莱明表示感谢的时候，弗莱明微笑着说："最应该感谢的是您的父亲。如果说第一次是我的父亲救了您，但这一次是您的父亲救了您。"

现实生活中缺乏做人的基本良心的事也时常出现。

一列车上，一位列车员盯着一个农民工模样的中年人大声说："查票！"中年人急忙摸出一张儿童票。

列车员怪笑了一声说："儿童票和残疾人票价不是一样的，你是残疾人？残疾证呢？"中年人回答说自己是在工地上帮别人打工时脚掌被撑断了，老板跑了，没有钱去医院检查就没有残疾证。说罢，把裤腿挽起来，露出了那半只脚掌。

列车员轻笑了一声："我们只认残疾证而不认人，补票！"残疾人顿时慌了，因为儿童票的钱还是凑的，身上根本没有多余的钱。车上的一位大叔实在看不下去了，对列车员说："你是人吗？"那列车员说："当然。"大叔说："那么你的人证呢？没有人证就不算是人吧！"说罢，将残疾人的半张票补上了。

同情弱者也是社会文明的一个标志。这个列车员能称得上文明列车员吗？

英国哲学家罗素说："在世界上一切道德品质之中，善良的本性是最需要的。"

同情是一切道德中最高的美德。一个人如果做不到救助弱者，那至少要做到同情弱者。

　　良心是一个人道德品质的最基本的要求，因此，没有一点良心的人在任何岗位上都将不能胜任。

　　如果说，良心是做人最基本的原则，那么，良知则是人生最好的底线。孟子说："人之所不学而能者，其良能也；所不虑而知者，其良知也。"良知是天赋的道德观，良知是灵魂，有着深刻的反省，是人区别于禽兽的一道红线。

　　明代哲学家王阳明在龙场担任驿丞时，抓捕了一个罪大恶极的强盗头子。强盗头子受审时说："我死罪难逃，痛快点杀我，别跟我谈什么道德良知。"

　　王阳明说："好，今天不谈道德良知。但天气炎热，审案前，我们先把衣服脱了吧。"

　　于是，两人脱掉了上衣、内衣和外裤，光着膀子只剩内裤站在堂上。"干脆我们全脱了吧，岂不自在？"王阳明说。强盗头子急得直摇头："这可使不得！"王阳明问："为何使不得？"强盗头子此时面红耳赤，半天说不出一个字。王阳明笑着说："你心中还有着最后的羞耻感，这何尝不是道德良知的表现呢？其实，你也有良知。"

　　明善恶、知羞耻、有恻隐心、知恩图报正是良知的重要内容。

　　元代百科全书式的通儒和学术大师许衡盛夏时路过河阳，十分口渴。路边有梨树，众人都去摘梨吃，只有许衡独自坐在树下。有人问他原因，许衡答曰："非己之梨，岂能乱摘？"有人讥讽他迂腐，说："兵荒马乱之时，梨树无主，摘吃无妨。"许衡回道："梨虽无主，而我心有主。"

　　当其他人关心梨好不好吃时，许衡关注的是梨能不能摘，真是天壤之别，许衡守住了自己的良知底线。

　　世界交响乐之父贝多芬说："没有一个善良的灵魂，就没有美德可言。"

　　我们每个人不一定都能成为道德模范，但我们每个人都应该可以成为一个有良心和良知的人。做一个有良心和良知的人，也是一件不难的事情。

　　丧失了良心的才智比没有才智更糟糕。没有良心的知识，会毁灭人的灵魂、会使人堕落。

　　一个人对父母的感恩是一种良心的体现，但对国家和政府的感恩，也是一种良心的体现。

　　我们的藏族同胞有这样一句话："失去良心的人，像泥神一样，空有一副架子了。"

　　在这个世界上良心应该更大于天才。法国19世纪伟大的批判现实主义作家巴尔扎克说："良心比天才更难得。"

　　所以，我们在干部队伍建设中十分强调"德才兼备，以德为先"。我们既要锤炼杰出的才能，又要具有做人的良心和良知，不能将才能用在丧失良心的行为上。

　　"人之初，性本善。"人本善良，人心向善。良心的觉醒是最重要的觉醒，良心的觉醒也是最基本的觉醒。良心的觉醒没有先后之分，只要能觉醒，就是灵魂的伟大。

真正的孝顺：绝对的"孝"，相对的"顺"

什么是孝顺？这应该是许多做子女的不难回答的问题。

现代汉语词典对孝顺是作这样解释的：尽力奉养父母，顺从父母意志。

传统意义所说的子女有孝心，就是要有孝顺父母的心意，也就是要绝对孝顺父母。

在这里，我要对千百年来传统意义上孝顺父母的内涵发表一点不同的观点，甚至有一些颠覆性的观点。

那就是，孝顺父母应该做到：绝对的"孝"，竭尽全力，奉养父母；相对的"顺"，对不利于父母身心健康、不利于父母人身安全、不利于父母享受幸福等方面，不绝对顺从父母的意志，相对顺从父母的意志。

"孝"和"顺"是两个既有联系又有区别的概念。如果做到对父母绝对的"孝"，那一定能做到对父母绝对的"顺"，但不一定就是对父母绝对的有利；如果做到对父母相对的"顺"，也不但不是表明对父母的不孝，而且在一定的意义上说，这种相对的"顺"是对父母的一种"孝"。

一、在人类善良的品德中，孝顺是排在第一位的。孝顺是衡量一个人品德好坏的第一要素，子女对父母必须做到绝对的"孝"

在人类道德品德中，善良是排在第一位的；在善良的品德中，孝顺又是排在第一位的。

没有感恩就没有真正的美德，知恩图报是最大的美德，而且是一切美德之源。不知感恩的子女比毒蛇的利齿更痛噬人心。

爱子女是天性，爱父母是本性。如果一个人不爱自己的父母，那这个人是没有人性的、是不道德的，也是邪恶的。

子女对父母的孝应该是无私的、无杂念的、纯洁的、全方位的。《孝经》中说："夫孝，天之经也，地之义也。"孝顺父母是做子女的天经地义的事，没有任何前提条件。

（一）始终怀揣对父母绝对的孝心

俗话说，百善孝为先。做到孝顺，首先要做到孝敬。国际工人运动杰出活动家拉法格说："年老受尊敬是出现在人类社会里的第一种特权。"法国19世纪批判现实主义作家司汤达说："老人受尊敬，是人类精神最美好的一种特权。"

对待父母的态度，是一个人最真实的人品。现实生活中，还有一些啃老、嫌老、厌老、弃老、欺老、害老的现象。这是人性的恶，这是人类文明与进步中的邪恶。

试想，一个对自己的父母都不孝敬的人，谈何有善良的品德，他会尊重其他人吗？

过去，皇帝选拔官员都把孝心放在第一位。现在，孝心是衡量一个人是否具备善良品德的首要标准和必要标准。这也应该作为培养和使用干部和公务员的重要标准，同时，也应该成为我们交友的基本标准。

作为子女要时刻铭记：父母是我的根。司马迁说："父母者，人之本也。"父母给了我们生命，给了我们来到这个世界、享受这个世界美好的权利，父母无愧于我们。因此，回报他们是一种还债，是一种责任，体现的是一种基本的孝心。

（二）始终以成功的事业和良好的品德孝顺父母

父母养育子女，都有望子成龙的愿望。作为子女，要牢记父母的重托，想做事、能做事、做成事。即使不能做成事、做大事，也不能惹事生非，给父母添乱。

要做一个善良感恩的人、做一个品德高尚的人，做一个公平公道的人，这也是子女对父母最大的回报，也是对父母绝对的"孝"。

（三）始终把父母的冷暖挂在心上

父母年老，需要照顾的地方很多，对待贫穷的父母，钱到为孝；对待孤独的父母，陪伴为孝；对待生病的父母，照顾为孝；对待唠叨的父母，聆听为孝；对待暴躁的父母，理解为孝。

作为子女要高度重视父母在居住、医疗、健康、出行、旅游、会友等方面的需求，在许可的情况下尽可能的满足父母的要求。

（四）始终把父母像自己的孩子一样对待

现实生活中，许多父母对待自己的孩子，可以说尽心尽力，无微不至，但在对待自己父母的态度上，随随便便、应付了事。

有的子女养得起宠物，却不愿意抚养父母；有的子女时常更换几千元的手机，却舍不得为父母添换衣服。

德国哲学家歌德说："我们体贴老人，就像对待孩子一样。"子女既要像父母过去对待自己一样对待父母；又要像自己现在对待孩子一样对待父母。只有这样，我们才会问心无愧了，才尽反哺之义。

（五）始终将情感陪伴父母进行到底

一些子女宁愿将更多的时间花在打牌、闲聊上，也不愿意花部分的时间陪伴父母，哪怕是简单的说话、唠嗑。

父母一方面希望子女安心在外工作，但从情感上说，他们又希望子女多呆在家里和他们在一起。作为子女，要多和父母交流沟通，汇报自己的思想、工作、学习、生活情况，多了解父母的所思所想，多帮助他们解决生活中的困难和要求。

有些子女工作在外，可能没有更多的时间与父母在一起，但也可以经常发个微信，视频聊聊天，这应该是不难做到的事。

孔子曰："父母在，不远游，游必有方。"现在社会也很难做到这一点。其实，许多父母也不需要子女为他们做些什么，他们需要的更多是情感上的陪伴。

（六）始终包容和原谅父母的不完美

父母年老了，可能脾气暴躁，对子女要求过高；可能厚此薄彼，做不到公平对待所有的子女；可能愚笨落后，不懂得现代科学知识和生活常识；可能贫穷潦倒，不能像其他父母一样给予子女更多的财物；可能身体不健康，不能自理；可能脏乱邋遢，不修边幅。所有这些，作为子女要包容和原谅，绝对不能有厌恶嫌弃之意。

如果一个人连自己的父母都不肯包容，那他肯定是一个斤斤计较的人，也肯定是一个心胸狭窄、自私自利的人。

你讨厌父亲的平庸，却不知道他也曾是个怀揣梦想的少年，是一个顶天立地的人；你嫌弃母亲的唠叨，却不知道她也曾是个美丽温柔的少女，是一个坚强不屈的人。

父爱比山高，母恩比海深。要知父母恩，怀里抱儿孙。父爱是一份不动声色的温柔，父爱可以献出生命。女人是脆弱的，但母亲是坚强的。要永远记住父母在养育自己成长过程中所付出的爱；要永远记住父母为支撑这个家庭所付出的一切。

二、孝顺父母，关键在一个"顺"。绝对的顺从父母是盲目的顺从，未必有利，只有相对的顺从，才会对父母有利

孝顺父母是做子女应具备的基本的道德情怀。孝是子女应尽的义务，是绝对的，但顺从应该是相对的。因为父母的言行不一定完全正确，应当择其正确而从之，而对其不正确的言行不应盲从，不能过分迁就父母。现实生活中，如果我们绝对顺从父母的意志，有时会适得其反。

（一）为了父母的健康长寿，相对顺从父母

一位患有严重高血压的父亲，不定时吃药。做子女的又顺从父亲无所谓的性格，从不和父亲拉下脸较真，结果父亲因不定期吃高血压药导致脑溢血去世。

许多老年人，特别是农村老年人，总认为自己身体健康，又不愿意化钱，从没有定期去医院体检的习惯。他们往往在身体支撑不住的情况下才去医院检查，结果导致错过治疗的机会。

如果子女在这方面不绝对顺从父母的意志，而相对顺从父母的意志，规定父母定期去医院体检，就不会有这种事情的发生。

（二）为了父母的人身安全，相对顺从父母

有一位朋友，父亲早逝，因此对母亲十分孝顺，母亲的话百依百顺。母亲已年过八十，还经常骑着电瓶车走村窜户。但他说服不了母亲，下不了"狠心"，只好顺从了母亲。结果母亲骑车与卡车相撞，导致车毁人亡，自己痛不欲生。

试想，如果儿子不顺从母亲的意志，这种悲剧会发生吗？难道这种不顺从母亲的意志是一种不孝顺吗？

父母年老了，缺乏安全意识，出门不讲安全，容易造成安全隐患。作为子女，要时刻把父母的安全放在心上。

（三）为了父母的快乐幸福，相对顺从父母

一些年老的父母，特别是退休以后，不是在家享福，而是为了子女买房还货等，还不辞劳苦，没日没夜地干苦、脏、累活。作为子女，不是劝说父母在家颐养晚年，而是顺从父母意愿。这种所谓的顺从父母，其实也是一种不孝行为。

一些父母看到子女买房有困难，拿出仅有的一点养老钱给子女，而这些子女以顺从父母的意愿为由，不但不拒绝，而且还认为理所应当。这种顺从父母意愿，难道也是一种孝顺吗？

有的子女还以父母带自己的孩子取乐为由，无限地占用父母的养老时间。

一些父母出于传统的节俭习惯，经常吃剩菜剩饭，甚至吃一些变质的食品，做子女的对此不能顺从父母。

三、任何事物都是绝对和相对的关系，相对顺从父母时也要绝对做到心平气和，使父母心服口服地听从子女

父母和子女在年龄、观念等方面存在差异性，在相对顺从父母的问题上，作为子女一定要心平气和地做父母的"教育引导"工作，不能态度粗暴，简单了事。虽然出于对父母健康、安全和幸福等方面的考虑，但态度不好，效果也未必奏效，有时还会是一种伤害，甚至会起反作用。

渐渐老去的父母会越来越"天真"，作为子女要像教育自己的孩子一样，耐心细致地"教育引导"他们。

清朝李毓秀在《弟子规》中说："亲有过，谏使更。恬吾色，柔吾声。"意思是：父母有过错，劝他们更改。要面带笑容，语调柔和。

要让父母懂得：过去父母为了子女的健康成长，对我们严厉批评，甚至打骂，没有相对顺从我们，这是一种爱；现在我们为了父母的健康、安全和幸福，相对顺从父母，这也是一种爱，也是一种孝心。

我们孝顺父母，只能表明我们具备了一个做人的基本的道德情怀，但是如果我们不孝顺父母，那就一定表明我们是一个没有人性、没有基本的道德情怀的人。

如果我们做到了对父母绝对的"孝"，那只是尽了我们应尽的义务，仅仅是还了债而已；但如果我们绝对顺从父母的意志，那也许会对父母是一种伤害，甚至会是一种罪过。

只有做到对父母绝对的"孝"，对父母相对的"顺"，才能真正体现对子女父母无私的爱、真正的爱。

让我们怀着对父母崇高而伟大的爱，带着对父母绝对的"孝"，相对的"顺"，为了父母的健康幸福，做一个真正孝顺父母的子女。

风骨与媚骨

风骨与媚骨，一字之差，但表达的意思却是天壤之别。

风骨是指刚正的气概、顽强的风度和气质。也指一个人具有崇高可敬的灵魂、自强不息的骨气和卓尔不群的品格。

风骨是不媚俗流的大雅，风骨是昂首挺胸的气概，风骨是淡泊名利的气节。而媚骨是谄媚的性格，也就是奴才相和贱骨头，也指一个人卑鄙无耻地奉承别人。

风骨一词拆开来，就是风度和骨气。它是一种挥之不去的情调、是一种抹不去的风情、是一种抵不住的气质。

风骨体现的是一种不屈不挠的性格、是一种战无不胜的精神。风骨是一个人的脊梁。诺贝尔文学奖获得者约翰·高尔斯华绥曾说过："人受到震动有种种不同，有的是在脊椎骨上；有的是在神经上；有的是在道德感受上；而最强烈的、最持久的则是在个人尊严上。"

现代漫画事业的先驱丰子恺说过："有些动物主要是皮值钱，譬如狐狸；有些动物主要是肉值钱，譬如牛；有些动物主要是骨头值钱，譬如人。"因此，一个人必须有要骨气，必须要有风骨。

尊严就是一个人的风骨，尊严就是一个人的灵魂，尊严是一个人不可退却的最后的倔强。

一个有风骨的人，他一定有着深邃远见的思想、有着咬紧牙关的灵魂、有着满腔正义的情怀、有着厚积薄发的人生积淀。

有风骨就是有骨气。一个有风骨的人，不会阿谀奉承，他会襟怀坦荡；一个有风骨的人，不会见风使舵，他会站稳立场；一个有风骨的人，不会投机取巧，他会脚踏实地；一个有风骨的人，不会随波逐流，他会坚持原则；一个有风骨的人，不会媚俗献殷，他会平等相处；一个有风骨的人，不会迎合讨好，他会客观公正。

一、风骨，折射出深邃远见的思想；媚骨，透露出鼠目寸光的短见

人类的全部尊严，就在于思想。一个有风骨的人，一定是具有一定思想的人。

有风骨的人，他们视野开阔，有远见卓识。他们思想深邃，眼光独特。他们不会人云我云，而是有着独立的思考问题的能力。他们能用一分为二的观点观察世界，洞察社会。

老一辈无产阶级革命家和革命先烈就是一群具有深邃远见的伟大思想的人。面对半殖民地半封建社会反动统治，面对饥寒交迫的劳苦大众，他们选择了共产主义的伟大理想，他们为着这个崇高的理想信念，前赴后继，顽强奋斗。

媚骨的人，心胸狭隘，目光短浅，没有思想头脑。他们以自我为中心，极端个人主义思想严重，私欲膨胀，他们从不为别人考虑，心里想的就是自己的"一亩三分地"。

二、风骨，展示着咬紧牙关的灵魂；媚骨，隐藏着贪生怕死的怯懦

一个有风骨的人，他们脸上洋溢着自信，充满着喜悦。但在他们自信的背后，都藏着一个咬紧牙关的灵魂，他们具有坚忍不拔的毅力和坚贞不屈的精神。

有风骨的人，面对苦难和不幸，面对失败和挫折，他们逆流而上，奋力爬起，奋起直追，他们是生活的强者。

美国物理学家霍金21岁时患上肌肉萎缩性侧索硬化症，全身瘫痪，不能言语，手部只有三根手指可以活动。面对这样人生苦难，霍金为了生存，为了自己的人生理想，他用非凡的意志与病魔抗争，曾有6次非常近距离地和死神交手，他都顽强的活了下来。

霍金致力于宇宙论和黑洞领域的研究，证明了广义相对论的奇性定理和黑洞面积定理，提出了黑洞蒸发理论和无边界的霍金宇宙模型，在统一20世纪物理学的两大基础理论——爱因斯坦创立的相对论和普朗克创立的量子力学方面走出了重要一步。他想象出科学的美的宇宙模型，他为人类探索宇宙的奥秘做出了卓越的贡献！

媚骨的人，没有先进的思想支撑，没有远大的目标追求。他们在艰难困苦的时候，不是挺身而出、牺牲自我，而是贪生怕死、退却逃离。

媚骨的人，他们在工作和生活中贪图享受，怕脏、怕苦、怕累、怕烦、怕险、甚至怕死。

三、风骨，彰显了满腔正义的情怀；媚骨，透露了明哲保身的退却

富有正义感，是一个有风骨的人显著的标志，也是衡量一个人是否正派的重要标志。

文明的定义是对自然的敬畏，对生命的尊重，对弱者的同情，对诺言的遵守，对正义的捍卫，对邪恶的鞭挞，对是非的分明。所以，是否具有正义感，是对社会文明的重要检验，也是衡量一个人道德品质的十分重要的标志。

一个社会没有正义感，这个社会就会黑暗；一个人没有正义感，这个人就是平庸、就是邪恶。

开创现代科学技术新纪元的美国科学家爱因斯坦说："世界不会因那些作恶多端的人毁灭，却会因冷眼旁观、保持沉默而灭亡。"

面对邪恶势力、面对嚣张气焰，一个有风骨的人，一定会怒火万丈，一定会挺身而出。

毛泽东同志在评价鲁迅先生时说：鲁迅先生的骨头是最硬的，他没有丝毫的奴颜和媚骨，这是殖民地半殖民地人民最可宝贵的性格。鲁迅是在文化战线上，代表全民族的大多数，向着敌人冲锋陷阵的最正确、最勇敢、最坚决、最忠实、最热忱的空前的民族英雄。鲁迅先生"横眉冷对千夫指，俯首敢为孺子牛"的精神，表现出鲁迅先生风骨和傲骨。

媚骨的人，身上找不到一点正义感。他们身上有的是不顾社会、不顾他人的处世哲学。媚骨的人不愿意连累自己，他们不讲原则，他们回避是非，他们黑白不分。其行为中表现出强烈的明哲保身的自私自利。

四、风骨，体现出宽阔坦荡的胸怀；媚骨，暴露出阿谀奉承的奴相

人要有傲骨，不可有傲气；人要有风骨，不可有媚骨。

傲慢是人的天性。但有风骨的人懂得谦卑，懂得傲慢是无知的表现，他们虚怀若谷，谦虚谨慎。

有风骨的人，有着海纳百川的胸怀，胸襟坦荡，大气为人，大气做事。有傲骨无傲气的人，就是绅士，就是君子；有傲气无傲骨的人，就是小人。

而媚骨的人，奴颜媚骨，跪舔权势和利益，见风使舵。在面对权势和利益的时候，他们脸上一副奴才相。他们会放弃一切的原则，心中想到的只有自己的利益得失。而当面对比他弱势的人的时候，他们往往会盛气凌人，打压弱小，欺侮弱者，泯灭良知。

历史上许多文人墨客和清官廉吏铮铮傲骨的事例，也值得后人学习和致敬。宋真宗时期，有个当官的叫李垂，他为人正直，对官场中拍马屁的行为深恶痛疾。但因为指责宰相丁谓而被贬。直到宋仁宗即位时，才将丁谓贬职，李垂又被召回京城。

有人劝李垂去拜见宰相，他却说："我见有些大臣处事不公，常常当面指责，怎么会去奔赴权门，应和那些权势的人呢?"结果李垂再次被贬。

南宋末年政治家、文学家文天祥正是以"人生自古谁无死，留取丹心照汗青"的大无畏的英雄气概，被世人传颂。

那些"富贵不能淫，威武不能屈"的英雄人物宁死不屈的崇高形象也时常浮现在我们的眼前。

"五四"运动以来，为了民族的复兴，国家的繁荣，涌现出一批思想独立、桀骜不驯的文人志士。正是这些先驱者的风骨，引领和激励着无数的革命先烈，为捍卫民族尊严和争取自由解放，前赴后继，英勇战斗。

我们也不要忘记，在中华民族面临灾难的时候，历史上总有一些媚骨的人，出卖民族利益，出卖个人尊严。历朝历代都有汉奸，抗日战争时期，四万万人口中就有四百万的汉奸，这也是不争的事实。

山有雄浑，水有灵秀，人有风骨。讲到风骨，往往会扯到文人。是的，文人的风骨，对于社会的文明与进步，影响极大。

文人的风骨是中华文明的火种，它为民族点燃了希望；文人的媚骨则是中华文明的灾星，它为民族埋下了悲哀。但愿我们的文人多一点风骨，少一些媚骨，带着自身的尊严，挺起民族的脊梁，昂首向前。

善良，永远是人性中最璀璨的光芒

善良是什么？这应该是个不难回答的问题。善良是指心地纯洁，纯真温厚，没有恶意。善良是一个人最优秀、最重要、最必须的品质。

无论是择偶，还是交友；无论是单位用人，还是人品考察，善良无疑是最重要的方面，没有什么比善良更受人欢迎了，它是永远不会令人厌恶的品德。

难怪英国哲学家、诺贝尔文学奖获得者罗素说："在世界上一切道德品质之中，善良的本性是最需要的。"

人之初，性本善。善良是人的本性，也是人的一种选择。既然是人的本性，我们就要从本性出发去行善。

善良的表现形式有很多，同情、怜悯、宽容、忍耐、拾金不昧、助人为乐、甚至善于聆听等等，都属于善良的行为。

善良是人品中排第一位的，善良永远是人性中最璀璨的光芒。在善良的品德中，孝顺是排在第一位的，一个称得上孝顺的人，他必定始终怀揣一颗对父母绝对的孝心。

人类需要善良，同情就是人类通往人性道路上的第一站。同情是一切道德中最美的品德，作为一个善良的人，最基本的善意就是要有同情心，同情弱者，怜悯苦难的人。

如果实在不愿意同情人家的话，也不要对别人的不幸幸灾乐祸。幸灾乐祸的笑骂，简直就是来自地狱的笑声，这是人性中最坏的特点，也是人性的恶。

我们大多数人应该都有过善良的行为，但许多人做得不够。有些人甚至从不行善，更有少数人在作恶。

有些人虽然很富有，但他并不富贵，从没有善举。有些人很贫困，但他心存善念，会慷慨地从他拮据的财物中拿出一些给更贫困的人。

善良与贫穷无关，与富贵无关，与知识无关，与职位无关，它存在于每个心存善念的凡夫俗子的内心。

贫穷的年代里，一些很穷的人，他们可以从自己仅有的一点乞讨所得中，分一羹给更需要的人，这种人穷心慈的善良，伟大可爱。

印度圣雄甘地是一个心地善良的人。有一次乘火车时由于拥挤，他的一只鞋子掉到了铁轨旁，此时火车已经开动，鞋子无法再捡回来。于是甘地急忙把穿在脚上的另一只鞋子也脱下来扔到第一只的旁边。一位乘客不理解地问甘地为什么这样做，甘地笑着说："这样一来，看到铁轨旁的鞋子的穷人就能得到一双鞋子。"

记得有个名人说过：善良是历史稀有的珍珠，善良的人几乎优于伟大的人。我感觉这位朋友虽然谈不上伟大，但绝对是个善良的人。

光绪年间有这样一个真实的故事。有一位贾先生帮老板去收欠款，共收到1800多块大洋。但去茶楼喝茶返回时忘了拿钱袋子，回到公司才发现，顿时如雷轰顶。被老板知道后，痛骂一顿，并申明如不找回就要送他吃官司。

1800多块大洋是一笔不小的数字，当时足够一个人用一辈子，他根本赔不起。但贾先生遇上了善人。一位从商的义先生，因运气不好，做生意赔了个精光，买好了午间的船票准备回乡，因为离上船时间早，到茶楼喝茶消磨时间。

恰好在贾先生刚匆匆离去时义先生到了该茶楼，就发现了身边椅子上有个袋子，许久不见有人来取，他感到疑惑，提了提袋子，感觉很沉重，打开一看全是银元。有良心的义先生马上意识到：丢失的人一定心急如焚，我一定要等失主来取。

等呀等呀，一直等到掌灯时分，茶楼里就剩下义先生一个人。突然，一个面色惨白的人向他直奔过来。义先生一眼看出他就是失主，便笑着对他说："你忘了拿钱袋子了吧，我等你很久了。"贾先生听完激动得说不出话来，一个劲地点头致谢，流着泪说："您真是我的救命恩人呀，没有您，我今晚肯定要上吊了。"

贾先生最后以五分之一作为酬谢，义先生坚决不要；又改为十分之一，义先生还是不要；最后改为百分之一，义先生生气了。贾先生没办法，只好说："明天请恩人到某某酒店喝酒，望您赏脸。"说罢掉头就走了。

第二天，义先生居然来了，贾先生正要施礼致谢，义先生却抢先道谢说："多亏您昨天忘了拿钱，让我捡回了一条命。"贾先生惊呆地正要追问，义先生接着说："我昨天原定渡江回家的，已经买好了午间一点的船票，因为等您来取钱把乘船时间耽误了，后来得知那条船行驶到半途时被急浪掀翻，船上23人全都淹死了。如果我上了船，我也没命了，是您救了我的命呀。"说罢，两人含泪谢拜。一个善举救了两条命，真是善有善报。

善良是消除人与人之间不和谐的良方。但有时你的善良言行不一定都能被人接受。

就像世界上最伟大的女人、印度修女德蕾莎女士说的："即使你是友善的，人们可能还是会说你自私和动机不良，不管怎样，你还是要友善。""即使把你最好的东西给了这个世界，也许这些东西永远都不够，但不管怎样，还是要把你最好的东西给这个世界。"

人的善良还体现在对动物的态度上，保护动物就是保护我们同类。一个对待动物残忍的人，对待人也未必会仁慈。人的良心要求人去爱护和帮助一切有生之物，并不去伤害任何生命。人性善良的光芒同样应该照耀在动物身上。

善良，不仅是对朋友有着始终不渝的爱，而且要对敌人刻骨铭心的恨。一个善良的人也是一个敢于向邪恶作斗争的人，邪恶盛行的唯一条件是善良者的沉默，作为一个善良的人，必须敢于对恶亮剑。

人在做，天在看。要坚信善有善果，恶有恶终。不要相信所谓的"好人不长寿，坏人活千年"的谬论。

据报道，科学家在神经化学领域的研究中发现了这样一种现象：当人心怀善念、积极向上时，身体内会分泌出令细胞健康的神经传导物质，而且免疫细胞会格外活跃，所以人就不容易生病；反之，一个人心存恶意、做坏事时，能引起生理上的化学物质变化，血液里会产生一种毒素，身体内的免疫系统就会下降。

孔子说的"仁者寿"，医学上所说的正气存内，就是这个道理。

我们要做到勿以恶小而为之，勿以善小而不为。人都是凡夫俗子，不可能天天行善，但我们至少要有颗善心，不做坏事。

虽然善良是一切道德中最优秀的品质，但我们行善，不能因善良而失去原则，不能没有底线，不然就变得愚钝了。善良有时候是把刀，因为利刃向内，所以伤害的不是别人，而是自己。

美国思想家爱默生说："你的善良必须有点锋芒，不然就等于零。"世界文豪雨果说："过分的善良就是残忍。"

没有一点锋芒的善良，在缺乏善良的人眼里就是示弱的信号。你要知道，这个世界，你若好到毫无原则、毫无保留，也许对方就敢肆无忌惮。所以说盲目的善良等于罪恶。

美国批判现实主义的奠基人马克·吐温说："善良，是一种世界通用的语言，它可以使盲人看到，聋子闻到。"但是，总有那么一些人，不聋不哑不盲不傻，却总是欺骗对他友善的人，这样的人，其实是可恶之人。

善良本身没有什么错，但善良给错了人，就是一个错误。因为越是善良的人，越察觉不出别人的居心不良，他会不断地向他人行善施恩。所以也就有了所谓的

《农夫和蛇》的故事。

古人说："升米养恩人，斗米养仇人。"这个教训要吸取，不然，吃亏的是自己。

我们常说的要培养自己的情商，其实，所谓的高情商，就是一种站在别人的角度为他人考虑，其背后就是一种善良。

善良是人的本性，善良是人类赖以生存的基础，善良的行为使人的灵魂变得高尚。我们应该带着同情、怀揣善良，去关爱每一个苦难的人，去关心每一个需要帮助的人。

没有一个善良的灵魂，就没有美德可言，灵魂最美的音乐是善良。让我们在通往人性真善美的道路上，行善积德，大道致远。

怀揣道德律，坚守星空观

　　"世界上唯有两样东西能让我们的内心受到深深的震撼：一是我们头顶上灿烂的星空，一是我们内心崇高的道德法则。"

　　这是德国古典哲学创始人康德在其名著《实践理性批判》中的一句名言，这也是人类思想史上最气势磅礴的名言之一，这句名言后来还刻在康德的墓碑上。这名言是康德全部哲学思想和一生道德情怀的集中写照。

　　生活中的康德是个凡夫俗人，但在哲学研究领域里，他却是一个很不平凡的人。世人渴求的权力、地位、金钱、爱情及享受等等，都与他无缘，他甚至没有结婚，连个孩子都没有。

　　康德一生致力于自然科学和人类哲学思想的研究，是个实践哲学研究的集大成者。

　　康德是德国历史上伟大的古典哲学家，是西方启蒙运动初期的杰出人物，他的哲学思想标志着启蒙运动的高峰。康德也是对现代欧洲思想的进步具有巨大影响力的一个思想家。

　　康德的《纯粹理性批判》《实践理性批判》和《判断力批判》，这三部哲学著作是西方哲学史上具有划时代意义的巨著，被视为近代哲学的开端。

　　康德不但哲学思想深邃，而且具有伟大的道德情怀。

　　德国诗人和散文家海涅在《论德国宗教和哲学的历史》中写道："德国被康德引入哲学的道路，因此哲学变成了一件民族事业，一群出色的思想家突然出现德国的国土上，就像魔法呼唤出来的一样。"

　　德国哲学家叔本华对康德的评价时，曾经说过这样一句话："任何人在哲学上如果还未了解康德，这只不过是一个孩子。"

　　康德前半生主要研究自然科学、数学、天文学、星云学说等领域，后半生主要研究哲学、宗教、逻辑学和人类学等领域。他提出的让人内心受到震撼的"头顶上灿烂的星空"和内心崇高的道德法则"，也集中体现了他一生研究的全部知识。

康德提出的"灿烂的星空"和"崇高的道德法则"代表康德哲学的两大原则。前者是自然的，科学的；后者是自由的，道德的。

"灿烂的星空"代表着自然界，体现的是奥妙无比的自然科学。

自然科学有着自然规律的特点，要求人们必须遵循自然规律，必须遵守自然法则。这也是客观世界和现实世界。因为星空浩渺无比，人在自然的星空面前显得十分渺小，我们必须仰望和敬畏、不得违抗和蔑视。

"崇高的道德法则"代表着自律，也就是道德律，是理性的法则，应该自觉遵守的法则。

康德在《实践理性批判》中提出了人的道德有准则和法则两种。道德准则是对一般日常道德行为的规范性要求，是号召人们去做。而道德法则是人的道德生活的终极要求，是刚性要求，具有普遍性的约束力，人们应该遵守、自觉遵守。

康德提出的心中崇高的道德法则不是以符合个人或他人的幸福为准则的，不是主观的，具有特殊性；而是客观的，具有普遍性。即在人的内心深处存在着一种永恒不变、普遍适用的道德法则。

崇高的道德法则应该符合公平正义，而不是谋求个人幸福。

康德同时也认为，人们只要在遵守道德法则的前提下，也有个人意志自由，心中有道德的人最终能够得到幸福。

面对灿烂的星空，面对星空中大自然的奇迹，我们惊叹、我们赞美。但更多的是提醒人们在仰望星空的同时，去敬畏自然，提醒我们遵循自然规律。

面对崇高的道德法则，我们要自觉遵守，确立正确的世界观、人生观、价值观，在改造客观世界的同时，自觉地改造主观世界，也更好地为客观世界服务。

星空因其苍茫而深邃，使得我们仰望和敬畏；道德因其崇高而神圣，值得我们信仰和坚守。

在这人心浮躁、利益熏心、急功近利的社会，我们要做到社会再变，灵魂不能浮躁；诱惑再多，步子不能乱套。坚信理想信仰、坚持道德底线、坚守灵魂无价。在当今社会，康德"心中崇高的道德法则"就是我们现在倡导的人性的光辉，就是善良、助人、感恩、孝心。

真正做到守正，守住一颗正直淳朴的心；真正做到慎独，独居一处时，始终保持自律和操守。

在浮躁的年代，要冷静思考；面临寂寞的时候，要宁静致远。常怀律己之心，做一个自律的人，有底线的人。

我们唯有心灵的安静，方能铸就人性的优雅。

当我们迷茫时、无助时、孤独时，要时刻仰望那无穷无尽的星空，牢记内心崇高的道德法则，将自己的言行放在法律、道德、历史的天平上衡量，真正做到既要有杰出的才能，又要有高尚的人品，不至于使自己迷失道德方向。

歌德说："当你读完一页康德的著作，你就会有一种仿佛跨入明亮的厅堂的感觉。"

重温哲学家康德的名言，我们仰望星空，宁静致远，肃然起敬。仿佛置身于广袤的大自然，令人心旷神怡，感恩大自然给予人类的恩赐。

我们怀揣道德律，就要坚守道德法则，树立道德情怀，严以律己、心存敬畏、慎独慎微、勤于自省，做一个有灵魂、有底线、有追求、有境界的人。

星空在天上，道德在心中！

人性

毕现生命美丑的底色

肆

母亲的呼唤是世界上最伟大的声音

如果有人问您：世界上最伟大的声音是什么？您会如何回答？

也许您会说世界男高音歌唱家鲁契亚诺·帕瓦罗蒂的歌声是世界上最伟大的声音；也许您会说政治家铿锵有力的演说是世界上最伟大的声音；也许您还会说喜鹊的叫声是世界上最伟大的声音。

但我认为，这些声音充其量只是最悦耳的声音、最铿锵的声音、最美妙的声音，而不是最伟大的声音。

欧洲文艺复兴时期重要人物但丁有一句名言："世界上有一种最伟大的声音，那便是母亲的呼唤。"我认为但丁的这一名言千真万确，无可辩驳。

母爱是世界上最伟大的爱，由这一伟大的爱发出的呼唤不容置疑是世界上最伟大的声音。

一、孩提时，母亲的呼唤是祈盼子女茁壮成长，那声音甜美可亲

十月胎恩重，三生报答轻。母亲望着呱呱落地的婴儿，抱着幼小可爱的孩子，倾注了全部的爱，给予了无私的奉献。母亲对怀中婴儿甜甜的亲吻、甜甜的微笑，是那么的慈祥、那么的迷人。拍着婴儿入睡，伴随着母亲嘴里悠悠的摇篮曲，正是这一不太符合曲调的摇篮曲，才使孩子甜甜地入睡。

我们的生命是从睁开眼睛，爱上母亲的面孔，听着母亲呼唤宝宝的声音开始的。

"妈妈"是孩子喊出的第一个词语；"宝宝"是妈妈喊出的第一声呼唤。从此以后，母亲的呼唤一直在我们的耳边萦绕并伴随着我们成长。

阿拉伯文学的奠基人纪伯伦说："人的嘴唇所能发出的最甜美的字眼，就是母亲，最美好的呼唤，就是'妈妈'。"

慈母的胳膊是由爱构成的，孩子睡在里面怎能不香甜？母亲的胸怀比海洋比天空更宽广，孩子怎能不会在这自由的天地里翱翔呢？

在我们的心目中，最温暖的地方不是在被窝里，而是在母亲的怀抱里。妈妈的

怀抱永远是孩子避风的港湾、心灵的寄托。在孩子的嘴上和心里，母亲就是"上帝"，"上帝"保佑着孩子健康快乐地成长。

二、读书时，母亲的呼唤是期待子女勤奋好学，那声音严肃认真

全世界的母亲都是相像的，他们的心始终一样。每一个母亲都有一颗极为纯真朴实的赤子之心。

母亲总是期盼儿女好学成才，她那手把手地教育子女写字的耐心，心贴心地教育子女如何做人的苦心，都是子女成长成才的最基础的教育。

多少个日子，母亲总守在儿女的身旁，监看着他们做作业。尽管有些母亲不会作相应的辅导，但母亲看得懂子女是否在认真做作业。母亲的陪伴，总是让子女们没有寂寞，总是让他们信心倍增。他们知道母亲的殷切希望，他们懂得母亲的深情呼唤。多少个雨天、多少个烈日、多少个傍晚，母亲接送孩子，目送孩子进校。高考的几天，母亲更是细心入微地接送着孩子参加考试。母亲带着无限的期盼默默地守候，他们期待孩子带着阳光般的笑容走出考场。孩子也从母亲目送的眼光里牢记了母亲的嘱托，记住了母亲的呼唤，增强了考试的信心。

望子成龙和望女成凤是所有母亲的共同心声。因此，用打骂教育孩子是母亲教育孩子过程中一种普遍现象，并不可避免地发生在每一个孩子身上，这不作为奇。孩子们知道这种打骂声不仅仅是表达了母亲内心的希望，而且更是母亲对自己的呼唤。而且随着孩子的渐渐长大，他们越来越深刻地懂得这种打骂在自己成长的过程中是多么的重要。

尽管有些母亲对孩子溺爱，但这种溺爱也是出于自己的内心的爱。就像每个孩子也都受到过母亲的打骂一样，每个孩子都有过母亲的溺爱。

美国批判现实主义作家马克·吐温说："就是在我们亲爱的母亲的膝上，我们获得了我们的最高尚、最真诚和最远大的理想，但是里面很少有任何金钱。"我们就是在母亲的膝上慢慢懂事、渐渐长大的。

三、工作时，母亲的呼唤是要求子女爱岗敬业，那声音语重心长

母亲知道在翅膀庇护下的小鸟是永远飞不高的，他们更希望子女能够在广阔的天空中自由飞翔。

爱得越深，越是要把他们推向远方。而在家里又时时等候着儿女的归来，远行的儿女总是母亲心头最深切的牵挂。

孩子长大走向社会，母亲更是对子女千叮咛万嘱咐。她教育子女热爱社会、热爱岗位、热爱同事。母爱是儿女背上行囊远行时的叮咛，母亲的叮咛就是声声的呼唤。

工作疲惫时，母亲望着子女唉声叹气的样子，总是教育子女要懂得万事开头难的道理，要吃得起苦，耐得住寂寞。母亲的关爱舒展了子女的身心，坚定了战胜困难的信心。工作烦恼时，母亲总是为子女解压打气，鼓励子女负重前行。工作喜悦时，母亲总是教育子女谦虚谨慎，继续努力，不断进步。

当别人都在关心你取得了什么成绩时，而只有父母惦记你忙不忙、关心你累不累。

天下所有的爱，都是以相聚相守为目的，唯有父母之爱除外。

四、成家时，母亲的呼唤是叮嘱子女热爱家庭，那声音情深意切

当子女离开父母成家立业时，精心操办子女的婚事，望着组成新家庭的孩子，母亲又是留恋不舍，含泪话别。

面着成家的儿子，送着出嫁的女儿，母亲的心是不舍和忧虑。母亲教育儿子要深爱妻子，担当起家庭的顶梁柱。叮嘱女儿热爱丈夫，孝敬公婆。母亲期盼子女夫妻恩爱、家庭和睦幸福。母亲总是用自己的经历和体会，教育子女用炽热的爱经营好自己的小家庭。

母亲不图子女成家后如何孝敬自己，她只希望子女成家后快快乐乐、幸福美满。

子女听过不少教育自己的话，可最爱听的还是母亲那些家常话和唠叨话。

母爱是世界上最纯洁、最无私，也是最弥足珍贵的感情。母爱也是世界上唯一没有功利被污染的爱。母爱就像一首深情的歌，婉转悠扬、轻吟浅唱。母爱是润物的细雨，母爱是醉人的春风，母爱是冬日的阳光。

母亲是最仁慈的人，每一个孩子在成长的路上都给母亲增加过麻烦，但母亲总是含笑面对。正如马克·吐温所说的："我给我母亲添了不少乱，但是我认为她对此颇为享受。"

母爱是"三春晖"，是任何"寸草心"也难以回报的恩情，是人间最圣洁、最无私、最伟大的亲情。无论走到哪里，母亲呼唤的声音都时刻萦绕在子女的耳边。

女人是脆弱的，但母亲是坚强的。母亲用微弱的身子为儿女的成长支撑着，为儿女抵挡了风风雨雨，单薄的臂膀为儿女撑起了万里晴空！

世界上的一切光荣和骄傲，都来自于母亲。子女所取得的一点点的成绩都应归功于伟大的母亲。

母亲的声声呼唤永远激励着儿女坚实地前行！

人性的一种弱点：喜欢倾诉，不爱倾听

读过美国现代成人教育之父、人际关系大师戴尔·卡耐基的《人性的弱点》一书后，人们在对卡耐基提出的处世的几条规则都表示由衷赞叹的同时，更是对卡耐基先生的高情商的处世方式佩服得五体投地。

但同时都发出共同的叹息：做到这样的规则真的很难。特别是对其中的"善于倾听别人"这个规则，感觉难上加难。

对这些叹息声，我们不能过多指责。因为从人性的特点来说，一般人都喜欢倾诉，更喜欢被倾听；一般人不爱倾听、不愿意倾听，更不喜欢倾听别人对自己的教育和批评。

虽然这是人性的特点，但肯定也是人性的弱点，不爱和不愿意倾听更是一个人缺乏耐心、缺乏涵养的表现。

一、倾诉是人的天性，适度的倾诉是情绪的宣泄

倾诉，就是把心中所有的事情全部诉说，它强调说话的彻底性。倾诉也是宣泄情绪的一种方式。有的人喜欢和亲朋好友倾诉，有的人喜欢和战友同学倾诉，还有的人喜欢和网友或陌生人倾诉。

随着社会的发展和进步，倾诉的内容从恋爱婚姻到人际关系；从职场压力到抑郁焦虑；从家务琐事到家庭和谐；从社会观察到价值取向，可谓倾诉的内容越来越广、越来越深。

人有时确实有许多内心的话需要向人倾诉，这是人之常情，也有益于人的身心健康。憋在肚子里的事，闷在心里的话，不一下子说出来，心里就会不畅快，对身体也不利。

总之，适度的倾诉很重要。但是，简单的吐槽或者发泄，肯定无济于事。对谁说、什么时候说、什么话不能说、说到什么程度，这可是有讲究的，也是需要把握的。

有些事情是不能告诉别人的，有些事情是不必告诉别人的，有些事情是根本无法告诉别人的，有些事情如果告诉了别人，你会立马后悔的，有些事情告诉了别人，还会有后果的。

所以字典中就有了"言多必失、沉默是金、守口如瓶"这样的成语，生活中也就有了这样深刻的道理。

美国作家马克·吐温说过："一个人最危险的敌人是他的口舌。"历史上因祸从口出而引来杀身之祸的事例数不胜数，可谓是教训深刻。

日常生活中，能言善道的人很多，但是懂得适时缄默，去倾听别人说话的人却很少。俗话说，聪明的人有长的耳朵和短的舌头；上天给我们一个嘴巴和两个耳朵，就是叫我们多听少说。

可是，有些想倾诉的人，遇到倾诉的对象时，往往激动万分，心里有着一吐为快的冲动。于是说话时手舞足蹈，越说越有劲，越说越离谱，口无遮拦，一泻千里，一道而尽。

如果诉者倾诉时，遇上听者全身心地、认真地倾听，他会感到很满足，甚至心里还有一种成就感，感到听者走进了自己的心坎，心里有着遇到知音的万分喜悦。

记得有位名人说过：一个人最喜欢的人，不是自己所崇拜的人，而是崇拜自己的人。一个倾诉者最喜欢的人，不是向自己倾诉的人，而是愿意倾听自己倾诉的人。

向人适当的诉说、合适的时候向人倾诉，都可以表示诉者是一个性情中人；但过分的倾诉，却可以证明其智慧的欠缺。

从听者来讲，倾听诉者诉说喜悦的事，也能给自己带来喜悦。但有时倾听诉者痛苦的事，可能会给自己带来消极情绪。所以，诉者倾诉时要尽量给倾听者带来正能量、不能让倾听者有压抑和负担。

从人性的本质来分析，人都有控制对方、压迫对方的习性，向人不间断地倾诉，其实从本质上说也是一种控制和压迫对方的表现。

人生的道路上会遇到无数次的烦恼和痛苦，寻找合适的人倾诉，是一种天性，也是一种选择，然后靠自己消化、忍耐才是一种修行。

二、倾听是人的教养，认真的倾听是涵养的体现

倾听是一种美德，倾听是对别人的一种尊重。体现关注和关心，一种最常见、最重要的方式就是倾听。

如果说喜欢倾诉是人性的弱点，那么不爱倾听、不愿意倾听，则是人性中更让人厌恶的弱点。正如古希腊哲学家德谟克利特所说的："只愿说而不愿听，是贪婪的一种形式。"

所谓倾听，是指侧着头听，全身心地去感受诉者诉说过程中的言语信息和非言语信息。

认真倾听，就要进入状态，做到专注和耐心。听人家说话要有耐心，记住自己的身份是倾听者，不要无故打断对方的诉说，听完别人的诉说，也许你能从别人的诉说中获得启迪和教训；不要急切地表达自己的建议；不要使自己的思维跳跃得比诉者还快；也不要试图理解和说出诉者还没有说出来的意思。

听者可以保持沉默，但必须学会点头和示意。沉默，蕴含着千言和万语；点头，折射出关心和礼貌；示意，显示出理解和同情。

正如杰克乌弗在《陌生人在爱中》里所说："很少人经得起别人专心听讲所给予的暗示性赞美。"

愿意倾听别人的倾诉，那是具有良好修养的表现，是高情商的体现，也是能让诉说者尽情倾诉的前提。

听者要做到凝视倾诉者，时而示意点头，时而发出共鸣的声音，做到共情式倾听。而不能仅用耳，不用心，心不在焉。倾听要做到回馈。适当的回馈，会让对方很有面子感。没有回馈的倾听，其实是敷衍了事的倾听。

即使听到不喜欢听的话，倾听者的脸上也不能有嫌烦情绪的体现。一个令倾诉者喜欢的倾听者，其实身上也有了卡耐基式的高情商。

三、倾诉和倾听是一对孪生兄弟，"同胞"同心，同心同向

倾诉和倾听，看上去是一对矛盾，其实是一对孪生兄弟。一个愿意倾诉，一个愿意倾听，这就是一对孪生兄弟。一个喜欢倾诉，一个不爱倾听，这是一对矛盾。如何做到既对立又统一，那是一项要求很高的技术活。

从这一点上来讲，倾听需要很高的技巧。因为倾诉只需要关心自己的感受，而倾听则需要关心双方的感受。

倾诉很轻松，倾听却很吃力，有时甚至还很痛苦。倾诉者有时像泄洪一样将痛苦传递给倾听者，听者既要耐心倾听，又要做好安慰息怒和解惑释疑工作。

听者有时像一只垃圾桶，强迫地接受诉者的负能量，又不能发出不耐烦的声音，更不能出现不耐烦的情绪。

倾听者必须认真倾听，能让倾诉者看得出听者脸上理解和同情的表情；能让倾诉者知道听者已走进了他的心坎；能让倾诉者知道听者心里已和他产生了共鸣。

听者需要及时理解和回应诉者，但诉者不需要，甚至不需要组织语言，有时会

语无伦次。诉者可以乱诉，但听者不可以乱听。

学会了倾听，才能更好地去倾诉。诉听双方都要站在对方的角度去倾诉和倾听。

过分的倾诉是一种负能量；不愿意倾听是一种不礼貌。作为倾诉者要知道，在该诉说的时候诉说、恰当的时候诉说，诉说是最好的表达；而在不该诉说的时候去倾听，就是比诉说更让人折服的表达。作为倾诉者要懂得珍惜对方的倾听，有时尽管听者没有赞同自己的诉说，甚至没有倾听，但毕竟听者花费了听的时间。而且，有时倾听了自己有些负能量的语言，也会影响听者原有的心情。

古希腊有一句民谚："聪明的人，借助经验说话；而更聪明的人，根据经验不说话。"

作为倾听者，要珍惜倾诉者对自己的信任，毕竟倾诉中有许多是诉者不愿意和他人诉说的内容。有时诉者不需要听者的忠告和建议，只需要听者友善和同情地倾听。

认真倾听别人的倾诉，也许是细枝末节，但却体现了听者谦逊的品德、展现了良好的教养。

倾听的耳朵是虔诚的、倾听的心灵是敏感的。有了倾听的耳朵和愿意倾听的心，你就会拥有忠实的朋友。寻找一位倾诉者，那是一件很容易的事；但找到一位认真的倾听者，远远比你想象的要难得多。

对别人倾诉自己，这是一种天性；对倾诉者认真倾听，这是一种教养。

诉者要对听者进行合理、适度、真实地诉说，珍惜听者的付出；听者要尊重诉者的天性，珍惜诉者对自己的信任。

如果倾诉是银，那么倾听就是金。

愿诉者学会诉说的方法，珍惜听者的倾听；愿听者倾听诉者的倾诉，理解诉者的倾诉，彼此散发人性的美。

面子到底有多重要？

面子是一个人存在于社会，在社会交往中不可缺少的自尊心和人格的一种表现形式，是根植于文化的社会心理建构。

可以说，人人都要面子，人人都爱面子，人人都希望得到别人的尊重。

面子文化是中国传统文化的重要组成部分。作为常有的文化心理现象，面子文化深深地影响了中国人的日常生活。

平时社会生活中出现的"给我一点面子好吗？""这点面子也不给吗？""看在我的面上"，等等，这些都属于面子文化。

中国的社会是一个充满人情世道的社会，生活在这样国度里的人都有一些要面子和爱面子的心理。国人的面子有两种内在意思：第一种是人生的体面，指一个人的行为受到社会的肯定和赞赏，这也是一个人自尊的表现；第二种是社会的脸面，指一个人在社会中的地位和声望，也就是影响力。

如果夸一个人面子大，就是在夸他的社会影响力大，就是夸他的社会存在价值度高。面子的大小也直接反应出一个人的能力、成就、地位和影响的高低。

因为面子代表着体面、人格、甚至是尊严，所以中国现代思想家鲁迅先生称面子为"中国人的脊梁"，明史学家吴晗称面子为"骨气"。

人要面子树要皮。爱面子和要面子，未尝不是好事，也无可厚非，适当要面子是天经地义的事情。

香港企业家李嘉诚说过："当你放下面子赚钱的时候，说明你已经懂事了。当你用钱赚回面子的时候，说明你成功了。当你用面子可以赚钱的时候，说明你已经是人物了。当你还停留在那里喝酒、吹牛，啥也不懂还装懂，只爱所谓的面子的时候，说明你这辈子也就这样了。"

历史上出现了许许多多为了个人或国家的面子，而展示自己的人格和尊严、又受到人民爱戴和尊敬的人。孔夫子的"渴不饮盗泉之水"、文天祥的"宁为玉碎，不为瓦全"，都是为了面子而恪守底线、刚正不阿。

春秋时期，为了复国大计，勾践卧薪尝胆，不单舔苦胆，连敌人的粪便都尝，根本不考虑自己的面子。因此也实现了自己复仇复国的梦想。

维护面子，实际上就是维护自己的社会影响力。维护面子也就是在维护个人利益，看似非常虚荣，其实很现实、很理性。

要面子，大到国家民族的层面，小到老百姓鸡毛蒜皮的琐事。

1962年古巴导弹危机就是因为美苏两国要面子酿成的。1959年美国在意大利和土耳其部署了中程弹道导弹，包围苏联。苏联人觉得很没有面子，于是将战略导弹运往古巴，造成对美国的核震慑。美国人也觉得没有面子，断然采取全面封锁古巴海域，美国在全球各地的战略部队进入战争状态。

虽然双方在核按钮旁只徘徊13天，但也是冷战时期最危险的对抗，差一点造成人类毁灭。最后，以苏联人拉下面子，撤回古巴部署的导弹，美国取消封锁古巴海域为结束。

清代康熙年间，大学士张英的府邸与吴姓相邻。吴姓盖房欲占张家隙地，发生纠纷，双方各自要面子告到县衙。

因两家都是高官望族，县官欲偏袒相府，但又难以定夺，连称凭相爷作主。相府家人遂驰书京都，张英阅罢，立即批诗寄回，诗曰："千里家书只为墙，让他三尺又何妨。万里长城今犹在，不见当年秦始皇。"家人得诗，即拆让三尺，吴姓深为感动，也连让出三尺。于是，便形成了一条六尺宽的巷道，也就有了六尺巷的传说。

从哲学角度来说，面子与里子是相辅相成的。里子是面子的内涵和底蕴，面子是里子的外延和表象；面子靠里子来支撑，里子由面子来表达；里子决定面子，面子反作用于里子。

人人都爱面子，都想有面子。但是，要想要面子，必须充实里子。里子不好，死要的面子，迟早难于支撑。里子好，即使暂时没面子，迟早会有面子。

真实和厚实的里子所支撑的面子才是真面子、大面子、好面子，这种面子是永远的面子。

就一个人而言，其行为举止、外表长相等，属于面子；其品质和才华等，属于里子问题。

面子和自尊心在本质上是一回事，要面子就是要自尊心。适度的要面子有利于事业的成功；过分的要面子有碍于事业的发展，许多地方搞的形式主义就是要面子的思想在作怪，而往往造成死要面子活受罪。

结婚时为了要面子，讨新娘欢喜，勒紧裤腰带，债务累累，这是一种死要面子的表现。

　　明明自己做错了事情，但死不承认错误，这也是死要面子。面子掩盖不了一个人的不足，承认不足才能内心强大，成长自己。太爱面子的人，注重自己的"光辉形象"，不能让别人看到自己的不足，总是想尽办法掩盖自己的不足。

　　过于自尊的人往往也是一个死要面子的人。过于自尊的人有一种共同的特点，就是害怕别人看不起自己，总会觉得身边人在窃窃私语地议论自己，总在意别人如何看待自己所做的一些事情。

　　德国非理性主义哲学的创始人叔本华说："人性一个特别的弱点，就是在意别人如何看待自己。"这是一种心理问题，一个人越是想表现什么，那就说明越是缺乏什么；越是觉得别人看不起自己的时候，往往越渴望得到别人的认可。

　　自尊心太强就是爱面子的表现，自尊心太强的人往往是生理的缺陷和家庭环境因素所致，这些人往往用自尊的外壳来掩盖自卑的内心。

　　从本质上说，适度的自尊和自卑都不是坏事，因为自尊可以转换成积极向上的动力，中国古代这样的例子数不胜数，象陶渊明"不为五斗米折腰"、司马迁受腐刑后发奋著《史记》等等，都是由自尊而引发的骨气。

　　过分的自尊和要面子也是十分有害的。法国作家尤瑟纳尔说："世界上最肮脏的，莫过于自尊心。"此话虽然有点绝对，却也不无道理。

　　自尊心是尊重自己、维护自己的人格尊严，不容许别人侮辱和歧视的心理状态。过分的自尊心，其实是以自我为中心，排斥他人，这是一种自私的表现。

　　当代作家巍巍说过："为了面子坚持错误是最没有面子的事情。"千万不要做死要面子活受罪的事，不然，那种要面子会被人取笑，实在不值得。

　　自尊心是建立在实事求是的基础上，要面子是建立在虚荣的基础上。只有充分尊重他人，才会使自己得到他人的尊重。伤什么，别伤面子；戳什么，别戳人心窝。谁都有雨天没带雨伞的时候。自觉地为别人撑一把伞，多么"绅士"，多么阳光。

　　我们倡导尊重别人的自尊心，少触及别人爱面子的言行。一个人的自尊心得到尊重，得到肯定，他就会产生自豪感、自信心；如果自尊心受到损害，他就会产生自轻自卑，甚至自暴自弃。

　　古巴马克思主义革命家格瓦拉有一句名言："当你知道了面子是最不重要的东西时，你便真的长大了。"

　　放下那所谓的面子，抛开面子的累赘，每一天都为自己的内心而活，做一个真正的自己，不是更有面子吗？

嫉妒和诋毁，是自卑者不情愿的一种"仰望"

　　嫉妒和诋毁是一对罪恶的孪生兄弟。嫉妒是诋毁的前奏；诋毁是嫉妒的结果。

　　被人嫉妒，是习以为常的事。即使被人诋毁，也不足为奇。

　　而且，越是优秀的人、越是出众的人、越是成功的人，越是会被人嫉妒甚至诋毁。

　　人性最大的恶，就是见不得别人好。你有时真的不知道，平时看似和你亲密的人，背后对你也在对你评头论足。如果你听到，你也许会后背发凉，甚至吐血。那些人的嫉妒和诋毁是没有原因的，因为他们平庸，碌碌无为，因为他们没有成功，于是，就往你身上出气，嫉妒你的优秀。

　　没有一个人不被人背后议论，皇帝还有背后之言。被人议论实属正常。也没有一个人不被人议论过。不被人议论，说明这个人可有可无。不被议论，反而是不正常的。

　　真正内心强大的人，是活在自己的世界里，而绝非活在别人的眼里和嘴中，他从不在乎自己被人背后的议论。俗话说，人生无非是笑笑人家，再被人家笑笑。

　　德国哲学家叔本华说过："人性一个最特别的弱点就是：在意别人如何看待自己而已。"这是人性的弱点，也是人性的特点。许多人都特别关注别人在背后说过自己的话，特别是诋毁过自己的语言。

　　当被人诋毁时，一般人都千方百计地了解别人背后说了自己什么。而当了解到自己被背后诋毁的语言时，往往怒发冲冠，情绪异常的激动，找人诉说，向人解释。有的人甚至有恨不得一下子杀了对方的想法和冲动。所以，这些人活得不自在、活得比较累。

　　嫉妒，本质上是一种被人羡慕；诋毁，本质上是一种被人仰望。从某种意义上来说是一种求之不得的事。所以，当有人嫉妒和诋毁你时，自己应该满足和开心才是。

　　要感谢那些嫉妒和诋毁过自己的人，有时他们的嫉妒和诋毁，也能使我们反省、反思。也许还是一种动力，能使自己咬紧牙关，忍辱负重，不断地前行，不断地努力，不断地进步。

老是活在别人的掌声中，是禁不起考验的人，经不起风雨的，是得不到进步的。但计较别人的嫉妒和诋毁，更是禁不起考验的人，同样会使人停滞不前。

逆风更适合飞翔，要顶得住别人的嫉妒和诋毁。

活在别人的眼里，是世上很可悲的一件事。别太关注人家的嫉妒，也别太关注别人在背后如何议论自己。对别人的嫉妒和诋毁不以为然，才会展示自己的气度、胸怀和格局。

要知道，那些比你强大的人，根本懒得提起你，只有比你弱小的人才会吃饱了撑着没事做，才会这样津津乐道地议论你。

嫉妒你的人、诋毁你的人，一定比你差很多。他们心里都巴不得你比他们差，巴不得你过得比他们潦倒。如果你越是在意别人的嫉妒、越是在意别人背后的诋毁，他们会越是得意。如果你和不如你的人斗气，说明你把自己归类于嫉妒和诋毁你的那个阶层，也许你真的还不如嫉妒和诋毁你的这些人。

社会是残酷和无情的。现实生活中有一些人也根本没兴趣关注你飞得高不高，他们更关心的是你摔得惨不惨，然后假装关心，点个赞，还假惺惺地问候一下。不然为什么会有"人前人话，人后鬼话"这句话呢？

俄罗斯无产阶级文学家托尔斯泰说："当众窃窃私语是没有教养的表现。"如果说嫉妒别人的人不是君子的话，那么背后诋毁别人的人，肯定是品德极差的小人。

人生最大的敌人是自己。别把这些嫉妒和诋毁自己的人当作敌人，不要因此增加自己的负担，使自己不愉快、不轻松。

你放弃谁都可以，但千万不要放弃你自己。

一切问题，最终都是时间问题。当真相大白时，这些见不得人的诋毁就会烟消云散。所以，在意别人的嫉妒和诋毁，其实是自寻烦恼。能忍能让才是真君子，能屈能伸才算大丈夫。

北京大学原校长蔡元培先生说："凡毁谤人者，常不能害人，而适以自害。"一个人说人家的坏话越多，返回到自己身上的坏话也就越多。

如果别人的嫉妒和诋毁让你生气，那说明你还没有战胜对方的勇气和把握。

人痛苦的不是在背后被人议论，而是在背后不被人提起。也不要因为别人的嫉妒和诋毁而难过，让你难过的事情，有一天你一定会笑着说出来。

德国哲学家、西方现代哲学的开拓者尼采说过："但凡不能杀死你的，最终都会使你更强大。"面对嫉妒和诋毁，我们要坦然面对，昂首挺胸地前行。经得住多大的诋毁，才能承受多大的赞誉。

"近代化学之父"道尔顿小时候曾因为把红看成绿被同伴嘲笑为"绿眼猴"。但他没有顾忌别人的嘲讽和诋毁，专心研究这一怪异现象，终于发现了隔代遗传的"色盲"。最后发明了不干胶，造福人类。

"生活总是让我们遍体鳞伤，但到后来，那些受伤的地方一定会变成我们最强壮的地方。"美国诗人海明威在《老人与海》中的这一名言，应该更坚定我们面对嫉妒和诋毁的正确态度。

死者不在乎诽谤中伤，活人却会因它而怒极身亡。如果我们拘泥于别人的嫉妒和诋毁，那最后受伤的一定是自己。

英国浪漫主义诗人莎士比亚说："最纯洁的德性，也免不了背后的诽谤。"人在江湖，身不由己，人性险恶，防不胜防，做好自己就是做好了应对一切的准备。

有位哲人说过，每次诽谤总有三个牺牲品：一个是诽谤者，另一个是被诽谤者，第三个是信以为真者。我们千万不要做第二、第三者，这样也就没有了第一者。

网络上流行这样一段话：你永远不知道在别人嘴中的你会有多少版本，也不会知道别人为了维护自己而说过什么去诋毁你，更无法阻止那些不切实际的闲话。而你能做的就是置之不理，更没必要去解释澄清，懂你的人永远相信你。

中国现代思想家鲁迅先生说过："走自己的路，让别人去说吧。"让这一代表鲁迅思想的名言伴随我们在坎坷的人生道路上不断前行，勇往直前、走向辉煌。

一个令人痛心的现实

人和动物的本质区别在于，人可以用理智控制自己的欲望，懂得用道德约束自己，而动物不行。

当然，也不是所有的人都会用道德的标准要求自己、规范自己，有些人甚至还非常缺德。

以至有人说，人和狗的区别还在于，狗永远是狗，而有些人有时候还不如狗。

难道不是吗？现实生活中有的人西装革履，道貌岸然。有的人人模狗样，满嘴仁义道德，一肚子男盗女娼，人血馒头吃得不亦乐乎。

虽然这样的话听了让人有点后背发凉，但这种现象确实存在，而且社会上这些现象还很恶劣。

2020年5月7日，陕西省靖边县58岁的马乐宽因讨厌母亲瘫痪在床，小便失禁，竟然亲手将79岁瘫痪的母亲活活埋在废弃的墓坑里。

俗话说，虎毒不食子，但在2020年11月2日，重庆一位丧尽天良、人性泯灭的父亲联合情妇，将自己两个亲生的孩子从15楼扔下。

江苏省丰县发生的生育八孩的链条女事件，也足于说明董某民等人狗彘不若。

这些灭绝人性的事件，虽然发生在少数地方、少数人身上，但出现在当今高度文明的社会，无论何种理由，都让人瞠目结舌，难于置信。

在这个缺少温暖的社会，我们感觉到了人有时真的还没有狗那样有温情。

俗话说，你喂狗三日，它记住你三年，你善待人三年，他三天就可能忘记你，很多时候，有些人真的不如狗。此话也说出了物欲横流、道德沦丧的社会臭恶现象。

狗忠诚可靠，懂得感恩，但有些人却翻脸无情。狗对主人的忠诚程度，是狗区别于其它动物的突出优点。

狗是一个容易满足的动物，只要能吃上人啃过的骨头，就算是美餐了。可是人不一样，人得到温饱以后，他还会追求山珍海味。而且，人的欲望是无止境的，永远也得不到满足，有些人为了金钱、地位、利益、爱情、面子……什么伤天害理的事都做得出来。

狗不会离开主人，只有人会抛弃狗。始终不渝地陪伴主人，是狗通人性的一个特点。狗不会嫌弃主人的贫穷、疾病、潦倒，当主人痛苦和无助的时候，狗依然守候在主人身边。

一只狗愿意用有限的生命等待它的主人，愿意用有限的生命守候它的主人，而有些人连照顾年迈的父母都不能做到。狗不会耻笑同类和异类，并且善于包容和同情，但人会幸灾乐祸，会嘲讽讥笑他人。狗有怜悯之心，而有些人真的还不一定能做到。狗临死前会有向主人道别的举动，但不会给主人添麻烦。狗还有灵性，还能预测和预报自然灾害。

一只狗带给人的最大快乐是，当你对它疯的时候，它不但不会取笑你，而且还会跟你一起疯。

人类进化论的奠基人达尔文说："对人的爱已经成为狗的本能，几乎不容置疑对一条狗好，也许只花你一部分的时间，而它，却将一辈子回报于你。"

狗是唯一爱主人胜过爱它自己的动物。所以，养狗是唯一一件能用金钱买到爱的好事。

难怪法国批判现实主义作家罗曼·罗兰感慨道："当我与愈多的人打交道，我就愈喜欢狗。"在物欲横流、利益熏心的社会，人与人之间冷漠的关系，有时还真的远远比不上人与狗之间相处得那么真诚。

因此越来越多的人喜欢狗，而且养狗似乎成了社会上的一种时尚。家里没有一条狗，似乎还不好意思跟人家说自己过上了小康生活，甚至还觉得没有面子。

因为喜欢狗的人越来越多，因此，宠物市场、宠物医院并不鲜见。过去养狗，是用于看家护园，而现在狗却成了家庭的一个成员，而且它受到重视的程度不亚于人。

据《2019年中国宠物行业白皮书》显示，2019年人均单只宠物犬年消费达6082元，人均单只宠物猫年消费金额为4755元，同比增长10.3%。宠物的医疗、摄影、玩具、服饰、美容等行业悄然兴起。

令人遗憾的是，一些人宁愿花许多的钱饲养狗，而不愿意赡养自己的父母；有些人宁愿为治疗犬病而大把大把地花钱，而不情愿为生病的父母治疗。

人性贪婪、自私、残忍、狂妄、无常，但狗忠诚、专一、热情、勇敢。

在所有的哺乳动物中，只有人是会说谎的。人如果无谎言，估计也无法生存，但狗不会说谎。动物世界严守规则，人类世界有许多法律和规则，却有许多人不去遵守，甚至践踏和破坏。

人类社会比较厚颜无耻，把本能的举动上升为美德，而狗等动物从不炫耀自己的本能行为。畜生虽然是禽兽，但畜生中也有比有些人还高贵的动物，狗便是，人类中也不乏有禽兽不如的人，遗弃父母、欺侮弱小便是。

波斯诗人萨迪在《蔷薇园》一文中说："从外貌看来，人最高贵，狗最低贱。但圣人认为：重义的狗胜于不义的人。"

自然界一切灾害大多数来自于人类所为，人类既是文明世界的创造者，但又是文明世界的破坏者，甚至也许是文明世界的毁灭者。

古希腊哲学家亚里士多德说："人是什么？在最完美的时候是动物中的佼佼者，但是，当他与法律、正义和道德隔绝以后，便是动物中最坏的东西。他在动物中就是最不神圣的，最野蛮的。"

破坏自然界的生态平衡，残杀动物，自相残杀，人类是排第一位的。

狗不会吃人，但人要吃狗肉。饲养了多年的看家狗，照样宰了吃，而且吃相又是那么的难看。

从猴子变成人需要成千上万年，从人变成猴子只需一瓶酒。人一旦酒性上来，就会忘乎所以，大话、脏话、空话脱口而出，更会有荒诞、滑稽现象的出现。狗就不会有这种现象的出现。

辨别是非，是人与狗等动物的又一个区别。当今社会有些人背叛良心、黑白不分、缺乏正义。因此，作为一个有人性的人，应该匡扶正义、打击邪恶、富有爱心、坚守一颗善良的心。

美国批判现实主义作家马克·吐温说："人类是唯一会脸红的动物，或是唯一该脸红的动物。"

对于缺乏人性、缺乏道德、缺乏底线的人来说，是否应该到了该脸红的时候了。

人性悲哀的一面：穷人比富人更看不起穷人

富人看不起穷人，是因为财大气粗，这还可以理解；但是，穷人比富人更看不起穷人，这就不可思议了。但这恰恰是这个社会的一种怪现象。

许多人会认为，富人之间往往相互竞争、相互嫉妒、相互挤压，而穷人之间，因为彼此弱小，会同命相怜、会抱团取暖、会相互扶持。

但事实却恰恰相反：强者在示弱，弱者在逞强。越是富人之间，越是相互捧场，相互协作；而穷人之间，反而蔑视，反而争斗。

由于贫穷和无知，穷人之间的蔑视和争斗，基本上都是零和博弈。

穷人之间本应同命相怜，但越是底层的人，越喜欢相互为难；越是身处底层的人，往往戾气越重。

穷人比富人更看不起穷人，这是社会的悲哀。这种怪现象在农村更为突出，这是典型的"五十步笑百步"。

这与一个人的文化素养密切相关，穷人看不起比自己更穷的人，其本质上是对弱者的蔑视。这种人一旦富有，不会向穷人施舍，而是向弱者发难。

中国人民大学教授储殷说过这么一句话：底层的人，往往有一点权力以后，迫害底层比谁都狠。你不难发现，有钱的人牵着狗进小区，保安会向他点头示意；而穷人哪怕带着他的母亲进小区，保安也会不屑一顾。你会发现，一个人开着一辆宝马、奔驰之类的车进小区去拜访朋友，小区保安基本上不会为难他。但如果一个人骑着一辆电动车去拜访朋友，保安就会反复盘问他，似乎一定要查个水落石出。这种人唯恐人家不知道他也有这么大的权力，其实他的骨子里就是看不起穷人。

俗话说，弱者挥刀向弱者。底层的人一旦有了权力，之所以会变得如此残忍和猖狂，是因为他们内心很自卑，他们需要宣泄自己内心积压的情绪，而且会向着更弱的人。

所以，穷人看不起穷人，可能比富人看不起穷人表现得更为露骨。

历史上就有"笑贫不笑娼"的说法，中国历史上奴才也是最底层的人，但他根本看不起自食其力的奴隶，甚至还会像主子欺侮自己一样欺侮奴隶，而且欺侮的程度比主子欺侮自己的程度还要嚣张和残忍。

所以就有这样的说法：富有的人都是人抬人，贫穷的人都是人踩人。

既然都是底层人，为什么要如此欺侮同类人呢？又为什么要如此践踏同类人的尊严呢？答案很简单：这就是人性，人的骨子里有欺软怕硬的劣性，有欺穷攀富的心理，人还有压抑他人的天性。

中国历来就有"穷不与富斗，富不与官争"的说法。我斗不过富人，但我可以斗斗比我更穷的人。

穷人也不愿意和穷人在一起，生怕与比自己穷的人沾边，会给自己带来晦气，会给自己添麻烦，总感觉比自己穷的人找上门来不会有什么好事。

一个单位总有几个贫困潦倒、智力不健全的人，这些人常被人取笑、愚弄甚至侮辱，而侵害他们的恰恰正是那些没有出息的底层的人，而不是一些成功人士。

因为防疫需要，小区实行封闭管理，启用一些管理人员。这个官位不大，但权力也不小，未经他的同意，哪怕再牛的人也不能进出。因此，有些管理人员红袖章一戴，胸牌一挂，俨然一副十足官腔，终于有了一次过把官瘾的感觉。这时候，平时天天见面的邻居、经常一起打牌的好友，在他眼里好像都成了罪犯，行使着无限的权利，甚至侵犯基本人权。

外卖小哥进出小区门口，也常常会遭到保安怒斥，甚至经常出现被殴打的惨状。许多外卖小哥切身体会到，有钱的顾客会比贫穷的顾客和善些。

狗眼都会看人低，穷人也会看不起比自己更穷的人。法国思想家罗素说："乞丐并不会妒忌百万富翁，但是他肯定会妒忌收入更高的乞丐。"

当你身边有一个遥遥领先你的人，你不会嫉妒，你只会羡慕。可是，当你身边有各方面条件和你差不多的人过得不如你时，你也许会蔑视他，甚至会看不起他。

俗话说：人穷别走亲，马瘦别走兵。没钱会被人看不起，会被人爱答不理，即便是亲人。

一个人有钱时放屁都是道理，没钱时有道理都是放屁。

这个社会很现实、很残酷，你越有钱，你就会发现身边的人都很温柔，都会向你点头点赞。但你穷了，你就发现身边的人少了，剩下的都是看不起你的人。

一个穷人瞧不起另一个穷人，其实质是内心的自卑心理在作祟，因为自己常常也被人瞧不起，所以，把自己仅有的一点点优越炫耀在比他更穷的人面前，找到那一点点可怜的平衡，以提升自己的颜面，满足自己的虚荣心。这是一种人格的扭曲、人性的悲哀、人性的罪恶。

相声演员郭德纲说过这样一句话："穷人十字街头耍十把钢钩，钩不到亲人的骨肉；富人深山老林刀枪棍棒，赶不走无义的亲朋。"

很多时候，不是因为富有而善良，而是因为善良而富有。贫穷与疾病、战争等，都是人类的敌人。贫就贫在少见识，穷就穷在缺志气。

德国哲学家歌德说："最能表明一个人品格的，莫过于他所取笑的对象。"

穷人看不起比自己更穷的人，他的品行已经到了让人恶心的地步了。富人看不起穷人，是富人看不起穷人没有志气，看不起穷人好吃懒做；穷人看不起比自己更穷的人，是因为穷人想压迫比他更穷的人，是因为穷人骨子里对比他更穷的人有一种残忍的心理。

人的本性要求我们：既不要仰望富人，又不应该蔑视穷人。

富不过三代，穷不过讨饭。三十年河东，四十年河西，穷人要有穷人的骨气。攀富是一种奴气，看不起比自己更穷的人是缺乏人性。

人性最大的悲哀是走不出心灵的迷茫，穷人比富人更看不起穷人，何尝不是心灵的迷茫、人性的扭曲？

弱小和无知不是生存的障碍，傲慢才是。穷人看不起比自己更穷的人，这是一种不该持有的傲慢，也是一种让人恶心到极点的傲慢，更是一种人性的罪恶。

贫穷不是耻辱，羞于贫穷才是耻辱。人只要有志气，人只要不死，迟早会有那出头的艳阳天，何必为自己的贫穷发愁和发呆？人们又何必为难比自己更穷的穷人呢？

母爱的温暖永不冷却

母爱，世界上最伟大的爱。这是每个人不容置疑的发自内心的心声。

母爱，胜于万爱。这是每一个得到过母爱的人共同的感受和永不忘却的回忆。

母爱是人类最自然、最深厚、最难忘的情感。母爱，是一个人类亘古不变的主题。

人类具有两种母爱：一种是母性的本能（受孕、生育、抚养幼儿的愿望和行为），这是一种本能的母爱；另一种是社会性的母爱（对子女有教育意义的母爱）。这两种母爱不但对子女产生了极为深刻的影响，而且对人类的发展起到了十分重要的作用。

母爱，人世间最纯洁、最无私、最仁慈、最宽容、最细腻、最广泛、最执着、最温暖、最崇高、最伟大的爱。也许你比我对此表述得更全面、更贴切。

人类最最不能动摇的情感，就是那深深的母爱。

母爱是一种巨大的火焰，母爱是世间最伟大的力量。我们每当感受和回忆母爱，浑身感到温暖，浑身充满力量。

母爱，似春风细雨，犹如甘露，滋润万物，春意盎然；母爱，似夏日清泉，沁人心脾，晶莹剔透，纯洁如玉；母爱，似秋日金风，秋兰飘香，内心丰盈，厚重沉稳；母爱，似冬日阳光，温暖灿烂，暖化寒冷、荡涤心灵。母爱，如五彩斑斓的彩虹，无论风雨如何侵蚀，她都是那么完美无瑕、永不逊色。

母亲以其宽广的胸怀、无私的奉献，哺育生命、润泽后代、呵护成长。女人是脆弱的，但母亲的内心是坚强的。母亲能忍受着生儿育女的痛苦、艰险和艰辛，母亲能承担起家庭的一切重任。

2008年"5.12"汶川大地震中，当房屋倒塌的那一刻，一位伟大的母亲，首先想到的是自己褓褓中的婴儿，她用自己的身子挡在孩子身上。

当救援官兵发现她的时候，她早已停止呼吸，但她仍保持着保护自己孩子的死亡姿势，双膝跪地，整个上身前倾，双手扶着地支撑着身体，呈匍匐姿势，身体被压得已严重变形，但怀里的女婴毫发无伤地睡着。

她用自己的生命，换取了孩子的生命。她知道自己躲不过这次灾难，就在手机上留下了最后一条信息："亲爱的宝贝，如果你能活着，一定要记住我爱你！"她要让活着的孩子知道，自己的母爱不曾缺失。

2002年2月23日，位于奥地利西南部阿尔卑斯山的费拉茨谷地发生了一起雪崩灾害。一对正在滑雪的母女被大雪埋葬，当她们艰辛地爬出雪堆时，却又面临着新的危机，由于她们都身穿银灰色的衣服，救援飞机在上空盘寻了几圈，也没有发现她们。

随着时间的推移，饥饿、寒冷和恐惧纷至沓来。在生死攸关之际，母亲毅然割断自己的动脉，用鲜艳的热血染红了白雪，为救援人员的搜救指引了准确的位置。女儿得救了，但母亲却永远地离开了女儿。

意大利诗人但丁说："世界上有一种最美丽的声音，那便是母亲的呼唤。"

孩提时，母亲的呼唤是祈盼子女茁壮成长，那声音甜美可亲；读书时，母亲的呼唤是期待子女勤奋好学，那声音严肃认真；工作时，母亲的呼唤是要求子女爱岗敬业，那声音语重心长；成家时，母亲的呼唤是叮嘱子女热爱家庭，那声音情深意切。

母亲永远是我们人生的港湾，永远是我们事业的靠山。每当我们犯错犯规犯傻的时候，母亲总是帮我们遮风挡雨。

当我们落魄无助的时候，母亲总是鼓励我们振作精神，鼓起我们的勇气；当我们愚蠢发呆的时候，母亲总是耐心地开导我们，并为我们指点迷津；当我们取得成就的时候，母亲总是教育我们谦虚谨慎，不断进步。子女无论是喜悦，还是悲伤；无论是成功，还是失败，他们都会扑在母亲温暖的怀里。

有人说，在物欲横流、势利功利的社会，母爱是唯一没有被名利污染的爱，这话虽然绝对，但不无道理。

母亲对子女的爱是宽容的，母亲对子女的爱是无私的，她能原谅子女的一切。

2020年5月5日，陕西省靖边县58岁的马乐宽，因讨厌母亲瘫痪在床，大小便失禁，竟然亲手把自己79岁的母亲活活埋在了一处废弃墓坑内。当母亲被救活苏醒过来后，她却非常担心自己的儿会不会被判重刑。面对这种泯灭人性的畜生，当民警追问时，母亲竟然谎还称是自己爬进墓穴的。母亲差点命丧自己儿子之手，还惦念着他，母爱是多么无私、宽容和仁慈啊！

世界文学史上伟大的小说家、法国作家马赛尔·普鲁斯特说："当母亲在世时，我更多地想到假如失去母亲的日子；而现在，母亲不在了，我则会经常想起从前有母亲的日子。"

母亲在，有母爱；母亲不在，想起母亲，温暖就会到来。

当我们消沉低迷的时候，想起亲爱的了母亲，就会精神振奋；当我们困难无助的时候，想起了亲爱的母亲，就会有希望和动力；当我们在异乡漂泊的时候，想起了亲爱的母亲，就会有乡愁的感觉。

母亲是一本无字的书，她教会了我们做人做事的道理；母亲是一首无声的歌，她为我们谱写了人生美好的乐章。

母爱，使我们从顽愚到睿智，使我们从落魄到雄起。

美国人文主义诗人沃尔特·惠特曼说："全世界的母亲是多么的相像！她们的心始终一样，每一个母亲都有一颗极为纯真的赤子之心。"

母亲不一定要求自己的儿女有多大的作为，但她一定希望子女平安、幸福、快乐，一定希望子女天天能早点回家团聚。

世界上最伟大的爱莫不过母爱。母爱不仅仅是指母亲对孩子的爱，也包含孩子对母亲的爱。

孝顺是衡量一个人品德的最基本的方面。对母亲的爱，是一种基本的人性、基本的爱，也是一种感恩和报答。感恩和报答，也是孩子对母爱付出的一种尊重。

每一个子女都必须做到对母亲绝对的孝顺，做到了对母亲无限的爱，才无愧于自己作为一个人的存在。

鲁迅先生说："父母亲存在的意义，不是给予孩子舒适与富裕，而是当你想到你的父母时，内心会充满力量，会感受以温暖，从而拥有克服困难的能力和勇气。"

我歌颂母爱，因为母爱，使我来到了这个美丽的世界，让我感受了人间的美好；我赞美母爱，因为母爱伴随着我健康成长，我的一切光荣和骄傲都来自于母亲，母爱的温暖让我刻骨铭心。

母爱，永不褐色；母爱，永不冷却。

为什么越来越多的人喜欢狗？

　　狗是人类最忠实的动物伴侣。狗和人类自古以来就有一种说不清道不明的亲密关系。

　　狗是对人类最了解的动物，狗有着一种直通人心灵的能力。狗，能给人类带来心灵的慰藉。

　　对人类的爱、对人类的俯首贴耳、对主人的忠诚，是狗的本能，也是狗区别于其它动物的根本性的方面。这一点，人类深有体会，不容置疑。

　　千百年来，人与狗的故事千奇百怪。从报刊等媒体上看到的狗新闻、狗故事、狗官司、狗广告、狗知识更是十分精彩。狗确实已经成为人类离不开的好伙伴。

　　尽管这个世界上也有不少恶犬，但依然没有减少人类对于狗这一生物的喜欢和认同。

　　因此，养狗的人越来越多，不养狗但喜欢狗的人也不少。如果问他们为什么喜欢狗时，我想他们大多数人会回答：狗很忠诚，狗很通人性。

　　狗很忠诚就是狗很听话；狗很通人性就是狗懂人的心思。

　　为什么现在许多人要把这种狗的"忠诚"和这种"懂我"看得很重呢？这应该和这个社会有关系。其实，这个社会常常以自我为中心、这个社会利益熏心、这个社会有点浮躁、这个社会缺少一点温度。

　　懂我的人一般都是亲朋好友，遗憾的是，懂我的人也越来越少了。我们不得不承认，有时候，人与人之间冷漠的样子还比不上人与狗之间相处的那份真诚、那样的和谐、那样的牢固。

　　难怪法国批判现实主义作家罗曼·罗兰感慨地说："当我与愈多的人打交道时，我就愈喜欢狗。"

　　在这个以自我为中心的社会，一个人唯一不自私的朋友、唯一不抛弃他的朋友、唯一不忘恩负义的朋友，就是他的狗。此话虽然有点绝对，但也不无道理。

　　英国著名教育家、达尔文进化论的杰出代表阿道司·伦纳德·赫胥黎说："对狗而言，每个主人都是拿破仑，因此，狗受人喜爱。"谁不想能像皇帝一样被人侍候、被人重视、被人尊敬？

狗是世界上唯一一种爱你胜过爱它自己的动物，狗也是人类唯一一种用金钱可以买到其爱的动物。而且这种爱不会被污染，这种爱矢志不渝。

狗若爱你，就会永远爱你。当你幸福快乐的时候，你的狗在你身边；当你痛苦万分的时候，你的狗依然在你身边。而当你潦倒无助时，有的人就不在你身边了。

狗不会耻笑同类或异类，并且善于包容和同情。它不会因为主人的贫困、失落、失意、潦倒、疾病、衰老而遗弃和变心。这一点，不是所有的人都能做到的。

许多人很势利，像一条变色龙。当这个人得势时，他们就会攀附，谄媚奉承。而当这个人失势时，就会被唾弃。就像人们所说的：下雨的时候，连个人影都找不到。更恶劣的是：还会出现墙倒众人推的现象。

谁能让你呼之则来，挥之则去？谁能不计较你的粗暴和无理？谁能接受你的喜怒无常？谁能无休止地迁就你？除了狗还会有谁呢？

狗也是很有趣的动物，所以，人类普遍选择狗来取乐。英国心理学家山姆·巴特勒说："一只狗带给我的最大的快乐就是：当你对它装疯的时候，它不会取笑你，反而会跟你一起疯。"

狗不但是人类有趣的玩物，更是人类的工具。狗凭借自己良好的触觉、嗅觉、出色的洞察力和反应能力，在人类社会的角色也越来越多种多样，再也不局限于看家护院、外出狩猎。人类利用狗特殊的能力，为通信、救护、警卫、搜索和巡逻服务。

狗是有灵性的动物，它有时比人还灵。在玄学中，狗和其它一些动物有一种特异功能：能看见人类看不见的东西。民间就有狗哭的时候，一定有不好的兆头的说话。

许多地震过的地方有一种记载，地震来临前，狗的情绪十分低落，迟迟不肯上窝，平时温顺的狗变得十分不安，狗还发出异常的狂叫声。其实，有预感的狗是在提醒人类：灾害马上要来临了。

这不是迷信，而是被实践证明了的事实。

据报道，汶川大地震来临时，一只小花狗凭它灵敏的听觉，感知到了普通人无法感知的大震地鸣和未传到地面的震感前兆，使它感到了不寻常和危险，从而以自己的方式通知主人，救了一村人的性命。

我有一位初中同学，家住在长江边，其父亲经常去长江从事捕捞，饲养的狗也每天送他出家门。但有一天，那只狗狂吠不止，又几次死死地咬住他父亲的裤子，示意不让他出去捕鱼。可惜，他的父亲不知道狗为什么这样做，反而嘴里既骂狗，又用脚踢开狗。无奈的狗只好望着主人伤心地哭叫。傍晚时传来噩耗：他的父亲淹死了。

狗有预警功能，所以，人们对狗很尊重，有的地方在农历正月初一有狗占的习俗。狗是忠诚无私的动物，它愿意为主人去死。

江西九江土狗赛虎用嗅觉探知了毒肉对众人的危险，在众人不理解的情况下，自己以尝毒身亡的代价提醒并挽救了30多人，感动了许多人，被众人立碑纪念。

一只流浪狗被收养后，在主人去死后，悲痛的它在主人墓前咬舌自尽，以寄托它对主人的忠诚和感恩。

当死神夺取了主人的生命，尸体埋藏在寒冷的地下，这时候，所有的亲友奔丧后各奔东西，只有狗依然在主人的坟墓前悲痛地看守。

不曾养狗的人很难想象与狗一起生活是如此和谐和幸福，养过狗的人则无法想象没有狗的日子该怎么过。

我没有养过狗，但我非常喜欢狗，我知道养过狗的人在没有狗的日子里是什么样子。

楼下一位邻居张阿姨养了一条名贵的狗，已经13年了。据说从饲养它那天开始，没有离开过狗一天。当然，那条狗也不能离开她，天天与她形影不离。突然间好几天没有看到她牵着狗，一打听才知道，狗寿终正寝，她心痛万分，看到狗舍，就要流泪，养了这么多年狗的她无法承受没有狗的日子里的伤心，于是她到乡下住了好长时间。

村上的老人说，有些年迈的狗，知道自己马上要死了，它不愿意死在主人家里，也不愿意让主人看到它死后的悲痛，自己寻找一个地方死了。

这不是印证了自然科学家宾汉·兰普曼这样一句话："主人的心灵，是埋藏爱犬最好的墓地。"

俗话说："子不嫌母丑，狗不嫌家贫。"狗是最懂得感恩的动物。美国批判现实主义文学家马克·吐温说："如果你捡到一只饥肠辘辘的狗，并使它丰衣足食，生活无忧，它决不会咬你——这就是狗跟人的主要区别。"

俗话说：你如果养狗三天，狗会记住你三年；你如果善待一个人三年，他也许三天就把你忘记。有时候人真的还不如狗。

波斯诗人萨迪在《蔷薇园》一文中说道："从外貌看来，人最高贵，狗最低贱。但圣人认为：重义的狗胜于不义的人。"

玩狗是人类的一种消遣方式。养狗的人越来越多，也足于说明社会的富裕、人类的幸福。

过去养狗是为了看家狩猎，现在养狗是为了消遣和炫耀。现在社会上有些人把驯养宠物作为彰显地位来对待，许多人把养狗看作是一种时尚，而且相互攀比狗的品种，相互炫耀自家狗的聪明和灵气。

养狗的人被普遍认为是一个善良的人，生活中也是一个有格调和情调的人。狗在人群中很醒目，因此，牵着可爱有趣的狗，总会招引别人的注目和羡慕，自己就会觉得身价提升。

饲养狗是出于爱好，而赡养老人是出于人性。但现在有一些养狗的人缺乏人性（虽然是一小部分的人，但影响很坏），他们宁愿舍得为养狗花掉许多钱，而不愿意赡养年老的父母，这是一种道德的沦丧和人性的扭曲。

楼道里一旦出现养狗的人与邻里争吵，狗仗主势，会跟着主人狂叫示威。这并不奇怪，奇怪的是也有少数人依仗狂叫的狗，感觉"人多势众"，会更变本加厉。

在这一点上，我们可以原谅对主人忠诚的狗的狂叫，但不能原谅缺乏涵养的人的行为。

对人类来说，狗虽然是畜生，但狗是人类最好的伙伴。畜生虽然是禽兽，但畜生中也有比有些人还高贵的动物，狗便是。人类中也不乏有禽兽不如的人。

狗既然是人类的好伙伴，那为什么有的人还玩弄狗、作弄狗、甚至残害狗呢？为什么有的人还要杀狗吃肉呢？这些人难道不觉得自己连狗都不如、禽兽都不是吗？

人是万物灵长，狗为人所用，既可以用之，还可以嬉之，更可以食之，到底如何摆布，全凭人的兴趣。

文明的人类，要出于人性、出于爱心，善待宠物、善待动物，都行善良之举。

永不沉没的"泰坦尼克号"

2012年4月14日，人类历史上最大的海难——"泰坦尼克号"邮轮沉没108周年。

1912年4月14号深夜23点40分，号称"世界工业史上的奇迹"的世界上最大的豪华邮轮"泰坦尼克号"误撞冰山，次日凌晨2点20分沉入3000多米深的大西洋底。在那个充满恐惧、悲剧、人性和英雄主义的夜晚，船上2208人中，只有695人得救，1513人罹难。

"泰坦尼克号"沉没了，但船上所发生的一切，它所彰显的人类文明、人性光芒、人文情怀，却永远铭记在人们心中，"永不沉没"。

对于"泰坦尼克号"沉没这一空前的海难事件，100多年来，留给后人许多传奇的故事，许多传说、小说、影视、纪录片、歌剧、歌曲、音乐剧等都传颂着它的故事。

1958年，英国将"泰坦尼克号"事件拍成电影《冰海沉船》；1997年，美国再次将"泰坦尼克号"海难事件拍成电影《泰坦尼克号》。

人们对"泰坦尼克号"上所发生的一切的认知，绝大多数人都是通过1997年好莱坞电影《泰坦尼克号》才知道的。这部电影也是最让全世界的影迷热泪盈眶的影片，也成为一代代人记忆中永不磨灭的传奇。影片取得了18亿美元的票房收入，成为当时世界上最高的电影票房收入。影片获得了14个奥斯卡奖的提名，并获得了其中的11个奖，成为世界电影史上具有里程碑意义的电影。

《泰坦尼克号》主题曲《我心依旧》更是脍炙人口，激荡着人们内心的情感，成为自日本歌曲《北国之春》以后，国内听众最为喜欢的外国歌曲。

对这部电影所描述的故事，有的人对如此感人的情节持怀疑态度，但更多的人认为是事实的真实写照。

事实也如此，"泰坦尼克号"的传奇故事除了电影里一些艺术加工的情节外，故事里所说的都是当时邮轮沉没前发生的真实事情。当时38岁的查尔斯莱勒是"泰坦尼克号"邮轮的二副，他是最后一个从冰冷的海水中被拖上救生船的生还者。他被救后曾经写下了17页纸的回忆录，详细描述了沉船灾难的细节。他回忆说："只要我活着，那一晚我永远无法忘记。"幸存的人员也都纷纷通过各种不同形式回忆那一夜所发生的一切。

2006年5月，最后一名见证"泰坦尼克号"沉没事件的女性生还者莉莲逝世，终年99岁。当时尚有两名女生还者仍然健在，但她们在沉船时还不到一岁，因此对沉船事件没有记忆。

"泰坦尼克号"的传奇故事告诉我们：当邮船沉没时，船上人员面对突如其来的大灾难时所展现的崇高的人性，所体现的高尚情怀，都无不诠释着爱的伟大。

一、这一悲壮的传奇故事，揭示了尊重规律的重要意义

"泰坦尼克号"邮轮的建成，无疑是世界工业史上的奇迹，但它的沉没，也同样出乎人们的意料。100多年来，关于"泰坦尼克号"沉没的原因有着许多不同的说法。导致邮轮沉没直接原因是违背客观和自然规律，使用了不适宜在冰冷条件下撞击的钢材。

在20世纪初世界第二次工业革命的浪潮中，人类的美好梦想达到顶峰，自信心空前高涨。处在资本的傲慢阶段的英美两国争夺世界航海业，竞相发展大体量的海上邮轮，导致了对自然规律的忽视轻视甚至轻视。"泰坦尼克号"邮轮的沉没，向人类展示了大自然的神秘力量，以及命运的不可预测。永远让人们牢记：傲慢和浮躁必将付出代价，在繁华的背后，要敬畏自然、低调谦卑、尊重科学、防范风险。

二、这一悲壮的传奇故事，展现了崇尚荣誉的绅士风度

西方贵族具有勇于担当的精神，具有崇尚荣誉的品行，具有怜悯弱者的情怀，具有尊重妇孺的爱心。

英国文艺复兴时期的杰出诗人莎士比亚说："在命运的颠沛中，最容易看出一个人的气节。"面对从天而降的灾难，船上的许多贵族，许多男士视死如归，把生的希望留给妇孺、留给弱者、留给他人，闪耀着人性的光芒。

西方航海业有个不成文的规定，当一艘船遇到危险即将沉没的时候，船长肯定是最后一个离开的，有的船长还会选择与船一起沉没。

"泰坦尼克号"邮轮船长史密斯在邮轮撞击冰山下沉时，大声提醒英国男士："男人们，别忘了我们是英国人。"这次航行是"泰坦尼克号"的处女航，也是他即将退休前的最后一次航行。面对空难的海难，面对绝望的乘客，他把船旗卷了起来，塞进口袋，坚定不移地站在望台上，与邮轮一起沉没。

邮轮在即将沉没时，一号电报员约翰.菲利普接到船长的命令："弃船，各自逃生。"但他仍坐在发报机房，保持着不停拍发"SOS"的姿势，寻找最后的希望，直至最后一刻。

"泰坦尼克号"邮轮设计师安德鲁面对死亡，毅然决定与自己的作品一同沉入洋底。

"泰坦尼克号"邮轮一共有50多位高级职员，除了二副莱托勒是船上最后一个被拖上救生船得以幸存外，其他全部死在自己的岗位上，体现了全体船工勇于担当、忠于职守的职业道德。

"泰坦尼克号"邮轮船员有76%遇难，这个死亡率超过了船上头等舱、二等舱和三等舱所有房舱的乘客死亡率。船员熟悉水性，熟悉船上情况，比乘客有更多的逃生机会，但他们把生的机会留给乘客，而且不仅仅船员做到了，船上的服务员、厨师等都做到了，充分体现了邮轮上所有工作人员整体的文明素养。

世界著名银行大亨古根海姆知道自己没有获救的机会时，穿上了最华丽的晚礼服说："我要死得体面，像一个绅士。"他给太太留下的纸条上写着："这条船不会有任何一个女性因我抢占了救生艇的位置，而剩在甲板。我不会死得像一个畜生，我会像一个真正的男子汉。"

8号救生员向67岁的美国梅西百货创始人伊西多·斯特劳斯先生提议："我保证不会有人反对像您这样的老先生上小艇。"而伊西多·斯特劳斯坚定地回答："我绝不会在别的男人之前上救生艇。"然后挽着妻子的手臂，走到甲板的藤椅上坐下，等待着他俩最后的时刻。

纽约市布朗区矗立着1912年为斯特劳斯夫妇修建的纪念碑，上面刻着这样的文字：再多的海水都不能淹没的爱。

当时的世界第一首富亚斯特四世把怀着5个月身孕的妻子送上4号救生艇后，站在甲板上，牵着他的狗，点燃一根雪茄烟，对划向远处的小艇最后呼喊："我爱你们!"船上一副曾命令亚斯特四世上救生艇，被他愤怒地拒绝："我喜欢最根本的说法——保护弱者!"然后把唯一的位置让给三等舱的一个爱尔兰妇女。

为保卫自己的人格而战，这是伟大男人的唯一选择。崇尚勇敢、追求荣誉、尊重妇孺的骑士精神和绅士风度在沉没前的"泰坦尼克号"邮轮上充分体现。

三、这一悲壮的传奇故事，印证了血浓于水的骨肉情怀

新婚燕尔的丽德帕丝同丈夫一起去美国度蜜月，她死死抱住丈夫不愿独自逃生，丈夫在万般无奈中一拳将她打昏。丽德帕丝醒来时，她已在一条海上救生艇上了。

此后，为了怀念亡夫，她终生未再嫁。

世界第二巨富斯特劳斯无论用什么办法无法劝说太太罗莎莉上8号救生艇，太太对他说："多少年来，你去哪我去哪，我会陪你去你要去的任何地方。"这位伟大的女性把自己的位子让给了她的女佣，她把毛皮大衣脱下来甩给女佣时说："我用不到它了。"

在瑞士洛桑举行的幸存者聚会上，二副查尔斯莱勒回忆说，当时我高喊："女人和孩子们过来!"然而，我根本找不到几个愿意撇下亲人、独自踏上救生艇的女人或孩子!

海水是冰冷的，分离是残酷的，但面对生死，血浓于水的情感得到了考验。

四、这一悲壮的传奇故事，闪耀着怜悯弱者的人性光芒

德国哲学家歌德说："人类最大的两个敌人是恐惧和希望。"面对灾难带来的死亡的恐惧，人们都希望死亡不要降临在自己头上，都希望能绝处逢生。

英国浪漫主义诗人雪莱说："博爱是消除人类不幸的唯一良方。"面对突如其来的灾难，同是陌路人，都是匆匆的过客，在这考验人性的灾难面前，"泰坦尼克号"邮轮出现了许多可歌可泣的、闪耀着人性光芒的感人画面。

邮轮上8人乐队在指挥华莱士·哈特利的带领下，站在救生船篷主口的阶梯附近，为撤离的乘客继续演奏轻快的爵士乐和庄严的圣歌《上帝与你们同在》，以安抚绝望的人们。已走远的乐手听到演奏的音乐后，回到首席乐手的身旁一起演奏，直到水漫双膝，幸存者最后听到一首古老的圣歌《上帝离你更近》。面对即将灭顶的海水，面对即将来临的死亡，直到海水把他们的生命和歌声一起带到大西洋底……

在瑞士洛桑举行的幸存者聚会上，史密斯夫人在怀念一名无名母亲时说：当时我的两个孩子被抱上了救生艇，由于超载，我坐不上去了。已坐上救生艇的一位女士马上离座，把我一把推上了救生艇，对我喊了一声："上去吧，孩子不能没有母亲。"没多久，船沉没了，这位伟大的女性没有留下名字。后来人们为她竖了一个碑，上面写着"无名母亲"。

亿万富翁阿斯德、资深报人斯特德、著名工程师罗布尔等许多人都响应侯伯牧师的倡议，把自己在救生艇里的位置让出来，给那些妇女儿童。

当邮轮船尾开始沉入水下，在生死离别的最后一刻，人们彼此呼喊的是：我爱你! 我爱你!

"泰坦尼克号"邮轮沉没了，但人类的文明、人性的光芒、人文的情怀永远被活着的人们铭记在心，永不沉没。

　　"这1500条人命提醒了我们，任何无法预料的事情都可能发生，要时刻警惕，思索人性，保持谦卑与怜悯。"这是被刻在"泰坦尼克号"青铜墓碑上的墓志铭。它提醒我们：要永远有一颗谦卑的心，要永远有一种怜悯的爱。

　　法国浪漫主义作家雨果说："大自然是善良的母亲，也是冷酷的屠夫。"人类必须敬畏自然，遵循自然规律，做大自然的好朋友。

　　历史的尘埃落在个人头上就是一座山。人的生命在大自然面前是何等的渺小，又是何等的脆弱。它启示我们：要永远珍爱生命，要永远珍惜人生。

　　英国哲学家罗素说："在世界上一切道德品质之中，善良的本性是最需要的。"人之初，性本善。面对灾难、面对生死，它呼唤我们：要永远闪耀人性的光芒。

　　生命短促，只有美德能将留传到遥远的后世。"泰坦尼克号"上的发生的一切，是邮轮沉没前的真实写照，是一段震撼人们心灵的传奇故事，是一段人类文明史的章节，它将不断被后人传颂。

　　"泰坦尼克号"永不沉没。

"墙倒"为什么会众人推？

有一句流传百年的俗语："墙倒众人推。"这是清代曹雪芹的小说《红楼梦》第六十九回中的一句话。

墙倒众人推，比喻人一旦失宠、失势或失败，就会有许多人乘机打击他，使他彻底垮台。墙倒众人推的原因固然有自身的原因，一个人平时品德不端，行为不正，常做坏事，对人苛刻，肯定会得罪许多人。一旦这个人从"高空堕落"，那些对他恨得咬牙切齿的人，一定会合力"围剿"，推倒这堵"墙"。

其实，这是一堵早已破旧的墙，不推倒它，也许会殃及他人。破墙欲倒，人们为防范，齐心协力推倒它，有着"早倒早安宁"的心理。现实生活中也是这样。一堵好好的墙，过路人不会用脚踢它，而如果是一堵破墙，也许过路的人会踢几脚，久而久之，破墙也就倒了。这就是破墙效应。但这不是墙倒众人推的主要原因。

现实生活中，一个人背后没有碎语，口碑还很好，但当他失势时、失败时，许多人不是心存同情、内心关心、倾力相助，而是幸灾乐祸，奔走相告，唯恐别人不知道这个他认为开心的事。

德国思想家、古典主义最著名的代表歌德说："人变得真正低劣时，除了高兴别人的不幸外，已无其他乐趣可言。"

社会上大多数没有头脑的"吃瓜"群众，都会不假思考，人云我云，甚至东倒西歪，盲目跟风，这是跟着感觉走的从众心理。

现实就是这么残酷，社会就是这么无情。当你成功时，当你光彩照人的时候，许多人围着你转，奉承你、吹捧你。而当你一旦失势和失败时，这帮人马上会转过身来，逃之夭夭。正像下雨的时候，没光的日子，连个人影也没有，这个社会就是这样一个势利的社会。

但这还不是最残酷的时候，最让人后背发凉的是，这些人甚至会议论你、贬低你、诽谤你，更甚者会乘机撒盐泼水、火上加油、落井下石。正所谓墙倒众人推，破鼓万人捶。此时，四周空无一人，唯一可能在你身边的是你饲养的一条狗。

　　福不双至、祸不单行。人一旦倒霉的时候，各种倒霉的事情就会接踵而至。而祸不单行的主要原因就是墙倒会众人推。我们不难发现，一个人有时遇到悲伤和不幸的时候，往往不是单个来的，而是成群结队来的。

　　巅峰时众星捧月，低谷时冷眼相对，这个社会从来不乏幸灾乐祸的人。有些人，当主子当道时，奴颜婢膝，甚至跪舔屁眼。而当主子倒台时，他们幸灾乐祸，表现出特别的喜悦，上跳下窜，比谁都兴奋，不是站起来维护主子，说句公道话，而是忘恩负义，甚至还会踹上几脚。

　　鲁迅先生在小说《药》里有过这样深刻的描述。革命者夏瑜为了解救贫苦大众，推翻清政府，不幸被捕。在处死夏瑜的刑场上，一群看客"仿佛许多鸭，伸长了脖子，被无形的手向上提着，唯恐漏掉任何一项茶余饭后的谈资。"

　　德国哲学家叔本华说过："人性中最坏的特点，是对别人不幸遭遇幸灾乐祸，这是一种接近残忍的感情，幸灾乐祸所带来的笑骂，简直是来自地狱的笑声。"

　　遭遇不幸的人，如果没有强大的内心，一定会被背信弃义的人气得吐血；如果没有坚强的意志力，那一定会败下阵来。

　　当别人落难时，你拼了命的帮；而当自己落难时，别人拼了命的笑，这些都是现实。你得意时，朋友们认识了你，你失意时，你重新认识了朋友。此时，一定会让你看透许多东西。一个人得意和成功的时候，旁边往往站着一些妒忌和不服气的人。而当这个人失意时，这些人会趁机跳出来指指点点，攻击诽谤。

　　俗语所说的"夫人死百将临门，将军死一卒不至。""锦上添花容易，雪中送炭难。"说的都是同样的道理。一个人只有在落魄的时候才懂得：愿意拉自己一把的人何其少。只有此时，你才看到了人心的浅薄，你才看到了人性的悲哀。

　　幸灾乐祸是人性的悲哀，这也是民族的一种劣根性。人在内心上很少不幸灾乐祸的，只是有些人露骨地直白，有些人阴暗地把它藏在心里，秘而不宣。

　　对于落魄的人来说，不应该纠结于周围一些人的冷漠和无情，人走茶总是要凉的。俗话说，你成功，放屁都是道理；你若不成功，道理都是放屁。只有坚强自己，咬紧牙关，忍住眼眶里打转的眼泪，迎着风浪，昂首前进。

　　人生在世，风浪难测，每一个人都会遇到一些不幸，而当一个人遇到不幸时，才会对别人遇到过的不幸，更加感同身受。因此，对于他人遭遇的不幸，我们应该深表同情和难过。

　　人性本善，同情是一切道德中最高的美德。做人不能幸灾乐祸，应该善良厚道。当周边的人不慎落魄时，我们都应该出于善良，伸出友爱的手，去扶持一把。只有这样，这个世界才会阳光灿烂，无比美好。

修养

伍

无须他人提醒的自觉

只有伟大的人格，才有伟大的风格

"只有伟大的人格，才会有伟大的风格。"这是德国思想家，魏玛的古典主义最著名的代表歌德的一句充满人类思想光辉和道德情怀的振聋发聩的名言。

这一名言，无论对民族素质的提高，还是对社会道德建设；无论是对公职人员素质的提高，还是对公民的品德建设，都是一个明确而响亮的回答。

人格是在不同时间、地域下影响着人的内隐和外显的心理特征和行为模式。人格一词在生活中有多种含义，但大多数指向的是道德上的人格，也就是指一个人的品德和操守。

因此，对于什么是道德上的人格问题的回答，无论是意识形态上的不同，还是年龄上的差异性；无论是传统的过去，还是开放的今天；无论是东方社会，还是西方世界，都形成了一个共同的指向。

人格是为人的品牌。人格如金，纯度越高品位越高。一句话，伟大的人格就是指一个人具有含金量很高的品德。

伟大的人格体现着一个人的尊严。尊严是可尊敬的、不容侵犯的身份地位，是一个人灵魂中伟大的杠杆。保持尊严就是具有灵魂，坚守尊严就是一个人活着要有风度和骨气。

美国思想家爱默生说："不要让一个人去守卫他的尊严，而应让他的尊严来守卫他。"

坚守和维护尊严是人的基本要求，是一个人的灵魂。人受到震动最强烈最持久的是个人的尊严，要用尊严来规范一个的行为。

尊严也是一个人不可退却的最后的倔强。虽然尊严不是一种美德，但它却是许多美德之母。只有当我们的灵魂高尚时，我们才会有尊严。

伟大的人格体现着一个人的诚实。现代思想家和文学家鲁迅先生说："伟大人格的素质，重要的是一个'诚'字。"

诚实是一种美德。做到言行和内心思想一致，也是伟大的人格的基本要求。一个人始终做到表里如一、始终做到了行为忠于良善的心，他也就是一个光明磊落的人。

作为社会，要形成诚信光荣、失信可耻的良好社会风气；作为个人，要在日常生活和工作中培养诚信为人、诚实做事的素质。

伟大的人格体现着一个人的荣誉。崇尚荣誉是一个人伟大的人格的标志。一个有伟大的人格的人，必须始终视荣誉重于生命，自觉践行社会主义荣辱观，弘扬革命英雄主义和集体主义精神。

一个人有了荣誉感，就会有"苟利国家生死以，岂因祸福避趋之"的信念。如果是一名共产党员，面对生死，他就会赴汤蹈火，随时准备为党和人民牺牲一切；如果是一名公民，面对邪恶，他也会有正义感，也会挺身而出。

欧洲文艺复兴时期最完美的代表达·芬奇说："光荣常常不是沿着闪光的道路走来的，有时通过遥远的世俗的小路才能够得到它。"

崇尚荣誉，不是要有惊天动地的伟大事迹，而是脚踏实地，从细小的事情、点滴的小事做起。

历史上出现了许多既有伟大的人格，又有伟大的风格的人物。

周恩来同志就是既有伟大的人格，又有伟大的风格的一个典范。这种人格魅力，体现在周恩来同志具有坚定的共产主义信念和坚定不移的执著追求；体现在他对党和人民的事业的鞠躬尽瘁；体现在他大爱为民、对人民无限的热爱。周总理以"我不入地狱，谁入地狱"的精神，集中反映了他对人民、对同志、对战友、对朋友的深厚感情。这种伟大的人格魅力深深地感染人、激励人、鼓舞人、教育人。

周总理的人格是伟大的，风格是别致的，是令人传颂的。1945年中共"七大"召开时，关于1921年参加在欧洲成立的少年共产党党员的党龄应从何时算起，有些争论，许多老党员很关心，此事涉及到这些人是否应作为党的创建者。为使"七大"成为一个团结的大会，周恩来主动表示，他的党龄从1922年算起，从而平息了这一争论。

风格是独特于其他人的表现、打扮、行事作风等行为和观念。包括由此而形成的风度、风采、风雅、气度、气魄、气质等，它是一个人的主观特性与对客观现实的真实反映的结合。这些风格特征，能够充分反映出一个人的思想和灵魂、品德和修养。

风格从来都是某一时期、某一人物的审美观念和行事方式最好的体现。伟大的风格具有客观的社会意义，它站在一定的高度、体现着某一时代和一些人们的审美需求。

人格和风格的关系是决定与被决定、影响与被影响的关系。伟大的人格决定伟大的风格，伟大的风格是伟大的人格的一种具体的反应和体现。

人格可以弥补风格上的缺陷，但风格永远弥补不了人格上的缺陷。

做一个具有伟大的风格的人，首先要有一个健全的人格。北大原校长蔡元培在《普通教育和职业教育》中说："所谓健全的人格，就是要在体育、智育、德育和美育几方面都有发展。"

患难与困苦是磨炼人格的最高学府。因此，要在强健身体、加强学习、涵养品德和提高审美能力方面，不断锤炼人格。

锤炼人格就要拥有气质。从某种程度上说，风格就是气质，而拥有气质最关键是要拥有自信。自信就是最重要的气质，自信是一个人成就事业的最关键点。

锤炼人格就要拥有知识。一个人能否让人佩服和折服，往往是看他的知识面。正所谓腹有诗书气自华。渊博的知识会提高自己的涵养、会提高自己的气场。

锤炼人格就要拥有微笑。笑是人与人之间最近的距离。使这个世界灿烂的不是阳光，而是人们的微笑。给这个人类带来美好的不是金钱，而是温暖的微笑。

微笑是一种胸怀，蕴含着一个人的气度、折射出一个人的风格。微笑是沟通的桥梁、是无需翻译的语言。有了微笑，就有了真性情，让人感到单纯、自然、可爱，也就有了让人靠近自己的风格。

人格的最大秘密是爱，人类需要的也是真诚的爱。

我们每一个人未必能做到光芒万丈，照亮他人；但我们必须始终温暖有光，温暖他人。

我们要超越自己的个性，溶入他人的思想和行为，为人类奉献炽热的爱。

伟大的风格来源于伟大的人格；伟大的人格，来源于我们对人类无限而崇高的爱！

礼貌，人类和谐共处的金钥匙

爱是人类最基本、最自然的情感，而礼貌则是人类最基本、最廉价、最初的爱。

礼貌，是人类为维系社会正常生活而要求人们共同遵守的最起码的道德规范，它是人们在长期共同生活和相互交往中逐渐形成，并且以风俗、习惯和传统等方式固定下来。

礼貌是最容易做到的事，也是最珍贵的东西。礼貌，不仅给社会、给他人带来愉悦，也会给自己带来温馨。礼貌，是人与人之间产生感情的最初的出现，礼貌是人与人之间交往的"名片"。如果一个人对他人不礼貌，就谈不上彼此间感情的建立、深入和升华，更谈不上爱的出现。

礼貌，涵盖了人与人、人与社会、人与自然之间的关系。礼貌可以反应出一个社会的公共文明水平，可以折射出一个人、一个单位、一个社会、一个国家的文明程度。

礼貌也是一个人潜意识里渴求别人的尊重和赞赏。俗话说，礼为情貌也，礼节是感情的外在的体现。对人有礼貌是维护个人尊严的一个体现，也是尊重他人的最基本、最初的表现形式，而受到尊重又是一个人最大的幸福。

礼貌表现在语言、态度和行为等多方面。语言文明、态度亲和、举止端庄是与人友好交往必备的素养。行为举止也是心灵的外衣，举止优雅端庄落落大方，会给人留下美好的印象，能获得他人内心的好感。

英国思想家洛克说："即使是最深刻的言论，如果一个人说话的时候态度粗暴，傲慢或者吵吵闹闹，即便是在辩论上面获得了胜利，在别人心目中也是难以留下好印象。"

不礼貌在人际交往中是最忌讳的，俗话说：无礼是无知的私生子。

礼貌表现在尊重他人的人格、尊重他人的劳动、尊重他人的习惯、尊重他人过失、尊重他人取得的成就，懂得欣赏和接纳他人。

笑是人与人之间最近的距离，有礼貌的人会用微笑对待他人。笑是一种最廉价的礼貌，因此，嘴角上扬15度，用微笑面对社会、面对他人，应该是一件不难做到的事。

有礼貌的人，面对别人的帮助，会懂得感恩、会懂得回报、会懂得礼尚往来。

礼貌体现着人类善良的天性，礼貌反映着我们自己对他人的一种关爱之情。对人礼貌，是在提升自己，也是对自己的尊重。

对人礼貌，要突出体现对妇女和老人的礼貌。女士优先的原则是一条国际社交场合的礼俗，所以，在一切场合都要体现女士优先原则。对老人的礼貌，也是体现社会文明进步的一个标志，也是一个人为人善良的最基本的要求。日常生活中，对人最好的礼貌是不要多管闲事，做好自己的事情。

一个人的礼貌，就是一面照出他肖像的镜子，就是一个映出他修养的影子。一个连基本的礼貌都没有的人，能指望他会尊重别人、谦让别人、关爱别人吗？

随着人类文明程度的提高，人类的礼貌、礼节、礼仪的内容也越来越讲究，礼炮、礼花、礼服、礼帽，礼物等都是体现着一种礼节礼仪。

人们穿着漂亮整洁、精致时尚的衣服，也是对他人的一种礼貌和尊重。人们以干净卫生的家居，并且装饰点缀迎接客人，同样也是对他人的一种礼貌和尊重。

一个人的礼貌也体现在遵守公共道德、遵守行为规范上。

礼貌也最体现在日常交往和接待宴请中，世界文豪莎士比亚有一句名言："在宴席上最让人开胃的就是主人的礼节。"难道不是吗？如果餐桌上虽然有好酒好菜，但主人不热情、沉默少语，客人能感到礼貌和温馨吗？客人能感到受到尊重吗？客人还能开怀畅饮吗？

礼仪是一个民族最具代表性的东西，也是民族文化具体的体现。随着中西方文化交流的深入，中西方礼仪文化的差异越发显露。

我们应该看到，西方的礼仪文化已越来越被视为世界的标准。因此，我们既要坚持文化自信，对自身礼仪文化的高度认同，又要看到传统礼仪文化的需要提升之处。礼仪文化建设要贯彻洋为中用的方针，虚心学习西方的礼仪文化，完善自己、提升自己。

当前，密切国家之间的关系，外事接待的礼节也是越来越讲究。1998年6月，为了接待好美国前总统克林顿来华访问，我国外事部门在欢迎晚会上，除了安排演奏美国著名音乐《友谊地久天长》外，还安排演奏美国乡村音乐《切尔西的早晨》，这是克林顿夫妇最喜欢的曲子，他们给女儿取名就是"切尔西"。这种用心良苦的礼仪安排，体现了中国政府对美国总统来华访问的重视，也体现了中美两国人民的友谊。它不仅使远道而来的美国客人内心感动，而且还烘托了友谊的氛围。

我国是历史悠久的文明古国，几千年来，创造了灿烂的文化，形成了高尚的道德准则、完整的礼仪规范，被世人称为"文明古国，礼仪之邦。"我们历来重视礼仪教育，历史上礼貌的典故也是数不胜数。

古代"孔融让梨""程门立雪"的礼仪典故更是流传千年。

"您好，请，对不起，谢谢，再见"这常用的十字用语，看似平凡，却体现着对他人的礼貌和尊重。"打招呼""赔不是""守时和准时"等等，这些都是简单易得的礼貌举动。

文明礼貌是通往友好交往的桥梁，文明礼貌是尊重他人的具体表现，文明礼貌是展示优雅风采的具体要求，文明礼貌是提升精神境界的具体实践。

礼仪教育涵养社会生活的各个方面。提高全社会文明程度，必须加强对全社会的礼仪教育。在教育内容上，特别要注重个人仪容、仪表、仪态、仪式、言谈举止教育。礼仪传递的是信任、尊重、理解、臣服和欣赏等情绪。通过礼仪教育，使人们做到敬人、自律、真诚。

礼仪教育的核心是尊重人，必须突出尊重他人的教育。所谓尊重他人，就是要做到"让他说""替他想""帮他忙"。礼仪教育更要从娃娃开始抓起，让孩子从小养成文明礼貌的习惯。

礼貌，也要做到得体、庄重，不然，礼烦则乱，礼烦不庄，而且会适得其反。因此，要做到礼度委蛇、恰到好处。

进入新时代，国家富强了，人民富裕了，我们更要懂得礼仪生富足的道理，做一个文明礼貌的人。

人无礼则不立，事无礼则不成，国无礼则不宁。礼仪，是整个社会文明的基础，是社会文明进步的最直接、最全面的表现方式。一个礼仪缺乏的社会，往往是不成熟的社会，而文明礼貌程度又直接反映出文明进步的程度。

有礼貌，不一定总是智慧的标志；可是不礼貌总让人怀疑其愚蠢。

"礼者敬人也"，但对人礼貌，不是人的一种天性，也是需要后天涵养。我们既要使文明礼貌成为全社会的共识，又要使文明礼貌成为社会每个成员无需提醒的自觉。

民族复兴既是一种经济实力的复兴，更是一种思想的觉醒和文化的复兴。而最直接、最全面反映社会文明程度的是礼仪文化，难道礼貌不是一把开启人类和谐共处的金钥匙吗？

受尊重是一个人莫大的幸福

法国17世纪哲学家帕斯卡尔说："人的全部幸福在于受到尊重。"此话虽然有点绝对，但也说出了"尊重"对于一个追求幸福的人的极端重要性。

一般地说，一个人的幸福包括物质生活和精神生活的满足。当一个人衣不遮体、饥饿难熬的时候，他一定会选择吃饱穿暖；而当一个人基本的温饱解决以后，他追求的一定是精神生活和个人的尊严。

尊重是属于精神生活层面，尊重属于高层次的幸福，受尊重也是一个人莫大的幸福。

受人尊重，就是被人接受、被人理解、被人信任、被人平等地对待。一个人受到尊重，他会觉得自己很有分量，感觉自己很有面子，甚至觉得自己很愉悦。

无论是饥寒交迫的时候，还是荣华富贵的时候，人都渴望被尊重。但在温饱问题没有解决的情况下，有些人可能会丧失尊严，乞求吃饱穿暖。当然，也会有一些人在温饱问题解决以后还会低三下四。

俗话说，人是要面子的，给人家一点面子就是给人家尊重。

比如说，我们参加一个宴会，不会太在乎是否好酒好菜，而在乎的是主人对自己的态度。在宴席上最让人开胃的不是酒和菜，而是主人客气的礼节，这个礼节就是客人得到主人的充分尊重。

尊重别人是一个人最重要的美德，尊重别人也是最廉价的付出，如果你连基本的尊重一个人都做不到，还会有人相信你能为这个人付出什么吗？

尊重别人是一个人植根于内心的修养，是无需提醒的自觉，是一个人基本的善良。尊重别人，不仅是一种礼貌，更是为人的涵养，尊重一个人对自身来说就是素质的体现。

让人尊重自己，首先必须先尊重别人。尊重他人，才能庄严自己，才能优秀自己；尊重自己，才能赢得别人的尊重。

国家之间需要彼此相互尊重，单位之间需要相互尊重，社会上人与人之间也需要相互尊重。

尊严和尊重是相互联系的，尊重得到的是尊严，尊严是尊重的体现。

尊严是一个人不可退却的最后的倔强，体现着一个人的人格，但一个人只有得到别人的尊重才会有尊严感，因此，尊重一个人十分重要。尊重别人是做人的基石，也是做事的一种本领（也是有情商的体现）。

做他人工作、做群众工作、做社会工作，其实就是如何学会从尊重别人出发，达到说服对方、让对方满意的既定的工作目标。

我们许多人都希望得到别人的尊重，但在尊重别人的问题上总是做得不够。

一、尊重别人的缺陷

人无完人，金无足赤。每一个人的身上，都有缺点和不足，我们应该给予包容、给予理解、给予尊重，而不能横加指责，更不能嘲讽和讥笑。

有时，我们觉得和有缺陷的人是在开玩笑，但对于有缺陷的人来说，有一种被取笑的感受，所以，我们应该格外注意这一点。有缺陷的人也特别敏感，很在乎得到健全的尊重。

对待生理缺陷的人，我们应该更加给予怜悯和同情、给予人性的关怀、人格的尊重。

二、尊重他人的过失

一个人总有成功和失败，无论是失败还是有过失，我们都应该给予原谅、给予宽厚。

不能站在道德的制高点上俯瞰别人，要求别人，甚至肆意指责、妄加议论、更不能墙倒众人推。不能以爱的名义，去指指点点、去伤害他人。

宽恕人家所不能宽恕的，是一种高贵的行为。要给人以宽容、宽厚、宽松的环境。宽容别人是一种气度，是一种尊重，宽宏大量才是唯一照亮人类灵魂的光芒。

三、尊重他人的劳动

尊重他人的劳动成果是尊重社会公德的基本要求，更是一种社会美德，体现的是一个人的修养。

职业无高低贵贱之分，要懂得珍惜最底层民众的辛劳和艰苦，特别是尊重环卫工人的劳动成果。对别人的劳动成果要给予肯定、给予鼓励、给予掌声。

四、尊重父母的付出

尊重父母是对人尊重最重要的方面。一个连父母都不孝敬、不尊重的人，很难想象他会尊重他人。只有尊重父母的辛劳，才会懂得感恩。对父母养育之恩的报答，也是尊重人类的劳动成果。

要尊重父母的习惯。年迈的父母，可能不按科学规律办事、可能守旧、可能邋遢，我们应该在引导的同时，尊重他们的习惯。现在社会上许多人能做到对父母的"孝"，但不能相对做到对父母的"顺"。

五、尊重孩子的想法

孩子是祖国的下一代，孩子的健康成长对于一个民族素质的提高和民族的兴旺至关重要。

美国思想家爱默生说："教育成功的秘密在于尊重学生。"

我们要站在民族复兴的高度，科学、健康地培养好下一代。既要教育孩子懂得尊重他人，又要懂得尊重孩子，尊重孩子的自主和意愿，培养孩子的自信和主见。

父母对孩子的尊重，会潜移默化地影响孩子对父母的态度，尊重孩子也是父母一生需要学习的课程。

六、尊重朋友的情谊

朋友对自己的友好和友爱，这是一种来之不易的幸福，应该懂得珍重和珍惜。俗话说，有来无往非礼也，我们应该对朋友的情谊懂得回馈、懂得感恩。不能把朋友对自己的付出看作是一种理所应当的事情，而不尊重、不珍惜朋友的情谊，如果不珍惜朋友的情意，就会失去朋友对自己的尊重。

朋友间相处要懂得彼此尊重，要学会尊重朋友的爱好和习惯。要懂得：在这个世界上，并非所有的人和自己的选择是一样的，树上没有两片相同的树叶，可以有许多种生活方式的存在。

同时，不能把自己的爱好和习惯强加于朋友，每一个人都想有自己的习惯、爱好和独立自由的空间。朋友间相处，要保持一定的距离，距离和相对独立是对人格的尊重。朋友如果不喜欢自己了，要尊重他的选择；自己如果不喜欢朋友了，要给朋友留点尊严。

不论他是何等的平凡和卑微，甚至可笑，要懂得尊重每一个他们。

七、尊重自己的尊严

只有懂得尊重自己，才能赢得别人的尊重。

法国19世纪批判现实主义作家巴尔扎克说："谁自尊，谁就会得到尊重。"

没有自我尊重，就没有道德的纯洁性和丰富的个性精神。因此要加强自身的品德修养，做一个有尊严的人。

要珍视自己的自身价值，不取悦迎合他人，不看低看扁自己。培养自己独立的思想，树立自己人格的尊严。当自己抱怨他人没有尊重自己的时候，首先要思考自己是否做到了自尊。

一个人既要做到谦卑，又要做到不卑不亢；既要做到低调，但不能过于低微，不然会被人瞧不起，反而会得不到别人的尊重。

相互尊重的范围很广，夫妻之间、师生之间、师徒之间、同学之间、朋友之间、邻里之间等，彼此都应该学会相互尊重。

我们崇尚独立自由，并不是可以不尊重他人；我们珍视自我价值，也并非可以忽视他人的存在。活在每个人身上的是和你我相同的性灵。对人不尊重，就是对自己的不尊重，尊重他人就是对自己的尊重。

尊重并不是一种天性，它需要养成。一句温暖的话语、一次礼貌的谦让、一个善良的微笑、一个友爱的动作、一个点头的认可，都无不体现出我们对他人的尊重，都无不折射出我们内在的素质修养，也无不让他人感觉温馨和有存在感。

愿我们用宽阔的胸怀、真挚的情感、火一样的热情去尊重别人、涵养自己、提升自己。

唯有谦卑，方显高贵

何为高贵，不难理解。

如果用于描述人时，是指人的地位级别高尚尊贵。当然，必须达到一定高度的道德水平，方可称得上高贵。不然，也只能是高而不贵。

与高贵为伍的是高尚和高雅；与高贵相悖对立的是卑贱、低贱和下贱。

高贵与出身无关，也不是有钱人的专利，更不是权势和金钱的象征。高贵是一个人心中最真、最纯、、最诚、最善、最美的情怀，也就是一个人始终尊敬自己的灵魂。

高贵，就是当你在无人注目的情况下，想乱扔垃圾时，你会尊敬你心存的社会公德；高贵，就是当别人对你不礼貌、你想奋起反击时，你会尊敬你内心的品德修养。

因此，所谓高贵，就是自己心存敬畏。

高贵是一种自然流露出来的优秀品质和良好习惯，是一种无需提醒的自觉，就像饮酒不驾驶，驾驶不饮酒这样简单的道理。

高贵的人，有露在脸上的谦逊；高贵的人，有融进血里的怜悯；高贵的人，有长在心底的品行；高贵的人，有刻在骨里的自觉。

法国思想家罗曼·罗兰说："唯有心灵能使人高贵。所有那些自命高贵而没有高贵心灵的人，都像块污泥。"

高贵的人不诇不渎、不俗不套、不傲不狂、不卑不亢、不媚不附，高贵的人能站在对方的角度去理解、倾听、体谅、安慰和宽恕。

《易经》曰："谦谦君子，卑以自牧。"

而唯一能体现这些高贵行为的就是一个人的谦卑。

一、谦卑，是一个人文化的积淀

文化无须刻意表现，它渗透于行为人的每一个言行举止。有文化的人，内外于形，外化于心。有文化的人懂得谦卑和善，懂得宽容尊重，由内而外散发出让人舒服的感觉。

　　谦卑和谦虚有相同点，但也有不同点。谦虚多少带有一点虚伪的色彩，比如称自己是"鄙人"，称自己的家是"寒舍"，当自己发表意见时，说自己是"班门弄斧""抛砖引玉"，这些谦虚行为，说到底是一种客套礼仪。

　　谦卑并不意味着承认自己是个无能之辈，谦卑能意识到所有人都各有所长，也都各有所短。谦卑的人从根本上把自己置之度外。正像苏格兰哲学家休谟所说的："当自我不被考虑到时，便没有骄傲或谦卑的余地。"

　　当意识不到自己有许多缺点时，这个人会狂妄；当意识不到他人也有许多缺点时，这个人会自卑。只有意识到所有人都有许多缺点时，才能真正谦卑起来。

　　谦卑让人保持良好的心态，不在得意时忘形、不在得意时狂妄自大、也不在失意时妄自菲薄。正如古人所说的"不以物喜，不以己悲"。

　　谦卑的人有一种境界，彰显了一个人内在的文化修养。

　　伟大的革命导师恩格斯就是一位谦卑的伟人。恩格斯和马克思是国际共产主义运动的战友，恩格斯总是把功劳和荣誉归功于马克思。他说："马克思是人类的天才，而我们最多只是能者。"他说："我高兴我有马克思这样出色的'第一提琴手'"，而始终谦逊地自称是"第二提琴手"。作为马克思毕生的革命伙伴和忠实的战友，恩格斯以"第二小提琴手"来定位自身在马克思主义形成和发展中作用。

　　马克思逝世以后，恩格斯当之无愧地成了"整个文明世界中最卓越的学者和现代无产阶级的导师"。但由于他对马克思的由衷敬重，每当人们热情赞扬他为无产阶级伟大事业作出的巨大贡献时，他都会强调："我只是有幸来收获一位比我伟大的人——卡尔·马克思播种的光荣和荣誉。"

二、谦卑，是一个人智慧的展现

　　有一种智慧叫低调，谦卑就是一种低调。谦卑，貌似懦弱，实则强大。

　　保持一颗谦卑的心，不高估自己，不仅是做人的格调，更是人生的智慧。唯有低调，唯有认识到自己的平凡和渺小，才是体现一个人灵魂的高贵。

　　俗话说：天狂有雨，人狂有祸。一个人在恶劣的社会环境下，特别是身居高位的情况下，能懂得高处不胜寒的道理，时刻保持如履薄冰、如临深渊的危机意识，韬光养晦，可以有效地避免伤害到自己，这是生存的一种智慧。

　　一个傲慢的人、一个咄咄逼人的样子，不会接纳他人的意见，更不会接收他人对自己的批评和建议，这些人会失去他人的支持。

　　谦卑不仅可以让自己融入人群，与人和谐相处，而且可以隐藏力量，不在显山露水中成事业。

地低成海，人低成王。学会低头，才能出头。谦卑的人，往往接地气、通人情、懂世故，谦卑的人，容易接近成功。

三、谦卑，是一个人修行的外露

谦卑是一个人一生的修行。这一生，你有多谦卑，就会有多高贵。

谦卑的时候，修炼了自己、提升了自己；谦卑的时候，尊敬了他人、彰显了自己。谦卑更是一种境界，谦卑的人懂得尊重别人。对人恭敬，其实是在庄严自己；对人谦卑，其实也是在展现自己。

德国哲学家歌德说："如果一个人不过高地估计自己，他就会比他自己所估计的要高得多。"

谦卑的人有一颗怜悯的慈爱之心，不会嘲笑弱势人群。谦卑可以让我们的内心更加纯净、更加柔软、更加善良。

中央电视台著名节目主持人董卿跪地采访翻译家许渊冲老人的谦卑态度，深藏着董卿对前辈的敬仰、对文化的追求、对知识的渴望。

作家林清玄说："唯有谦卑，才配得上你过人的智慧。"董卿的这一跪地采访，展示了她谦卑的修养、卓越的智慧、优雅的举止。

四、谦卑，是一个人宽容的胸襟

对人谦卑，展示了一个博大的胸怀。唯有宽广的胸怀，方能海纳百川。

宽宏大量，是唯一能够照亮人类伟大灵魂的光芒。胸怀宽广，能容人容事，体现了一个人的格局。对他人的宽容，也是一种自我解脱。一个心胸宽广的人，也是一个善于释怀的人。没有海一样的胸怀，哪有海一样的事业。

南非黑人领袖曼德拉出狱当选总统后，他不计前嫌，包容宽恕了曾折磨和侮辱他的三个狱警，而且热情地拥抱了他们，还邀请他们参加了他的总统就职典礼。

曼德拉完全有理由和权力对三个狱警进行"报复"，但他却选择原谅和放下。曼德拉说："当我走出囚室迈向通往自由的大门时，我已经清楚，自己若不能把痛苦与怨恨留在身后，那么其实我仍在狱中。"这需要博大的胸襟才能做到。正如世界文豪雨果说："最高贵的复仇是宽容。"

五、谦卑，是一个人人缘的基础

感恩得助力，谦卑得人缘。一个人的品质，是社会协作体系里的信任货币。而谦卑则是面额最大的那一种。

只有谦卑，才能够被他人接纳。不被别人接纳，就无法与别人沟通。

"麦穗越成熟越懂得弯腰，人越弯腰才会越成熟。"这是低调处事的谦卑的态度。

一个人做人高调，语言锋芒毕露，必然会使人反感、让人讨厌、甚至遭人暗算。谦卑的性格，是人们最为需要的。谦卑的人有广泛的群众基础，会得到更多的人的拥护。

战争年代，胜利取决于民心的向背。和平时期，只有广泛的群众基础，只有广大的人民群众的积极响应，才能使我们的工作得心应手，才能使我们取得成功。

谦卑，就是对万事万物怀一颗敬畏之心，持一份包容情怀。海纳百川就是一种谦卑和胸襟。

历史上"周公吐脯，天下归心"就是一个谦卑凝聚人心的典故。据说周公自言："吾文王之子，武王之弟，成王之叔父也；又相天下，吾于天下亦不轻矣。然一沐三握发，一饭三吐哺，犹恐失天下之士。"正因为周公如此谦卑，以天下为重，才有了周朝初年的团结、稳定和巩固。

人都有值得自己骄傲的地方。现实生活中，一般人都认为自己不一般。真正谦卑的人也不多，有些甚至是虚伪的谦卑。

历史上许多哲学家和思想家就有过这方面的论述。法国思想家巴尔扎克说过："其实一个最谦逊的男子也免不了有点自命不凡，而且会死都抱住不放。"德国哲学家尼采说："完全不谈自己是一种甚为高贵的虚伪。"雨果在《笑面人》中，也有这样一段话："一个人过分的谦卑，就暗示着他的虚荣心特别强。"

我们应该多一点自知之明，少一点自以为是。但可惜这个社会自以聪明的人不少。

谦卑基于内藏深处的力量，高傲属于浮在表面的无能。一个真正高贵的人必定是个谦卑的人。谦卑，是最高贵的品质；高贵，是最深入骨髓的谦卑。谦卑永远是不应令人厌恶的一种品德。

"当我们是大为谦卑的时候，便是我们最近于伟大的时候。"让印度哲学家泰戈尔的这一醍醐灌顶的名言，永远激励着我们以谦卑的心，做一个高贵的人。

笑是人与人之间最近的距离

使这个世界灿烂的不是阳光，而是人们的微笑；给这个人类带来美好的不是金钱，也是人们的微笑。

法国浪漫主义诗人雨果说："有一种东西，比我们的面貌更像我们，那便是我们的表情；还有另外一种东西，比表情更像我们，那便是我们的微笑。"

微笑是春雨，滋润着人们干涸的心田；微笑是阳光，温暖着人们的心窝；微笑是胸怀，蕴含着一个人的气度。所以说，真正值钱的是不花一分钱的微笑。

微笑是一种关爱、一种问候；微笑是一种谅解、一种沟通；微笑是一种胸怀、一种格局；微笑更是一种艺术、一种智慧。微笑是人类最美丽的表情、微笑是无需翻译的语言、微笑是人与人之间沟通的桥梁、微笑是人与人之间最近的距离。

微笑并非简单的嘴角上扬，而是语言的舒服，更是内心的善良。

让我们一起学会微笑、善于微笑。

一、面对镜子里的你微笑，坚信自己的存在价值

一个人在自己的哭声中、在周围一群人的笑声中来到这个世界。长大后，我们应该以自己的微笑面对笑迎自己来到人世间的人们。

我们常常希望别人用微笑来面对自己，那我们就应该首先做到面带微笑迎接生命中遇到的每一个人。

古希腊哲学家柏拉图说："决定一个人心情的，不是在于环境，而在于心境。"同时，他又说："每天告诉自己一次：我真的很不错。"古典哲学家的名言告诉我们，一个人心情的好坏，由自己的心境决定。适应社会环境，靠的是自己保持乐观的心情，靠的是自己充满自信。

自信是成功的第一秘诀，自信也是英雄的本质。用微笑面对人生，就是自信笃定。一个连自己都不相信的人，怎能会让人信任他吗？

始终保持乐观向上的精神力量，笑迎人生路上的八方宾客。这样，才会得到八

方人的提携、众多人的帮助。只有用微笑面对人生、用微笑说话的人，才能担当人生重任。

人生的道路上充满坎坷曲折，面对人生道路上的困惑、困难、困境，如果一个人常常脸色苍白、一筹莫展，那谁又能帮得了他呢？而且，一个人思虑太多，也会失去做人的乐趣。人生苦短，何必愁眉苦脸。

印度诗人泰戈尔说："伤心，也不要愁眉不展，因为你不知是谁会爱上你的笑容。"即使遇上挫折，甚至是灾难，也要微笑面对。

不经一番彻骨寒，怎得梅花扑鼻香。美国现代女作家海伦凯勒说过："世界上没有什么是微笑战胜不了的，只要我们坚定不移地为了我们奋斗的目标前进，相信没什么事情是我们办不了的。"英国唯美主义诗人王尔德说："爱自己，是终身浪漫的开始。"爱自己，首先每天面容上要拥有笑容。爱自己也要爱他人，爱他人，就更应该笑容满面地和他人相处。

现实生活中，有时需要掩饰自己的悲伤对每个人微笑。做到这一点，人也就成熟了。微笑着面对每一天，让生命的每一天都快乐流淌。用你的笑容去改变这个世界，别让这个世界改变你的笑容。

二、面对血脉相通的亲人微笑，珍惜血浓于水的情感

有亲情的人生才是温暖完整的。父母、兄弟、姐妹是血浓于水的亲情，是我们血脉相通的亲人。这种亲情打不散、扯不断、赶不走。亲情永远高于其他感情，我们应该倍加珍惜。

在这个世界上，父母永远是我们最深的牵挂、最深的情感、最深的爱。对父母要永远面带笑容，即使遇到父母严厉的打骂，我们也要在哭声中面带笑容。

对父母微笑是做子女的最基本的感情表达和情感付出。兄弟姐妹是我们的骨肉同胞，对兄弟姐妹的感情就是对父母的感情，对兄弟姐妹的微笑就是对父母的微笑，对兄弟姐妹的不尊重、不友好，就是对父母的不尊重。兄弟姐妹之情虽然血浓于水，但也会有观念上的分歧、利益上的纷争、感情上的隔膜。我们处理好与兄弟姐妹的关系，也是对父母的一种报答。

只有拥有良好的兄弟姐妹的情谊，才能处理好与朋友之间的关系，这也是我们找到真心朋友的一个重要方面。一个连兄弟姐妹的关系都处理不好的人，怎么能处理好与朋友之间的关系呢？一个连微笑都不愿意给兄弟姐妹的人，他带给朋友的微笑又有多少真实可信？

三、面对有缘相识的朋友微笑，珍惜来之不易的情谊

微笑是每个人面对人生的态度，我们只有把微笑像阳光一样传递给他人，才能体现出我们是一个有温度的人。

既然给人家微笑，那应该给人家以灿烂的微笑。如果你的笑容像蝴蝶拍翅，记住，人家一定会永远收藏。我们微笑地面对一切，就会发现一切都是那么的美好。给他人三分阳光，自己就能得到七分温暖。

当我们微笑面对他人时，也不必在意他人是否给予微笑的回报。

工作和生活中，与朋友产生一些隔阂，只要真诚地微笑面对，隔阂也就会荡然无存。正如中国现代思想家鲁迅先生所说："度尽劫波兄弟在，相逢一笑泯恩仇。"

当我们心情不好时，也不要随意将情绪发泄给朋友，给朋友造成意外的压力。我们如何对待世界，世界也会如何对待我们；我们如何对待朋友，朋友也会如何对待我们。

朋友相处，需要胸怀、需要格局、需要忍耐。宽宏大量才是唯一照亮伟大灵魂的光芒。

微笑对于朋友来说，是值得留恋的表情。就像印度诗人泰戈尔所说："你微微地笑着，不同我说什么话，而我觉得，为了这个，我已等待得很久了。"而英国作家狄更斯所说的："在你的微笑里，我才有呼吸。"更是把一个人的微笑对于朋友的重要性表述得如此的淋漓尽致。

我们要记起生命中不期而遇的朋友，既然曾经友好过，总有它的合理性，总有值得回忆的美好之处。朋友也是一种缘分，能一起微笑的就一起开怀大笑，不能一起微笑的就各自为好，总之面带微笑，微笑面对。

对自己好一点，面带笑容，因为一辈子不长；对身边的人好一点，微笑面对，因为下辈子不一定能遇见。我们要用微笑面对停留在自己生命里的每一个人。

四、面对伤害过自己的人微笑，展示宽容宽恕的胸怀

我们每个人都不是生活在世外桃源，我们生活在一个矛盾的世界、纷乱的社会。面对人间的是非曲直，面对复杂的人际关系，我们应该正确对待伤害过自己的人，多把微笑留给他们。

对曾经伤害过你的人，微笑是一种友爱、微笑是一种宽容、微笑是一种胸怀。这种微笑，也会让你赢得对方对你的仰视和尊重。

分手后不能做朋友，因为彼此伤害过；不能做敌人，因为彼此友爱过。如果选择仇恨，那对自己又是一次伤害。记仇，导致免疫力的下降；记仇，紧锁眉头，影

响美容。何必呢！退一步，海阔天空。为了面子而追求暂时的内心平衡，那只能加重自身的遍体鳞伤，扰了他人，又伤了自己。

用我们淡淡的微笑，化解过去的不解和恩怨，把泪水留给自己，把微笑留给他人。把微笑留给伤害过自己的人，是一种宽阔的胸怀、是一种人生的艺术、也是一种生存的智慧。

双唇轻启，牙齿半露，眉梢上推，脸部肌肉平缓向上向后舒展，这是微笑的面部动作，这也是一个人不难做到的微笑表情。笑是一种没有副作用的镇静剂，没有必要吝啬。

有皱纹的地方只表示微笑曾在那儿呆过。请嘴角上扬15度，让我们用微笑面对社会、点亮快乐、传递温情！

每天早上醒来，微笑和你都在，这就是我想要的未来。

多一些格调，少一点腔调

腔调是指一个人有个性和风格。腔调在北方来说，就是"范儿"的意思。格调就是指一个人有风度和仪态。

腔调一词，在过去来说，是贬义的多，但格调一直以来就是褒义。

现在来说，腔调和格调没有多少褒贬之分，基本上都是褒义。

但腔调一词，用得好，就是褒义；用得不好，就是贬义。比如说，"这个人很有腔调"，这是一句褒义句。"你看这个人的腔调""你看这个人像什么腔调""这种腔调像什么样子"，这些都是贬义句。

腔调和格调都是个人素养和个性特点的真实反映。腔调是显露在外，属于物质形态的外在；而格调是内敛在心，属于精神形态的内在。

格调和腔调，都有一个调。格调的调，在于格，同"格物致志"之格，有着高雅和品位的内涵。腔调的调在于腔，是拿出来让别人看的，是人的个性的张扬和显露，常常流露着派头十足的内容。腔调因为外在，所以有时在张扬而有露骨的展示中，缺少了一种优雅、稳重和含蓄的品位。

有些东西，并不是越浓越好、也并不是越奇越好，而是恰到好处。即使有腔调的成功人士，也会让人感觉有点在"装腔"和"作势"，甚至有点卖弄和故作玄虚的味道。

而格调因为内敛在心，其骨子里有着无需提醒的公德公俗自觉、无可否认的文化底蕴、无不斯文的文明素养。

腔调易装，格调难学。无论是腔调也好，格调也罢，其有一个共同点，就是都想以良好的个人形象出现在别人面前。

但人们更多的是欣赏有格调的人，当然也常常对有腔调的人致以笑中带有一点点否定或不敢苟同的掌声。

有格调的人一切都在不经意的时候，能实现恰到好处的理想效果。而有腔调的人则不然，收效没有那么明显，有时会弄巧成拙、有时适得其反。有格调的人给人以优雅和绅士的感觉、给人以仰视的尊敬和精神的膜拜。

在一个有品位的女人的眼里，男人真正有格调的从来不是金钱和地位，也不是英俊的外貌，而是一个男人的智慧以及他的内涵。女人觉得，男人有智慧和内涵，才是她的靠山。

而在一个有品位的男人眼里，女人真正有格调的从来不是漂亮的脸蛋，也不是多情的双眸，而是他的优雅。所以说优雅是女人唯一不会褪色的美。

有腔调的人给人带来的是粗鲁的豪放；有格调的人给人带来的是耐人寻味的优雅。有腔调的人给人带来的是气壮山河的豪情；有格调的人给人带来的是四两拨千斤的睿智。

商场上有腔调的人很多，这些人首先让人一看就知道是一个财富拥有者，他们往往财大气粗，常常是名牌的服饰、高档的车辆、阔气的消费，但他们有时让人感觉脑子里也许全是"地摊货"。

这些有腔调的人中，有的人眼睛并不近视，也会配上一副平光眼镜，俨然一位民国年代知识分子的形象。这些有腔调的人中，虽然读书不多，但书架上放的是马克思的《资本论》《二十四史》，唐诗宋词更是有着各种各样的版本。他们一开口，就会能让人感觉世界在他们眼里是多么的渺小，自己又是多么的能干和神奇。

官场上有腔调的人也不少。有些人做秘书的时候，头是俯视的，手是放在胸前的；做领导后，头是仰视的，手早就放在后面了；做秘书的时候，会及时帮领导提包，一做领导后，自己从不拿包。有些人当领导后的腔调截然不同，官腔十足，讲起话来大道理一大堆，让人听起来冠冕堂皇、不着边际，这种腔调会使人反感。

一个人真正的魅力从来不是来自外在的多金和酷炫，也不是令人羡慕的官位职位，而是厚实的文化底蕴、丰富的人生阅历、深邃的思想内涵、内在的品德修养。

一个人适当的腔调固然需要，但更为重要的是拥有格调。

气度决定格调，气度就是一种胸襟和风度。只有心胸宽广的人，才会能格局。

法国浪漫主义诗人雨果说："世界上最广阔的是海洋，比海洋更广阔的是天空，比天空更广阔是人的胸怀。"一个人的胸怀决定了一个人的格调，决定了一个人的格局。格调高的人，他的价值观也高，他从事的起点也高。格局大的人，拿得起，放得下；格局大的人，不拘泥于小事；格局大的，不囿于吃亏的事。

一个人的格调，衬托出他的历练，书写着他经历的苦难和委屈。有格调的人，一定是有文化的人。无论腔调和格调，都需要厚实的文化底蕴来支撑。只有不断地加强学习，夯实自己的文化基础，才能信手拈来、左右逢源，不然只能捉襟见肘、狼狈不堪。

有格调的人，一定是有涵养的人。他们锤炼人格、修炼品行。他们从不炫耀、虚张声势。他们富有内涵，从不外露。他们懂得谦卑礼让、笃守诚信。

有格调的人，一定是有情调的人。他们对人有温度，做事有激情。他们浪漫而有情怀，善良而有爱心。

有格调的人，一定是有格局的人。他们宽宏大量，大气大度，看人总是以欣赏和肯定的眼光，而不是对人对事斤斤计较、小肚鸡肠。

有格调的人，一定是个精致的人。他们懂点时尚，懂得特色。他们不矫揉造作、不扭捏造势、不故弄玄虚。

做人做事，千万不要让人感觉格调不高、腔调十足的味道。

人值得欣赏的是其格调，而从来不是腔调。格调高了，你就会从麻将台走向健身房、你就会从酒桌走向茶室、你就会从夜总会走向音乐会。总之，有格调了，会让人感觉高雅别致。

人类20世纪的"世纪伟人"爱因斯坦说："不管时代的潮流和社会的风尚怎样，人总可以凭着自己高贵的品质，超脱时代和社会，走自己正确的道路。"

让我们在人生的舞台上，在有着适度的腔调的同时，做一个更有格调的人。

宽宏大量，一束照亮人类灵魂的光芒

宽宏大量是一种高尚的品质、崇高的境界、非凡的气度，是思想的成熟、心灵的丰盈、仁爱的光芒。

宽宏大量，对于每个人都非常需要，特别是一般人更需要不一般的人宽宏大量的对待。

如果每个人都能做到宽宏大量，那么，这个世界就会祥和美好，我们的人类就会充满爱。但对许多人来说，一般很难真正做到宽宏大量。

宽宏大量，就是度量大、心胸广，能容人容事，对人和事抱着宽阔的胸怀去对待。而不是对人对事斤斤计较、小肚鸡肠。

春秋时期，孔子的学生子贡曾问孔子："老师，有没有一个字，可以作为终身奉行的原则呢？"孔子说："那大概就是'恕'吧。""恕"，用今天的话来讲，就是宽宏、宽容。

法国浪漫主义诗人雨果在《巴黎圣母院》中写下了一句浪漫而又充满人性光芒的名言："宽宏大量，是唯一能够照亮伟大灵魂的光芒。"虽然世界文豪的这段话有点绝对（照亮伟大灵魂的光芒，宽宏大量肯定不是唯一），但足于说明宽宏大量作为一个人品质在人性中的极端重要性。

一、宽宏别人，让别人在宽容宽松中感受自己的幸福

两千多年前的孔子感慨道："人之初，性本善。"老夫子的话道出了人性的本质。

在人类的一切道德品德中，善良的本性是最需要的。善良是人的情感的基本体现，善良就是对人对事的宽宏大量。因此，宽宏大量是人的情感中最美好、最重要的部分。懂得宽容的人也是情商高的人。

宽容别人就是站在别人的角度，对别人的一种理解，是一种放得下的大度、是一种宽阔的胸怀、是一种与人为善的观念释然。

　　宽容别人，缩小自己；提高别人，放低自己；原谅别人，委屈自己。宽容让出了情感沟通的空间，拉近了人与人之间的距离。情感沟通的空间越大，人间的温暖就越多，笑容就越灿烂。

　　在人的一生中，会遇到许多不如意的地方，忍一时风平浪静，退一步海阔天空。忍和退都不是懦弱，而是宽容，是一种境界、是一种修养。多一些宽容，就少一些心灵的隔膜；多一份宽容，就多一份理解。

　　世界上最宽阔的是海洋，比海洋更宽阔的是天空，比天空更宽阔的是人的心灵，也就是宽宏大量的胸怀。

　　俄罗斯批判现实主义作家屠格涅夫说："不会宽容别人的人，是不配受到别人宽容的。"要想得到别人的宽容，首先要做到宽容别人。一个不肯原谅别人的人，就是不给自己留有余地。宽容别人，就是释怀自己、解放自己，还心灵一份纯净。

　　"虽然我不同意你的观点，但我有义务捍卫您说话的权利。"法国启蒙思想家伏尔泰的这一名言，许多人都知道，它也包含了宽容的民主内核。

　　错误在所难免，宽恕就是神圣。生活中一大乐趣就是忘却，因此，不能老是对别人的过错耿耿于怀。宽容意味着尊重、理解和信任，而不是放任，更不是纵容。宽宏精神是一切事物中最伟大的，让我们树立和弘扬这样的精神。

二、宽容自己，让自己在轻松愉快中提升自己的品位

　　一切美德都是由于放弃自我而成的。黎巴嫩诗人纪伯伦说："一个伟大的人有两颗心：一颗心流血；另一颗心宽容。"我们虽然宽容了别人，让自己忍耐，委屈了自己，但是在宽容别人的时候，我们也涵养了自己，提升了自己的灵魂高度。

　　相比于宽容他人，也许宽容自己更需要勇气。英国文艺复兴时期诗人莎士比亚在《威尼斯商人》中说："宽容就像天上的细雨滋润着大地。它赐福于宽容的人，也赐福于被宽容的人。"

　　我们对别人的释怀，也就是对自己的善待。一个斤斤计较的人，会把生命之弦绷得越来越紧，对事业和生活会时时感到不如意，也就是人们常说的活得很累。

　　人生如海，宽宏似舟，乘舟过海，方知海之宽阔；人生如歌，宽宏作曲，谱曲唱歌，方知歌之动人。

　　学会宽容自己的人，意味着你不能用别人的过错来惩罚自己，也意味着你不再用自己的过错去反击别人，更意味着你不再患得患失或心存芥蒂。

　　宽容了别人，才能使伤害你的人情愿或不情愿地走上道德法庭的被告席，才能使被宽容的灵魂有所警醒和感召。因此，宽容拓展了人类祥和的空间。

当自己做错一件事情后，不应该一味地埋怨自身，一味否定自己，而应该宽容自己，勇敢地走出来。我们不能宽容别人，别人也不会宽容我们；而我们自己都不能宽容自己，怎么能更好地宽容别人呢？

宽容别人就是爱别人。但如果一个连自己都不爱的人，又如何爱别人呢？所以要懂得爱自己，首先要懂得宽容自己。

我们都知道，宗教是宽容的最佳场所，连宗教都知道"放下屠刀，立地成佛。"我们为什么老是不能原谅自己呢？为什么老是跟自己过意不去呢？有些人之所以不快乐，究其许多原因，就是忘不了过去不愉快的事情。

历史有历史的必然，过去有过去的无奈。被誉为"俄罗斯的良心"的作家索尔仁尼琴曾经说过："总盯着过去，你会瞎掉一只眼。"当然他还说："然而忘却历史，你会双目失明。"所以，我们既要宽容自己，也要吸取教训，这样才能不断进步。

宽容产生道德上的震动力比自责产生的要强烈得多。

当然，宽容自己并不是放纵自己，随心所欲。

三、宽容小人，让小人在得寸进尺中认清自己的渺小

世界文豪莎士比亚说："宽恕人家所不能宽恕的，是一种高贵的行为。"能容小人，方成君子。法国浪漫主义作家雨果说："最高贵的复仇是宽容。"

当你用牛粪扔别人时，臭了别人，也脏了自己；当你用鲜花送别人时，美了别人，也香了自己。

雨果说："释放无限光明的是人心，制造无边黑暗的也是人心，光明和黑影交织着，厮杀着，这就是我们为之眷恋而又万般无奈的人世间。"

在这个纷繁复杂的社会，有时宽容小人，也是一种智慧，因为君子有时真斗不过小人，还是远离为好，因此，至少在一定程度上能有效地保护自身。如果在政治上做到宽宏大量，更是最明智的选择。

美国第16任总统林肯对政敌素以宽容著称，后来终于引起议员们的不满。有一位议员对林肯说："你不应该和那些人交朋友，而应该消灭他们。"林肯微笑着回答："当他们变成我的朋友，难道我不正是在消灭我的敌人吗？"

我们多一些宽容，公开的对手或许就是我们潜在的朋友。仇恨是一把双刃剑。报复别人的同时，自己也同样受到伤害，所以"冤冤相报"的结果就是"两败俱伤"。心中装着仇恨的人，他的人生是痛苦的。只有放下仇恨，选择宽宏，仇恨的死结才会解开。

　　南非前总统曼德拉为了正义，被白人判坐30年牢狱。但当他出狱时，他没有对白人记仇。他发出这样的感慨：当我走出囚室迈向通往自由的监狱大门时，我知道，倘若无法抛下痛苦与怨恨，那么我其实仍在狱中。

　　宽容是一种生存的智慧，更是一种生活的艺术，是看透了复杂的社会以后所获得的那份从容、自信和超然。

　　英国第一位浪漫主义诗人布莱克在《耶鲁撒冷》中都说："宽恕一个敌人要比宽恕一个朋友容易。"让我们勇敢地宽容小人，俗话说，宁愿得罪君子，千万不要得罪小人。

　　宽宏是一种智慧，这种智慧需要雅量，容人、容言、容事、容短、容过，必须具有博爱的精神和养成淡泊的心情。有多宽的胸怀，就有多高的境界；有多高的境界，就能成就多大的事业。宽容是人生最好的修养，宽容是人性中最美丽的花朵。

　　笑是两个人之间的最短距离，笑是宽容大量的最基本的体现，宽宏大量是照亮人类灵魂的光芒。

　　在光亮中，世界始终是我们最初和最后的爱，人类期待着更多的宽容者的出现。

智慧

照耀人生道路的明灯

陆

真正聪明的人，从不会自作聪明

有一种聪明叫装傻充愣，有一种愚蠢叫自作聪明。

装傻充愣的聪明人对许多事情不是不明白，而是不全说、不想说、不说破。这种人有着深不可测的性格和"难得糊涂"的智慧。

我曾写过《装傻是睿智的伎俩》一文，论述了装傻充愣是睿智的伎俩，也指出了装傻的人其实是一种大智若愚的聪明人。同时也指出：如果要学会聪明的话，就要学会装傻；如果要学会更聪明的话，那就还得学会装作不知道人家在装傻。

美国通用电器公司前总裁洛克菲勒说："自作聪明的人是傻瓜，懂得装傻的人才是真聪明。"

自作聪明的人其实是一个很不聪明的人，他们自以为聪明，过高地估计自己，在众人面前盛气凌人，目空一切。当别人谈论某件事情时，他们总要插上几句，而且还要抢着说话，发表自己的观点，唯恐人家以为他不懂，更生怕人家把他当傻子。

令人遗憾的是，这些自作聪明的人不开口，人家还真不以为他是个哑巴；但一开口，人家就确定他是个傻瓜。小聪明的小把戏一下子露出了马脚。

这世上真的很有趣，聪明的人往往不希望别人说他聪明，而不聪明的人又自以为很聪明，生怕人家怀疑他的聪明。

聪明的人处处小心，事事谨慎，为人低调，张弛有度。而自作聪明的人胆大妄为，无所顾忌，喜欢故作姿态，到处表现自己、张扬自己、炫耀自己。现实生活中，一般人都不喜欢聪明绝顶的人，更不喜欢自作聪明的人，他们往往喜欢和比自己笨一点的人扯在一起。

由于社会复杂，矛盾众多，聪明的人都未必因为聪明能给自己带来好处，自作聪明的人处在风口浪尖上，更会处处碰壁。

基督教说："上帝要让一个人灭亡，一定会先让他疯狂。"而西班牙作家费尔南多德罗哈斯更进一步指出："走向疯狂的第一步就是自以为聪明。"

自作聪明的人骄傲自大。俗话说："天不言自高，地不言自厚。"一个喜欢自作聪明的人，往往骄傲自满，目空一切，说话做事咄咄逼人，鲁莽草率。

自作聪明的人孤独无助。因为自以为是，自认为独一无二，所以不把其他人放在眼里。由此常常会遭到众人的非议和攻击，经常会陷入孤立无援的可悲境地。自作聪明的人太过自负。自以为一切都在自己掌控之中，喜欢表现，呈能要强，往往会陷入"聪明反被聪明误"的错误境地。自作聪明的人好大喜功。虚假浮夸，唯恐别人不知道他在做轰轰烈烈的事情。由于往往脱离实际，其结果适得其反，弄巧成拙。

当自作聪明的人由于自作聪明而造成错误时，他们往往还死要面子，坚信不疑。正如美国《大西洋月刊》首任编辑詹·拉·洛威尔所说的："只有傻子和死人才不修正自己的观点。"

历史上由于自作聪明而惨遭悲剧的故事数不胜数。"杨修之死"，是《三国演义》中的经典片段，也是历史上广为流传的"聪明反被聪明误"的典故。

杨修是一个谋士，但他的才智基本上都用在小聪明的层面上，《三国演义》中记载了很多杨修卖弄自己的故事。

"阔"字事件。曹操命人在庭院里修建了一扇门，随后在门上题写了一个"活"字。其他人都不知道曹操的用意，唯有杨修看破天机，他说"门"内一个"活"字，就是"阔"字，丞相是嫌门太大了。于是杨修命人把门改造。

"一合酥"事件。一个地方官员送给曹操一盒酥，曹操在盒上写了"一合酥"三个字。杨修见了，便叫人把整盒酥吃了。曹操看到后心里很生气，问他为何这样做，他答："盒上写明'一人一口酥'，丞相之命岂敢违反？"曹操虽嬉笑，而心里十分讨厌。

"鸡肋"事件。"鸡肋"事件是杨修之死的直接诱因。

曹操在汉中和刘备交锋，僵持不下，进退两难。一天晚上，曹操叹息道："鸡肋而已。"在场人都不解其意，唯有杨修一语道破曹操的心思。他说："鸡肋，食之无味，弃之可惜，曹公打算撤军了。"于是他开始收拾行囊，让别人也开始准备起来。

军事行动是大事。这时候曹操可能确实有撤退的意思，但还未下达明确撤退的命令。此时杨修虽然猜到了曹操的心思，但也不应该先于命令而擅自行动。可是杨修生怕别人不知道自己的聪明，断然率先行动。曹操随即以扰乱军心的罪名把杨修处死。

作家易中天在"品三国"中认为，杨修卖弄小聪明，是被曹操处决的重要原因，完全可以说是自己作死。

"掩耳盗铃""刻舟求剑"的成语故事、明朝沈万三讨好皇帝朱元璋反而被发配充军的故事，都是古代自作聪明、惨遭祸害的典故。

自作聪明的人都自以为是，一旦膨胀到了极点，对立面过多，往往成了孤家寡人。而大智若愚，收敛锋芒，可以有效地减少潜在的风险。自作聪明的人由于争强好胜，锋芒毕露，处处树敌，往往会遭到周围人的围攻、甚至围猎。

当然，自作聪明的人也有一些小聪明的地方，但也只是一些雕虫小技，其本质上是华而不实、一知半解和哗众取宠。

一个自作聪明的人，也是一个品行不好的人。他们个人主义思想严重，表现为自私自利，斤斤计较，心胸狭隘，甚至还会损人利己。

工作和生活中，我们应该做一个谦虚谨慎的人，有自知之明的人。无论在同伴、同学、同行、同事、同僚等人面前，还是在领导和下属面前，千万不能显得自己比别人聪明，更不能张扬自己、表现自己、卖弄自己。

实践也证明：自作聪明的人不会从聪明人那里学到什么；而聪明人却能从自作聪明的人那里学到不少。

一个人如果不自作聪明，也许他能够成为一个聪明的人；但如果一个人自作聪明，那他一定不可能成为一个聪明的人。

正像德国哲学家歌德所说的："如果一个人不过高地估计自己，他就会比他自己所估计的要高得多。"

因此，一个聪明人应该不断地谦虚谨慎，戒骄戒躁，适度扬长。不要总当评论员，要多当实践者。

法国哲学家拉布吕耶尔说："如果一个人在别人眼里不显得过于聪明，他就已经相当狡猾了。"而能够在复杂的社会中立足生存的人，一般都是一些"狡猾"的人。

鬼谷子有这样一句话："圣人之道阴，愚人之道阳。"面对复杂多变的社会环境，聪明的人也要守拙不当头，藏智不显，必要时更要装作一副痴呆愚顽的模样，表面愚拙，心头洞明，内心精明。

面对这个浮躁不安的社会，奉劝来到这个社会上的人们：有时宁愿装傻充愣，千万不要自作聪明，因为你根本不知道自己的身边藏着多少条龙，卧着多少只虎。

聪明不必绝顶，自作聪明更是多此一举。

印度哲学家泰戈尔说："当我们是大为谦卑的时候，便是我们最近于伟大的时候。"

有一种智慧叫低调谦卑，而唯有谦卑，方显高贵。让我们做一个真正的聪明人，低调谦卑，韬光养晦，行稳致远。

装傻，其实是睿智的伎俩

这个世界万紫千红、纷繁复杂，不是你我一下子就能看透、看清的。

但这个世界说复杂也很简单，有时我们对有些事物的现象也可以看得很清楚，但我们又奈何不了。

所以，在纷繁复杂社会现象中，有时我们只能选择装傻。装傻，是一种智慧，是睿智的伎俩；装傻，有时更是一种逃身活命的手段。

这个社会，是一个善于伪装的社会，这个世界也是永远让人看不清、看不透、看不懂的世界。

事，不要弄得太明白；理，不要争得太清楚。你永远不知道对面来的是什么人，你更不知道后面的人是什么样的心。

想立足、想立于不败之地，必须韬光养晦、善于守拙，难得糊涂，适度的装傻充愣乃是站稳脚跟的上等选择。

对待生活也要有一种装傻充愣的态度，这样也许会有很好的结果。

装傻其实是一种境界，并不是谁都能达到的，它是大智若愚的智慧，只有聪明人才能做到。因此，装傻总是聪明人的行为，不是小聪明的人所能及的。

大智若愚、收敛锋芒，会有效地减少潜在的风险。装傻的人知道锋芒毕露让人生厌，容易遭人暗算，有害无益。因此懂得深藏自己就是保护自己，知道忍辱负重、见机行事才能站稳脚跟，才能绝地反击。

糊涂一点、不出风头，能有效避免因为站得高而易摔倒。锋芒毕露的人可能会得到一时的风光，但在得意之时也许埋下了隐患、种下了祸根。有些时候装装傻可能一时会压抑自己，委屈自己，但阳光总在风雨之后。

如果想学会聪明的话，就要学会装傻；如果要学会更聪明的话，那就要装作不知道人家在装傻。

当别人耍小聪明的时候，我们就要装傻，直到他吐露真相，然后淡淡一笑。三十六计中"假痴不癫"这一计，其实就是装傻的意思。

历史上司马懿的故事很多，但最让人记得的是他装疯卖傻的故事。

司马懿是一个很有能力的人，但是曹操并不信任他，并不启用他，反而认为他一直都有谋反的动机。曹操临死前还叮嘱后人，要防备点司马懿，如果有异常的话就直接处死他。结果曹爽执政的时候没把曹操的话放在心上。司马懿在家装病，曹爽派了几个亲信去试探他，但是没有结果。曹爽以为他真的病了，自己放心出城狩猎。结果刚出城，司马懿就挥刀夺权，自己当上了皇帝。如果司马懿很高调，锋芒毕露，一定会让曹爽起疑心，引来杀身之祸。

历史上"扶不起的阿斗"刘禅其实是个很睿智的皇帝，他以装傻、糊涂来运作和应对官场。

在诸葛亮临死前，刘禅和他说了一句让他后背发凉的话，刘禅说："假如父相病逝之后，我该如何安排父相的后人呢？"诸葛亮听到这句话后才恍然大悟，原来刘禅一直在装傻，这句话看似是在关心诸葛亮，实际上暗藏玄机。

如果诸葛亮的回答让刘禅不满意，那么他的后人就很有可能受到牵连，此时的诸葛亮无奈地回答道："臣在南阳还有百亩地，够子孙享用了。"这一回答恰到好处，刘禅不会起疑心。

诸葛亮一死，刘禅就狠下四招，招招见血，招招都是智慧的体现。刘禅皇帝的在位时间为41年，当皇帝的时间在历代皇帝中排名第八，能说他真的是一个"扶不起的阿斗"吗？

人生是一部经典的书，是一个磨炼和历练的过程。只有经历，才知道沧桑；只有经历，才知道险恶。

沉默一点，学会保护自己；装傻一点，就会渡过险境。傻与不傻，主要看你会不会装傻。俗话说，你可以叫醒一个深睡的人，但你永远叫不醒一个装睡的人，因为装睡的人本来就无睡意。

装傻的人也永远不会告诉你他在装傻，装傻的人永远不承认自己的聪明和能力，反而以傻乎乎的形象出现。如果一个装傻的人沉不住气，把自己装傻到处宣扬，那还不如不要装傻。学会装傻就要装到让别人不知道自己在装傻。

有时候装傻比清醒好；有时候糊涂比明白灵。脸上可以有一副痴呆愚顽的模样，表面内拙；但要心头洞明，内心精明。

所以，有些事情不要以为人家真傻，只是人家城府深，隐藏得好，不愿意揭穿你而已、不愿意与你一般见识而已。

许多话，人家没有说；许多事，人家不评论，千万别以为人家真的不懂。

有时你可以骗人家一时，但不能骗人家一世，因为人家刚开始也许能容忍，但被骗时间长了，一旦反击，出手肯定很重，所以千万别超越别人的底线、挑战别人的尊严，否则到头来吃苦头的一定是自己。

以为人家傻的人、把人家当傻瓜的人，其实自己是很不聪明的。人家不反击你，是因为时候不到，时候一到，人家一定会让你知道：其实自己才是真傻。

我们一定要懂得：如果自己拿人家不当一回事，人家会以同样的方式对自己。要知道：人家不是没有脾气，只是人家不轻易发脾气。就像网络上有句流行的话：我不暧昧，但不代表我不会，我只是忠于爱情，选择一往情深的人。

看破，但不要说破，继续观看人家的"精彩"表演，实在看不惯的话，就只当在看猴戏。如果人家不说话，不要以为人家不会说。也许人家一旦说话，说不定掷地有声、震耳发聩。

适度的装傻是给别人面子，是给人家留有余地。给人家留了面子，也是在给自己留足了后路。

装傻也是一门技术活。英国戏剧大师莎士比亚说："装傻得好也是要靠才情的，他必须窥伺被他所取笑的人们的心情，了解他们的身份，还得看准了时机，然后像窥伺阗眼前每一只鸟雀的野鹰一样，每个机会都不放松。这是一种和聪明人的艺术一样艰难的工作。"装傻也要适度，一个人也只能在适当的时候适度装傻，如果一味装傻，也许是真傻。

沉默装傻并不意味着无话可说，而有时恰恰因为要说的话太多，不知从何说起，还不如保持沉默、学会装傻。

沉默是金，道理都懂，但关键要懂得什么时候沉默、沉默多久。沉默太久了，人家肯定认为你只配沉默。所以，我们要做到既能沉默，又随时都能发声、随时都能咆哮。

俄罗斯作家、号称"俄罗斯的良心"的索尔仁尼琴说："我们知道他们在撒谎，他们也知道自己在撒谎，他们也知道我们知道他们在撒谎，我们也知道他们知道我们知道他们在撒谎，但是他们依然在撒谎。"其实大家都在装傻。

但这种装傻，对社会是一种不负责任的态度。对于社会的臭恶现象，作为一个有正义感的人应该敢于亮剑，不应该保持沉默，更不应该装傻。社会的最大悲剧不是来自于坏人的嚣张，而是来自于好人的沉默。沉默是金、言多必失、祸从口出，这些观念影响了人们正义的伸张。

我们承认，这个社会许多人都在装傻，只不过程度不一样。面对复杂的社会，我们也不妨适度装装傻。

微醺是对喝酒最起码的尊重

　　酒渗透于中华五千年的文明史，酒文化是中华文化的重要的组成元素。

　　饮酒也是历代社会的人们对小康生活的基本需要。喝上一杯小酒，虽然不是很奢侈的事情，但绝对也是一种享受。

　　自古以来，多少的王侯将相、文人骚客狂恋着酒，历代诗人隐士更是酣畅豪饮，写下了豪气冲天的精美文章和不朽诗篇。

　　被称为"酒仙"的唐代诗人李白的1000首诗中，涉及到酒的就有170首；被称为"酒豪"的唐代诗人杜甫流传下来的1400首诗中，"含酒味"的诗就有300多首。可见文人和酒往往会联系在一起。

　　酒是一种物质文化，更是一种文化象征，也是酒神精神的象征。

　　德国哲学家、西方酒神精神的杰出代表尼采认为，酒神精神喻示着情绪的发泄，是抛弃传统束缚回归原始状态的生存体验，人类在消失个体与世界合一的绝望痛苦的哀号中获得生的极大快意。喝酒就是一种情绪的发泄和快意的满足。

　　我一直想要写一篇关于喝酒时的感觉和喝酒后的体会的文章，但我又很担心，因为我觉得无论从什么角度写，总要得罪一方面的人。要么会得罪说到喝酒马上会眉开眼笑的"酒鬼"，要么会得罪点酒不沾、"谈酒色变"的人。

　　我是一个认为无酒不成席，酒文化意识很浓的人；我又是一个酒量不大、一人不喝酒的人；我绝对不是一个举起酒杯就可以喝倒一堆人的人，但我能喝到让对方感觉我是个可以信任、可以深交的人。

　　为了不辜负多年来酒桌上向我真情敬酒的朋友们，也不忘记曾经和我一起醉过的朋友，写和篇酒文化的文章。

　　我由衷地认为：喝酒最幸福的境界是微醺，微醺是对喝酒的最起码的尊重。

一、酒，人类幸福的伴侣

酒文化所体现的是一种高层次的物质需求和高品位的精神需求。根据马斯洛的需求层次理论，人类只有当生存需要得到保证以后才会去追求酒类消费。所以，喝酒所蕴含的是人类的幸福生活。

德国思想家歌德说："酒使人心欢愉，而欢愉正是所有美德之母。但若你饮了酒，一切后果加倍：加倍的率直、加倍的进取、加倍的活跃。"

酒是人类文明的成果，酒也是人类幸福的伴侣。法国作家雨果说过"上帝造水，人类造酒。"

美国思想家爱默生说："酒就是歌，歌就是酒，酒和歌本是一家子。"酒以成欢，歌舞升平、酒足饭饱，也在一定程度上体现了饮酒者的幸福生活。

"桌上这碗酒宛如太阳，粉红色的酒是其光芒，如果没有酒，仿佛环绕在太阳四周的行星般的我们就无法发光。"爱尔兰作家理查·B·谢瑞敦的这段话说出了酒在我们生活中的重要性。

酒能给社交场带来其他任何东西都无法带来的热闹气氛；酒能促成一拍即合的友情，酒能使友谊迅速泉涌而出。无酒不成席也说出了酒在饮食文化中的极端重要性。

在那个贫穷的年代，喝酒也是一件奢侈的事，能喝到一口酒，那是一件幸福的事情、难忘的事情。

就像法兰西第一帝国皇帝拿破仑所说的："没有一样东西比一杯香槟更能使人生变得如玫瑰般地瑰丽。"

喝酒中体现了安贫乐道、悠然自得；喝酒中也蕴含了安居乐业、幸福快乐。

二、酒，人类情感的渲染

酒是社会关系的纽带，酒是人际关系的润滑剂。酒桌就是朋友的相聚；酒场就是感情的渲染。朋友如酒，弥久弥醇。一杯香醇美酒下肚代表了千言万语。

喝酒，喝的是一种氛围、一种怀情、一种需求、一种背后的故事。人们喜悦时喝酒，愤怒时也喝酒；欢乐时喝酒，悲观时也喝酒；团聚时喝酒，分别时也喝酒；相聚时喝酒，独处时也喝酒；兴奋时喝酒，落魄时也喝酒。

酒，以水的形态流淌，以火的性格燃烧。喝酒在于心情，也在于性情。一个人的豪迈、格局、气量、胸怀在这一口酒中都能体现得出。以至于人们都说从举起酒杯时不但知道一个人的酒量，而且还可以看出饮酒者的酒礼、酒品、酒德、酒风。

希腊诗人荷马说："酒是能使舌头松绑、让故事生动的魔。"可以说，喝酒的人是各种情感交织在一起。以至于有的人喝酒时开怀大笑，有的人喝酒后痛哭流泪，有的人喝酒后闷闷不乐，有的人喝酒后借酒发挥。

法国作家小仲马说："酒是一餐中的精神部分，肉仅是物质而已。"

酒桌上、酒友间，也体现着一种浓厚的友谊。正如美国作家克里夫顿·费迪曼所说的："一瓶酒应该被分享，我从未见过吝啬的爱酒者。"酒桌上大家都想显示绅士般的风度。

旧上海滩老大杜月笙有一句名言："不喝酒不抽烟的男人不值得信任！"此话虽然绝对，但不无道理。

喝酒的男人之所以受到尊敬，因为相比来说，喝酒的男人重情、喝酒的男人大气、喝酒的男人真实。所以也就有了"不喝酒的男人是不可爱的"的说话。

酒，天生为男人而生，酒是男人天生的伴侣。

甚至连伟大的马克思和恩格斯也对喝酒发出了无限的感慨。马克思说："不喜欢葡萄酒的人永远不会有出息的（永远没有无例外的规则）。"

恩格斯说："杯中斟满新酿的美酒，这自由之酒，格外浓烈，它不会麻痹我们的感情，它只会在感情深处注入新的意境。"

马克思和恩格斯的通信中经常谈及关于酒的问题。《马克思恩格斯全集》收录的马克思和恩格斯的书信中，涉及喝葡萄酒的有400处左右，可见马克思和恩格斯的友谊不但在革命的道路上久经考验，而且在酒桌上可谓"酒精考验"。

德国作家雷辛说："不爱酒的人，犹如一座磐石。"此话也有点道理。

三、酒，灵魂深处的孤独

"古来圣贤皆寂寞，惟有饮者留其名。"喝酒能消除灵魂深处的孤独。酒杯里有故事，酒杯里有思念，酒杯里有沧桑，酒杯里有梦想。

喝醉酒的人，有时也未必糊涂；不喝酒的人，也未必清醒。

人人都知道醉酒的滋味，未必人人都有醉酒的感受。一盏茶，也许可以苦后明智；一壶酒，也许可以醉后释怀。

"何以解忧，唯有杜康。"有时唯有狂饮方能解忧。

罗马诗人贺瑞斯说："深锁的愁眉唯有酒能疏润。"当一个人忧愁的时候，酒也是消愁的好办法。一两杯酒下肚后，一些尘封在心底的往事被打开。清醒的时候善于伪装，而醉酒时方能释怀。

但有时举杯消愁愁更愁，酒不够抚平酒后的创伤。

李清照"三杯两盏淡酒，怎敌他、晚来风急？"的诗句告诉我们：有时伤心的事不是一二杯酒能释怀的。

四、酒，睿智才情的发挥

酒是小康社会和社会文明的标志。饮食文化最本质的内容是饮酒文化。酒桌也是传播知识的平台，许多人从中得到学习、得到启示。

喝酒，可以显现出一个人的知识、才华、幽默、风趣、修养和社交风格。有时一句诙谐幽默的语言，会给同桌人留下极为深刻很的印象。

酒是情绪的发泄。如果说微醺是到了灵感闪现、文思泉涌的艺术境界的话，那么酣畅就是到了高谈阔论、金句美语的哲学境界。在酒的作用力下，许多喝酒者会立马蹦出思想的火花、跳出惊人的点子，侃出生活的情调，才情睿智发挥得淋漓尽致。

古代酒桌上的酒令现已摇身一变，成了猜谜游戏、时事评论、热点话题等。这个时候，"中美关系深层次的分析""台海形势的预判""世界金融危机的应对"，这些应该是专业人士研究的话题，却在饮酒者口中脱口而出，而且颇有深度和可信性。

酒宴始终充溢着浓浓而又绵绵的书卷气和文化味。觥筹交错中，不仅使饮酒者享受了酒的醇美，还感受了酒文化的魅力。同时，对人的睿智才情、知识水准和应变能力更是一种临场考验。

不常喝酒的鲁迅先生那句"横眉冷对千夫指，俯首甘为孺子牛"的千古绝唱，就是在作家郁达夫做东的宴席上做成的。这也许印证了希腊哲学家西尼克所说的："别人付账的酒，其味最隽永。"

那些平时低调、深沉、不轻易暴露内心思想的人，也会在酒的作用力下，情不自禁地说出感想、观点、甚至牢骚和不满。

即使没有诗仙诗对的才情才气，在酒的作用力下，也会作出凡夫俗子的放荡不羁。

五、微醺是对喝酒的一种尊重，酣畅是对喝酒的一种情怀，酩酊是对喝酒的一种误读

喝酒的人在没有酒的餐桌上是难过的；不喝酒的人在有酒的餐桌上是难受的。我们没有理由指责"难过"的人，也没有必要嘲笑"难受"的人。

我觉得微醺是对喝酒最起码的尊重，不然，坐在有酒的餐桌上看着人家津津有味地喝酒又有什么意义呢？还要被喝酒的人说这说那。

微醺也是灵魂与味蕾的奇妙触碰。微醺后那种晕乎乎、轻飘飘的神仙般的感觉，那种嘴角上扬、幸福感上升的感觉使人难于忘怀。

微醺后给人的感觉是红光满面、神采飞扬的兴奋感，而不是酩酊后脸色苍白、语无伦次的醉意相。

喝酒最好的状态是微醺，既不失态，又不失言，更不伤身，还能保持酒后的愉悦和快感。有时候好友难得相聚一场，开怀酣畅，喝个痛快又何妨，但前提是不能误事伤身。

孔子说："夫酒无量不及乱。"意思是说喝酒这件事，是不需要限制饮酒量，只要不喝醉就行了。

酩酊是对喝酒的一种误读。酩酊大醉，伤身误事，有失体态。

《史记·滑稽列传》中说："酒极则乱，乐极则悲。"酒多误事伤身，这是不争的事实。酒杯淹死的人比海水淹死的人还要多。

《三国志·吴书·陆凯传》中说："酒以成礼，过则败德。"

古希腊数学家毕达哥拉斯说："哪里酗酒成风，哪里就无法无天。"说的都是同样的道理。

喝酒是件幸福欢乐的事情，过量了那就是一件难过的事情、不愉快的事情，甚至是后悔的事情。唐朝诗人韩愈说："强饮离前酒，断送一生唯有酒。"酒一下肚，有时人就糊涂。而且酒一旦喝得过量，有时还会泄密失信失态。

酒水四溅时，杯盏交错间，会喝出一个人的千姿百态，会折射出一个人的内在修养和"几斤几两"。因此，千万不能在举杯中失态，在酒桌上露馅。英国诗人莎士比亚说："每一杯过量的酒都是魔鬼酿成的毒汁。"

不同年龄段的人对喝酒也有区别。特别是年轻时应以多喝茶思考问题，不应多喝酒消遣。俗话说：少壮多饮酒，老来多喝水。

酒桌上那种"宁可胃上烂个洞，不叫感情裂条缝。""东风吹，战鼓雷，今天喝酒谁怕谁。"这样的喝酒小调其实是对酒文化的误读。

常在河边走，哪有不湿脚。人生总有几回醉的时候，醉一回，也无妨，清醒自己，看清他人，看淡名利、看透社会。

"对酒当歌，人生几何?"让我们举起斟满美酒的酒杯，为美好幸福的人生干杯！

幽默是语言艺术的魅力展现

幽默是语言的最高境界，即使不会使用幽默语言的人，也对此不会有什么异议。连世界文豪莎士比亚都说："幽默和风趣是智慧的闪现。"

口才中既体现语言水平，又能让人牢牢记住的就是妙语如珠、妙趣横生的幽默。幽默这种耐人寻味的笑量，它是对调侃、噱头、贫嘴的超越。

能否在短短的话语中使用风趣幽默的语言，也是衡量一个人语言能力的重要标准。

不夸张地说，在社会交往中，一般具有语言功能的成年人都想、都能、都会使用几句幽默风趣的语言。即使是孩子，他有时也能说上几句让大人捧腹大笑的话。

民国思想家梁启超是位不可多得的才子。10岁那年，梁启超有一次随父亲到朋友家作客。刚进大门，他就被庭院一株蓓蕾初绽的杏树迷住了，他偷偷地折了一枝，并遮遮掩掩地藏在宽大的袖筒里。

谁知他的这一举动被他父亲和朋友家人都看到了。宴席上，梁启超的父亲为儿子偷摘杏枝的事感到尴尬，心里想着如何不露声色地暗示教育儿子一番。

为了活跃气氛，父亲当众对梁启超说："开宴前，我先出上联，如果你对得上，而且对得好，方可开杯；否则，你只能为长辈斟酒沏茶，不准落座。"儿子毫无思想准备，也不知父亲的用意，脸上显得有点为难。梁父略加思索，念出上联："袖里笼花，小子暗藏春色。"梁启超听后一惊，但恍然大悟，随口从容对道："堂前悬镜，大人明察秋毫。"

众人听了连声赞道："妙！妙！"幽默是智慧的体现、素质的展示；幽默是格局大的声音、心胸宽的表露；幽默更是文化的积淀、文明的产物。幽默是一种瞬间闪现的智慧火花，幽默的语言不仅风趣，而且风雅，能让人感觉到幽默者的风度和风采。

一、幽默，是综合知识的厚积薄发，它折射出幽默者的知识水准

伟大的革命导师恩格斯说："幽默是具有智慧、教养和道德上优越感的表现。"

伟人的这一名言说明：一个幽默的人是一个综合素质较高的人。

幽默是一种人的智慧，它体现的是一种睿智和才情，更是一种具有穿透力的文化。幽默以一种轻松、愉悦、风趣的方式，向人展示了其知识的厚度、认识的高度、思想的深度。

知识是幽默的沃土，幽默是知识的产物。只有具有渊博知识的人，才能旁征博引、得心应手、左右逢源。不然，只能捉襟见肘，笑话百出。人的幽默感也是一个人心智成熟、智力发达的标志。

美国第38任总统福特有一次在回答记者的提问时说："我是一辆福特，不是林肯。"因为人们都知道，林肯既是一位伟大的总统，又是一个高级轿车的品牌，而福特只是当时最为普通的大众化的汽车。福特总统说这句话的用意，既表现自己的谦卑，又暗中标榜了自己也是大众认可的总统。

周总理是一个睿智而又风趣的政治家，他曾经遇到过外国人许多次不怀好意的突然提问。

有一次，周总理和一位美国记者谈话时，记者看到总理办公室里有一支派克钢笔，便带着几分讽刺，得意地发问："总理阁下，也迷信我国的钢笔吗？"周恩来听了风趣地说："这是一位朝鲜朋友送给我的。这位朋友对我说：'这是美军在板门店投降签字仪式上用过的，你留作纪念吧！'我觉得这支钢笔的来历很有意义，就留下了贵国的这支钢笔。"这位记者的脸一下子红到了耳根。

被视为文坛特立独行的第一狂人、台湾政论家李敖也是一位风趣幽默且自信自傲的人。有人问李敖演讲时为什么不用稿子，李敖回答说："如果演讲者记不住稿子，那如何让听讲者记得住演讲者的内容呢？"当有人问李敖如何寻找自己的崇拜者时，李敖回答说："当我要寻找我崇拜的人的时候，我就照镜子。"

二、幽默，是情感世界的自然流露，它展现了幽默者的内心情怀

幽默是情感的凝聚物，幽默是情感的调节器。幽默的人内心对人生、对生活、对事业有着无限的情怀，具有阳光般的灿烂。他们不但智商高，而且情商特别高。这种情怀融入在幽默的语言中，既快乐了自己，也愉悦了他人。

幽默的人既能做到自娱自乐，又能做到娱乐他人。听别人说了风趣的话能发笑，说明他具有幽默感；自己能说出幽默风趣的话语，说明他具有相当的幽默感了；如果拿自己开玩笑，自嘲自己，既取乐他人，又暗中抬高自己，那说明他是一个幽默高手了。

自嘲不仅可以调节气氛、化解尴尬，还可以彰显自己谦虚的品质。

法国思想家孟德斯鸠说："我固然有某些优点，但我最重要的优点是我的谦虚。"那些自信的幽默者也能让人感觉到他的自豪。

有人问台湾政论家李敖一生有什么可惜，李敖回答道：我生平有两大可惜，一是我无法找到像李敖这样出色的人做我的伴侣；二是我无法坐到台下去听李敖的出色演说。

三、幽默，是复杂语境的精准把控，它体现了幽默者的分寸意识

幽默者会遇到敌意和尴尬的场面，复杂的语境经常会出现，需要用一种机智的思维去面对和化解。

文学家老舍这样评价幽默："幽默文学不是老老实实的文学，它运用智慧、聪明、与种种搞笑的技巧，使人读了发笑、惊异、或啼笑皆非，或受到教育。"

黎巴嫩诗人纪伯伦说："幽默感就是分寸感。"面对各种复杂的语境，需要具有较强的分寸意识，既不能伤害对方的自尊，又不能影响自己的尊严。因此，需要随机应变的灵巧，恰到好处的应对。

英国前首相丘吉尔是一个世界顶级的幽默语言大师，思想睿智，语言风趣，给我们留下了许多经典的幽默语言。

第二次世界大战结束后，丘吉尔落选总统。斯大林对丘吉尔嘲笑："你打赢了仗，人民却罢免了你。看看我，谁敢罢免我！"面对这不留情面的嘲笑和挖苦，丘吉尔说出了震惊世界的话："我打仗就是为了保卫人民有罢免我的权力。"丘吉尔这样睿智的反击，斯大林再牛也无法回对。

丘吉尔和女性政治家南茜·阿斯特彼此都看不顺眼，每次碰到都要互相讥讽一番。有一次两人发生争执，阿斯特恼火地对丘吉尔说："如果我是你太太，我会在你的咖啡里放毒药。"丘吉尔不急不忙地回答说："如果我是你的丈夫，我会毫不犹豫地喝下去。"丘吉尔在回应对方时，既回击了对方，又不伤对方的自尊和面子，可以说分寸感把握得恰到好处。

中央电视台举办幼儿技能大赛，当女主持人问男主持人冯巩："你知道3个月的婴儿吃什么最好吗？"冯巩回答："该不会是馒头吧？"这一幽默的反问，使他顺利地应对了电视机前的尴尬瞬间。

四、幽默，是灵性修养的内在外露，它彰显出幽默者的品行品位

伟大的革命导师列宁说："幽默是一种优美的，健康的品质。"

幽默是一种思想的深度，幽默是一种知识的厚度，幽默是一种高雅的风度，幽

默彰显着一个人无穷的魅力。

黎巴嫩诗人纪伯伦说："大智慧才算得上是一种大涵养，只有涵养的人才善于学习，而我可以从健谈的人身上学习到静默。"

爱因斯坦既是一位伟大的科学家，又是一位伟大的思想家和幽默家。他说了许多体现自己思想品德的幽默语言：

"因为我对权威的轻蔑，所以命运惩罚我，使我自己竟也成了权威。"

"万有引力也无法对坠入爱河的人负责。"

有个人问爱因斯坦："到底什么叫相对论？"爱因斯坦回答说："把你的手放在滚热的炉子上一分钟，感觉起来像一小时。坐在一个漂亮姑娘身边整整一小时，感觉起来像一分钟。这就是相对论。"

爱因斯坦出席一次为他举办的正式宴会，男宾都打领带，女宾都穿裸肩的礼服。他的太太因感冒未参加。见爱因斯坦回家，就急忙询问宴会的情形。爱因斯坦告诉她，今晚有哪些著名的科学家出席。太太打断他的话，问："不要管那些，你告诉我太太们穿的什么衣服？"爱因斯坦认真地回答："我可真的不知道，从桌子以上的部分看，她们没有穿什么东西。而在桌子以下的那部分，我可不敢偷看。"

没有人会拒绝一个幽默的人。岁月风干肌肤，佝偻个子；幽默增添风采，展示魅力。

幽默是语言艺术的魅力展现，幽默愈幽愈默愈妙。

让我们说幽默的话、做幽默的人，快乐自己、愉悦他人、烘托氛围。

一般人为什么都觉得自己不一般？

一般人都觉得自己不一般。关于这个观点，你我都不能否认。

一般人都想和别人比高低、比上下、比前后、比成功。除非你是个超乎寻常的谦虚者，不然你也一定有"欲与天公试比高"的胆略和勇气。

当然，也有一些很一般的人，他们自吹自擂、虚张声势，要让别人感觉他也很不一般。

正是由于一般人都觉得自己不一般，社会才会出现激烈的竞争局面、才会使人有勇于超越别人的信心、才会使人类有生生不息的动力。

一般人都会觉得自己不一般，一个民族、一个国家也是如此，都觉得自己的民族是一个优秀的民族、自己的国家是一个伟大的国家。

一、因为自信，所以认为自己高于别人，可以不一般

自信是迈向成功的第一步。只有坚定的信心，才能使平凡的人们做出惊人的事业。这个世界注定是由一群不服输的人们掌控着天下、推动着人类的文明与进步。

这些人脸上总是阳光明媚、春风得意、乐观向上，对人生、对目标、对事业，总是充满着成功的笃定、必胜的信心。

美国作家马克·吐温有一句惊天动地的名言："如果拿不准一句名言是谁说的，就说是马克·吐温说的。"马克·吐温就是觉得自己很不一般，才会说出如此自信笃定的语言。觉得自己很不一般的人也许就是马克·吐温式的人物。

这些人面对复杂局面和疑难问题，总是举重若轻、分析透彻、精准把握。

这些人不会和一般人争高低、论长短，他们对自己有正确的定位，知道自己的尺寸，知道自己几斤几两。

这些人时常把注意力放在自己身上，不太关心旁人的眼光和看法。

因为自信，他们有着强大的底气和准确的把握。他们对嫉妒自己的人从不顾及，有着良好的心态。

这种骨子里的自信，其力量和魅力由内而发，是战胜一切困难的源泉和动力。

他们大度大气，格局大、起点高。他们勇敢地追求常人不敢仰望的目标，他们会朝着既定的目标风雨兼程，在艰辛的奋斗路上孜孜不倦地努力。

他们在语言中时常地表现出风趣和幽默，他们身上有着一种笑傲江湖的气派。

有一个名人说过这样一段话："一个强者要有三个基本条件：最野蛮的身体、最文明的头脑和不可征服的精神。"而在这三个基本条件中，不可征服的精神是最重要的，不可征服的精神就是人的自信。

不服输也是人的一种本性。成功者不是害怕失败，成功者也不是从不失败，而是从不放弃、决不放弃、执着追求。也正因为内心有着不服输的坚强，才会使这些人有坚忍不拔的毅力和蓬勃向上的朝气。

事实证明：一切成功都缘于一个伟大的梦想和毫无根据的自信。

二、因为自尊，所以认为自己不应该落后于别人，不能一般

古希腊思想家苏格拉底说过："一个人能否有成就，只看他是否具备自尊心与自信心两个条件。"

自尊是人类的一种美德，是促使一个人不断向上的一种原动力。一个没有自尊心的人，基本上已经接近于自卑。

蜀国宰相诸葛亮说："恢弘志士之气，不宜妄自菲薄。"

自尊心强的人不是认为自己比别人优秀，而是相信自己有信心克服自己的缺点。

有自尊的人，就会有追赶别人的动力，就会有争创一流的精神，可以化渺小为伟大，化平庸为神奇。

一个人如果不逼自己一把，有时也不知道自己有多么优秀、有多么的不一般。

要想高于别人，就一定不能怕比。不怕输，结果未必能赢；但如果怕输，结果一定是输。

做人的境界不是一味低调，也不是一再张扬，而是始终如一地做到不卑不亢。

人的一生是表演的一生，表演是人性最极致的表达。所以，有时需要适度的张扬，以显示自己的才能、显示自己的不一般。

三、因为自傲，所以在别人面前摆显不一般

自傲是一种极不谦虚、盲目自信的表现，甚至是一种言过其实、夸大自己的狂妄行为。自以为比别人高明而骄傲，往往令人反感。

自傲的人在别人面前表现出一种高冷，即使自己很一般，也会有一副自命清高

的样子，目中无人，自以为是。

自傲的人在别人面前爱吹牛皮，抬高自己，满足自己短暂的虚荣心。

自傲的人缺乏一种自知之明，喜欢把自己摆在很高的位置。这种人一旦跌下，会摔得很痛，没人同情。

自傲的人还喜欢在别人面前逞能，不顾客观实际、不顾自己的弱小，炫耀才能，体现自己的不一般，但往往会适得其反，弄巧成拙。

自傲的人，在自我认知上有一种障碍，忽视了对自己实际能力的准确衡量和正确判断，高估了自己的不一般。因此，常常在别人面前不尊重他人，自傲无礼。

人可以有傲骨，但不能有傲气。俗话说，骄兵必败，哀兵必胜。人一旦骄傲自满，就会放松自己，招来的必定是以失败而告终的结局。

现实社会是一个复杂多变的社会，为了生存、为了发展，真正不一般的人会隐藏自己的不一般，而真正很一般的人就更不应该在别人面前显现自己的一般。

四、因为自卑，所以为了面子，隐藏了自己的一般

在现实生活中，有些人因为自卑，特别在乎面子，特别需要面子，正所谓"天大地大面子最大"。

这些人往往活在别人的评价中，明明知道自己有许多方面的不足，还不承认自己的一般，而隐藏自己的一般。

这些人为了显示自己的不一般，有时还会炫耀，喜欢装腔作势。而炫耀什么，恰恰说明了这些人内心缺少什么。

就像网络上所说的：一切的矫情和装腔、咆哮和压抑，都是源于自身很缺钱、很缺爱！

有些人自卑，喜欢和别人比，羡慕别人的表面风光。其实每个人风光的背后都有他们内心的苦恼，甚至是苦难。许多时候真没有必要去比，越比越会使自己自卑。俗话说，人比人，气死人。

自卑也表明心灵的最软弱无力，克服自卑是树立自信的第一步。自恋总比自卑好，一个总是自卑的人，谁还能救治他呢？只要自信，谁都没有办法让你自卑。

想要面子，必须充实里子；里子不好，死要的面子，迟早难于支撑。

其实所有的动力都来自于内心的沸腾，要想使自己不一般，就要克服自卑，坚定信心，热血沸腾地对待每一件事。

如果一个人不过高地认为自己不一般，他就会比他自己所认为的要不一般。

如果一个很一般的人自认为自己很不一般，那他永远只能是别人眼里的一般般

了。

如果一个本身就是很不一般的人，老说自己很一般，过分地谦卑，那也就暗示着他的虚荣心特别强，还会让人感觉十分的虚伪。

一个人要想使自己不一般，必须付出比常人不一般的努力，只有这样，才能真正使人感到你的不一般。

世界注定是由不一般的人领导和影响着一般的人。

文学

烛照人类心灵的光芒

柒

瓦尔登湖畔的声音美得让人心醉

瓦尔登湖是一个澄明、恬美、风雅的世外桃园。尽管景色优美，风景迷人，但估计去过瓦尔登湖的人不太多。

读过美国哲学家、超验主义代表人物亨利·梭罗（名列影响美国的100位人物的第65位）的《瓦尔登湖》一书的人也很少，但当你读过《瓦尔登湖》后，一定会对瓦尔登湖有一种特别神秘和向往的感觉；也一定会被这位来自瓦尔登湖畔伟大的作家美得让人心醉的语言所感染。

"唯有我们觉醒之际，天才会真正破晓，而非太阳升起。"这是梭罗在经典长篇散文《瓦尔登湖》中的一句醍醐灌顶、振聋发聩的名言。这也是梭罗成众多名言中最吸引我的一句名言。

是的，只有思想意识的醒悟，天才真的会"亮"，才会有真正的光明。

这是一句思想性极强的以描写自然意境为衬托，启迪人们思想觉悟的名言。

梭罗是一个超验主义者，他提倡回归本心，亲近自然，他把瓦尔登湖作为他生活栖息的场所、精神的家园、心灵的港湾，在那里颐养生息、陶冶情操、思考人生。

瓦尔登湖的确是梭罗在喧嚣和杂乱的世界外寻得的一个幽雅僻静的好去处。瓦尔登湖给他提供了一种淡泊明志、宁静致远的心境，给他提供了思考人生、看清社会的空间。

梭罗在寂静的瓦尔登湖畔悉心观察、用心倾听、真切感受、默默沉思、放松遐想，写出了像《瓦尔登湖》这样崇尚人与自然和谐相处的精美作品（《瓦尔登湖》也是最早传到中国、影响最广的一部散文作品）。梭罗文学作品的语言美得让人窒息、美得让人心醉。

一、梭罗的语言，形象生动，给人以触景生情的温暖

梭罗才华横溢，一生创作了20多部散文集，被称为自然随笔的创始者。

梭罗的文学作品语言清新、形象生动、新颖别致、富有诗意。

《瓦尔登湖》更是以平静的语调、富有诗意的文字带给读者力量与感动，帮助读者对生命、对自然有着更加绚丽的理解。

《瓦尔登湖》语言灵动婉约，夹带着大自然的清透和靓丽，作品优美的语言不但成为连接自然与心灵的纽带，而且散发着不可抵挡的语言魅力，为读者呈现了一幅和谐的大自然景色。

读《瓦尔登湖》，不免让人联想起东晋末年陶渊明的"采菊东篱下，悠然见南山。"的优美意境。

《瓦尔登湖》如同一块古墨，历久生香。《瓦尔登湖》的每一页，都能把读者置身于瓦尔登湖畔，都能为读者净化精神、洗涤灵魂、升华思想。

"影响时代特征的艺术，才是最高境界的艺术。"

"智慧的一个特色，就是做不顾一切的事情。"

"每一代人都嘲笑陈旧的时尚，却虔诚的追随新的时尚。"

"比起我们个人的看法来，公众舆论是一个软弱的暴君。"

美国评论家伊拉·布鲁克说："在过去的一百年里，瓦尔登湖已经成为美国文化中纯洁天堂的同义词。"

但是，不管瓦尔登湖的风景有多迷人，总不及梭罗的语言醉人；不管瓦尔登湖的环境有多美好，总不及梭罗思想绽放的光芒美丽。

二、梭罗的语言，幽默风趣，给人以愉悦舒心的感觉

梭罗的语言是来自泥土地的语言，是最接地气的声音。幽默风趣也是梭罗的语言特色，他的文字里会不时地冒出幽默风趣的语言，掺杂着嘲讽色彩，也显示出梭罗坚定的正义立场，善良的人性光芒。

"爱情无药可医，唯有爱得更深。"

"一个人不是在该死的时候死，而是在能死的时候死。"

"永远不要回头看，除非你想走回去。"

"你如果谈论天国，也就羞辱了大地。"

"一个人的富裕程度如何，要看他能放得开多少东西。"

三、梭罗的语言，思想深刻，给人以灵魂深处的震撼

在上世纪二三十年代中国传统文化被西方文化冲击和碾压下，一些反映西方自由、民主、伦理、人文的文学作品开始占领我国的文化市场。《瓦尔登湖》正是在这样的情况下漂洋过海，扑面而来。

梭罗不但是一位伟大的作家，而且是一位伟大的思想家。他也是一个有责任感的社会批评家，他写作的目的就是为了揭露社会的黑暗和时代的弊端。

《瓦尔登湖》语言尖锐，开辟了美国生态文学批评的先河。

"一切经得起再度阅读的语言，一定值得再度思索。"

"我终究只是你生命中的一个过客！"

"我们最真实的生活是当我们清醒地活在自己的梦中。"

"一天是一年的缩影。"

"旅行的真谛，不是运动，而是带动你的灵魂，去寻找到生命的春光。"

四、梭罗的语言，哲理深奥，给人以智慧开悟的启迪

梭罗描绘的一切景象，都是情感的流露，都代表着梭罗的发问与思考。《瓦尔登湖》对于自然的观察是建立在社会批评和哲学思想的基础之上，因此，梭罗富有哲理的口语化的语言，读起来让人们智慧开悟。

"时间决定你会在生命中遇见谁，你的心决定你想要谁出现在你的生命里，而你的行为决定最后谁能留下。"

"知道自己知道什么，也知道自己不知道什么，这就是真正的知识。"

"我虽不富甲天下，却拥有无数个艳阳天和夏日。"

"善是唯一永远也不会亏本的投资。"

"所谓的听天由命，是一种得到证实的绝望。"

"一个阶级的奢侈全靠另一个阶级的贫苦来维持。这就是西方的朱门酒肉臭，路有冻死骨。"

读《瓦尔登湖》，品梭罗的语言，仿佛瓦尔登湖畔的小木屋、森林呈现在你面前；仿佛置身于垦荒、春播、秋收；仿佛与湖水、绿草、飞鸟对话；仿佛和外婆在炊烟、嬉水；仿佛在船上吹笛、湖边垂钓。

瓦尔登湖，人类永恒的精神圣地，去瓦尔登湖一定会让你有一种乡愁的感觉。瓦尔登湖已经不再仅仅是一个自然湖泊的名字，而是自然、自由、人性、人文、生存、生命的一个象征。

150年来，梭罗的思想也激励了寻求返璞归真的人，他的思想影响了世界上许许多多的政治家和思想家，印度总理甘地，前苏联作家托尔斯泰、黑人领袖马丁·路德·金等，都深受梭罗思想的影响。

难怪中国当代青年诗人海子在去世前手里还捧着一本《瓦尔登湖》。

梭罗，瓦尔登湖畔这位伟大的作家鲜活、鲜嫩且有感染力的语言永远历久弥新。

《瓦尔登湖》里那些暗含人生真谛的格言，永远被人铭记。

天才的作品都是用眼泪灌溉的

作品是作者在创作活动中所形成的具有独创性、具有文学、艺术和科学性质，并以一定形式复制表现出来的智力成果。

对于一个作者而言，每一个作品都是精心演绎、精致雕琢而成。每一位作者对待自己的作品更像是对待自己的孩子一样喜欢。

创作是一种灵感的萌动，作者如果没有茅塞顿开的灵感、没有文思如潮的涌动，就没有文章的主题和开头、就没有文章的高潮迭起。

但是，如果作者没有内心的情怀，没有创作灵感的心境，就不可能使作品具有强大的感染力和吸引力。而这种创作情怀产生的过程，也是泪流满面和悲喜交加的情感流露的过程。每一个作品，都无不体现着作者的思想灵魂、内心情感、创作水平，甚至是坎坷的人生。

因此，也就有了"天才的作品都是用眼泪灌溉而成"的说法。

人类有史以来，一些文学家和艺术家饱经沧桑、历经磨难，流尽一生的眼泪，倾注一生的心血，创作了一部部震撼心灵的旷世之作。

眼泪是最小的海，流淌成悲伤的人生，灌溉成天才的作品。泪水写成的作品更能打动人心。

《窦娥冤》《梁山伯与祝英台》，以及莎士比亚的四大悲剧，唤起了人们的悲伤，撞击着人们的情感，触及着人们的心灵。

这也就是为什么悲剧比喜剧更深入人心、更扣人心弦的原因。正像中国现代文学家鲁迅先生说的："悲剧是把人生有价值的东西毁灭给人看，喜剧是把人生无意义的东西撕破给人看。"

创作的路上是艰辛的，一部伟大的作品的问世，凝聚着作者的心血和汗水，寄托着作者的心声和希望。每一个作者的创作路上，并非是一路风光，更多的是一路坎坷、一路泪水，甚至有过长夜的痛哭。

台湾作家三毛在《亲爱的三毛》中写道："人，不经过长夜的痛哭，是不能了解人生的，我们将这些痛苦当作一种功课和学习，直到有一日真正的感觉成长了时，甚至会感谢这种苦痛给我们的教导。"

这些作者眼泪打转，含泪微笑；这些作者面对苦难，笑对人生。

西伯侯姬昌被纣王囚禁时，含泪编纂了《周易》；孔子在困顿的时候含泪编写了《春秋》；屈原被放逐时含泪写就了《孙膑兵法》；吕不韦被放逐到蜀地后含泪修订了《吕氏春秋》；韩非被囚禁在秦国时含泪写下了《说难》《孤愤》；司马迁被处以宫刑后含泪编撰了不朽的《史记》。

中国文联原副主席徐沛东说："一部含泪创作的艺术作品让后代永远铭记那个岁月。"

贝多芬自幼失去父母，一个人承担了全家的生计，靠音乐创作来养家糊口。因为家穷，爱情与他无缘，孑然一身。

当贝多芬徜徉在音乐的世界，享受着音乐带来的幸福时，他的听力一天天衰退，最终导致了耳聋。耳聋对于一位音乐家来说是多么沉重的打击，贝多芬虽然再也无法听到音乐，但他凭着对音乐、对生活的执著热爱，他用骨传导法来听声练习。

贝多芬以坚强的意志，发出了"我要卡住命运的咽喉，它决不能把我完全压倒。"的声音，他创作了《命运交响曲》等9部交响曲、1部歌剧、32首钢琴奏鸣曲、5首钢琴协奏曲。被后世尊称为"乐王""交响乐之父"

贝多芬的音乐旋律里都流淌着他热爱生命、激荡人生的眼泪。贝多芬的音乐让人振奋；贝多芬的精神让人敬仰、令人传颂。

没有悲苦的生活体验，不可能写就撩人心弦的作品。

元代著名散曲作家马致远，面对朝廷腐败、民不聊生的悲惨社会，晚年退隐，他以诗境隐意社会画面，揭露万恶的社会。

《天静秋·秋思》就是马致远流尽眼泪书写的千古绝唱："枯藤老树昏鸦，小桥流水人家，古道西风瘦马。夕阳西下，断肠人在天涯。"

马致远含泪写出了"秋深日落，乌鸦归树，行人归家"的萧瑟凄凉的悲秋景象。

这首诗以"以景托情、寓情于景、情景交融"的艺术手法，描述了凄凉悲苦的自然（也指向社会）景象。

马致远在诗中排列众多的意象来表情达意，这首诗短短的28个字，却排列着10种意象，既是断肠人苦难生活的写照，又是作者内心沉重的忧伤悲凉的载体。

从枯藤老树到小桥流水，从古道，再到夕阳西下，作者完全把自己融入了诗意中，仿佛断肠人就是作者。这是血写的诗，这是泪成的景。

有深仇大恨就有怒火燃烧。人民音乐家冼星海成长在抗日的烽火中，面对战火纷飞、面对血腥屠杀、面对同胞的逝去，他含泪创作了大量具有战斗性和感染力的音乐作品。

1939年，由诗人光未然作词的《黄河大合唱》经冼星海谱曲，成了旷世千古的绝唱。《到敌人后方去》更是一个号召千百万民众向着敌人冲锋陷阵的动员令。冼星海创作的音乐，每一个音符都是子弹，射向敌人的胸膛；每一个旋律，都是号角，吹响了英勇杀敌的冲锋号。

落魄落泪的时候是最惆怅的时候，也是最无奈无助的时候，此时，更是触景生情的时候。

后唐末代皇帝、诗人李煜，虽是亡国之君，却又是千古词帝。

南唐灭亡后，李煜被宋太宗软禁在玄武湖的樱洲。面对国破家亡，李煜的内心充满悲伤，哀婉凄凉。幽禁期间，李煜写下了一首千古绝唱的哀诗《虞美人》，并留下了"问君能有几多愁，恰似一江春水向东流"的千古绝句。

没有豪情万丈，不可能用喜悦的热泪创作出喜人的作品。

1830年法国七月革命的爆发，作曲家弗朗茨·李斯特热血沸腾，热泪盈眶，喜悦的心情难于言表，满怀豪情地创作了《革命交响曲》。

天才的作品都是用眼泪灌溉的，用眼泪铸就的作品一定是激荡人心、催人泪下的。用眼泪灌溉的作品，一定洋溢着作者浓浓的情。作者带着情怀创作的作品是不以时间和金钱为前提的创作，它超凡脱俗，浸透着作者内心的情怀。

有了这种情怀，艺术家的内心就会带着伟大、崇高、纯洁、无私的爱去构思和诠释自己的作品。

创作就是为了教育，教育就是思想的引导。

德国哲学家卡尔·西奥多·雅斯贝斯在《什么是教育》一文中说："教育是一棵树摇动另一棵树，一朵云推动另一朵云，一个灵魂唤醒另一个灵魂。"

愿我们广大的文艺工作者带着人民至上的信仰、带着对人民负责的情怀、带着对人民事业的担当，用自己内心炽热的情怀书写更多的优秀作品，去"摇动"、去"推动"、去"唤醒"更多的灵魂。

王尔德的作品让我叹服：才情是另一种颜值

　　欧洲文艺复兴以来，西方一直处在人类思想和文化的前沿阵地。一大批思想家和哲学家"粉墨登场"，几乎霸占了人类思想家和哲学家队伍的整个天地，长期以来左右着人类思想的舆论导向。

　　德国又是一个"盛产"哲学家和思想家的地方，除黑格尔、马克思、恩格斯、康德、歌德、尼采等伟大的思想家、哲学家等以外，还有一位有思想深度、有文化内涵，举止优雅、名扬四海的人物，他就是19世纪80年代美学运动的主力和19世纪90年代颓废派运动的先驱卡斯奥·王尔德。

　　王尔德不但是一位伟大的思想家，而且还是一位伟大的作家和诗人，他的诗歌、剧作、童话和小说都闻名于世。王尔德是个唯美主义者的代表，作品充满着浪漫主义情怀。他认为，艺术的唯一目的就是创造"美"，主张"为艺术而艺术"。把"艺术"推崇到至高无上的位置，寻求一种审美救赎。他以独特的叙事方式来展示唯美主义风格的悲剧故事，打造了一种难以言喻的美。王尔德的作品词藻华美、立意新颖、观点鲜明。

　　王尔德有着不一样的眼光看待社会，他认为："伟大的艺术家所看到的，从来都不是世界的本来面目。一旦他看透了，他就不再是艺术家。"

　　我对王尔德的思想和文字的了解，时间也不长。至少在整个学生时代，对他一点也不知晓。

　　我总认为自己对西方许多的思想家、哲学家、文学家和艺术家等还是比较熟悉的。今天，当我在书本上接触和了解了王尔德后，我终于明白，对西方的思想和文化，我只是知道了一点皮毛而已。

　　被称为"西方的孔子"的西方哲学的奠基者、古希腊哲学家苏格拉底曾经说过："知道的越多，才知知道的越少。"对照哲学老人的这一名言，我深深知道自己知道的太少。

　　尼采曾经有一句名言："我已经写够了整个世界，现在让这个世界写写我。"出于对尼采这位哲学家和语言学家的崇拜，我写过《尼采，我也写写你》一文，也算是对尼采这一自信自傲的名言的回应。

虽然王尔德没有留下任何类似的名言暗示后人来写写他，但他的文学才情、他的名言金句、他的唯美主义情怀，使许多人笔下生情，也足于让我毫不犹豫地提起笨拙的笔，来讴歌和赞美这位维多利亚时代的唯美主义者。

一、厚实的基础教育，夯实了王尔德的文学功底

王尔德出生于英国（爱尔兰）都柏林的一个卓越的贵族家庭，自幼受到良好的贵族教育，并且显示出极高的天赋。在他的身上，贵族文化和绅士风度充分体现、随时可见。

10岁时，王尔德就读于普托拉皇家学校。在校期间获得了代表古典文学成绩最佳荣誉的普托拉金质奖章。17岁时，他获得了都柏林三一学院全额文学奖学金。20岁时，他进入牛津大学莫德林学院，受到了沃尔特·佩特及约翰·拉斯金的审美观念影响。期间接触了新黑格尔派哲学、达尔文进化论和拉斐尔前派的作品，这为他之后成为唯美主义作家确立了方向。21岁时，王尔德就有了早期诗作《圣米尼亚托》。24岁时，王尔德的诗作《拉芬纳》由学校出资付梓，成为王尔德第一本出版的作品。36岁时发表了长篇小说《道林·格雷的画像》，从此奠定了颓废艺术家的地位。

王尔德的母亲是一位诗人和作家，王尔德自幼就受到母亲的文学熏陶。

二、超凡的文学素养，折射出王尔德的笔触情调

王尔德的文字美得让人陶醉，字里行间都充满着人性的光芒、思想的火花、才华的温情。

王尔德兴趣广泛，涉猎面广。他的作品中有评论、童话、戏剧和小说。王尔德的童话赢得了千千万万个读者的青睐，他以独特的叙事方式展示唯美主义风格的悲剧故事，打造了一种难以言喻的美，具有独特的魅力，因此被誉为"童话王子"。他的童话作品是世界儿童文学宝库中一颗璀璨的明珠，可以与安徒生童话和格林童话相媲美。

王尔德在人类戏剧史上很有地位。他与萧伯纳合力复兴了莎士比亚以后英国戏剧衰落之势，他们是英国现代戏剧的两面旗帜。王尔德的戏剧是不可多得、不可错过的经典。

王尔德对戏剧中的每一个词汇都十分推敲，戏剧语言更加流利，角色更加鲜明，给人以身临其境的感受。

在长篇小说《道林·格雷的画像》中，王尔德以丰富的想象、离奇的情节、优美的笔触，揭露了上流社会的精神空虚与道德沉沦的臭恶现象，把善与恶、美与丑、真与假，淋漓尽致地、形象地表现出来，同时，也旗帜鲜明地表明了自己的人生观、价值观、道德观。王尔德的《道林·格雷的画像》、《莎乐美》及比亚兹莱为《莎乐美》画的插画，被公认为19世纪唯美主义的代表作，堪称"为艺术而艺术"的思潮在戏剧、小说和绘画方面的三绝。

王尔德在文学作品中采用隐喻、象征、指代等艺术手法，使其文艺作品的语言艺术特色更加突出，丰富了作品的文学表达。

阿根廷文学家博尔赫斯曾说："千年文学产生了远比王尔德复杂或更有想象力的作者，但没有一人比他更有魅力。"

王尔德不仅是崇尚荣誉的冒险家，也是为艺术献身的杰出典范。王尔德作为维多利亚时代唯美主义的倡导者和实践者，无论是他的思想还是他的个性、无论是他的作品还是他的名言都是充满魅力的。他不愧是维多利亚时代唯美主义的杰出代表。

三、迷人的名言金句，蕴涵着王尔德的才情灵气

我平时爱好积累世界名人的经典名言，我熟悉人类历史上著名的思想家、哲学家、文学家和艺术家等的名言，我把这些名人的名言中最让我心醉的名言收藏，时常学习。

我发现王尔德的名言着实让我兴奋不已、赞不绝口。要论金句，人类历史上实在很难找出比他多的人，仅从这一点上说，我就已对王尔德肃然起敬、崇拜不已了。

王尔德是玩弄语言的高手，如果当时有人试图和他辩论，他一定会让你怀疑人生。

王尔德惊世骇俗又妙趣横生的这些名言，如果他生在当今网络信息时代，每天发发微博，有空写写段子、玩玩抖音，他的吐槽水平和"心灵鸡汤"的功效，一定能吸引一大群粉丝，也一定能让你捧腹大笑。

"这个世界上好看的脸蛋太多，有趣的灵魂太少。"

"年轻的时候，我认为钱就是一切，现在老了才知道，确实如此。"

"如果你拒绝接受我的信，我也照写不误，以便让你知道至少有信一直在等着你。"

"结婚的唯一美妙之处，就是双方都绝对需要靠撒谎过日子。"

"很多东西，如果不是怕别人捡去，我们一定会扔掉。"

这些都是王尔德的经典名言，既容易记住，又回味无穷。

王尔德的这些"心灵鸡汤"，一百多年后再喝依然让人热上心头。

四、自信的性格特征，闪耀着王尔德的思想光芒

王尔德富有充分的自我。他虽然英年早逝，但一生充满自信、甚至有点自傲，他的身上有着放荡不羁的哲人风格。

他有一次过美国海关时，海关的人问他有没有东西需要报税。他自信地说："除了天才，别无他物。"这一脱口而出的话，也成了他自命不凡的名言。

王尔德也是一位被人争议的人，但他对此并不在乎，不足为奇，他说："世界上只有一件事比被人议论还要糟糕，那就是不被人议论。"

从下面王尔德自信的名言中，可以感受到他的傲慢、甚至有点狂妄，同时可以窥视到他的个性特征。

"自恋是一生浪漫的开始。"

"对于忠告，你所能做的，就是把它奉送给别人，忠告从来就不是给自己准备的。"

"我的缺点就是我没有缺点。"

"第一：我永远是对的；第二：如果我错了，请参见第一条。"

"不满是个人或民族迈向进步的第一步。"

"生活在阴沟里，依然有仰望星空的权利。"这一名言也成了王尔德的墓志铭。

即使他在坐牢期间，在写给朋友的一篇名为《自深深处》的作品中，他还自豪地说道："我是这个时代艺术与文化的象征。"

刚正不阿的性格，使他的思想独立自由，文学风格充满自信，成为一名维多利亚时代性格张扬的最杰出的唯美主义者代表。

五、优雅的绅士形象，衬托出王尔德的精致别致

王尔德一生都在追求艺术和美感，这不仅体现在他的作品上，而且还直观地体现在他的穿着上。王尔德是一位举止优雅、风流倜傥的西方贵族绅士。精致男士王尔德的身旁，绝对不会缺少他的长情陪伴。

19世纪70年代，王尔德来到伦敦，他的时髦雅致的着装就像他的巧舌一样出名。

柔软的齐肩鬈发、华丽的丝绒外套和绸缎长裤，这在19世纪西方绅士着装中绝对是前卫的，也是一道亮丽的风景。

王尔德就是这样的穿着，时尚、浪漫、优雅。一根象征特定阶层身份的手杖，更是形影不离，贴身陪伴。

　　王尔德以优雅迷人的举止、幽默风趣的语言、玩世不恭的心态，面对人生、笑看社会。

　　王尔德曾说过："人应当要么成为一件艺术品，要么穿着一件艺术品。"正是带着这种唯美主义的考究，王尔德在服饰、举止、语言表达等各方面创造了耀眼多彩的审美形式，而且将其纨绔主义艺术反射到作品中，创造了多彩多姿的纨绔主义形象。

　　正如英国评论家麦克斯·比尔波姆说的："早在1880年以前，美就已经存在，但让美登台亮相的却是王尔德。"

　　王尔德是一个完美主义者，面对楼下衣冠不整、邋遢的乞丐，出于人性，又不能赶走他，王尔德干脆让服装师帮他做了一套西服。

　　王尔德去世后，他的文学才情、他的绅士风度、他的唯美主义情怀，吸引着无数的偶像来到他的墓地瞻仰他，许多少男少女面对他的墓碑深情献吻。

　　优雅是女人唯一不会褪色的美，这句话同样适用在王尔德身上；这世界上唯一能扛得住岁月摧残的就是才华，这句话也更适用在王尔德身上。

　　一个男人除了他英俊洒脱的外在，富有情怀的才华不也是一种颜值吗？

　　唯美主义者王尔德属于维多利亚时代，更属于我们现在这个时代。

雨果的光芒永远照耀着文学的星空

"宽宏大量，是唯一能够照亮伟大灵魂的光芒。"这是法兰西历史上最伟大的文学家、19世纪前期积极浪漫主义文学的代表作家雨果在其最重要的代表作《巴黎圣母院》里的一句名言。

人们说到《巴黎圣母院》，就会想到浪漫主义作家雨果；人们说到雨果，也会联想到法国人的浪漫情调。

雨果，以其伟大的思想、崇高的人性、醉人的情怀，一生写下了许多诗歌、小说、剧本、散文和文艺评论及政论文章，他是法国文学史乃至世界文学史上的一位"全能冠军"式的人物。

雨果，以自己宽阔的胸怀、怜悯的良知、犀利的笔锋，拥抱世界、倡导仁爱、匡扶正义、讴歌人性的真善美。

雨果，这位国际文学大会主席，是人类历史上为数不多的世界级文豪，被人们尊称为"法兰西的莎士比亚"。

一、雨果的文学思想折射出浪漫主义的万丈光芒

雨果是一位伟大的浪漫主义作家，是19世纪前期浪漫主义文学运动的领袖。他是整个西方浪漫主义文学的集大成者，是浪漫主义的作家中鲜有的全才。

雨果的浪漫主义思想体现在他的一部部精彩恢宏的巨著中，他的笔触无不闪耀着浪漫主义的思想情怀。

雨果用绝伦的文字和夸张的对比来突出文学作品的情节，文字感情澎湃、震慑人心。

"这世界的荒谬就在于，那些出卖灵魂的，一般都瞧不上出卖肉体的。"

"历史是什么？是过去传到将来的回声，是将来对过去的反映。"

"在人类历史的长河中，文学是最灿烂的浪。"

"一个心灵脆弱的人做不了政治家。"

"伟大杰出的思想家，也就是心怀慈善的思想家。"

这些都是雨果富有思想灵魂和浪漫主义情怀的名言。

1831年发表的《巴黎圣母院》是雨果创作的第一部浪漫主义小说（也是最富有浪漫主义的小说），更是体现雨果浪漫主义思想的一部著作。《巴黎圣母院》情节曲折离奇、变幻莫测，富有戏剧性和传奇色彩，文学价值十分重要、社会意义极其深远。《巴黎圣母院》也成了雨果的代名字。

二、雨果的文学思想彰显出人道主义的自由博爱

在19世纪的西方文学中，人道主义是资产阶级主要的思想武器。雨果作为一位人道主义作家，始终将人道主义贯穿于自己的创作实践中，作品中也无不体现了他的人道主义精神，充满了人道主义情怀。

雨果在《悲惨世界》中指出："在绝对正确的革命之上还有一个绝对正确的人道主义。"充分体现了雨果对人道主义在人的价值体系中的价值地位的定位。

人道主义精神是雨果小说的灵魂，他宣扬人道主义，反对暴力，倡导以爱制恶。

雨果在《九三年》这部作品当中提出，在一切政治纷争当中，唯有人道主义是超越一切的，也是不应该被违背的。雨果的这一观点也再次说明了人道主义在政治领域的极端重要性。

"释放无限光明的是人心，制造无边黑暗的也是人心，光明磊落和黑影交织着，厮杀着，这就是我们为之眷恋而又万般无奈的人世间。"这是雨果在《悲惨世界》中富有人道主义精神的文字。

我们许多人都能记得雨果说过这样一句话："世界上最宽阔的是海洋，比海洋更宽阔的是天空，比天空更宽阔的是人的心灵。"这是雨果充满博爱思想的名言。

"大自然是善良的母亲，也是冷酷的屠夫。"

"最高贵的复仇之道是宽容。"

"善良是历史中稀有的珍珠，善良的人便几乎优于伟大的人。"

"女人固然是脆弱的，母亲却是坚强的。"

这些都是雨果充满人道主义精神和博爱情怀的名言。一看这些文学，就知道作者雨果是一个十分仁慈的人。

三、雨果的文学思想体现着爱憎分明的阶级立场

雨果也是一位超现实主义作家，他以爱憎分明的阶级立场，洞察社会，看清世界，骨子里渗透着强烈的现实主义精神。他以一位现实主义作家应有的社会责任感，

同情人间疾苦，赞颂真善美，敢于揭露社会的黑暗、敢于鞭策社会的丑恶行径。

雨果在《悲惨世界》中，深刻揭露了资本主义尖锐的社会矛盾和严重的贫富悬殊；生动描写了下层民众的痛苦命运；严肃提出了当时社会的三个迫切的问题：贫穷使男子潦倒，饥饿使妇女堕落，黑暗使儿童羸弱，猛烈抨击了资产阶级法律的虚伪。

雨果通过对穷人苦难的真实描绘，对社会的黑暗和司法的不公，提出了强烈的抗议，宣扬了仁慈博爱可以杜绝罪恶和拯救人类的人道主义思想。

对于社会最底层民众的悲惨生活，雨果分析透彻、一针见血：有钱人的幸福是建筑在穷人的痛苦上的。

雨果的许多文学作品歌颂了底层劳动人民的淳朴善良、大爱无私、舍己为人等良好的品质，揭示了上层社会的道貌岸然和蛇蝎心肠的虚伪本质。

"凡是能够在一个朝代中分清楚谁在低声说话，而且听得见他在统治者耳边低声说些什么，有这种能耐的人就是真正的历史家。"

"没有听见不是沉默的理由。"

雨果的这些言论无不体现着他爱憎分明的立场和观点。

四、雨果的文学思想揭露了丑恶社会的恶劣行径

雨果是一个公平正义的作家。当英法等西方列强侵略中国时，他不为狭隘的民族主义情结所障目，为弱势中受尽凌辱的苦难中国打抱不平，再一次证明了他那海洋一样的广阔胸襟。

当西方抢劫和火烧圆明园时，侵华的巴特勒上尉想利用雨果的显赫声望，让他为远征中国所谓的胜利捧场和点赞时，这个正直的作家，站在了世界文明的高度，代表人类的良知，猛烈抨击英法侵略军的可耻行径。他在《就英法联军远征中国给巴特勒上尉的信》中写下了这样一段文字：

人们常常这样说：希腊有帕特农神殿，埃及有金字塔、罗马有斗兽场，东方有夏宫。这是一个令人叹为观止的无与伦比的杰作。

有一天，两个强盗闯进了夏宫，一个进行抢劫，另一个放火焚烧。他们高高兴兴地回到了欧洲，这两个强盗，一个叫法兰西，一个叫英吉利。

他们共同"分享"了圆明园这座东方宝库，还认为自己取得了一场伟大的胜利！

雨果揭露法国政府如强盗一般，颠倒黑白，不以为耻，反以为荣。雨果珍视人类文明成果，尊重人类文明的创造者。他指出"岁月创造的一切都是属于人类的"。他盛赞中华民族，表达了对中国人民的同情和尊敬，出示了文明与野蛮的标尺，谴

责了侵略者的罪行，理直气壮地向西方的野蛮行径开火。

1859年，雨果发表了《告美利坚合众国书》，要求释放为反抗奴隶制度而被判处绞刑的白人约翰·布朗。也表明了他爱憎分明的立场。

"正义是有愤怒的，并且正义的愤怒是一种进步的因素。"

"对人民来说，唯一的权力是法律；对于个人来说，唯一的权力是良心。"

"一切文明始于神权政治而终于民主。"

"所谓政治家，有时也就等于说：民贼。"

雨果在法国人民的心目中留下了不可磨灭的影响。1885年5月22日，雨果去逝，法国举国上下一片哀悼声。雨果的葬礼上，200多万法国人挥泪相送，政府为他举行了隆重的国葬。

法国著名小说家安德烈·莫洛亚指出："一个国家把以往只保留给帝王与统帅的荣誉给予了一位诗人，这在人类历史上还是第一次。"

法国作家罗曼·罗兰评价雨果时说："在文学界和艺术界的所有伟人中，雨果是唯一活在法兰西人民心中的伟人。"

一百多年前，雨果以他醉人的浪漫主义情怀，开创了世界浪漫主义文学的新天地，今天，雨果的文学思想也将永远照耀着这个追求自由、民主、公平、博爱、和谐的美好世界！

一位世界文学大师的人文情怀

在世界上成千上万的文学家中，能用"伟大"来形容的人还真不少。但如果用"最伟大"来形容，那就只能用在一个人身上。这位文学家就是欧洲文艺复兴时期的杰出代表、英国诗人莎士比亚。

莎士比亚是世界文学史上一个无法绕开的名字，人们尊称他为"莎翁"。他是世界文豪、文学巨匠，也是当今世界文学史上无法逾越的巅峰。

莎士比亚是人类有史以来读者范围最广的作家，他的作品被译成100多种文字。1994年美国《华盛顿邮报》评出他为世界上"最伟大的天才"。

人们把莎士比亚比作古希腊神话里的众神之王宙斯，称莎士比亚是人类文学奥林匹斯山上的宙斯。

这个评价一点也不过分。

"我读到他的第一页，就使我这一生都属于他了。""莎士比亚对人性已经从一切方向上、在一切深度和高度上，都已经发挥得淋漓尽致，对于后起的作家来说，基本上再无可做的事了。只要认真欣赏莎士比亚所描述的这些，意识到这些不可测、不可及的美善的存在，谁还有胆量提笔写作呢？"德国诗人歌德是这样评价这位文学"男神"的。

马克思称莎士比亚为"人类最伟大的戏剧天才"。因此，把莎士比亚称作世界文学大师，这是对他在世界文学史上所作出的杰出贡献的最起码的历史定位。

一、莎士比亚的文学成就奠定了文学史上无人比肩的巅峰地位

莎士比亚是欧洲文艺复兴时期人文主义文学的集大成者，他用文雅的诗文传达人文情怀。

他的作品400多年来一直给读者和评论家带来欢乐和振奋。

莎士比亚是四个世纪以来最懂人性的人。读他的戏剧，是一种享受，也是一种自我解忧的过程。

歌德、狄更斯、雨果、丘吉尔、霍金、鲁迅、曹禺、金庸……这些如雷贯耳的名字，他们都读过他的作品。

中国戏剧大师曹禺被称作为中国的"莎士比亚"，他在参观完莎士比亚故居时说："我对莎士比亚最深的感悟，大约是相见恨晚，也只能是相见恨晚吧。"

英国著名的戏剧家本·琼斯说："莎士比亚不只属于一个时代，而属于永恒。"

因为他的天才、他的伟大，甚至有人怀疑世上从没有莎士比亚这个人的存在。

莎士比亚的戏剧已经成为了人类社会文化的一个重要组成部分，他的作品被评为人类重要的文化遗产。其中《哈姆雷特》《奥赛罗》《李尔王》和《麦克白》被公认为最伟大的四大悲剧。

法国浪漫主义作家雨果说："莎士比亚这种天才的降临，使得艺术、科学、哲学或者整个社会焕然一新。他的光辉照耀着全人类，从时代的这一个尽头到那一个尽头。"

俄国诗人普希金说："莎士比亚具有一种与人民接近的伟大品质。"法国作家大仲马在评价莎士比亚时说："创作的作品最多的是莎士比亚，他仅次于上帝。"

俄国作家别林斯基对莎士比亚更是有着无限的崇拜。他在《文学的幻想》中写道："莎士比亚对地狱、人间和天堂全都了解。他是自然的主宰。通过他的灵感的天眼，看到了宇宙脉搏的跃动。他的每一个剧本都是一个世界的缩影，包含着整个现在、过去及未来。"

难怪英国首相丘吉尔说："我宁愿失去一个印度，也不愿意失去莎士比亚。"

莎士比亚在马克思的心目中所占的位置也是独一无二的，没有任何其他作家可以与之媲美。在马克思的著作中，引用和谈到莎士比亚的地方竟有三四百处之多。

1995年11月，联合国教科文组织第28次大会通过决议，宣布每年4月23日（威廉·莎士比亚去世日）为世界图书和版权日。

英国《遗产》杂志调查显示，莎士比亚是从古至今最伟大的英国人。1999年英国选出1000年来英国最重要的十位人物，第一名是莎士比亚。这足于说明他在英国和世界上的影响和声誉。

二、莎士比亚的人文情怀来自于欧洲文艺复兴时期的思想革命

欧洲文艺复兴运动是资本主义发展史上一次极为重要的思想解放运动，欧洲文艺复兴时期开创了西方政治思想史的一个时代，具有划时代的意义。

伟大的革命导师恩格斯曾指出，文艺复兴是人类前所未有的最伟大的进步革命。

莎士比亚生活在封建制度瓦解和新兴的资产阶级开始上升的大变革的时代，这为他的思想的形成创造了外部条件。

欧洲文艺复兴时期的一个重要标志是人文主义思想的形成，人文主义的核心是资产阶级的人性论和人道主义。人文主义的基本内容是提倡"人道"，反对"神道"；提倡个性解放，反对宗教桎梏和禁欲主义；肯定人性和人的价值，提倡人的个性解放和自由平等。人文主义的基本思想是提倡以人为中心。

文艺复兴是资本主义的曙光，无数的思想家、文学家、科学家用自己的智慧和热情相信真理，讴歌真理，甚至用他们的生命来推动思想的发展与进步。

莎士比亚是欧洲文艺复兴时期人文主义的卓越代表，文艺复兴影响着莎士比亚的思想和创作动机。

三、莎士比亚的文艺作品演绎了黑暗社会悲欢离合的动人故事

莎士比亚的作品，无论是悲剧还是喜剧，都以其深邃的思想、奇伟的笔触，对英国封建制度走向衰落和资本主义原始积累的历史转折期的社会做了形象而深入的刻画。

他的作品无不闪烁着人文主义的光辉，洋溢着人文主义的气息，展现着人文主义的色彩，读来使人备感温暖和亲切。

弘扬人文主义精神是莎士比亚文学作品的显著特征。关注人性、关爱人性、尊重人性、呼唤人性，是莎士比亚的作品鞭挞社会不公、揭露社会黑暗、张扬人文思想、歌颂人文精神的集中体现。

莎士比亚的作品中放射出强烈的人文主义思想光芒，展现了卓越而大胆的艺术技巧，其意义早已超出了他的时代。

莎士比亚的悲剧既有着他那个时代的共同特色，又有着他自己的独特风格。他的悲剧具有特别悲壮的色彩，他的悲剧震撼着人们的心弦。每当人们看完他的悲剧作品，许多人总是泪流满面。莎士比亚的喜剧作品也无不饱含人文主义思想的暖流，读来使人真切而又强烈地感受到莎士比亚对美好生活的向往、对人性的关怀，从中也可以窥探到文艺复兴时期英国社会各阶层的生存状况和生活形态。

《罗密欧与朱丽叶》是莎士比亚爱情作品的经典之作。罗密欧与朱丽叶也是人文主义爱情的开拓者，作品中那缠绵悱恻的爱让人折服、穿越一切。

莎士比亚的人文主义情怀集中体现在尊重人的独立自由、尊重人的尊严和存在、尊重人的生命；体现在歌颂人性的真善美；体现在弘扬人格的平等；体现在追求人与人之间的公平。这些都是资产阶级革命的目标，也是全人类向往的未来。

四、莎士比亚的哲理名言渗透着浑身上下耐人寻味的人文情怀

莎士比亚的名言具有思想性、哲理性、趣味性，他的名言涉及到人文、道德、思想、爱情等方方面面，读起来让人感到脍炙人口、思想深刻。

莎士比亚说："在命运的颠沛中，最容易看出一个人的气节。"这一名言揭示了在关键时候，一个人的思想、道德就会暴露出来，也更能体现。

莎士比亚说："当悲伤来临的时候，不是单个来的，而是成群结队的。"这一名言揭示了祸不单行，人生在世，祸福难于意料。

莎士比亚说："世界最败坏不是恶人嚣张，而是由于好人沉默。"这一名言指出了面对坏人的嚣张气焰，不能做好人，要挺身而出，维护正义。

当我们感到绝望、看不到出路时、没有奔头时，莎士比亚说："黑夜无论怎样悠长，白昼总会到来的。"

当我们被情伤害、被爱伤得痛哭流涕时，莎士比亚说："适当的悲哀可以表示感情的深切，过度的伤心却可以证明智慧的欠缺。"

当我们摇摆不定、徘徊不前的时候，莎士比亚说："接受每一个人的批评，也可以保留你自己的判断。"

莎士比亚对酒文化的研究也很深，他说，宴会上倘若没有主人的殷勤招待，那就不是在请酒，而是在卖酒，还不如待在自己家里吃饭来得舒服呢。同时指出，酒肴可以稀少，只要主人好客，也一样可以尽欢。在宴席上最让人开胃的就是主人的礼节。同时也指出了过量饮酒的害处，每杯过量的酒都是魔鬼酿成的毒汁。

莎士比亚说："最可怕的原告和证人，是每个人的良心。"良心是神创造的，耶稣来世的目的之一，为了纯净人的良心，使之重生。他说："宽恕人家所不能宽恕的，是一种高贵的行为。"

"地狱里空空荡荡，魔鬼都在人间。"

"不速之客只在告辞以后才最受欢迎。"

"一个人思虑太多，就会失去做人的乐趣。"

……

莎士比亚的人文思想、人文精神、人文情怀，体现着自由、平等和幸福的思想，这也将永远是人类憧憬和追求的崇高目标。

音乐

通往灵魂深处的道路

捌

永不消失的天籁之音，无人比肩的乐坛丰碑

在中华民族歌唱史上，有一个名字无法绕开，不能不提。

她在1986年获选美国《时代周刊》"世界七大女歌星"和"世界十大最受欢迎女歌星"之一，成为唯一一位同时获得两项殊荣的亚洲歌手。

她被美国有线电视新闻网评选为"过去50年里全球最知名的20位音乐家"之一；她在搜狐等多家知名华文媒体评选的"新中国最有影响力文化人物"评选活动中，以绝对优势力的850万张票，力压群芳（比第二名的王菲多120万张票）；她的唱的《但愿人长久》随着"神舟七号"载人飞船升入太空，响彻全球。

她就是邓丽君。

有一种声音，我们愿意用一生去倾听。这就是邓丽君的歌声。

邓丽君是华人世界一代歌后，也是中华民族有史以来最具时代影响力的伟大的歌唱家。即使在世界音乐史上，邓丽君也是一个不得不提的名字。

邓丽君的歌唱文化不仅影响了中国流行音乐的发展，而且在文化领域里影响了华人社会。

我相信，这不仅仅是我的心声，而且也是成千上万喜欢邓丽君歌曲的人们共同的心声，因为许多年龄段的人都是听着邓丽君的歌声长大的。

海内外许多名人都对邓丽君和邓丽君的歌声都给予了极高的评价。

中国著名文化学者、文化史学家余秋雨说："邓丽君是中国文化的密码。"世界十大杰出青年、香港四大天王张学友说："邓丽君是华语流行音乐的鼻祖。"号称词坛三杰的台湾著名词作家庄奴说："有句老话，叫前无古人，后无来者，在邓丽君以前，没有邓丽君，在邓丽君以后，也绝不会再出现一个邓丽君。"国内著名评论员黄健翔说："苦难沉重的中华民族，有邓丽君的歌声，是神赐的福址。"

我不是文人，无法从语言的层面，深情地表达我对邓丽君文化现象的心声；我也不是音乐人，更无法从专业的角度，透彻分析邓丽君的演唱技巧和音乐水准，我只是千千万万个喜欢、崇拜和敬仰邓丽君中的一名歌迷。

我总结归纳了名人对邓丽君历史地位的评价，了解成千上万的歌迷对邓丽君那种狂热的爱，深深知道邓丽君歌唱文化的巨大魅力，我可以自豪地喊出："邓丽君是中华民族有史以来最伟大的歌唱家。前无古人，后无来者。"

邓丽君的故事"听像一首歌"，勾起了我们对难忘岁月的美好回忆。

邓丽君的歌曲是一个年代的缩影，也是几代人的整体记忆。

八十年代，是一个人性复苏的年代，也是一个思想日渐开放的年代。那个年代里，社会上播放的都是歌颂型和声讨型的歌曲，而百姓又听腻了高、响、亮、硬这类歌曲。此时，富有人性化、人情味的邓丽君歌曲迎合了广大听者的精神需求和情感慰藉。以至当时社会上有这样一句话："白天听老邓，晚上听小邓。"

邓丽君甜美的歌声，抚慰了无数人的心灵、给国人以强烈的震撼和冲击。邓丽君的歌声流露出对美好生活憧憬的情怀，唱出了人们对美好生活向往的心声。

邓丽君的歌声正是在这样的情况下漂洋过海、踏浪而来。

一、邓丽君的天籁之音永不消失

邓丽君的歌曲是一个年代的缩影，也是几代人的整体记忆。

改革开放初期，在那个物质匮乏、精神枯燥的年代，唱歌听歌都是比较奢侈的东西。长久以来被禁锢的思想、扭曲的情感，使得当时的文化生活单一枯燥。

在寂静的夜晚、在无眠的灯下、在醉人的时光、在小憩的午后、在寂寞的雨天、在无助的时候，欣赏邓丽君的歌曲是一种享受。

邓丽君的歌声是悠扬的、邓丽君的歌声是醉人的、邓丽君的歌声是难忘的。邓丽君用绝伦的嗓音、完美的唱腔、醉人的情怀，把关于人生、人性、幸福的情感融进了音乐、渗透到歌声，听了不仅让人完全忘掉了烦恼和不安，而且给人愉悦和甜蜜的感觉。

中央电视台著名主持人白岩松说："如果有一个声音能让全世界的华人安静下来，那就是邓丽君的歌声。"

邓丽君与生俱来的完美音色、委婉自如的气息控制、清晰明了的字正腔圆，给人以耳边呢喃的感觉，演绎了令歌迷陶醉的余音绕梁的天籁之音，她的唱腔和演唱技巧是空前绝后的。

华语流行音乐歌手那英说："如果确立国语演唱水准的话，邓丽君是一个，苏芮是另一个。"

邓丽君唱歌时的气息控制非常精妙独到，她的气息像潺潺流水，永流不止，每次换气时听不到换气声，给人的感觉好像是一口气把一首歌唱完。

专业人士说，美声演唱最为推崇和称道的是不留痕迹的气息处理，民族演唱最为讲究的是唱腔和民歌韵味，流行演唱最为重视的是广为流传的优美旋律，邓丽君凭她自然、柔和、甜美、圆润、清澈的嗓音，以声传情、以情带声，令无数歌迷为之叫绝、为之倾倒。

中国内地摇滚歌手、音乐创作人汪峰说："她几乎完美到：她演唱的歌曲的每一个音符，都挑不出毛病来，这一点太可怕了。"

香港卫视副台长白燕升说：曲艺界把"唱"分三个境界，一是"喊"、二是"唱"、三是"说"，邓丽君演绎的流行歌曲已经达到了一种娓娓道来的"说"的境界。

邓丽君除了完美的气息控制外，她的唱法、咬字、吐词、滑音、颤音、转音、换气，都是很成功的。

泣声唱法也是邓丽君演唱的一大技巧，她演唱的歌曲中大多数是情歌，因此，使用抽泣和哽咽的演唱方法，煽情的效果更好，使听者情感上产生共鸣。有些泣声和哽咽声出现在歌曲的高潮部分和尾声，更达到了音乐共鸣的效果。如歌曲《我没有骗你》中"离开你万分不得已，既然不能够在一起，不如早一点分离，你忘了我，我也忘了你，把我俩的过去，丢进河里，埋在土里，让我俩永远永远地忘记……"，多次使用泣声和哽咽，使听者马上融入到歌词的意境中。

唱歌技巧的发挥是以情感为驱动力的，邓丽君的演唱发自内心地唱出，富有极强的情感色彩。她会用真情去诠释每一首动人的歌，对所演唱的情歌中所表达的深情、眷恋、羞涩等，演绎得淋漓尽致。

国内音乐教育家刘诗昆说："从专业的角度来说，邓丽君的歌声，无以伦比、无人媲美。"台湾音乐制作人李宗盛说："在演艺圈很多人是'奇迹'，但唯有邓丽君可以称为'传奇'。"

邓丽君的歌声"悄悄地告诉你"，这声音才是真正的天籁之音。

二、邓丽君的舞台魅力令人叫绝

舞台艺术是极具影响力的艺术，舞台表演艺术也是衡量一个歌唱家艺术魅力的重要方面。邓丽君的舞台形象是撩人的，台风是迷人的。她的容貌、她的柔情、她的甜蜜、她的音色、她的服饰，都无不彰显了她舞台形象的无限魅力。

在舞台风格上，邓丽君的演唱自信、自然、自如，她没有忸怩作态的媚俗、没有哗众取宠的掩饰、也没有故作姿态的装腔、更没有声嘶力竭的抽筋式的演唱。她的歌曲虽然以情歌为主，但演绎中没有嗲气，留给听众更多的是情味和韵味。听邓丽君的歌，就知道她在甜甜地微笑。

在演出服饰上，邓丽君大多以旗袍的形象出现，大气大方，衬托了她窈窕的身材，给人以东方女性秀美阴柔、典雅别致的感觉。

在乐队组合上，乐队设计充分考虑了邓丽君柔和婉转的演唱特点，由日本电声乐队和港台民族乐队组成，增加了古筝、二胡、扬琴等中国传统乐器，增强了音乐立体效果。

邓丽君在演唱歌曲时，有时配有和音伴唱，更给人以赏心悦目的感觉。如她在演唱日本歌曲《星》中，长时间的使用女声和音伴唱，在演唱《夜来香》第一段时，开头和结尾都使用了女声和音伴唱，达到了主唱和伴唱围绕一个旋律同频共振。

在演出过程中，邓丽君谦逊礼貌，演出结束时彬彬有礼的致谢，使人感觉到一个歌唱家来自于听众、不忘听众的听众情怀。

邓丽君的舞台艺术感染力超越了时间、空间和文化的隔膜，上上下下都彰显了人性的美。

三、邓丽君的勤奋好学叹为观止

邓丽君14岁出道，只有小学文凭，但她勤奋好学，刻苦学习语言，不断提高口语水平。她会用国语、英语、日语、法语、马来西亚语、粤语、闽南语等多种语言演唱歌曲，是一位名副其实的语言学家。

为了使中国流行音乐走向世界，邓丽君不断向世界的音乐高峰挺进。日本是亚洲的音乐中心，要走向世界必先进军日本。为了能在日本发展，她刻苦学习日语，掌握日语的听说能力。1974年邓丽君凭借日文歌曲《空港》，获得日本唱片大奖"新人奖"，从而奠定了在日本演艺事业的基础。为了能在香港发展，她刻苦学习粤语。香港四大天王之一的刘德华说："当邓丽君用粤语演唱时，我觉得自己与她的差距又拉大了。"

邓丽君是中国摇滚乐的第一人，是中国摇滚的先驱。她最早演唱欧美摇滚音乐，在她影响下，才有了崔健的"一无所有"，崔健在评价邓丽君的音乐地位时说："邓丽君摇滚了全中国。"

邓丽君一生共演唱歌曲2000多首，平均一个星期左右演唱一首新歌，这是惊人的数字。她出版唱片专集150张，发行唱片4800万张，这些在演艺界都是天文数字，至今没有哪个歌手能突破这个数字。

为了提高自己的舞台形象，她在美国参加了布鲁斯·海斯领导的彩虹舞蹈团练习舞蹈，提升自己的舞蹈水平。为了厚积气力，运用丹田拓宽音域，她拜美国音乐家卡尔·舒尔达为师，进行改变音域的艰苦训练。为了提升自己的音乐水准，她还学习钢琴和西方乐器的演奏方法，增强乐感。

一个出名的歌手原唱歌曲一般也只有三五首，有的稍多一些，但邓丽君的原唱歌曲多达几百首，这是前所未有的。有些歌曲不是她原唱，但经邓丽君演唱后，人们都认为是她的原唱歌曲，如《何日君再来》《阿里山的姑娘》《恰似你的温柔》等歌曲都不是邓丽君的原唱歌曲。

庄奴在邓丽君诞辰60周年全球巡回演唱会上说："有人说我偏爱邓丽君，给她写了好多歌。其实我们连面都没有见过，她是勤奋努力的结果。"

四、邓丽君的人品艺德无可挑剔

人品决定艺德，艺德是人品的反映。在长期的演艺事业中，邓丽君始终以知书达理、典雅秀丽、温和恬静、敬业乐群、洁身自好的形象出现在歌迷面前。

邓丽君从台湾夜总会卖唱到成为日本舞台戏子，她卑微，但却从不卑贱；邓丽君从亚洲巡演歌手成为红遍世界的国际歌星，她自信，但却从不自傲。

几十年的演艺生涯里，邓丽君勤勉自持，特别是在贬抑艺人的传统观念中，她没有受到演艺界大染缸的沾染，从没有出现过绯闻。她不因为自己唱红一首歌而变成另外一个人。

邓丽君与人同台演出时发现对方个子比自己矮，细心的她会不动声色地换鞋跟很低的鞋子来突出对方，并用旗袍掩盖，不让人发现。

邓丽君对歌迷有着深深的情怀，面对演唱会如潮般的掌声，她总是在经久不息的掌声中重新回到舞台，继续为歌迷演唱。每次演唱会结束，邓丽君下拜致谢到舞台大幕完全卸下，观众完全看不清她后，才转身向舞台演奏人员握手致谢。

台湾著名艺人高凌风评价邓丽君是"女人中的女人"。中国流行乐女歌手王菲感慨地说："一听到她的声音，我就知道这个人非常非常的善良。"

庄奴先生说："邓丽君是华人歌手的标杆，她本人看起来很温柔雅致，但内心性格也是积极向上的，是不以成就满足的女孩子。她在香港、台湾和日本都取得了很大成绩，但没有傲气。不像当今的歌星，唱了几首歌就了不起了，邓丽君对一首歌的诠释，很认真的。"

庄奴以"宝剑锋从磨砺出，梅花香自苦寒来"作为对邓丽君一生的写照。有人说，没有邓丽君就没有庄奴，而邓丽君则谦逊地说："没有庄奴就没有我邓丽君。"

慈善义演是邓丽君演艺事业的重要组成部分。从艺30年多来，她一直致力于义演和慈善性演出，赢得了海内外的一致好评。上世纪90年代，因身体的原因，邓丽君基本上退出了演艺圈，但她还坚持参加各种慈善义演。

自古红颜多薄命。1995年5月8日，一个让无数歌谜悲痛和惋惜的时间坐标，邓丽君因长期感冒未愈伴随支气管炎引发哮喘病发作，由于交通堵塞延误救治时间和使用支气管扩张喷剂过量，致使脑部重度缺氧和心脏停顿，在泰国清迈美萍酒店遽然去世，这位伟大歌唱家歌声悠扬的一生，永远定格在了生命的42个年轮。

邓丽君的歌唱地位和人品艺德得到了台湾当局的高度认可。

邓丽君逝世后，台湾当局为她举行了隆重的葬礼。邓丽君的遗体上覆盖着中国国民党党旗和中华民国国旗，台湾陆军乐仪队担任灵堂和葬礼的仪仗队。台湾省省长宋瑜楚担任治丧委员会主任，国民党副主席连战等台湾政府要员都参加了葬礼。葬礼规格除蒋家父子外，无人能与之比拟。

国民党授予邓丽君最高荣誉——华夏一等奖，以表彰她的爱国情操和为歌唱艺术所作出的杰出贡献，这是国民党为艺人颁发的最高勋章。

邓丽君在台湾民众的心里留下了不可磨灭的印象。她逝世后，20多万人在殡仪馆外彻夜排队，等待着向这位伟大的歌手，向他们心中的偶像作最后的告别。以至出殡那天，台北的交通陷入瘫痪。

中央电视台在黄金时段新闻联播节目里对邓丽君的突然去世作了报道。

邓丽君最成功的不仅是她演唱了无数首脍炙人口的歌曲，更是她彰显了平凡艺人无限的人格魅力。

在这个歌声飞扬的年代、在这个人心浮躁的社会，有多少歌星显赫一时却又昙花一现；又有多少艺人一度风光却又黯然消逝，而影响几代人的邓丽君是多么的优雅优秀、多么的光彩夺目。

五、邓丽君的历史地位无人比肩

邓丽君是名扬海内外的一代歌后，是殿堂级的歌唱家。她的演唱技巧和演唱水平达到了登峰造极的地步，在中华歌唱史上是个传奇，是个里程碑。邓丽君的故事，是一个时代的印记。

邓丽君的歌曲是对中华民族音乐的一种全新的诠释，她的歌曲将民族性与流行性相融合，逐渐形成了属于自己的演唱风格。她的歌曲是中国音乐重要的组成部分，她的演唱风格也一直影响着许许多多的歌手。

人们说有华人的地方，就有邓丽君的歌声，这是世界华人对邓丽君的公认。邓丽君歌曲在华人社会前所未有的知名度和经久不衰的传唱度，为她赢得了"十亿个掌声"的美誉。

邓丽君是海峡两岸交流的第一人。上世纪七八十年代，海峡两岸处于敌对状态，双方禁止"三通"。邓丽君歌曲使大陆百姓了解了港台歌曲，了解了流行音乐。为了与大陆争夺中华文化的话语权，台湾当局掀起了"中华文化复兴运动"，利用邓丽君歌曲在大陆巨大的影响力，用空飘邓丽君歌曲磁带的方式，向大陆渗透文化。邓丽君的歌声在一定程度上架起了两岸交流和沟通的桥梁。

邓丽君是中国流行音乐的启蒙人，是中国流行音乐的鼻祖，是华语乐坛永恒的文化符号，在中国流行音乐史上无疑是承前启后、开宗立派的一代大师，她演唱的歌曲已经成为世界文化遗产的一部分。

站在时间的高点，以历史的眼光、从艺术的角度审视邓丽君的艺术人生，论唱功、论才情、论艺品、论影响、论成就，试问谁能与她争锋？她当之无愧地站在了华语乐坛的巅峰。

我无法估计世界上有多少邓丽君的拥趸，我更无法知道邓丽君有多少个粉丝，但我知道邓丽君的流行音乐影响了几代华人，并且还将永远影响下去。

一人千古，千古一人。

邓丽君的形象"看似一幅画"；邓丽君的故事"听像一首歌"。

今天，我们怀念邓丽君，不仅因为她为我们留下了百听不厌的令人难忘的经典歌曲，而且还因为她为我们留下了弥足珍贵的精神财富。

今天，我们怀念邓丽君，不仅要感谢她对华语乐坛所作出的杰出贡献，更要感谢她为中华民族文化事业书写的不朽篇章。

深刻分析邓丽君演唱歌曲的艺术特点、深刻了解邓丽君歌曲的艺术魅力、深刻挖掘邓丽君歌曲的音乐思想，留给我们的是深深的思考，那就是：我们要永远铭记邓丽君的历史地位；那就是：我们要永远传承邓丽君的歌唱文化。

我深信不疑：邓丽君永远"在水一方"为我们诉说"千言万语"；

我深信不疑：邓丽君永远是我们"漫步人生路"上"难忘的初恋情人"；

我深信不疑：邓丽君的歌声永远"爱在我们心中"。

丽人已离去，何日君再来！

总有一首歌，曾经触动过你的灵魂深处

一首经典的歌、一首令人难忘的歌、一首使人常唱起的歌，它讲述了一个故事、它凝聚着一段历史、它渗透了人们的灵魂。

也许唱着一首歌的同时，你在回首往事、你在思念伊人、你在思绪万千。

一首让人喜欢的歌曲，所传给我们的思想和意义是不能用语言来表达的。

音乐是世界的共同语言，人类需要音乐、时代需要旋律，人们总是对自己喜欢的歌曲百唱不厌。

唱一首歌，能使我们找到一群知音、找回一段故事，能使我们产生心灵共鸣。

在寂静的夜晚、在无际的原野、在激动的时刻、在无助的时候，音乐是我们最好的伴侣，音乐是我们最好的选择。

韵律是一种魔力，旋律、节奏和和声这三大音乐的要素，始终激荡着人们的心田，澎湃着歌者的心声。音乐是人的心灵深处最真挚情感的流淌，音乐是灵魂的完美表现。音乐和旋律能渗透到人们的心灵深处，音乐是通往灵魂最深处的道路。

只要是触动心灵深处的歌曲，无论是曲还是词，无论是古典歌曲、还是现代歌曲、无论是通俗歌曲还是流行歌曲，都会渗透我们的灵魂。

在人生的道路上，总有那么一首歌曾经触动过你的灵魂深处。

一首歌是一个民族前进的步伐。

《义勇军进行曲》的旋律，唤醒了千百万爱国同胞，为了中华民族的解放事业，冒着敌人的炮火，前赴后继。也正是这样高亢激昂的歌曲才成为中华人民共和国的国歌。国歌凝聚了中华儿女团结奋进的精神力量，国歌吹响了中华民族复兴的进军号角。

《国际歌》是全世界无产阶级的战歌，是共产第一国际和第二国际的会歌。从中国共产党第三次全国代表大会开始，中国共产党人高唱战歌，向着反动势力冲锋陷阵，为全人类的解放，为共产主义事业而奋斗。

一首歌鼓励着一代又一代人的成长。

《我们是共产主义接班人》是中国少年先锋队队歌，歌曲旋律高亢，歌词铿锵有力，充满着革命激情，震撼着每一个少年儿童的心弦，激励着一代又一代的中国少年先锋队队员，作为无产阶级革命事业的接班人，"沿着革命前辈的光荣路程""向着理想勇敢前进"，为实现共产主义的美好理想而奋斗。

一首歌是一个年代的历史回顾。

《世上只有妈妈好》是电影《妈妈再爱我一次》的主题歌，歌曲以伤感、缓慢、抒情的音乐风格，充满了对母亲的深情厚爱。在上世纪80年代的观众记忆里，《妈妈再爱我一次》无论是电影和电影歌曲都是一枚重量级的催泪弹，人们都难于忘记那一次集体挥泪《世上只有妈妈好》。

一首歌是一个时代的整体记忆。

歌曲《难忘今宵》，几乎成了每年春节联欢晚会的压轴歌曲，也成为亿万观众恋恋不舍的辞旧情怀。随着音乐旋律的响起，我们每一位电视观众由衷地唱出："无论天涯与海角，神州万里同怀抱，共祝愿祖国好！"随着歌曲的响起，新的一年又开始了。

1989年中央电视台春节联晚会上，韦唯演唱了一首充满博爱和人性美的歌曲《爱的奉献》。"只要人人都献出一点爱，世界将变成美好的人间"。歌曲响彻大江南北，歌曲激荡人们的心田，歌曲也成为赈灾义演的主打歌曲，歌曲也唤起了人们同情、善良、奉献的爱心。

1987年春节联欢晚会上，美籍台湾歌手费翔的一首《冬天里的一把火》，使寒冬里的人们温暖如春。许多少男少女更是被旋律和歌词所打动，从四面八方赶赴北京，一睹高大上、白富美的费翔。费翔一唱就"红"了，还"红"了一个时代。

电影《泰坦尼克号》那情意绵绵的主题音乐《我心依旧》，把人们带到了一百多年前那震撼人心的生死离别的场面。歌曲唱出了血浓于水的情怀，歌曲唱出了怜悯弱者的人性光芒。歌曲《我心依旧》也成为自日本歌曲《北国之春》以后，国内听众最为喜欢的外国歌曲。

改革开放初期，港台歌漂洋过海，踏浪而来。《小城故事多》《甜蜜蜜》《月亮代表我的心》等邓丽君歌曲，无疑给国人以情感上的抚慰和心灵上的慰藉。

上了年纪的人，对朝鲜电影《卖花姑娘》这首主题歌曲是记忆深刻的，在那个忆苦思甜的年代，每当人们唱起这首歌，勾起了人们对万恶的旧社会的深仇大恨。

音乐是开启人类智慧的钥匙，音乐有着比一切智慧、一切哲学更高的启示。

伟大的科学家和思想家爱因斯坦在谈论他科学成就时感慨道：很多科学发明就是从音乐中启发出来的。

没有歌唱就没有生命，就像没有太阳也就没有生命一样。德国哲学家、西方现代哲学的开创者尼采说："没有音乐，生命是没有价值的。"

心中充满音乐的人才会对最美的东西充满激情、充满爱。人类用音乐理解历史、用音乐诠释人性、用音乐抚慰情感、用音乐激励斗志。

《我和我的祖国》就是充满着对伟大祖国无限热爱的歌曲，建国70周年那年，回荡在中华大地最持久最响亮的歌曲就是《我和我的祖国》。

语言无法诠释的感觉，音乐能够深情地表达。音乐所表达的内涵，有时无法用语言来描述。

节奏，让人起伏；旋律，让人陶醉。一句话，音乐是醉人的。

一人一首成名曲，总是让人喜欢，响彻神州大地；更是让人难忘，回荡田野山庄。

张明敏的成名曲《我的中国心》是最让人难忘的、旋律最优美的爱国歌曲，也是八十年代初最激起人们心灵共鸣的一首歌曲。

音乐是天使的语言。千百年来，音乐以其深刻的文化内涵、妙不可言的美妙旋律，汇成了一条永远流淌不息、经久不衰的音乐长河，使我们为之倾倒，为之陶醉。

音乐的旋律潜移默化地影响着我们的道德品质、思想情操和价值取向。

音乐艺术追求的是人性的真善美，有一位世界名人说过这样一句话：喜欢音乐的人坏不到哪里去。

音乐的力量能使我们返朴归真，让我们带着乡愁的冲动去寻找音乐的精神家园！

音乐是通往灵魂最深处的道路

音乐是一种艺术形态和文化活动，音乐是发自人类内心深处的声音，音乐也是人类触摸世界、表达思想、抒发情感的最美的语言。

音乐是人类共有的精神食粮，上天给人类最好的礼物就是音乐。人们在最庄严的时刻、最轻松的时刻、最愉悦的时刻和最悲壮的时刻，都离不开音乐。

在寂静的夜晚、在无眠的灯下、在小憩的午后，音乐是我们最好的伴侣，音乐是我们最好的选择。

音乐是生命的灵魂，没有音乐，生命是没有价值的。一曲天籁的音乐震撼心灵；一段动人的旋律激荡人心。

音乐和旋律就像一阙华丽的唐诗、一阙婉约的宋词，它的灵犀直达人类灵魂的最深处。

一、音乐伴随着人类的生命而到来，音乐绽放着人类的生命而响起

语言无法诠释的感觉，音乐能够深情地表达和体现。音乐诠释了人类生命的价值和生活的美好。

捷克斯洛伐克文艺评价家伏契克说："没有歌唱就没有生命，就像没有太阳也就没有生命一样。"

没有音乐，人类将如同行尸走肉般的茹毛饮血的动物；没有音乐，人类将会不断发动、不断相互残杀；没有音乐，人类将会出现更多的你死我活的恐怖现象。

因为音乐的存在，唤醒了人性的复苏，也减少了人类的罪恶。所以，喜欢音乐的人坏不到哪里去。

据报道，在国外某个城市，自从在地下通道和地铁里播放音乐以后，这些场所的犯罪率直线下降，音乐比警察还厉害，音乐把人的良知唤醒。音乐响起的瞬间，人性战胜了兽性。

理性的七个基本音符演绎着世界美妙的音乐，编织着人类美好的梦想；感性的

五线谱流露出人们喜怒哀乐的千思万绪。旋律、节奏、调式、和声、复调、曲式等音乐语言美妙地回答了人类生命应该如何更具价值、更有活力等问题。

无论是古典的精致，还是现代的立体；无论是摇滚音乐的狂热，还是乡村音乐的静谧，无不点缀着人类的生活，无不拨动着人们的心弦。

美国波士顿大学音乐系主任卡尔伯纳克博士在致新生和家长的欢迎词中说：音乐不是奢侈品，不是我们钱包鼓的时候才来消费的多余物，音乐不是消遣，不是娱乐，音乐是人类生存的基本需要，是让人类生活得有意义的方式之一。

欣赏音乐能促进、改善和提高人的免疫功能，能引发体内促进免疫功能的激素分泌增加，有助于减少疾病的发生。音乐在恢复和发展机体运动功能上也有促进作用。音乐常使死亡迟延，音乐能提高人的免疫力，热爱音乐、欣赏音乐是我们最廉价的保健。

二、音乐吹响着人类文明与进步的号角，音乐激发着人类认识和改造世界的动力

世界最流行的古典音乐家肖邦有一句名言：我愿意高唱一切为愤怒的、奔放的感情所激发的声音，使我们的作品——至少我的作品的一部分，能够成为战歌。

音乐使一个民族的气质更高贵。音乐能唤起民族的觉醒，音乐能激发民众的斗志。被革命导师列宁称为"全世界无产阶级战歌"的《国际歌》，唤醒了被压迫民族和被剥削人民灵魂的觉醒，其激昂悲壮的旋律激荡着全世界劳苦大众翻身求解放。

在抗日战争最艰苦的岁月，千百万爱国同胞在《义勇军进行曲》的旋律下，为了中华民族的解放事业，冒着敌人的炮火，前赴后继。也正是这样高亢激昂的歌曲才成为中华人民共和国的国歌。国歌凝聚了中华儿女团结奋进的精神力量，吹响了中华民族复兴的进军号角。

《我的祖国》《我爱你中国》《我和我的祖国》等一首首爱国主义歌曲，激励着中华儿女热爱祖国、奉献祖国的豪情壮志。

一首旋律优美的《中国少年先锋队队歌》，激励着一代又一代中国少年儿童继承革命先烈的光荣传统，争做共产主义事业接班人。一首《难忘今宵》，给我们留下了抹不去的回忆，每逢春节的到来，人们便想起了《难忘今宵》那难忘的旋律，随着《难忘今宵》旋律的结束，人们又迎来了新的一年。

德国作曲家、被后世尊称为"乐圣""交响乐之王"的贝多芬说："音乐能使人的道德高尚起来"

只有懂得音乐的人才能真正懂得生活。音乐能提高人的想象力和创造力。

法国19世纪前期积极浪漫主义文学的代表作家雨果说："开启人类智慧的宝库

有三把钥匙：一把是数字，一把是字母，一把是音乐。"

日本作家村上春树一生与音乐为伴，在总结自己的成长时他感慨道：如果我没有这样着迷音乐的话，我不可能成为小说家。

三、音乐是人类最古老的语言，音乐是人类最共同的语言，音乐是人类最美丽的语言

文化是一个国家、一个民族的灵魂，语言是文化的灵魂。音乐是天使的语言，音乐是人类的共同语言，人们可以在音乐声中找到共同的答案。

美国前总统克林顿来华访问期间，在欢迎晚会上，外事部门除了安排演奏美国著名音乐《友谊地久天长》外，还安排演奏美国乡村音乐《切尔西的早晨》。这是克林顿夫妇最喜欢的曲子，他们给女儿取名就是"切尔西"。这种用心良苦的安排，不仅使远道而来的美国客人从内心深处感动，而且还烘托了友谊的氛围。

音乐在战争中也发挥着巨大的作用，一曲能当十万兵，"四面楚歌"就是一个实例。

伉俪在婚礼进行曲的旋律中，走向结婚的殿堂，他们忠诚于《婚礼进行曲》的旋律，忠诚于所寓的爱情内涵。

无产阶级的革命导师马克思说："音乐是人类的第二语言。"有些文字具有虚伪性，但音乐没有文字的虚伪性，音乐是天使的语言，音乐从来不会被人误读。

音乐是人类的共同语言，人们可以在音乐中找到共同的答案。

高亢激昂的音乐能把祖国各族人民的意志凝聚起来；激荡人心的音乐，能把人民热爱生活的激情调动起来；旋律优美的音乐，能把人们追求美好的向往描绘起来。

贝多芬交响乐中具有里程碑式意义的《命运交响曲》，把人们带到了英雄主义精神的场面，使人们受到了崇高的英雄主义精神的感染。

号称"手可以在两根琴弦上跳舞"的二胡演奏家周维，周游世界各地，用简单的中国乐器演奏世界各地的经典音乐，被誉为"二胡大使"，从而增进了中国人民与世界人民的友谊。

一个伟大而又熟悉的歌声能让人尽心聆听。邓丽君醉人般的天籁之声，勾起了几代人的整体回忆，她的歌声震撼着人们的心灵。中央电视台著名主持人白岩松说："如果有一个声音能让全世界的华人安静下来，那就是邓丽君的歌声。"

电影《泰坦尼克号》那情意绵绵的主题音乐《我心依旧》，把人们带到了一百年多前那震撼人心的生死离别的场面。

一部电影观后，能让我们长时间记得的永远是它的主题音乐。

四、音乐表达着人类的感情、音乐反映着人类的情绪、音乐抒发着人类的情怀

音乐是用声音来表达情感的艺术。音乐以其丰富的情感来拨动人的心弦。它的旋律与节奏，它的狂热与柔情，它的跳跃与连绵，使人的情感得到震撼、冲击和慰籍。

德国作曲家、被誉为浪漫主义杰出的"抒情风景画大师"门德尔松说："一首我喜欢的乐曲，所传给我的思想和意义是不能用语言来表达的。"

音乐艺术是人类社会生活在音乐家头脑中的反映，而人的情感是音乐的主要对象。在所有的情感表现形式中，音乐的情感表现方式最丰富、最直接、最撩人、最扣人心弦。音乐让人们紧绷的心弦放松，让人们烦恼的情绪舒展。音乐流淌出来的旋律，震撼着人的内心世界。

在寂寞的雨天、在无助的时候、在醉人的时光，欣赏着音乐，那绝对是一种神仙般的享受。

维也纳古典乐派的奠基人、交响乐之父海顿说："当我坐在那架破旧钢琴旁边的时候，我对最幸福的皇帝也不羡慕。"这就是音乐语言的力量。

音乐使人魂牵梦绕。我们欣赏着乡村音乐，一股浓郁的乡土风味、一段淳朴的曲调，扑面而来，一种乡思、乡恋、乡愁的情感涌上心头，只有音乐的力量才能使我们返朴归真。

音乐是人类灵魂的避难所。音乐为悲伤者带来愉悦，为沮丧者带来慰藉，为痛苦者抚慰心情。工作的压力，使人想到了情绪的放松；人生的烦恼，使人想到了超越解脱。音乐就是随时可以掌控在自己手里的精神解压良方。

音乐使人狂热发飚。难怪有位哲人说过，数学和音乐代表着人类最神圣的疯狂。喜欢音乐的人会对最美的东西充满激情、充满爱。

我们应该用音乐理解历史、用音乐诠释人性、用音乐抚慰情感、用音乐激励斗志。

可以说，音乐是人的心灵深处最真挚情感的流淌、音乐是人类灵魂的最完美的表现、音乐是通往人类灵魂最深处的道路。

我无法用语言来诠释音乐是通往灵魂最深处的道路，但音乐已渗透到我灵魂的最深处。

让我们沿着通往人类灵魂最深处的音乐旋律高歌猛进。

来自北海道的醉美旋律

歌曲《北国之春》是上世纪70年代风靡日本、流行世界的一首日本的北海道民歌。

歌曲是日本音乐著作权协会会长、词人井出博为日本歌坛教父千昌夫以北国为主题而量体裁衣作词的一首北海道民歌。

日本战后最具代表性的作曲家远藤实读看完歌词后，仅用了五分种就完成了作曲。

日本著名歌唱家千昌夫深情地演绎了这首最为流传的《北国之春》。

在世界乐坛，日本音乐以优美的旋律为艺术特点（世界乐坛，以欧洲的和声、非洲的节奏和日本的旋律为重要标志，共同构筑了人类音乐世界令人醉美的辉煌殿堂），奠定了日本音乐在亚洲乐坛独一无二的地位。

《北国之春》旋律优美、节奏明快、起伏感强。歌曲的旋律经过曲作者精心的艺术构思，体现了音乐形象的线条美、人物性格的形象美，体现了一个完整的音乐形象。《北国之春》歌词富有内涵，朴素自然，意境优美，给人一种触景生情、心旷神怡的感觉。

总之，无论从歌词还是旋律，都无不赋予《北国之春》无穷的艺术魅力。这首歌曲也是日本在亚洲乐坛的巅峰之作。

"亭亭白桦，悠悠碧空，微微南来风。"

"残雪消融，溪流淙淙，独木桥自横，嫩芽初上落叶松。"

歌曲展示了北海道阳光明媚、春暖花开的绚丽画卷。

"故乡啊故乡，我的故乡，何时能回你怀中。"

如果能从歌曲中听出一个故事的话，那么《北国之春》给我们讲述的身在异乡的小伙子想念母亲、恋人、父亲，思念故乡的故事。

歌曲以忧郁、略带忧伤的情绪为基调，抒发了在他乡谋生的游子怀念家乡、思念亲人、想念恋人的炽热的情感。

歌曲反映了在当时日本经济低迷的情况下，许多北方年轻人为了求学和谋生而离开家乡后的思乡之情。歌曲也歌颂了北方年轻人奋斗和创业的精神。

"城里不知季节已变换，妈妈犹在寄来包裹，送来寒衣御严冬。"

尽管明媚的春天已经到来，但妈妈还在寄来御寒的冬衣，这也不正是"慈母手中线，游子身上衣。临行密密缝，意恐迟迟归。谁言寸草心，报得三春晖"那样的慈母心吗？

歌曲抒发了母亲关爱在异乡谋生的儿子的一种情怀，体现了母亲对儿子的爱。同时，也抒发了儿子对母亲的怀念，体现了儿子对母亲的爱。

"虽然我们内心已相爱，至今尚未吐真情，分手已经五年整，我的姑娘可安宁"，表达了身在他乡的小伙子想念心上人、关爱心上人、唯恐心上人离去的一种炽热而又忧虑的情感。

"家兄酷似老父亲，一对沉默寡言人，可曾闲来愁沽酒，偶尔相对饮几盅"，表达了对离世的父亲的万千思念之情。

歌曲中出现了"妈妈、恋人、父亲式的兄长"三个人物，都与自己有着密不可分的情感。

歌词以"故乡啊故乡，我的故乡，何时能回你怀中"作为歌曲的收尾，再次表达了对故乡、对家的一种思恋和回归的思恋和回归的期盼，乡愁的冲动达到高潮。

歌曲《北国之春》情真意切，富有极其浓烈的思乡情怀、乡愁气息和泥土芳香，因而成为日本的"国民之歌"。

音乐无国度，歌曲没国籍。《北国之春》问世以后，在东南亚、美国、巴西等地广为流传，听众达15亿人之多。

在中国，《北国之春》更是目前国内听众最喜欢的一首日本歌曲，也是人们最喜欢的一首外国歌曲。我们不能说《北国之春》在中国形成空前绝后的音乐地位，但至少在较长一段时间内，《北国之春》是人们最喜爱的一首外国歌曲，其他外国歌曲更是无法替代和超越。

1979年，华人世界一代歌后邓丽君小姐进军亚洲音乐中心——日本（想在世界音乐领域有所作为，她必须先进军日本音乐界）。再度把《北国之春》演绎得淋漓尽致，引起日本及东南亚歌坛的轰动。随后，这首歌曲也连同邓丽君的其他流行歌曲一起漂洋过海，踏浪而来。

国内歌手蒋大为、于淑珍、刘德华等许多歌唱家，都在不同场合演唱了这首脍炙人口的歌曲。

《北国之春》也是国内卡拉OK点击率最高的一首外国歌曲。1988年，国内将其评为"过去10年最为人们所熟悉的外国歌曲"。

时光流逝，许多外国歌曲纷至沓来，但这首歌曲依然被广大歌者和听者十分喜欢。

即使现在，歌曲《北国之春》仍然是40多年来最为人们所熟悉的外国歌曲。

我不是个文人，我无法从诗歌的层面，来分析歌词所表达的意境；我也不是个音乐人，更无法从音乐专业的角度，来评价《北国之春》的音乐水准和音乐魅力。我只是喜欢《北国之春》的音乐旋律，喜欢演唱《北国之春》，以此来表达我对歌词作者和歌曲作者的无比敬仰之情，表达我对邓丽君小姐无比的怀念之情，表达我对家乡无尽的眷恋之情。

语言的尽头是音乐。语言无法表达的情感，音乐能够深情地表达。德国浪漫乐派代表性的人物门德尔松所说："一首我喜欢的乐曲，所传给我的思想和意义是不能用语言来表达的。"《北国之春》就是让我用旋律来体会的情感。

有的歌，听是的音符；有的歌，听的是歌词。我对歌曲《北国之春》，听的是情怀，听的是一种思乡的情怀、乡愁的感觉。

歌曲无论是从旋律，还是从节奏，无论是从歌词，还是从意境，都激发和抚慰歌者和听者的内心情怀。古希腊伟大的哲学家、西方文明的思想宗师柏拉图说："音乐和旋律把灵魂引向奥秘，能渗透到人们的心灵深处。"

"白桦、碧空、南风、溪流、朝雾蒙蒙、水车小屋静、何时能回你怀中……"

优美的旋律、醉人的诗意、浪漫的情调、乡愁的感觉，在这樱花盛开的绚丽季节，在这百花争艳的美好时刻，在这难于言表的幸福日子，让我们在《北国之春》优美的旋律中，带着思乡的情怀、思念的情感、乡愁的冲动，一起歌唱！一起陶醉！

读书

玖

走向人生丰盈的捷径

读书，该读些什么？

书是人类进步的阶梯。

读书，已成为促进人类文明与进步的共同认识；读书，是世界上成本最低的升值方式；读书，是世界上门槛最低的高贵。

因此，读书，已经成为一般人无需提醒的自觉行为。

尽管当今社会物欲横流，拜金主义占有一席之地，但"万般皆下品，唯有读书高"的千百年来固有观念，无不深深地扎根在人们的脑海里。

即使是一些读不进书的人，在思想观念上、在教育子女的理念上、在做人行事的腔调上，也明白读书的重要性。

秀才之所以不出门也知天下之大事，就是因为秀才们不断地读书学习，才知道天下进行着的所有大事。要不然，长期不读书的秀才不定会变为蠢才。

读书，教人做人做事；读书，使人聪明聪慧；读书，让人灵魂再生。

人其实很矮小，是被书垫高的。

英国科学家培根说："读史使人明智、读诗使人灵秀、数学使人周密、科学使人深刻、哲学使人深邃、伦理学使人庄重、逻辑修辞使人善辩，凡有所学，皆成性格。"

读书固然重要。但是，我们生活在信息的海洋中，我们忙碌于紧张的生活和工作中，我们困惑于时间有限、生命有限、精力有限，分身无术。

如何让有限的时间接触、接收更多的知识，有选择地读书、有重点地读书、有方向地读书，这些至关重要。

读书，就要读一流的书；读书，就要读经典的书；读书，就要读值得将人生有限的时间去花费、去智力投资的书。

德国思想家歌德说："读一本好书，就是和高尚的人在谈话。"

一、读点哲学，认识大千世界，提高反思人生的能力

哲学是关系世界观的学问。学好哲学就是提高自己认知世界的能力。读书的最大目的是改变认知，学哲学就是让我们更好地了解世界、认识世界、改造世界。

德国古典哲学家黑格尔说："一个有文化的民族如果没有哲学，就像庙里没有神一样。"

哲学是一切科学的科学。有位哲人曾经就如何理解科学和哲学时，有过这样一段话："学科学，我不说，你糊涂，我一说，你明白；而学哲学，我不说，你明白，我一说，你糊涂。"

哲学的本义是爱和智慧。所以，哲学不仅仅是智慧，而且还是对智慧的爱。因此，要带着爱去学好哲学；带着哲学再从事其他学科的学习研究。

人类哲学史上，伟大的哲学家们穷尽一生，对包括人生的意义这样基本的问题，都用哲学原理、哲学思维进行思考。

任何一个科学领域，研究到一定的层面和深度，一定是哲学。所以，西方的科学家，特别是推动人类文明与进步的大科学家，像牛顿、爱因斯坦、爱迪生等，也都是伟大的哲学家和思想家。

哲学是一种高尚的欢愉。学好哲学，使人睿智。

哲学源于人们在实践中对世界的追问和思考，哲学活动的本质就是怀着一种乡愁的冲动到处去寻找精神家园，让我们带着哲学的观点，搞清自己从哪里来、自己到哪里去。

学习哲学，就要树立正确的世界观、人生观、价值观，坚定人生的信仰、明确人生的意义、实现人生的价值。

二、读点文学，感知社会触角，提高观察审美的能力

人类交流的最基本形式是语言交流；文学简单的表述就是一种语言艺术形式。如何用最美、最幽默风趣的语言来表达心声，这一直是人们所探讨和追求的。

文学是人类活动美感的一种呈现形式。而文学作品正是一个作家用独特的语言艺术表现其独特的心灵世界的作品。

学习文学，更重要的是品味其背后的哲理、社会、文化人性。从精美的作品中、从字里行间，我们还可以感受到文学作品所描绘的这个时期的人文景观、风俗人情、故事情节、社会形态。

文学的功能在于：真正有力量的文字，一定能够对人类的审美活动有引导作用。

读文学作品是一种精神层面的享受。一个人的精神生活是否充实，反映出一个

人文化文学底蕴的深厚程度，也折射出一个人的内心情怀。

五千年的文明通过文学的形式传承下来，学习文学，还能够传承传统文化，增强文化自信。

世界文豪雨果说："在人类历史的长河中，文学是最灿烂的浪花。"英国浪漫主义民主诗人雪莱说："一首伟大的诗篇像喷泉一样，总是喷出智慧与欢愉的水花。"

文学是人类生活的教科书，文学也是社会的家庭教师。我们学习文学、学好文学，就等于带着知识、带着思想，自信笃定地走向社会。

三、读点数学，运用工具学科，提高逻辑思维的能力

开启人类智慧的宝库有三把钥匙：一把是数字，一把是字母，一把是音符。

数学是一门工具学科，数学是一切科学的基础，可以说人类文明的每一次重大进步，其背后都是数学在后面强有力的支撑。人类历史上几次工业革命和当今信息革命的实践成果充分印证了数学的伟大。

学好数学，能提高一个人的判断能力、分析能力、理解能力。

正像世界三大数学家之一的高斯所说的："算术，数学的皇后；数学，科学的皇后。"只有学好数学，才能运用数学思维的方式去缜密地考虑问题、分析问题、解决问题，特别是能够提高逻辑思维的能力。

经验是数学的基础，问题是数学的心脏，思考是数学的核心，发展是数学的目标。

只有学好数学，才能在分析和解决问题的过程中，转换角度，相互补充，全面提高直觉与逻辑、发散与定向、宏观与微观、顺向与逆向等思维方式，从而提高分析和判断问题的能力，也能提高预见性和研判力。用数学的语言来表达，用逻辑推理的方式来说明，更精准、更缜密、更有说服力。

四、读点历史，善用历史观点，提高分辨是非的能力

读史使人明智。历史是传说经过凝炼的精华。对于一个民族来说，历史是经验和教训、是过去的沉淀；对于一个人来说，历史是最好的老师。

历史事实是表象，背后的客观规律是本质，学习历史，能够悟道。

历史是前辈奋斗的历史，学习历史，就是为了增强民族的自信心和自尊心，传承中华祖先创造的五千年辉煌灿烂的历史，弘扬传统文化。

忘记历史就是背叛，凡是忘记过去的人们注定要重蹈覆辙。

学习历史，以史为鉴，始终带着辩证唯物主义和历史唯物主义的观点，看待历

史问题、分析历史问题、解决历史问题。

历史是现实的前身；现实是历史的延伸。学习历史的方法，重要的不是"记忆"，而是"思辨"。死记硬背不是学历史，培养思辨能力才是学习历史的根本。

学习历史，就要具有批判性思维，去伪存真，批判地吸收。学习历史，还要了解世界，学习他人，兼收并蓄，吸收人类的一切文明成果。

读书，我们应该读纸质的书。因为读纸质的书能带来乐趣。读纸质的书，可以一边思考，一边可以做笔记。读纸质的书，可以放慢速度，培养耐心。只能耐得住寂寞，才能静得下心来阅读和思考。

读书，能培养气质；读书，能改变人生。读书不是为了财富，而是为了丰富内心。读书是让我们有了自己的另一个世界。读书，是一个人一辈子的事；读书，是一生的修行。

书籍中珍藏着知识，书籍中凝聚着智慧。让我们在浩瀚的知识海洋里，有的放矢地学习，读经典的书，读一流的书。

一个人读书越多，越知道自己知道的不多；读书越少，越不知道自己知道的很少。与别人的差距，往往只有在阅读后才会知道。

当你手不释书，灵魂便不再荒芜。一个优秀的读者，一定是保持独立思考的人、一定是一个明辨是非的人。你读过的每本书，总会给你带来帮助，总会在你人生的某一刻，为你点亮一盏灯，闪耀智慧的光。

阅读是一场寂寞的狂喜。一个人苦读过的书，一定不会白读，它总会在未来某一个日子里，让自己变得出色。

读一本伟大的书，不一定能成为一个伟大的人，但一定能成为一个更优秀的人。

"警惕"只读一本书的人

世界名人对读书的重要性都有过精辟的论述。前苏联作家别林克基曾经说过："书是我们时代的生命"，古希腊哲学家苏格拉底更是发出了"无知即罪恶"这一流传千年的呐喊。

当今社会，虽然没有读过书的人越来越少，但只读一本书的人并不少见。

一个没有读过书的人对周围人的影响不大，但一个只读过一本书的人对周围人的影响却不小，不可低估。也许一群从未翻过书的人会随着只读一本书的人走向歧路。

"文革"有句负能量的话："知识越多越反动。"这样一句连白痴都知道会用白眼鄙视的一句话，却在那个无知无畏的年代，会得到如此多的人赞赏和肯定。

张铁生以交白卷为自傲，而且竟然能得到全社会的认可，还成为一名"白卷英雄"。

如果现在还有人理直气壮地说这样一句话，估计会遭到一片的嘲笑和指责声，那声音肯定还不小。

以前我们说处在一个知识爆炸的年代，现在说面对一个信息爆炸的社会，其实说的是一个道理：就是肯定知识的重要性。

但就是在全社会都崇尚"知识就是力量"的时代，竟然还有许多人只读一本书，而且还以只读一本书为自豪。而且这些只读一本书的人，往往比读许多书的人感觉更好，甚至狂言四出。这让我们对这些只读一本书的人引起警惕。

中国古代思想家孔子在公元前500年就说过："不要结交比自己差的朋友。"其实孔夫子说的意思就是不要和不读书的人站在一起。

为什么要警惕只读一本书的人呢？

这些人思想顽固，表现为极端主义思想严重，固执己见，容易感情用事。他接受知识的范围狭窄，但却又对某些事物现象坚信不移。这些人知识单一，表现为只见树木，不见森林，不能用辩证唯物主义的观点看待事物的发展，把握事物的发展规律。这些人行为孤僻，表现为没有共性思维，独来独往、与众不同，站在大多数人的对立面。由于偏见和独行，不能接受别人正确的思想和观点。

只读一本书的人，如同井底之蛙，知识面狭窄单一，认识肤浅简单。但他们也有着巨大的影响力，而且都是负能量。

1250年前，西方哲学家圣·托马斯·阿克那斯就说过："小心那些只读过一本书的人。"

前人的警世训语告诫我们：既要加强人类综合知识的学习；又要远离那些只读一本书的人。

世界大发明家爱迪生说："书籍是天才留给人类的遗产，世代相传，更是给予那些尚未出世的人的礼物。"

作为当代人，我们只有认认真真地阅读前人的书籍，从书中汲取智慧，增长才干，才能指导实践。

我国古代的《对联锦集》上说："读书当将破万卷，求知不叫一疑存。"苏格兰哲学家说："书中横卧着整个过去的灵魂。"

开卷有益，这是一般人都知道的简单的道理；有空翻翻书，这是许多人不难做到的一件事情。

我们只有从书籍中丰富自己的知识，涵养自己的思想，净化自己的灵魂，才能不被社会淘汰。

读书使人充实，思考使人深邃。读书的过程也是不断思考、不断完善的过程。

法国启蒙思想家伏尔泰说：书读得越多而不假思索，你就会觉得你知道得很多；但当你读书而思索越多的时候，你就会清楚地看到你知道得很少。每当第一遍读一本书的时候，我仿佛觉得找到了一个朋友。当我再一次读这本书的时候，仿佛又和老朋友重逢。同时，他又说：读书使人心明眼亮。

只读书而不假思索，即使从书本中得到的知识，也是浅薄的，往往稍纵即逝。

一些只读一本书的人，自认为知识渊博，根本不懂得自己的无知是最大的无知。就像老子在《道德经》中所说的"知者不博，博者不知"。

越是读了许多书的人，越发现自己知识的缺乏、知识的不适应。正像古希腊哲学家苏格拉底所说的："知道的越多，才知知道的越少。"

读史使人明智、读诗使人灵秀、数学使人周密、科学使人深刻、伦理学使人庄重、逻辑修辞使人善辩，这些都是不言而喻的道理。

在知识爆炸的时代，要学习的知识很多。因此，我们提倡要多读书，但一下子不要读太多的书，要一边读书，不边消化吸收。

　　掌握许多知识的办法，就是一下子不能学得很多。对于善于读书的人来说，决不滥读是值得提倡的事情。

　　读书的人会变得谦虚，只有谦虚才使人进步。当我们大为谦卑的时候，我们便接近伟大了。读万卷书，才能行万里路。古人云：熟读唐诗三百首，不会作诗也会吟。腹有诗书气自华，读书万卷始通神。

　　日出照亮大地，读书清醒头脑。一本书，珍藏着知识；一本书凝聚着智慧。书像一艘船带领我们驶向无限广阔的生活海岸。你读过的每本书，总会给你带来帮助，总会在人生的某一刻，为你点亮一盏灯，闪耀智慧的光。

　　读书，是世界上成本最低的升值方式；读书，是世界上门槛最低、最廉价的富贵。让我们永远做书籍的好伙伴，多读书，勤学习，善思考，涵养自己，成长自己。

　　最后，用无产阶级文学家高尔基的这段话来结束文章："每一本书是一级小阶梯，我每爬一级，就更脱离畜生而上升到人类，更接近美好生活的观念，更热爱书。"

运用锦囊妙语，提升文字笔力

精彩的语言在文章中能起到体现作者情怀，体现作者笔力的作用，更让能阅读者有一种心旷神怡、回去味无穷的感觉。

格言无疑是语言的精华，格言就是箴言。格言蕴含着深邃的哲理、闪耀着理性的光辉、折射出智慧的火花。

格言是言简意赅、相对完整、相对独立的句子，可以单独用来表达作品和作者的思想。格言这种简练深刻、含蓄典雅、内涵丰富的表达方式，能给那些苍白无力、枯燥乏味的文章提升品位。

格言不仅凝聚着古圣先贤的人生智慧，而且还渗透出现在作品和作者的思想情怀及才智才情。

格言体现了作者的睿智，是作者文化素养的一种综合体现。格言一般都是由名人名言构成的，但现实生活中许多人都可以说一些格言，许多格言还都是从民间产生的。

有的时候，我们能记得一句有名的格言，但不一定能记得这格言是谁说的，更不一定知道这格言出自哪里？这说明格言的影响力是很大的。

文章中引用格言、写出妙言，能激发读者阅读兴致，增强文章的权威性和启发性，增强震撼力和说服力。在文章开头运用格言，能达到提纲挈领、总领全篇的作用。如果用在结尾，更有着画龙点睛和升华主题的作用。

人类有文字记载以来，出现了许许多多振聋发聩、醍醐灌顶的格言。这些格言既入脑，既入味，又能深深地被后人铭记。

世界上许多思想家、哲学家、文学家、艺术家政治家都在其作品、讲话及言谈中，常常以格言的形式出现，起到了点缀、提炼、概括的作用。

我们从毛泽东同志在中共八大的开幕词中，学到了"谦虚使人进步，骄傲使人落后"这一格言。

我们学习马克思的《关于费尔巴哈的提纲》一文，知道了"哲学家们只是用不同的方式解释世界，而问题在于改变世界"这一名言（这一名言刻在马克思墓碑上的墓志铭）。

我们从列宁《怎么办》一文中，知道了"没有革命的理论，就不会有革命的运动"这一真理。

我们在《鲁迅杂文精选》中懂得了："猛兽总是独行，牛羊才成群结队"这一道理。

德国哲学家尼采在传播哲学思想时，时常用格言和悖论来显示自己的写作风格和语言特色，常常使人惊叹不已。他在《偶像的黄昏》一文中有一句只有17个字的精辟名言："但凡不能杀死你的，最终都会使你更强大。"

学写格言，其根本点就是为了使自己的作品更富有思想和灵魂，更具艺术性和可读性。

学写妙言，不是为了自己的出名，而是为了作品的出彩、出奇。当然，当妙言被许多人广泛传播和使用时，作者也就出名了。

近年来，我撰写了几百篇文章，我把其中自认为有点味道的句子抛出来，就算是抛砖引玉。

有一种聪明叫装傻充愣，有一种愚蠢叫自作聪明。

——摘选于《真正聪明的人从来不会自作聪明》

聪明的人往往不一定希望别人说他聪明，而不聪明的人却生怕人家怀疑他的聪明。

——摘选于《真正聪明的人从来不会自作聪明》

一个人如果不自作聪明，他也许能够成为一个聪明的人；但如果一个人自作聪明，那他一定不能成为一个聪明的人。

——摘选于《真正聪明的人从来不会自作聪明》

自作聪明的人充其量就是有点雕虫小技。

——摘选于《真正聪明的人从来不会自作聪明》

聪明不必绝顶，自作聪明更是多此一举。

——摘选于《真正聪明的人从来不会自作聪明》

失败并不可怕，可怕的是你始终以这句话为托词而屡屡失败。

——摘选于《人可以落泪，但不能落魄》

不放弃，就会有成功的希望；一放弃，只会是失败的必然。

——摘选于《人可以落泪，但不能落魄》

跌倒后崛起的身躯更伟岸。

——摘选于《人可以落泪，但不能落魄》

向前，有可能胜利；停止，一定会失败。

——摘选于《人可以落泪，但不能落魄》

人生的路上，可以落泪，但不能落魄。

——摘选于《人可以落泪，但不能落魄》

良心是无需提醒的道德自觉。

——摘选于《良心的觉醒就是灵魂的伟大》

良心的觉醒是最重要的觉醒，良心的觉醒没有先后之分，只要能觉醒，就是灵魂的伟大。

——摘选于《良心的觉醒就是灵魂的伟大》

一个人丢了良心就等于丢了一切。

——摘选于《良心的觉醒就是灵魂的伟大》

做人应该多一点自知之明，少一点自以为是。

——摘选于《唯有谦卑，方显高贵》

谦卑基于内藏深处的力量，高傲属于浮在表面的无能。

——摘选于《唯有谦卑，方显高贵》

谦卑，是最高贵的品质；高贵，是最深入的谦卑。

——摘选于《唯有谦卑，方显高贵》

尊严就是风骨，尊严就是灵魂，尊严就是一个人不可退却的最后的倔强。

——摘选于《风骨与媚骨》

人不可有傲气，但必须有傲骨；人不可有媚骨，但必须有风骨。

——摘选于《风骨与媚骨》

倔强的灵魂，就是不朽的风骨。

——摘选于《风骨与媚骨》

一个人只要有咬紧牙关的灵魂，就会有奋斗不息的毅力。

——摘选于《风骨与媚骨》

没有一次深夜的无眠，不会让你看清人性；没有一次彻夜的思索，不会让你瞬间成长；没有一次长夜的痛哭，不会让你醒悟人生。

——摘选于《未曾痛哭长夜，何谈领悟人生》

每一张自信的笑脸背后都藏着一个咬紧牙关的灵魂。

——摘选于《未曾痛哭长夜，何谈领悟人生》

哲学的原理告诉我们，面对纷繁复杂的社会，我们应该都问几个"为什么?"

——摘选于《柏拉图的"千年鸡汤"，今天"再喝"依然热上心头》

一个有灵魂的人，就是一个与众不同的人，更是一个超凡脱俗的人。我愿意做这样一个人。

——摘选于《致敬那些不可复制的灵魂》

宁可做一个偏执的思想者，也不可做一个平庸的跟随者。

——摘选于《致敬那些不可复制的灵魂》

一个没有公平正义的社会，穷人还有什么希望?

——摘选于《致敬那些不可复制的灵魂》

可以原谅一个执法者执法时的软弱，但不能容忍一个执法者执法时的不公。

——摘选于《致敬那些不可复制的灵魂》

一个人思想上无法救治的标志就是灵魂的肮脏。

——摘选于《致敬那些不可复制的灵魂》

向往自由是追求美好生活的最基本、最廉价的要求。

——摘选于《致敬那些不可复制的灵魂》

伟大的风格来源于伟大的人格；伟大的人格来源于我们对人类无限而崇高的爱!

——摘选于《只有伟大的人格，才有伟大的风格》

人格可以弥补风格上的缺陷，但风格永远弥补不了人格上的缺陷。

——摘选于《只有伟大的人格，才有伟大的风格》

如果说喜欢倾诉是人的天性、过分的倾诉是人性中的弱点，那么不爱倾听、不愿意倾听，则是人性中更让人厌恶的弱点。

——摘选于《人性的一种弱点：喜欢倾诉，不爱倾听》

少说多听是一个人涵养的体现。

——摘选于《人性的一种弱点：喜欢倾诉，不爱倾听》

对人适当的倾诉，可以表示诉者是一个性情中人；但过分的倾诉，却可以证明其智慧的欠缺。

——摘选于《人性的一种弱点：喜欢倾诉，不爱倾听》

一个人最喜欢的人，不一定是自己所崇拜的人，而是喜欢崇拜自己的人。一个倾诉者最喜欢的人，也不一定是向自己倾诉的人，而是愿意倾听自己倾诉的人。

——摘选于《人性的一种弱点：喜欢倾诉，不爱倾听》

向人倾诉，是一种天性，也是一种选择，然而靠自己消化、忍耐，才是一种修行。

——摘选于《人性的一种弱点：喜欢倾诉，不爱倾听》

学会了倾听，才能更好地去倾诉。

       ——摘选于《人性的一种弱点：喜欢倾诉，不爱倾听》

耐心地倾听就是靠拢对方。

       ——摘选于《人性的一种弱点：喜欢倾诉，不爱倾听》

对别人倾诉自己，这是一种天性；对倾诉者认真倾听，这是一种教养。

       ——摘选于《人性的一种弱点：喜欢倾诉，不爱倾听》

没有一颗善良的爱心，就谈不上是一位品德高尚的人。

       ——摘选于《善良，永远是人性中最璀璨的光芒》

动物都能有怜悯之心，伟大的人类为什么就做不到呢？

       ——摘选于《善良，永远是人性中最璀璨的光芒》

伸出怜悯的手，奉献善良的爱。

       ——摘选于《善良，永远是人性中最璀璨的光芒》

人性善良的光芒同样应该照耀在动物身上。

       ——摘选于《善良，永远是人性中最璀璨的光芒》

人类需要善良，同情就是人类通往人性道路上的第一站。

       ——摘选于《善良，永远是人性中最璀璨的光芒》

音乐响起的时候就是我们的灵魂受到震撼的时候。

       ——摘选于《音乐是通往灵魂最深处的道路》

我无法用语言来诠释音乐是通往灵魂最深处的道路，但音乐已渗透到我灵魂的最深处。

       ——摘选于《音乐是通往灵魂最深处的道路》

语言无法诠释的感觉，音乐能够深情地表达。

       ——摘选于《音乐是通往灵魂最深处的道路》

世界注定由不一般的人领导和影响着一般的人。

       ——摘选于《一般人为什么都说自己不一般》

如果一个人不过高地认为自己不一般，他就会比他自己所认为的要不一般。

       ——摘选于《一般人为什么都说自己不一般》

过分的谦卑，也暗示着他的虚荣心特别强，甚至是虚伪。

       ——摘选于《一般人为什么都说自己不一般》

一个人值得欣赏的是其格调，而从来不是腔调。

       ——摘选于《多一些格调，少一点腔调》

有腔调的人要想使自己成为有格调的人，关键是要去掉身上俗的那一小部分。

——摘选于《多一些格调，少一点腔调》

读书能让我们看清世界。

——摘选于《读书，该读些什么》

书籍中珍藏着知识，书籍中凝聚着智慧。

——摘选于《读书，该读些什么》

一个优秀的读者，一定是具有灵魂的人、一定是保持独立思考的人。

——摘选于《读书，该读些什么》

读一本伟大的书，不一定能成为一个伟大的人，但一定能成为一个更优秀的人。

——摘选于《读书，该读些什么》

如果说女人爱上一个男人，是"始于才华，陷于格调"的话，那么，男人爱上一个女人，就是"始于颜值，陷于优雅"。

——摘选于《"民国第一才女"林徽因不是一般的优雅》

如果想学会聪明的话，就要学会装傻；如果要学会更聪明的话，那就还得学会装作不知道人家在装傻。

——摘选于《装傻是睿智的伎俩》

有尊严的灵魂也是倔强的灵魂。

——摘选于《尊严是不可退却的最后的倔强》

一个人具有灵魂的根本体现就是坚守尊严。

——摘选于《尊严是不可退却的最后的倔强》

脸上扬着自信自强的笑容；心里藏着咬紧牙关的灵魂。

——摘选于《每一张自信的笑脸背后都藏着一个咬紧牙关的灵魂》

嫉妒别人，这是心态上的缺陷；诋毁别人，那是品德上的低劣。

——摘选于《嫉妒和诋毁，是自卑者不情愿的一种仰望》

绕开嫉妒者，因为他缺少品位；远离诋毁者，因为他缺乏人性。

——摘选于《嫉妒和诋毁，是自卑者不情愿的一种仰望》

欣赏别人就是涵养自己；嫉妒别人等于束缚自己。

——摘选于《嫉妒和诋毁，是自卑者不情愿的一种仰望》

人类需要温暖，宽宏大量就是一种阳光般的温暖。

——摘选于《宽宏大量，一束够照亮人类灵魂的光芒》

一个有格局的人，一定是懂得宽容的人。

——摘选于《宽宏大量，一束照亮人类灵魂的光芒》

退一步就会海阔天空，为什么有的人连半步也不愿意退呢？

——摘选于《宽宏大量，一束照亮人类灵魂的光芒》

太阳总会升起，为什么一遇到阴天就不开心呢？

——摘选于《宽宏大量，一束照亮人类灵魂的光芒》

伟大的母爱是我最美好的回忆。

——摘选于《母亲的呼唤是世界上最伟大的声音》

用我们灿烂的微笑面对停留在自己生命里的每一个人。

——摘选于《笑是人与人之间最近的距离》

每天清晨醒来，微笑和你都在，这就是我想要的未来。

——摘选于《笑是人与人之间最近的距离》

喝酒最幸福的境界是微醺，微醺是对喝酒的最起码的尊重。

——摘选于《微醺是对喝酒最起码的尊重》

酒文化所体现的是一种高层次的物质享受和高品位的精神需求。

——摘选于《微醺是对喝酒最起码的尊重》

一切伟大的爱大都来自于平凡的小事。

——摘选于《她是用博爱拥抱苦难的人》

海洋会淹死人，书的海洋不会。

——摘选于《警惕只读一本书的人》

怯懦的沉默，是人性的弱点，也是人性的罪恶。

——摘选于《社会最大的悲剧来自于好人的沉默》

乡愁的冲动来自于美好的追求；美好的追求来自于内心的情怀。

——摘选于《怀着乡愁的冲动去寻找精神家园》

怀揣道德律，坚守星空观。

——摘选于《怀揣道德律，坚守星空观》

承认不足才能强大内心。

——摘选于《面子到底有多重要？》

尼采以口出名言而自恋，我以熟记尼采的名言而自豪。

——摘选于《尼采，我也写写你》

怀疑越彻底，终极的思考越接近正确。

——摘选于《怀疑是思考的起点》

伟大的灵魂总是向往怀疑的，要善于怀疑，怀疑一切，不要怀疑自己正在怀疑。

——摘选于《怀疑是思考的起点》

在怀疑中思考，在思考中坚信。

——摘选于《怀疑是思考的起点》

你不要认为我不会怀疑，我也不会怀疑我的怀疑。

——摘选于《怀疑是思考的起点》

对朋友的要求不要太完美，但自己尽量要以完美对待朋友。

——摘选于《受到尊重是一个人莫大的幸福》

既要做财富上的拥有者，又要做灵魂上的有趣者。

——摘选于《人富有了就该炫耀吗?》

读书越多，越知道自己知道的不多；读书越少，越不知道自己知道的很少。

——摘选于《为官者不读书，容易成为一介俗吏》

你的阅读量决定着你的能量和力量。

——摘选于《为官者不读书，容易成为一介俗吏》

社会再变，灵魂不能浮躁；诱惑再多，脚步不能乱套；工作再忙，读书不能忘掉。

——摘选于《为官者不读书，容易成为一介俗吏》

生命短暂，唯有珍爱才不辜负；时间宝贵，唯有珍惜才不遗憾。

——摘选于《有些人珍爱生命，却不珍惜时间》

人不可有傲气，但必须有傲骨；人不可有媚骨，但必须有风骨！

——摘选于《风骨与媚骨》

谦卑基于内藏深处的力量，高傲属于浮在表面的无能。

——摘选于《唯有谦卑，方显高贵》

一个有良知的作家，应该具有反叛性和独立性，而不能专做权力的传声筒，必须代表最底层的弱者，对他们无处诉说的呻吟敢于发声。

——摘选于《他是"俄罗斯人的良心"》

一个伟大的思想家不会因为他的离去而被人们所遗忘，他那不朽的思想、不屈的灵魂，将永远光芒四射。

——摘选于《他是"俄罗斯人的良心"》

世界上没有不掉眼泪的男人，但时常会掉眼泪的肯定称不上是男人。

——摘选于《未曾痛哭长夜，何谈领悟人生》

有信念，就会有希望；有希望，就会有力量；有力量，就一定能创造奇迹。

——摘选于《信念和希望是生命奇迹的支撑》

在孩子的眼里，老师就是自己的父母，父母就是自己的老师。

——摘选于《读物怎么变成了毒物？》

让人知道历史的真相，这是一个社会的义务，更是每一个人的良知。

——摘选于《你知道这些历史的另一面吗？》

别人对你背后有看法，其实就是不在乎你，但你不能在乎别人的不在乎；你在乎了别人对你的不在乎，你就是在乎了别人，不在乎自己。

——摘选于《人性的弱点：在乎别人如何看待自己》

为官者不读书，容易成为一介俗吏

"仕而优则学，学而优则仕"是《论语·子张》中很重要、很有名的一句名言，也是孔夫子重要的人生信条。

但现在许多人对"学而优则仕"普遍理解为学习成绩优秀了可以去当官。其实，这样的理解实在是违背了孔子的原意，也是对孔子关于读书与做官的思想的曲解。

"仕而优则学，学而优则仕"的"优"，不是"优秀"，而是"优裕"，即"有余"或"富余"。也就是说，做官而有余力，就治学；治学而有余力，就做官。

做官的同时，不断地学习，做官和读书都不会耽误，而且读好书还能进一步当好官。总观孔子的思想，孔子的愿望就是在读书与做官之间游刃有余。古时候做官的人都是读书人；现代的社会，做官的人也都是读书人。

春秋时期的孔子、三国时期的曹操和诸葛亮、唐代的柳宗元和张九龄、北宋的王安石、清朝的曾国藩都是官员，也都是读书人。这些古代的官员做官后，从不放弃读书，而且还留下了许多脍炙人口的诗词和文章。

可以说，古代的文化、中华传统文化许多也是官文化。所以，无论是过去还是现在，一般做官的人都读过书。做官的人和读书的人，一般都受到社会的尊重。但我对做了官以后仍然热爱读书的人倍加欣赏和敬佩。总而言之，我从骨子里喜欢、欣赏和敬仰喜爱读书的官员、读书的人。

清朝官员曾国藩一生热爱读书，一生以读书的形象。他养成了半天办公、半天读书的一种习惯。即使是在战火纷飞的年代，曾国藩也坚持读书。曾国藩喜爱读书，但他所读的书也并非都是关于治国打仗的书，他还研究哲学和历史，并且酷爱诗词。

现在的官场，一些读了书当了官的人，忘记了自己从哪里来，想到哪里去。忘记了读书对于自己更好地从政的极端重要性。他们早已把读书抛在了九霄云外，整天忙碌于人来客往，忙碌于举杯小酌，忙碌于昼夜不分的打牌。

一些人官越做越大，但书越读越少。他们很少读书，很少读完一本书。即使读一点书，也是即用即学，甚至是蜻蜓点水、走马观花。这些官员凭着经验主义、凭着老办法和老一套，不按科学规律办事，学习停滞不前，所以只能是一介俗吏。

有一位很有作为的领导，因为成绩优异，考上名牌大学，而且当上大官，当官后、当了大官后，他说："做官是一种大俗，读书是一种大雅。从俗的、做官的立场上来看，这大雅对大俗是一种拯救；而从雅的、读书的立场上来看，这大俗对大雅又是一种成就。"这是读过书和当过官以后的深切体会。我觉得这位领导对当官和读书的感悟很深，言之有理。

不读书，即使当上了官，也会因为知识的老化陈旧，知识捉襟见肘而被淘汰；只有不断地读书、不断地学习，才会让自己立于不败之地，才会让别人刮目相看。

人其实很矮小，是被书垫高的，可见读书的重要性。

一个官员只有充实自己、武装头脑，才是当好官员的唯一的、必然的选择。

古人云："万般皆下品，唯有读书高。"此言虽然唯心主义和绝对的观点，但也说出了读书者的地位，说出了读书的重要性。

南北朝时期的著名学者颜之推在《颜氏家训》中指出，读书是一个家族生存和延续的最重要基础。颜之推坚信"人生在世，会当有业：农民则计量耕稼，商贾则讨论货贿，工巧则致精器用，伎艺则沉思法术，武夫则惯习弓马，文士则讲议经书。"他始终认为一个人只有具有一技之长才能立足于世，而读书则是其中最高贵、最重要、最惯用的技能。

一个官员，只有读好书，才能当好官。历史上无论是政治家，还是文人学者，都把读书当作立身之本，都把读书作为一生的爱好。

无产阶级革命文学家高尔基曾经说过："书籍是人类进步的阶梯。"

书籍是思想的延伸。通过别人的思想提升自己是一种捷径，也是一种可取的方法。

读书的目的不在于记忆，而在于理解。理解别人是如何理解和认知这个世界的，知晓别人是如何从困境中走出来的。任何事情，只有理解它，才能知悉它、才能驾驭它。否则，你只能被世界碾压、甚至被世界淘汰。

德国思想家歌德说："读一本好书，就是和高尚的人在谈话。"你每一次读书，你都是在和一个聪明的人对话，你都是一次和有知识的人、聪明的人交心。

读书，能提高一个人认识这个世界的能力；读书，能提高一个人的气度和格局；读书，能聪慧自己、提升自己。

读书越多，越知道自己读的书不多；读书越少，越不知道自己知道的很少。因此，读书越多，越感到腹中空虚，读书越多，越想要读书。

读书这条路，你一旦走上去了，就会有无穷无尽的收获，想自己一直浅薄下去，都挺难。当然，有些人读了很多的书，书中许多的知识也许会忘掉，这不奇怪。但是，你通过阅读而形成的自身的品位、才情、气质，则是永远被别人记住的，也是你区别于别人的优点。

读书，会使一个官员更有教养、更能塑造自己良好的人格、更能使自己知道我从哪里来，我到哪里去，而不至于使自己走得很远，而忘了自己为什么出发。

读书，能培养一个官员的气度；读书，能改变一个官员的气质；读书，能改变一个官员的人生。腹有诗书气自华，一个官员读书多了，他的浩然正气、他的公平正派、他的风度气度，会浑身散发出来。

一、读政治，明是非，增强政治领导的决策力

官场是讲政治的，是政治的舞台。官员的政治信仰、政治立场、政治纪律、政治原则、政治品德等如何，体现着一个官员综合的政治水平，必须全方位锤炼官员的政治素养，必须始终把讲政治、守纪律放在第一位，做一个政治上合格的官员。

职位高的官员尤其要提高政治水平，提高政治领导决策能力。读政治书籍就是提高政治水平的重要途径。不懂得政治的学习，迟早会迷失政治方向。既要有的杰出的才干，又要廉洁奉公、清政为民，做一个德才兼备的好官员。

加强民本思想的学习，增强人民情怀。懂得是谁交给我们的权力，为谁而服务，切实提高为人民服务的真实本领，忠实地履行人民赋予的职权，做一个人民信任的新时代的合格官员。

二、读哲学，善分析，提高社会现象的洞察力

哲学是一门关于世界的学问。学好哲学，能使官员树立正确的世界观、人生观和价值观。学好哲学，能提高官员认识世界、分析世界、改造世界的能力。哲学是一门智慧的学科。学好哲学，能使一个官员更聪慧、更能干。

学好哲学，我们就能用马克思主义的辩证唯物主义和历史唯物主义的观点分析问题、解决问题。学好哲学，可以使我们的官员在工作中不被现象所迷惑，不被困难所吓倒。

哲学又是一门逻辑性很强的学科，学好哲学，能使我们的官员在纷繁复杂的社会环境中，处理好各种复杂的社会问题；能使我们的官员碰到任何问题不会感情用事、不会迷失方向、不会束手无策。

三、读文学，有情怀，焕发群众工作的亲和力

人类交流的最基本形式是语言交流，文学简单的表述就是一种语言艺术形式。如何用最美的语言，最动听的话去感染群众，这是一门科学，也是一门技巧。

一个官员，就是一个社会的管理人员，也是一位政治思想工作者。作为一位官员，需要去做群众工作，而亲和力是更好地做好群众工作的前提。

学习文学，增加自己的人文气息和人文关怀，能让我们的官员增强群众观念和群众意识，能更好地贴近基层、贴近群众、贴近生活，更好地带着情怀去工作。

四、读历史，懂原则，坚守个人行为的道德律

读史使人明智。历史是传说经过凝炼的精华。对于一个国家和民族来说，历史是经验、教训和借鉴，是过去的沉淀，是未来的导向；对于一个人来说，历史是最好的老师。

历史是现实的前身；现实是历史的延伸。历史上，一个朝代的兴衰、一个官员的成功和失败，都是值得后人去研究和反思的。古代一些官员的良好形象，更是值得当今官员学习和借鉴。

学习历史，还会教育我们的官员具有批判性思维，批判地吸收，去伪存真。学习历史，还能教育我们的官员了解过去，兼收并蓄，能吸收人类的一切文明成果。学习历史，能使我们的官员牢记历史上的一些教训，廉洁自律、遵纪守法。学习历史，又能使我们的官员公正执法、秉公办事，能使我们的官员树立以人民为中心的情怀，取信于民。

学习历史，可以培养官员实事求是的精神，提高鉴别是非的能力，提高综合思维能力。

如果说读书是为了从政的话，那么从政后就更需要读书。读书，能教育官员做人做事；读书，能促使官员聪明聪慧；读书，能使官员灵魂再生。

中国当代著名作家梁晓声说："读书的目的不在于取得多大的成就，而在于你被生活打回原形，陷入泥潭时，给你一种内在的力量。当书改变你的时候，你看世界的眼光是不一样的。"

读一本好书，就是结交一个好友。读一本伟大的书，不一定就能成为一个伟大的人，但一定能成为一个更优秀的人。

如果一个读了书做官后的官员始终保持着读书的爱好，那他一定会把官当好，也一定会受人敬仰。奉劝我们的官员：社会再变，灵魂不能浮躁；诱惑再多，步子

不能乱套；工作再忙，读书不能忘掉。

　　读书是改变自己的最好的方法，理想的书籍更是智慧的钥匙。读书和不读书，有本质上的区别，过的也是不一样的人生。一个人苦读过的书，一定不会白读，它总会在未来某一个日子里，让自己变得出色。你读过的每本书，总会给你带来帮助，总会在人生的某一该，为你点亮一盏灯，闪耀智慧的光。

　　一个人读书越多，越知道自己知道的不多；读书越少，越不知道自己知道的很少。与别人的差距，往往只有阅读后才知道。

　　读书，是世界上成本最低的升值方式；读书，是世界上门槛最低、最廉价的富贵。读书，是一个人一辈子的事情；读书，是一生的修行；读书，应该成为新时代每一个官员无需提醒的自觉。

社会

拾

呈现人间百态的镜子

社会最大的悲剧来自于好人的沉默

20世纪的"世纪伟人"爱因斯坦说："世界不会因那些作恶多端的人毁灭，却会因冷眼旁观、保持沉默而灭亡。"综观人类的发展史，人类社会最大的悲剧不是坏人的喧嚣，而是好人的沉默。

历史上一系列由于好人的沉默，导致坏人的嚣张，进而导致血淋淋事件的发生。这种事例举不胜举，不堪回首。

我们不得不承认，社会性聋哑已成为现在的常态，说真话的可能被千夫所指，还可能被别人笑话。而说假话或者沉默不表态的，反而被人认为是有城府。因此，圆滑和沉默也成为人们首选的最廉价的生存方式。

"沉默是金"，这句短话常常被人写成大字，镶在框里，贴在墙上，也成为时尚。它本义是告诫人们：言多必失，祸从口出，少说多做。但它从没有让人们理解为见到坏人作恶时保持沉默。

对坏人嚣张时保持沉默，这是人性的弱点、人性的悲哀、也是人性的罪恶、更是一个民族的劣根性。

恶人的劣言恶行固然可憎，但好人视若无睹的沉默更可怕，世上无数悲剧源于集体沉默。

文章的题目和论点，读了让人有点压抑，甚至有点喘不过气来。更会使一些在坏人的嚣张面前一直保持沉默的人感到脸红，甚至无地自容。

但是，如果没有人把笔触的锋芒指向社会的一些黑暗面，指向人性的弱点和罪恶，那就会使作者在黑暗面前也与保持沉默的"好人"同流合污。

一、血腥的事例：好人的沉默比坏人的嚣张更可怕

在美国波士顿犹太人大屠杀纪念碑上，二战前德国的宗教领袖马丁·尼莫拉牧师的那篇著名的墓志铭发人深省，至今读来还会使人发人深省："在德国，起初他们

追杀主义者，我没有说话，因为我不是主义者；接着他们追杀犹太人，我没有说话，因为我不是犹太人；后来他们追杀工会成员，我没有说话，因为我不是工会成员；此后他们追杀天主教徒，我没有说话，因为我是新教教徒；最后他们奔我而来，却再也没有人站出来为我说话了。"

通俗易懂的语言告诉我们：面对坏人的嚣张，你保持沉默、丧失良知，下一个将会轮到自己的遭殃，而此时也无人会出来保护你。

戊戌变法时，面对腐朽没落的封建社会，戊戌六君子敢于挺身而出，但站出来的他们直接成为清政府的靶子，导致改革者被杀。然而令人心寒的是，围观的百姓对于戊戌六君子被斩首的悲惨遭遇，并没有显露出一点的同情，反而认为"变法"离他们太遥远，变与不变与他们没有多大关系，而把观看斩首当作一种难得的眼福。甚至还有人在人群中放声大笑，拍手称赞，恨不得啖其肉食其髓。

一些观看的民众还认为：对抗朝廷的人就应该被杀。以至于刑场附近时不时地传来："我等深恶六贼，恨不能食其肉，饮其血，以表忠君爱国之赤城……"围观"斩杀反贼"的民众犹如观看屠夫杀猪一样平淡无奇，甚至内心还有些亢奋存在。

文革期间，一大批老干部被打倒，许多"走资派"被批斗，围观的群众也是十分的麻木。甚至出现子女带头批斗父母，主动与其划清阶级界线，甚至以离婚的举动，以体现他彻底的革命行动。打倒国家主席刘少奇时，只有老干部陈少敏一个人敢于站起来反对，其他人集体保持沉默。假如当时许多人都反对，文化大革命能发动起来吗？

根据安徽临泉县警方调查，当地有一个人在近17年的时间里，强奸116人（38人未遂），而受害者多为留守妇女，这些妇女大多保持沉默。如果当时第一个遭受强奸的女子勇敢地站起来，就不至于使后来这么多的女子受到侵害。

在讨论决定人事任免时，一些班子成员明明知道有些人是"带病"提拔，但他们宁愿做好人，也不愿意得罪人而提反对意见。

据报道，在国内某地有一位女司机开着一辆满载乘客的客车行驶在盘山公路上。客车上3名歹徒竟然不怀好意地盯上了这位女司机，并强迫中巴停下，光天化日之下把女司机拖进草丛中。女司机气急呼救，全车乘客噤若寒蝉。只有一位中年瘦弱男子应声奋起，却被打伤在地，其余的人集体保持沉默。愤怒绝望的女司机把保护她未成的瘦弱男子强行赶下车后，开足马力，将车驶向悬崖……

好人的沉默，无疑给坏人的嚣张提供了得寸进尺的机会。这样的例子实在不敢、不忍太多的说出。

二、怯懦的沉默：是人性的弱点，也是人性的罪恶

事实上，在我们的现实社会里，当人们碰到坏人嚣张时，大部分人都会选择沉默，而且当他把这种选择告诉家人和亲友时，大部分人都会点头赞同。这是人性的弱点、人性的悲哀、人性的罪恶，也更是民族劣根性的表现。

一些人虽然自认为只是一个不赞一辞的旁观者，但却在不知不觉中，成了沉默的宏大无声的合谋者。

所以，沉默的人数越多，打破沉默就越难。因为当越来越多的人卷入沉默的漩涡，从这个漩涡中挣脱出来需要的力气就越大。沉默源于怯懦、屈于权力、摄于高压，而明哲保身又是中国社会人们常用的一个习惯。

英国政治家埃德蒙·柏克说："邪恶盛行的唯一条件是善良者的沉默。"英国另一位政治家柏克说"恶人得胜的唯一条件就是好人袖手旁观。"法国哲学家萨特说："在黑暗的时代不反抗，就意味着同谋。"

当坏人已经抱团，好人还是一盘散沙时，好人的过度沉默可以让坏人做尽所有的坏事。坏人人少势弱，缺乏正义，面对人群嚣张时，本身也是胆颤心惊，正是好人的沉默和怯懦，才使得他们胆大妄为。

德国哲学家黑格尔说："麻木而冷漠的民众，是专制政体最稳固的群众基础。"我觉得此话也可以引申为：麻木而冷漠的民众，是坏人作恶的催化剂。

在坏人作恶时，许多人都是不吭声，保持沉默，因此，这些人是痴呆和愚蠢。

"沉默是金"，中国文化自古以来关于沉默的现象俯拾皆是，比如：视而不见、听而不闻、言多必失、多一事不如少一事。

英国哲学家罗曼罗兰说："沉默的反抗，比发声的反抗还要来得狠。"中国作家巴金说："一个美国人敢站出来说真话，因为他知道身后会有千万个美国人用行动支持他。一个中国人不敢站出来说真话，因为他知道周围的同胞会默默地与他保持距离。"

有时候，人们在坏人嚣张时所恐惧的，不是利益上的损失和肉体上的伤害，不是恐惧本身，而是怕精神上被自己的同类群体孤立。出于对归属感的依恋，他们通过沉默来实现温暖的"合群"。

人对认同感、归属感的强烈需要，也可以说是写在人类基因里的密码，这个密码有时候会成为自身勇气的源泉，有时候却让我们蒙上了自己的眼睛，选择沉默。

直到有一天，当嚣张和黑暗延伸到自己、触犯本身时，沉默的人们才奋力嘶喊，寻求援助。但为时已晚，等待自己的将是惨烈的惊叫。

人们呼吁：沉默是一种罪过，别让社会的悲哀成为你人生的悲哀。

三、正义的利剑：是苦难者的希望和作恶者的畏惧

正义是人类最大的利益，正义也是社会制度的首要价值，正义是苦难者的希望和犯罪者的畏惧之所在。

世界需要真相，人类需要面目，更需要每个人发自内心的真话。历史将记取的社会转变的最大悲剧不是坏人的嚣张，而是好人的沉默。

中国文豪鲁迅先生弃医从文，就是不愿意在这个黑暗的社会里保持沉默。他认为，放下手术刀，拿起笔杆子，揭露这个万恶的社会，唤醒民众千百万，推翻反动的旧世界。

欧洲文艺复兴时代的开拓者但丁路德说："我们看到真相一言不发时，便是我们走向死亡之日。"

在黑暗的时代不反抗，就意味着同谋。仁慈和正义是并辔齐驱的。只要我们举起正义的重拳出击，即使是女人柔弱的手也会力大气足。

在捍卫生命时，极端不是恶；在寻求正义时，中庸不是善。面对嚣张、面对黑暗，每一个有良心的、富有正义感的人都应该挺身而出，不畏义死，不荣幸生。

实践证明，良好的品德和不无畏的精神，是在对坏倾向作顽强斗争中培养出来的。

宋代诗人欧阳修说："宁以义死，不苟幸生，而视死如归。"热爱同类、捍卫生命、追求正义、崇尚文明，这是人性美的表现，也是作为一个人存在的价值，苟且偷生是可耻的。

在坏人嚣张的时候，拒绝发声固然要收到谴责，但当一些正义之士为了这个社会勇于付出的时候，请不要嘲笑他们的"力量的卑微"和"想法的愚蠢"。

有一句话说得好：你可以不勇敢、可以不说真话、可以逃避，但是不要阻止那些善良而又有勇气的人们说话，以及为了他人而付出的一切。

没什么比当众谴责作恶的人更容易了，也没有什么比理解他更难了。"为了正义，哪怕它天崩地裂！"古罗马的这一格言，也同样对我们有着警醒作用。沉默的反抗，比发声的反抗还要来得狠。只要觉醒，请不要指责迟来的醒悟者！

觉醒吧，沉默的人们！为了正义、为了良知、为了文明、为了弱者、更为了自身，让我们挺起胸膛，一起在沉默中爆发。

且看马克·吐温百年前对美国民主政治的剖析

在中学时期的教科书上读过《竞选州长》一文，因此记得了马克·吐温这个名字。面对当今虚伪和丑恶的美国总统选举，又对《竞选州长》中马克·吐温竞选州长时惨烈的场景有了回忆。

许多人对马克·吐温的认识总停留在他是一个美国批判现实主义作家的层面上，这一点，我不否定。而我更认为，马克·吐温不但是一位杰出的现实主义作家，而且也是一位敢于发声的批判家、超强神奇的预言家。

不是吗？美国现在民主政治的黑暗，150年前的马克·吐温早已分析透彻，也早已被他预言。

美国当今的总统选举、民主党和共和党的竞争，正是当年马克·吐温竞选州长时的情景，完全是一个复制，而且有过之而无不及。正是资产阶级一贯贪得无厌的本性，正是来自最底层民众的深切体会，才使马克·吐温对资本主义的本质有了刻骨铭心的了解，才有了对今天美国民主政治的预言。

马克·吐温出生在一个穷苦的律师家庭，早年当过送报员和排字工，后来又当过水手和舵手。他经历了美国从初期资本主义到帝国主义的发展过程，看到了资本主义社会的黑暗和腐朽，因此在他的作品中，表达了这位"接地气"的作家强烈的正义感和对普通民众的关切。

马克·吐温发表于1870年的《竞选州长》，是揭露美国"民主""自由"虚伪性的一幅绝妙的政治漫画。

《竞选州长》通过第一人称"我"（作者马克·吐温）在参加一次竞选活动中所遭受到的种种骇人听闻的诬蔑、中伤和打击，淋漓尽致地暴露了西方资产阶级"自由竞选"的黑幕，愤怒地撕下了美国统治阶级所标榜的"自由""民主"的假面具，有力地揭露了资产阶级政党及其代表人物的卑劣行迹和丑恶灵魂。

在竞选州长中，马克·吐温自我感觉良好，自信笃定地参加了州长竞选。哪知道刚投入选举，就遇到两个无耻的竞争对手。竞争对手不择手段的竞选，使马克·吐温一开始就有了"被玷污了自己人格"的感觉。

在竞选过程中，马克·吐温遭到了诽谤、中伤、陷害和打击，受到了无数匿名信的恫吓与攻击，报纸又以"肮脏的舞弊分子""可恶的讹诈者""烧毁疯人院的纵火犯""谋财害命杀死叔父的杀人犯""任人唯亲的包庇犯""奸淫妇女的流氓犯"等种种罪名，对他诬陷的程度达到了登峰造极、无以复加的地步。这些，都使他悲愤交加，喘不过气来，后悔莫及。

"吓得几乎要发疯""满怀懊恼""偃旗息鼓，甘拜下风"的马克·吐温被迫放弃竞选。

在《竞选州长》短短的4000余字的作品中，马克·吐温运用幽默的风格和夸张的手法，把民主党和共和党在竞选活动中的丑恶嘴脸和卑鄙行径揭露得淋漓尽致。对在竞选过程中触目惊心的贪婪、凶残、卑劣和无耻等行为，作了深刻的揭露和辛辣的讽刺，暴露了美国所谓"民主"的选举制度的黑暗内幕，暴露了资本主义选举制度的虚伪性。

马克·吐温笔锋犀利，在《在密西西比河上》这部作品中，也一针见血地揭露了政党和新闻媒体的沆瀣一气，使民众看到了美国政党的肮脏和民主选举的真实性。

"民主政治"是资产阶级革命的产物，"自由选举"是"民主政治"的表现形式，历来为资产阶级政客们竭力推崇并引以为荣。但历史和事实告诉我们，美国的民主选举历来就是虚伪十足、肮脏透顶的摆饰。他们出示"自由、民主、平等、博爱、人权"等一系列极具迷惑性的标签，以普选制、议会制、两党制为特征的所谓民主政治制度，以选举民主和程序民主为特征的选举制度。其背后和实质是赤裸裸的金钱关系，是在愚弄美国民众。美国民主党和共和党背后的主人都是大的财团或垄断资本集团，经济寡头始终对美国政治实行严密的绑架和操纵，根本不存在由民作主这回事。

在美国历史上，总统大选过程中都不乏操纵选举的事例。1972年的"水门"事件导致尼克松最终辞职，这是一个不争的事实。

美国总统选举也是靠金钱堆砌的。据报道，2004年，美国总统选举及国会换届和地方选举总共花费了42亿美元，2008年的选举共花费53亿美元，2012年选举费用达到了70亿美元，2020年美国大选花费的资金达到110亿美元。

试想，穷人能参与这样昂贵的选举吗？

在今天的美国，金钱不但决定谁当选总统，谁出任议员，还决定政府怎样运作。

美国历届总统选举，抹黑对方无疑是惯用的伎俩，而且已经创出新高。

希拉里·克林顿和特朗普的总统之争空前激烈，两人以人身攻击为主的选战严重撕裂了美国社会。希拉里卷入"邮件门"、克林顿基金会等丑闻，特朗普则因其种族和性别歧视言论、巨额避税丑闻和基金会善款运作问题饱受争议。双方开足金钱选举的快车，特朗普竞选经费达到7.95亿美元。希拉里的竞选经费高达13亿美元。特朗普2016年竞选总统时，他在共和党初选首场辩论会上表示他给许多的政治人物送过钱，因此他让这些政治人物干什么他们就干什么，包括生活小事。2016年特朗普选票比希拉里少近300万票，但他却通过过时、不合理的选举人制度而获胜。

难怪伊朗最高领袖一记神嘲讽：美国大选，证明了美国自由民主的丑陋。

美国的民主形象在本国民众和全世界人的眼中都已黯然失色。2013年，美国最火热的政治书籍《这座城》以详细的资料告诉世人，美国的永久性政府不是政党，也不是某个机关，而是一帮专门守着联邦政府钱袋子的职业操作者。在华盛顿，金钱已经超越权力，成为"终极货币"。

美国大选更是将这些社会弊病暴露得一览无余。

美国素有在选举中诽谤对手的传统，早在建国初期的托马斯·杰斐逊和约翰·亚当斯的总统之争时，就开启了美国恶性竞选的先例，这种抹黑战一直延续至今，而且愈演愈"高明"。

1790年，托马斯·杰斐逊辞职，开始准备竞选总统。1796年，托马斯·杰斐逊输给了约翰·亚当斯，只能当选副总统。4年后，两位美国"开国之父"在大选中又相遇对决。双方的竞选手段都极其肮脏，造谣、诽谤、中伤等手段一齐用上。托马斯·杰斐逊成功复仇，击败约翰·亚当斯，成为美国第三任总统。

约翰·亚当斯夫人曾悲哀地说："选举能把最优秀的人败坏掉。"

1826年7月4日，正值美国国庆日当天，美国第二任总统约翰·亚当斯去世。临终前，约翰·亚当斯的最后一句话是问候他的老对手："托马斯·杰斐逊死了吗?"恰巧托马斯·杰斐逊也在当天死了，约翰·亚当斯也算如愿以偿了。

你能相信，曾写下了美国历史上分量最重的五个字："人生而平等"、并常常以"生气的时候，开口前先数到十，如果非常愤怒，先数到一百。"要求自己的"美利坚开国三杰（另外两位为华盛顿和富兰克林）"的托马斯·杰斐逊也竟然不择手段谋取总统职位。

当然，约翰·亚当斯也好不到哪里去，也是个下三滥。约翰·亚当斯曾经赤裸裸地说："没有一个拥有过总统办公室的人会去祝贺一个正在谋求总统办公室的朋友。"说这样话的人会以文明、正当的手段欢迎与自己竞争的对手吗?

令人难于相信的是，托马斯·杰斐逊和约翰·亚当斯年轻时是一对好朋友。他们都很敬仰莎士比亚，曾相约一起去英国拜访莎翁故居，临走前又合谋一起用刀把莎士比亚坐过的一把椅子砍下几块木头，带走作纪念。可惜，两个人早已把莎翁说的："神生下我们，是要我们当作火炬，不是照亮自己，而是普照世界""生命短促，只有美德能将它留传到遥远的后世"这样的名言忘记得一干二净。

而两个竞争对手的丑恶行为，印证了莎士比亚所说的："当两种权力彼此对峙的时候，混乱就会乘机而起。"这句警言。混乱就在他们两个人身上出现了。

当今美国疫情肆虐，我们更看清了美国自由民主的虚伪本质。他们以民主自由为由，置民众生命健康安全于不顾，宣扬滑天下之大稽的"集体免疫"理念，最终自食恶果，使得美国成为新冠肺炎疫情的重要"输出国"，遭到了世界人民的唾弃。

在世界各国纷纷团结抗疫之际，美国执迷不悟、肆意妄为，无视国际规则和人道主义，先后退出世界卫生组织等国际组织。他们在病毒面前表现出极其的傲慢和偏见，自以为在应对新冠病毒方面，其民主政治会显示出无可辩驳的优越性。而当病毒在本国施虐时，他们束手无策、甩锅推责。当成群结队的民众受到感染和死亡时，他们不是忙于抗疫，而是急于做选举时的"地下"工作。

选票和民众的身体健康到底哪个重要？这原本是一个连白痴都不难回答的问题。然而，美国一些政客的选择，不仅损害了本国民众的生命安全与健康，也使疫情在全球蔓延，难道我们还不能看清美国民主自由的本来面目吗？

美国打着"民主输出"名义发动的伊拉克和阿富汗战争，让伊拉克和阿富汗成为一片废墟，其实质是为了石油、美元和军火。俄罗斯与乌克兰的战争，美国又是一个幕后推手，向乌克兰出售武器，又发了军火财。请问：美国考虑了乌克兰民众的民主和自由吗？

第二次世界大战后世界各地凡是有战争的地方，多少与美国有关联，这样的"世界警察"和你讲民主、自由和人权了吗？

在美国，"白人至上主义"的旗帜仍然高高飘扬，2020年，全世界都见证了非裔美国人乔治·弗洛伊德被白人警察"跪杀"，另一位非裔美国人雅克布·布莱尼被警察在背后连开7枪殒命。在充满裂痕的社会中，美国一直标榜和炫耀、并引以为自豪的民主政治、体制法治遭到重创和质疑。

美国式民主，其实就是你是民，我是主。

觉醒吧！还在将美国视为民主灯塔，把美式民主视为民主标杆的亲美人士。觉醒吧！长期受过国内传统教育而被美国的民主所迷惑、为美国的民主自由摇旗呐喊的一些国人。觉醒吧！一百多年前马克·吐温竞选的惨痛教训和一百多年后美国民主选举的虚伪，难道还不能使你彻底醒悟吗？

来自地狱里魔鬼般的笑声

使这个世界光明灿烂的不是阳光，而是人类的微笑。使这个社会人与人之间感觉到最亲切的也是人的笑声。

听到笑声，人们就放松心情；听到笑声，人们就充满希望；听到笑声，人们就豪情万丈。

笑能使人与人之间保持最近的距离。

但有一种笑声是人与人之间最远的距离，是人们最不愿意听到的笑声。这种笑似笑非笑，这种笑使人毛骨悚然。这种笑就是对别人不幸的幸灾乐祸。

让我们带着对这种人类最可怕的笑声的鄙视和唾弃，剥皮露骨，揭露这一人性的弱点、人性的罪恶。

一、幸灾乐祸是来自地狱里最阴冷、最可怕的笑声

人的性格中有许多弱点，甚至会有一种冷酷、邪恶和丑陋的弱点，这就是将自己的快乐建立在别人痛苦的基础上。

德国哲学家叔本华说："人性中最坏的特点，是对别人不幸遭遇幸灾乐祸，这是一种接近残忍的感情，幸灾乐祸所带来的笑骂，简直是来自地狱的笑声。"

不是吗？总有那么一些人，在别人失败的时候，他们的笑是那么爽朗；总有那么一些人，在别人失足的时候，他们的笑是那么得意；总有那么一些人，在别人失意的时候，他们的笑是那么自然。

一些人当听到别人的不幸时，表现出特别的喜悦和兴奋，上跳下窜，到处传说，唯恐他人不知。一些人甚至在别人不幸的伤口上撒盐泼水，添油加醋，无中生有，唯恐天下不乱。

从心理学的角度来说，对别人不幸的幸灾乐祸，是幸灾乐祸者内心最真实的快乐。

2011年中国温州动车事故，日本媒体兴奋不已、幸灾乐祸。

当2020年新冠疫情在武汉爆发时，美国及西方一些国家也是幸灾乐祸，嘲笑、讥笑、挖苦、讽刺，甚至把新冠病毒称为武汉病毒，骂中国是东亚病夫。

而当疫情在美国大面积爆发时，国内一些媒体和民众也是同样的兴高采烈。

2019年巴黎圣母院不慎失火，一些人不是为这个世界文化杰作被烧感到震惊、感伤、惋惜和心痛，而是联想到圆明园被烧产生幸灾乐祸。

这是一种无基本的道德观，这是一种人格的分裂，这是一种很不健康、很不正常的心态，是人性的丑恶。

对别人的不幸怀着一种幸灾乐祸的心理是极为卑鄙的。如果这些围观者在围观别人的痛苦时能获得某种快感，那么，这更是一种性格上和精神上的顽疾了。

二、幸灾乐祸是来自人性中最得意的、最残忍的嫉妒

幸灾乐祸和嫉妒犹如一对龙凤双胞胎。对别人不幸的幸灾乐祸，其实是一种残忍的嫉妒，这种嫉妒，深深地根植人性之中。

古希腊斯葛多派的哲学家认为："嫉妒是对别人幸运的一种烦恼。"这种嫉妒的心理是容不得别人的好，甚至巴不得别人去死。

有着这种嫉妒心理的人，表现为对被嫉妒者言语上的冷嘲热讽，行为上的冷淡疏远，暗底里的造谣中伤，拐弯抹角的贬低取笑，甚至还会使用攻击性的手段。

法国浪漫主义文学家雨果说："凡是嫉妒的人都是很残忍的。"嫉妒是卑微的小人，嫉妒是一种软弱的傲慢。幸灾乐祸的人谈论别人不幸的兴致，并不低于他们吹嘘自己成功的兴致。

人们喜欢道听途说别人的一些丑闻，似乎唯有如此，他们对于自己的感觉才会好一点。

嘲笑，更多的是出于自卑。现实中有些人对别人的不幸，幸灾乐祸的时候会仰天大笑，这其实是一种很自卑的嘲笑。幸灾乐祸的人也是极度缺乏安全感的表现。

人性有一个弱点，就是希望自己不但比过去过得好，而且还要比人家过得好。

当我们难以忍受嫉妒引发的痛苦时，幸灾乐祸就成了有效的止痛剂。

德国思想家歌德说："幸灾乐祸是一种无能的残忍。"人变得真正低劣时，除了高兴别人的不幸外，已无其他乐趣可言。

三、幸灾乐祸是来自人群中最普通、最常见的现象

快感是动物的本能。幸灾乐祸是人类的一种本能和天性。幸灾乐祸也是人类的自然现象，远比我们想象的要习以为常。

　　人们喜欢茶余饭后的闲谈，酒足饭饱的谈论，无事生非的传说，涉及的都是别人的失败、失足、失意、失态。看着别人的不幸，望着别人的失败，想着别人不如自己，自己的心理平衡了好多。

　　人一辈子都是在看着别人的洋相、听着别人的笑话中快活过来的；也一辈子是在被别人取笑和嘲笑中痛苦地活下去的。这个世界上不存在没有嘲笑过别人、也不存在没有被别人嘲笑过的人。许多人都有过"对别人的不幸反而嘲笑和得意"的邪恶快感。

　　有时看到别人的不幸，分外得意，格外开心，好像是有着活下去的动力一样，是生活的一份佐料。所以，有人说这个世界喜欢幸灾乐祸，这个世界非常的不善良。

　　中国当代作家沈从文无论是人品还是艺德，都是无话可说的。但他从乡下进城，看到有些市民怕狗，他也对此幸灾乐祸，安慰了他那颗乡下人自卑可怜的心。

　　因此，遭遇不幸的人也没有必要对自己的不幸反而幸灾乐祸的人愤恨，因为这是人类的通病，或许自己曾经也有过这种见不得人的幸灾乐祸。

　　中国当代著名文学家梁实秋先生在《世间风物好》中说：幸灾乐祸不一定是某个人品行上的缺点，实在是人性某方面的通性之一。人在内心上很少不幸灾乐祸的。有人明白地表示了出来，有人把它藏在心里，秘而不宣，有人很快地消除这种心理，进而表示出悲天悯人、慷慨大方的态度。老先生对一些人面对别人不幸后的态度和表现，分析得十分透彻，可谓淋漓尽致。

　　从事创作格言的作家张方宇在《单独中的洞见》说：人类之所以普遍有一种幸灾乐祸的心理，也许是因为在潜意识中，他们把别人基本是当做罪犯来看待的，这样一来，别人的不幸当然也就罪有应得了。

　　当自己遭遇不幸时，说不定别人正在幸灾乐祸。因此不要指望有人来安慰、同情和施舍。中国有句俗话：墙倒众人推，说的就是这个道理。

　　当自己遇到不幸时，也没有必要把伤口揭开给每个前来安慰的人看，因为一部分人是出于好奇和惊讶，其中个别人还会幸灾乐祸，只有极少的人知你、懂你、疼你，可能给你良言暖语疗伤。

　　现实生活中，有效的安慰不幸的人的方法就是告诉对方：在同一件事上，某人比他还惨。人就是这样，你安慰他也没用，不如让他对别人的不幸幸灾乐祸一下。

　　看见人家的墙要倒，如果不想扶，那么不推也是一种善良；看见人家在吃粥，如果你在吃肉不想给，那么不吧嗒嘴也是一种善良；看见人家遭遇不幸，如果不想安慰，那么不对此幸灾乐祸也是一种善良。

英国浪漫主义民主诗人雪莱说："博爱是消除人类不幸的唯一良方。"

人生都有不顺境的时候，当你对别人的不幸幸灾乐祸、沾沾自喜时，有没有想过或许以后自己也会有被别人嘲笑的那一天，或许比别人更惨。

天有不测风云，人有旦夕祸福。做人不能幸灾乐祸、落井下石，做人要善良厚道。"兔死狐悲，物伤其类"，连动物都有这样的表现，人是万物之灵，总不能"禽兽不如"。

英国哲学家罗素说："在世界上一切道德品质之中，善良的本性是最需要的。"文艺复兴时期的思想家培根说："同情是一切道德中最高的美德。"因此，对于不幸者，人们要出于善良、出于人性，给予同情和关怀，而不是幸灾乐祸。

笑是人与人之间最近的距离，让我们用灿烂的笑声面向生活，面向未来。

傲慢和偏见比病毒还要毒

翻开尘封的史册，瘟疫作为人类最大的敌人，一直伴随着人类存在，也无情地摧残着人类的生命，以至于人们把瘟疫和战争作为影响人类生存的两大敌人。

历史上对于瘟疫，各国历来都高度重视，举国倾力，围疫抗毒。

新型冠状病毒肺炎席卷全球，肆虐人类，让世人惊慌、令世人恐惧，更不知道其结果如何。面对疫情大流行，世界各国共同面对，合力抗击。

但是，在疫情面前，东西方文化在抗疫过程中却表现出有些绝然不同的价值观，使本来是人类共同讨论的医学问题，在某些国家变成了人类共同面对的国际问题和政治问题，甚至以政治绑架抗击疫情。

伟大的无产阶级革命导师马克思说："当人类出现瘟疫大流行时，资本主义就会暴露出种种弊端，从社会主义必然取代资本主义趋势来看，瘟疫也是资本主义的丧钟。"马克思的这一论断，客观公正地引证了当前全世界抗击疫情的真实情况，从瘟疫分析上指出社会主义必然代替资本主义这一科学规律。

应该看到，新冠疫情在我国爆发后，我国党和政府始终秉持人类命运共同体理念，高度重视事关人民生命安全的防疫工作，全民动员、全力以赴、联防死守、阻击疫情，卓有成效地赢得了抗击疫情的阶段性胜利，体现了社会主义国家的政治优势和制度优势，展示了一个负责任的大国形象，得到了世界上许多国家的高度肯定。

当全世界疫情蔓延时，我国在进行艰难防疫的同时，积极向疫情严重的国家进行人道主义援助，也感动了一些国家。

意大利在求援欧盟回绝时，对于中国的大力援助，感恩得降下欧盟旗，升起了中国五星红旗。联合国秘书长古特雷斯说："中国为抗击新冠肺炎疫情并避免其蔓延付出了巨大牺牲，为全人类作出了贡献。"全世界许多国家更是对我国抗击疫情所取得的成绩和提供的经验赞叹不已、高度肯定。

但是，以美国为首的一些西方国家对于我国政府始终以人民生命为重的防疫工作指手画脚、捏造抹黑，其实质是一种自以为是的偏见和傲慢，把疫情和政治搞在一起，转移国内矛盾，唯恐天下不乱。

当我国遭受新冠疫情肆虐时，美国袖手旁观、隔岸观火，甚至沾沾自喜、高高在上、幸灾乐祸、趁火打劫。美国商务部长罗斯在接受美国福克斯新闻网采访时表示，中国发生的新型冠状病毒疫情，将"有助于加速制造业回流美国"。

当我们以壮士断腕的悲壮，实现封城和隔离，他们污蔑中国隔离式防治是"极大损害人民的生活与自由"，是侵犯基本人权。当我们对一些疫情国家给予人道主义援助时，他们污蔑我们是打着援助医疗物资的旗号，搞政治外交。

美国以尊重人权的旗号，其本质上是轻视生命，搞种族歧视。2020年2月3日《华尔街日报》曾以《中国是亚洲真正病夫》为题发表了一篇文章，利用新冠病毒疫情对中国进行种族主义色彩的攻击。

据美国《纽约时报》2020年1月23日报道，美国密歇根大学医学史教授霍华德·马克尔博士说，他从未听说过像中国这样，将隔离这么多人作为疾病预防措施。他声称检疫隔离"不是对一种医疗手段的科学应用"。这些言行，是对我国以人民为中心的防疫工作的偏见，是一种骨子里的绝对傲慢，这种傲慢和偏见，这种幸灾乐祸，是最高级别的病毒，比病毒还毒。

德国哲学家叔本华说："人性中最坏的特点，是对别人不幸遭遇幸灾乐祸，这是一种接近残忍的感情，幸灾乐祸所带来的笑骂，简直是来自地狱的笑声。"德国哲学家歌德说："人真正低劣时，除了高兴别人的不幸外，已无其他乐趣可言。"

中国最早进入战疫阵地，也是处在战疫的最前沿阵地，而且卓有成效地控制了疫情，为全世界赢得了防疫空间。当然也暴露了防治中存在的问题，但更多的是积累了许多宝贵的经验。

美国的疫情，不证实了德国古典哲学家黑格尔的一句名言：人类从历史学到的唯一的教训，就是人类没有从历史中吸取任何教训。

美国政府最早对中国和伊朗下了旅行禁令，而却对疫情已经很严重的意大利和韩国却迟迟不下旅行禁令，这难道不是偏见吗？难道病毒也是认"民主国家"和"专制国家"吗？这分明是把病毒和政治搅和在一起。

美国政府不愿低下高贵的头颅，向抗疫经验和资源丰富的中国求助，他们用美国人民的生命来昂起所谓的"高贵"，其骨子里就是一种没有人性的傲慢。

美国政府一直扮演着全球引领者的角色，但在全世界面临共同的灾难面前，不知道躲在哪里去了？

当中国企业家马云出于人道主义精神，向疫情严重的美国捐助100万只口罩和50万只新冠病毒测试盒时，却遭到你们的拒绝："我们真要相信来自中国的东西吗？

不要，自己留着这些垃圾吧。”

当疫情肆虐美国时，美国政客觉得2%到3%的病死率是可以接受的。特朗普在2020年3月30日记者招待会说：“若死亡控制在10万人以内，说明我们干得不错。”

《纽约时报》评论员说，当成千上万的美国人死去，而特朗却说：“我完全不承担责任。”“你知道我在Facebook上排名第一吗？”在一个国家因恐慌而颤抖时，一个总统还有脸说出这样令人作呕的话来。对于特朗普持续的甚至旺盛的冷漠、傲慢、刻薄、自恋和唯我，令人恼火。如此轻视生命，难道也符合是西方的人道主义精神吗？

病毒是没有国界的，越是对其傲慢，越是会遭到惨痛的打击。

当疫情肆虐这些国家的本土时，西方国家不是认真反思自己的所作所为，反而仍然显示自己的傲慢。出门不戴口罩，不进行检测，不实行隔离。英国一些公民对戴口罩行走在街上的中国留学生不仅鄙视，甚至还动手殴打。

当这些曾经对中国防疫措施说三道四的国家成群结队的人被感染、成千上万的人被夺取生命时，他们才不情愿地放下傲慢的架子，照本宣科地效仿中国的防疫模式和治疗版本。

丹麦首相曾指责中国的封城措施很不民主，但当本国疫情蜂拥而至时，不得不在2020年3月13日也宣布封城了。

当世界卫生组织向全世界发播中国防疫做法时，一些西方国家不但不理，反而对于实事求是为中国防疫点赞的世卫组织官员质问和攻击。

特朗普曾明确表示：将强有力地阻止美国向世卫组织提供资金，因为该组织持有“以中国为中心的立场”。目前美国政府已经停止对世卫组织的资金供应。美国共和党参议员格雷厄姆为掩盖本国抗疫不力的事实，将美国居高不下的死亡率和失业率归结于中国。简直就是强盗逻辑。

病毒没有国界，是全人类的共同敌人。在这次席卷全球的疫情风暴中，任何一个国家都不是孤岛，都不是世外桃源，不可能独善其身。

西方一些国家一直揪着“新冠病毒到底是哪个国家”这个问题做文章。英国官员甚至提出要我国承担疫情责任，真是笑话透顶。因此，对不要脸的人，决不能低估了其不要脸的程度。美国政府要求联合国安理会在有关新冠病毒的决议中增加措辞，明确写入“新冠病毒起源于中国”，在15个国家参与的投票中遭到压倒性票数的否决，仅获得一票，而这一票还是美国自己投的。这一傲慢的霸道行为，引证了18世纪法国现实主义作家巴尔扎克所说的：“傲慢是一种得不到支持的尊重。”

因为疫情前所未见，所以我们承认疫情来临时一些工作有点滞后，甚至有点手忙脚乱。因为疫情前所未见，所以我们应对的措施也是前所未有的。但我们的每一个超常规的举措，都是为了人民生命的安全。

毛泽东同志说过："因为我们是为人民服务的，所以，我们如果有缺点就不怕别人批评。"真金不怕火炼，真理不怕人谣。对于那些西方国家对待疫情的傲慢和偏见，我们不屑一顾。就像鲁迅先生说的："走自己的道路，让别人去说吧。"

在美国疫情愈演愈烈的今天，我们终于听到一些客观理性的声音。当许多美国人将武汉方舱称作"集中营"时，美国卫生部长坦承中国集中收治确诊轻症病人的做法值得效仿。《纽约时报》在中国一线观察之后，说出了许多与美国人先入为主之见截然不同的"中国经验"。

对待疫情，由于各国国力不同，国情有别，风俗各异，不可能形成统一的、符合各国的、十全十美的战疫模式，各国实施符合自己国情的防疫模式。不能因为别人的模式与自己的模式不同，就产生偏见，嘲讽傲慢。俗话说，鞋子合不合适穿，只有自己的脚知道，无须别人来指责。

对于这场疫情，我们要提醒西方国家不要忘记17世纪时期空前绝后的黑死病瘟疫的沉痛教训，历史的伤疤不能忘记。我们要提醒西方国家更要铭记当年英伦半岛上埃姆村"封村"的历史经验和善良举措，牢记他们在世界防疫史上做出了极其重要的贡献。

对于美国政客们的傲慢和偏见，对于他们幸灾乐祸的魔鬼般的声音，我们铿锵有力回答：一切傲慢和偏见在前所未见的病毒面前，在全世界正义者面前，也必将遭到前所未有的失败，事实已经证明也必将继续证明。

山川异域，风月同天，病毒无情，人间有爱。人类的文明史也是一部苦难史，人类的抗疫史也是一部进步史。综观历史，人类的文明是在瘟疫中穿行，人类的文明、智慧、力量、谦卑，一定能战胜瘟疫。

面对灾难，面对生存，弱小和无知不是生存的障碍，傲慢才是。

只要我们敬畏自然、敬畏众生、谦卑和善、携手并进，秉持人类命运共同体理念，我们一定能凝聚起战胜疫情的强大合力，迎来人类光明的曙光。

"躺平"是躺不平的

"躺平"和"清零",是全世界暴发新冠肺炎疫情以来,人们针对疫情所说的最多的两个词语。

面对新冠肺炎这场肆虐人类的瘟疫、面对新冠病毒的不断变异、面对奥秘克戎病毒的凶猛来势,一些人开始舆论、网络上开始出现了究竟是选择"躺平"还是"清零"的话题。

对此,国内外专家和学者从科学防疫的角度、历史上防疫的经验、当前全世界防疫的实践,多次作了权威性的精辟回答。国内主流媒体进行了广泛的宣传。无需我来发表拙见。

我也不想来"凑热闹",来解释本来就是连白痴都能理解的事。但看到朋友群里竟然还有相当一些人摇摆不定,感觉问题有些严重。正好疫情期间呆在家闲着没事,我也来说说这些涉及常识和良知的话题。

要么不说,要说,我就要从哲学、政治、历史、人性、良知、常识的多角度,多聊上几句。

我知道,我无论是肯定哪一方,都会触及另一方的神经,甚至会遭到另一方的谩骂。但这对于我来说是不当一回事的。

2020年2月抗击新冠疫情以来,我先后写过《傲慢与偏见比病毒还毒》《一群不要脸的西方强盗》《美国人病了,病得还不轻》等多篇关于抗击疫情的文章,得到更多的是点赞和认同。

这也不值得我欣喜和骄傲,因为毕竟极大多数人都懂得这些常识性道理。当然也夹带着一些人的骂声,对此,我也不屑一顾。因为和这些连基本的常识都不懂的人争长论短,未免有失我的"绅士"风度。

但这个时候,如果我不发声,看着一部分人煽动和蛊惑一些不明真相的民众,唯恐天下不乱,那不就等于和那些无知、邪恶同流合污吗?这不是我的性格。

"躺平"和"清零"是两个截然不同的概念,首先要弄清楚这两个词语的意思。

"清零"很好解释，解释也是多此一举。

所谓"躺平"就是瘫倒在地，不再鸡血沸腾、渴求成功了。

"躺平"看似是妥协、放弃，但其实质是选择最无所作为的方式反叛裹挟。也就是无能而选择"躺平"，你们也要跟着一起"躺平"，要死一块死。

"躺平"不是能躺得平、躺得赢，是因为赢不了，干脆不想赢，于是选择消极、懒惰地活下去。

2020年2月，新冠疫情暴发，美国及一些西方国家面对疫情，不是以民众利益为重，而是消极对待，出现了"与病毒共存亡""群体免疫""病毒早晚会自行跑掉""躺平"等言行。

"防病毒或不防病毒都没有意义，因为人总有一天会死。"

"不要防疫了，大家与病毒共存。"

"我就不隔离！你也不要隔离！全都感染最好，实行全民免疫。"

这就是美国及一些西方国家"躺平"的鬼话。

他们正是带着这样的观点，加上一些政治目的，对中国政府采取"封城""清零"等强有力的抗疫措施，指手画脚、嘲笑挖苦、幸灾乐祸。

特别是近期上海疫情得不到有效的控制，美国及一些西方国家更是幸灾乐祸，指责上海、指责中国应该效仿他们"全面放开"的做法，"与病毒共存""与疫共舞"，与他们一样"躺平"。

号称自己是民主的"灯塔"和自由的"标杆"的美国，以及一些西方国家，对待疫情束手无策，消极对待，其根本原因是赤裸裸的傲慢与偏见，暴露了资本主义社会狭隘、自私和毫无人性的残忍本质。

"与病毒共存""群体免疫""躺平"，其实质就是美国及一些西方国家抗击疫情失能、失策、失效、失序、失败后的一种冠冕堂皇的托辞。

疫情也是一面照妖镜。美国一直标榜民主，但疫情以来，根本没有把民众的生命放在心上，导致本国疫情泛滥。

截至2022年4月26日，美国新冠肺炎感染者8102.8458万人，死亡达99.1521万人，居世界各国之首。实际数字还远远不至这些。上月底美国《迈阿密先锋报》披露，佛罗里达州政府为了规避掉疫情防控期间的民众禁足举措，尽快恢复该州正常的经济秩序，指使该州卫生部门在其网站上删除了大量新冠病毒感染者名单，以伪造出该州"疫情并不严峻"的假象。

美国究竟死了多少新冠病人？只有鬼才知道。

从越南的抗疫实践中，我们也得到了"躺平"和"清零"的经验和教训。

2020年2月新冠疫情暴发后，越南采取"防疫如防贼"的防疫观念。对疫情严防死守，采取坚决"封城""清零"的手段，遏制了一波又一波的疫情袭击。越南采取"封城"等抗疫措施，在当时除中国外，是全世界最为严厉的防疫措施，也被世界称为"抗疫模范生"。

卓有成效的战疫成功，也让越南尝到了"清零"的甜头。这一年，在全球经济负增长的情况下，越南经济增长2.9%。但是，随着德尔塔变种病毒的蔓延，加上抗疫措施不到位，促使越南疫情越来越严重。越南也逐渐放弃了"清零"政策，转向"与病毒共存"，结果遭到疫情重创。一年前的2021年4月12日，越南新冠累计确诊2705人，累计死亡35人；一年后的今天，累计确诊1020万人，累计死亡42813人。

英国是最早提出"群体免疫"概念的国家。2022年3月18日，英国宣布解除防疫措施，取消所有与新冠疫情相关的旅行限制，彻底恢复到疫情前的规定，成为全世界第一个取消入境限制、全面开放的国家。

获得"自由"的英国民众像脱缰的野马，纷纷走上街头，"与'疫'共舞"。但很快遭到病毒的痛打。据英国国家统计局的数据，2022年3月20-26日一周时间里，英国共计感染人数达到490万人，这一数据意味着每13个人中便有1个人被感染。平均日均住院新冠患者2008人，是一个月前的2.12倍。新冠病人死亡人数上升了36%。并且这一数量还在持续上升。

2022年4月8日，英国首相约翰逊在接受采访时表示，如果出现更为致命的变异毒株，政府不排除再一次封城的可能。

历史上抗击瘟疫采取"封城"的经验就来自英国。1665年英伦半岛上埃姆村为抗击"黑死病"瘟疫，采取了"封村"的壮烈举措，为人类抗击疫情提供了可借鉴的经验。

对于新冠疫情这场不可预测的人类灾害，我们提醒美国及一些西方国家，不要忘记17世纪时期空前绝后的"黑死病"瘟疫夺去了一半欧洲人生命的惨烈教训。面对当前这场疫情，历史的伤疤不能忘记。

当前，美国及一些西方国家不从历史中吸取教训的事实，证实了德国古典哲学家黑格尔的一句名言："人类从历史学到的唯一的教训，就是人类没有从历史中吸取任何教训。"原因很简单，就是美国及一些西方国家骨子里的傲慢和偏见。

生命高于一切，这是人类文明的共识。

新冠疫情暴发以来，中国政府坚决贯彻"动态清零"总方针，坚持"内防扩散、外防输入"的防控策略，坚持以人民至上、生命至上的韧性防疫政策，奋力抗疫，卓有成效地遏制了疫情的蔓延。

由于新冠病毒变异毒株奥秘克戎传播速度快、隐匿性强、来势凶猛等原因，目前上海疫情居高不下，周边城市也受到一定的影响。

上海采取"动态清零"政策，果断采取"封城"举措，有力地抗击了疫情。

但随之而来出现了一些"躺平"的思想、"躺平"的情绪、"躺平"的声音。有些人认为，"动态清零"会影响国际大都市经济的发展，会影响人民的生产和生活。

我们不能因为隔离期间存在各种各样的矛盾和问题，而不满、埋怨、愤懑和烦躁，如果不采取"封城"措施，任凭疫情蔓延，上海就会失守。如果上海选择"与病毒共存"，也和西方国家一样"躺平"，那么感染率和死亡率一定会急剧上升那么就会蔓延全国，后果不敢想象。到时候，成千上万的感染者去医院就诊，任何一家医院都承受不了，肯定会崩溃。治疗一个新冠患者需要十几万元甚至几十万元，因为感染的人太多了，国家根本也负担不起。

我们要弄清楚，"躺平"的国家不是不想"清零"，是政府没有能力"清零"。难道"躺平"了，经济就能恢复正常了吗？西方一些国家不是"躺平"了吗？但经济还在继续下滑。

美国及一些西方国家提出的"与病毒共存亡""群体免疫""病毒早晚会自行跑掉""躺平"等名堂的词汇，本质上是社会达尔文主义，是不顾老年人和有基础性疾病的人死活的无人性的残忍做法。

中国人口数量众多、人口结构复杂、地区间发展不平衡，如果遭受疫情蔓延的打击，必将出现成千上万的感染者和死亡者，这对国家的稳定和强盛、对我国的现代化建设都极为不利，中华民族伟大复兴事业也许也会毁于一旦。这绝非危言耸听、杞人忧天，必须从思想上高度重视。

因此，放任自流，"躺平"只会导致一波又一波的疫情蔓延，"动态清零"才会有效地遏制和消灭疫情。

我们实施"动态清零"的总方针，不能把"动态"和"清零"割裂开来，必须"发现一起，扑灭一起"，始终把疫情掌握在可控范围内。实施"动态清零"，必定对人民群众的生产生活带来一定的影响，甚至影响很大。因此，需要我们带着温度、带着关怀、带着理解，去做好人民群众的隔离工作和隔离后的各项生活保障工作。加强教育引导，使疫情隔离工作成为人民群众的自觉行为。

美国及一些西方国家实行"躺平"的做法，与中国政府实施"清零"的方针，是文化上的碰撞，也是中西方文化的一次较量，在本质上也反映了资本主义社会和社会主义社会的本质区别。其实质："躺平"是置民众的生命于不顾；"清零"是把人民至上、生命至上作为抗击疫情的出发点和落脚点。

实践是检验真理的唯一标准。美国及一些西方国家采取"躺平"的消极办法，引发疫情蔓延、致使大量的人员感染及死亡、导致国内经济下滑，这是一个不争的事实。

伟大的无产阶级革命导师马克思说："当人类出现瘟疫大流行时，资本主义就会暴露出种种弊端，从社会主义必然取代资本主义趋势来看，瘟疫也是资本主义的丧钟。"

我们必须坚持道路自信、制度自信、理论自信、文化自信，坚定不移地打赢这场新冠肺炎疫情的总体战、保卫战、阻击战、持久战，坚持"动态清零"不犹豫、不动摇、不松懈，切实把"人民至上""生命至上"的理念落到实处。

当前现实生活中，有关"躺平"的声音也是各种各样。更令人担忧的是，社会上许多年轻人面对现实生活中遇到的困难选择"躺平"，这是一种消极颓废的现象，对人类社会的进步和发展极为不利，必须引起社会各界的高度关注。

要充分激发年轻人敢于面对现实、敢于面对困难、敢于面对矛盾、敢于逢山开道和遇水架桥的进取精神。激发他们勇于开拓，勇于创新的潜能。而不能让他们消极对待人生、遇见困难绕道走，得过且过过日子。

如果一个人遇到困难和矛盾，选择"躺平"，就是选择退却和放弃。选择坚持，你可能会成功；选择放弃，等待你的一定是一无所有。选择前进，你可能胜利；选择退却，你一定会失败。

"躺平"，不是我们的人生哲学；"躺平"，是一个庸人无能的婉转的托辞。

"躺平"还是"清零"，不言而喻。

"躺平"是躺不平的。"躺平"就是躺下，躺下就是躺倒。

生命至上，怎一个"躺"字了得！

警惕：人类也许会在"魔鬼"的冲动下毁灭

历史和现实告诉我们：人类也许在魔鬼的冲动下毁灭。这不是危言耸听，也不是杞人忧天，更不是制造恐慌，唯恐天下不乱。

之所以提出这么一个令人生畏、后背发凉的沉重话题，旨在告诫人们：自从人类拥有核武器之日起，人类一直笼罩着核战争、核恐怖、核威胁、核讹诈、核泄漏的隐患之中。

1962年10月古巴导弹危机，美苏核大战（差一点引发第三次世界大战）一触即发的惊心动魄的画面，我们不能忘记。

同时，历史和现实也告诉我们，地区之间、国家之间的冲突，国家之间的历史遗留问题等都可能会引发世界大战。

一切皆有可能。面对人类的生存与发展，面对核威胁，我们必须防患于未然，斩断魔鬼冲动的魔掌。

人类社会发展的历史是一部战争史。历史上烽火连天、战场上血腥残忍。可以说，在整个人类文明发展史中几乎没有停止过战争。

战争和瘟疫一直伴随着的人类。

这个世界充满着战争的声音，弥漫着战争的硝烟。千百年以来，无数次的战争使成千上万无辜者在魔鬼的屠刀下含冤而去，死得不明不白。

人类社会自古以来不断发生战争，周期性遭受战争灾难，轮回反复，从不间断。

英国著名军事家富勒在其名著《西方世界军事史》的开篇中说："战争是否是人类进化中所必需的因素，虽然还有辩论的余地，但是下述事实却是毫无疑问的：从人类的最早记录，到现在的时代为止，战争一直是人们生活中的支配现象。在人类历史中，没有一个时代完全没有战争，很少有一代人以上是不经过大型战乱的。"

富勒还说："大战几乎和潮汐一样，具有规则的起落。"

人类历史上发生的两次世界大战，时间并不遥远，它都是由于冲动的魔鬼所致。

1914年6月28日，在波斯尼亚首府萨拉热窝，奥匈国王储斐迪南大公与他的储妃在这里巡视。他无论如何都没有想到在这里等待他的却是一次暗杀。而这次暗杀居然成了第一次世界大战的导火索。第一次世界大战导致33个国家、15亿人口卷入了战争，双方阵亡840万人，伤2100万人。

1939年9月，以德国人一手炮制的、被称为"第二次世界大战导火索"的德波边境冲突事件为借口，德国对波兰展开了蓄谋已久的全线闪电攻击，导致第二次世界大战的爆发。世界上60多个国家和地区、20亿人口被卷入，死亡5000多万人，给人类造成了空前的灾难。

英国哲学家、世界和平运动的倡导者和组织者罗素是一名致力于世界和平的文学家，他总结道："给人类带来了最多、最大灾难的，正是那些"高尚"的野蛮和狂热的信仰。"

法西斯分子、第二次世界大战的发动者、战争魔鬼希特勒就是一个野蛮的狂热的好战分子，他提出了一系列煽动战争的反动思想："伟大的革命可以没有上帝，但不能没有魔鬼。""人类在永恒的斗争中壮大，在永恒的和平中毁灭。""时代呼唤战争而不是和平。"

这些反动的思想，不但不受到指责，反而得到盲目的响应。狂热的德国民众正是在希特勒反动思想的煽动下，义无反顾地投入到这场非正义的战争。

二战历史也成了人类历史上最血腥、最恐怖的梦魇。

罗素还认为，人类时刻面临着灭顶之灾。虽然罗素说的只是个可怕的预言，但是，无时不在的核威胁与核讹诈，难道不是威胁着人类的生存吗？罗素忧心忡忡地指出：如果世界大战再次爆发，没有人会遵守禁核约定。投入战争的每一方，都会大量制造和使用氢弹和原子弹。而一场动用原子弹和氢弹的战争，绝不可能有任何赢家，地球人类要么选择活在一起，要么选择共同死去。

1962年10月，古巴导弹危机是美苏冷战时期最严重、最危险的正面对抗事件，这是因为美苏两国争霸世界，死要面子酿成的。

1959年，美国在意大利和土耳其部署了中程弹道导弹，从战略上包围苏联。苏联人觉得很没有面子，于是将战略导弹运往古巴，对美国进行核震慑。美国人也觉得没有面子，断然采取全面封锁古巴海域，美国在全球各地的战略部队进入战争状态。美苏双方剑拔弩张，第三次世界大战（人类核大战）一触即发。

虽然双方在核按钮旁只徘徊了13天，但使人类空前地接近毁灭的边缘。世界大战处于千钧一发之际，差一点造成人类毁灭。

最后，以苏联人拉下面子，撤回古巴部署的导弹，美国取消封锁古巴海域为结束。

1960年10月5日，美国接收到了格陵兰图勒的雷达站发来的苏联发射导弹进攻美国的预警，该预警侦测到有来自苏联的数十枚导弹。美国立即开启最高警戒，稍不小心一场核大战就会爆发，但之后被证明这是一次误判。

1961年7月4日，苏联海军的K-19号核潜艇正在格陵兰岛正常行驶，突然间反应堆的冷却系统管路突然破裂，冷却系统瘫痪，反应堆温度不断升高，随时都有爆炸的危险。更可怕的是，核潜艇上面安装有核导弹，如果核反应堆的温度无法控制，极有可能引爆核弹。而北约驻格陵兰岛的军事基地近在咫尺，如果受到爆炸波及，必然被北约视为核攻击，那么，北约就会对苏联进行核反击，美苏两国之间的核大战就不可避免地会爆发。

在这千钧一发的时刻，在艇长扎特耶夫和副艇长瓦西里·阿尔希波夫的指挥下，立即派出8位敢死队员进入反应堆舱，在没有防护的情况下进行修复工作，使反应堆的温度迅速降了下来。但因此付出了血的代价，8人在一月内全部死亡，另外15人在两年内也全部死亡。

1962年10月，古巴导弹危机爆发期间，美国包围了古巴海域，并且要求所有海域内的苏联潜艇上浮接受检查。

当时有4艘苏联潜艇在古巴海域，其中3艘上浮了，但是副艇长和舰队参谋长的瓦西里·阿尔希波夫所在的B59潜艇一直与美军周旋。为了逼迫他们上浮，美军甚至向水中扔进了几颗水雷。水雷在潜艇周围爆炸，潜艇上的官兵以为核战争已经爆发。

艇长和政委商议之后决定向美国发射核鱼雷，按照作战程序，潜艇的艇长和政委两个人达成一致，就可以下令攻击。但遭到了身为副艇长和舰队参谋长的瓦西里·阿尔希波夫的坚决反对。最终瓦西里·阿尔希波夫说服了他俩，收回了作战指令。

最后，潜艇浮出水面，美国人停止骚扰，B-59潜艇退出该海域，按照上级命令返航。一场核危机化解。

瓦西里·阿尔希波夫两次阻止了世界核大战的爆发。

1983年9月26日夜晚，苏联导弹预警系统发出警报，这个警报声来自美国导弹来袭的信号。这天，正好苏联元帅彼得罗夫值班。他立马紧张起来，准备向上汇报。但他明白，只要汇报上去，美苏之间的核大战一定爆发。

考虑到警报响的各种原因，也考虑到汇报所产生的后果，他冷静了下来，在这关键的时刻，一项一项地排除机器可能出现的故障。他分析，自从古巴导弹危机后，世界各国都意识到了核战争的严重性，美国应该不会如此冲动。就这样，彼得罗夫坚持了23分钟。最终警报停止了，是因为机器出了故障。

苏联解体后，俄罗斯差点因为一枚用于研究北极光的科学导弹引发核战争。

人类历史上先后已有8次濒临核战边缘。

这些尘封的历史被逐渐披露后，人们才知道，原来核战争距离我们太近太近，甚至与我们擦肩而过。

当前俄乌战争中，俄罗斯已发出：当俄罗斯感觉到国家生存受到威胁的时候，俄罗斯也可能使用核武器，而且首先对英国使用核武器。如果俄罗斯对英国使用核武器，作为北约国的美国，一定会对俄罗斯进行核反击。

一旦爆发第三次世界大战，那肯定是一场空前绝后的毁灭性战争。世界伟大的科学家和思想家爱因斯坦曾发出这样的预言："我不知道第三次世界大战会用哪些武器，但第四次世界大战中人们肯定用的是木棍和石块。"

从爱因斯坦的这段文字中，我们足以能够领悟出核战争爆发后的威力有多大。

擦枪走火是经常会发生的事情，人有时会死要面子，会选择核威胁和核战争。

核武器威力巨大，破坏性强，无论哪一国率先发射，必将激起另一国的强烈反击。

原本就脆弱的生态环境受核武器爆发的影响，不仅地面会受到摧毁，核爆炸所引起的灰尘也会在顷刻之间迅速释放到大气层中，必将引起一系列的反应。

1986年4月26日，乌克兰普里皮亚季邻近的切尔诺贝利核电厂的第四号反应堆发生了爆炸。连续的爆炸引发了大火并散发出大量高能辐射物质到大气层中。这次灾难所释放出的辐射线剂量是二战时期美国在广岛扔下的原子弹的400倍以上。

2011年3月11日，日本东北太平洋地区发生里氏9.0级地震，继发生海啸，该地震导致福岛第一核电站、福岛第二核电站核泄漏（事故等级与切尔诺贝利核事故同级）。

当今世界并不太平，各国关系越来越复杂，世界局势更加复杂多变。宗教的冲突也好，文化的冲突也好，边境的冲突也好，根源还是利益冲突。资源的缓慢增长与人类需求的迅速增长之间的矛盾日益突出。

国家间政治经济发展不平衡的矛盾，国家统一进程与国家分裂势力之间的矛盾，民族间的矛盾，种族矛盾，都可能酿成地区冲突和国家之间的冲突，极容易发生战争。

一些国家的独裁者（如伊拉克总统萨达姆和叙利亚总统卡扎菲）肆意妄为，视人命如草芥，无视生命，大开杀戒，视国际规则如玩物，对内残暴不仁、对外侵略成性，制造地区冲突。而大国之间由于利益关系，很容易被卷入这些冲突。

历史上一些战争贩子大有人在，号称自由世界、人权之上的美国就是一个好战国家。美国建国才200多年，却发动了200多次战争。即使是第二次世界大战以后，美国对外用兵200多次，发动战争30多场，每任总统至少要对一个主权国家发动战争。

1969年中苏珍宝岛事件后，以苏联国防部长格列奇科元帅、部长助理崔可夫元帅等人为首的军方强硬派，扬言动用在远东地区的中程弹道导弹，携带当量几百万吨级的核弹头，对中国的核基地、政治经济中心先发制人地实施核打击，以"一劳永逸地消除中国威胁"。苏联军方的《红星报》公开发表文章，声称要给"现代冒险家"以摧毁性的核打击。

1969年8月18日，苏联驻美大使多勃雷宁在华盛顿紧急约见了美国国务卿基辛格，将对中国进行核手术的主张告诉美国。美国出于战备平衡的考虑，将消息泄露给中国。

毛泽东同志及中共中央在中苏关系高度紧张的背景下发出"要准备打仗"号召和"深挖洞，广积粮，不称霸"的指示。中苏之间战争一触即发。

普京曾经说过："如果俄罗斯遭到核攻击，那么，我们就会用核武器毁灭这世界。因为俄罗斯都不在了，我们为什么还需要一个世界？"

美国联合国军总司令麦克·阿瑟在朝鲜战争战败后，鼓吹联合和武装国民党军队，用核武器消灭中国。杜鲁门总统甚至表达："只有使用原子弹，才能将中国军队困在北朝鲜。"

枪炮一响，黄金万两。对外掠夺战略资源，就是战争贩子惯用的伎俩。警惕美国这样尝到了二战甜头的好战国家。

2022年2月24日，俄乌战争正式打响，美国及北约不断地在背后"递刀子"，把一批又一批的杀伤性武器源源不断地向战场输送，使俄乌战争复杂化、激烈化。而俄罗斯针对美国及北约"火上加油"的举动，多次提出核威胁。拜登发出警告：核危险正直1962年古巴导弹危机以来的最高点。人类似乎忘记了广岛和长崎遭到原子弹轰炸的教训。

目前全世界共有核弹头13400枚，除了五个常任理事国拥有核武器外，印度、朝鲜、巴基斯坦等国家也都拥有了核武器，有些国家还企图发展核武器。

美苏两国的核竞赛从来没有停止过，霸权主义的嚣张气焰越燃越旺。地区间和国家之间的冲突，时常会诱发美苏两个大国的介入，可以说爆发世界核大战的因素一直存在。

如何阻止世界核战争的爆发，这是时不我待必须考虑的问题，这也是一个终极的问题。

人物

烙刻历史真实的印记

拾壹

"民国第一才女"林徽因不是一般的优雅

民国的历史不长，但民国却是个人才辈出的年代，除了胡适、鲁迅、陈独秀、林语堂等如雷贯耳的优秀的男士外，巾帼也不让须眉，涌现出像林徽因、冰心、张爱玲等"民国十大才女"。

而在这"民国十大才女"中，林徽因无疑是"民国第一才女"（胡适评价：林徽因是"民国第一才女"）。

林徽因不仅有着倾国倾城的美貌，而且还有着无以伦比的才华才情，更有着让人欣赏和着迷的优雅气质。

优雅的气质是女子富有内涵和魅力的根本，也是显著的标志。用优雅来形容一个女人，这是对一个女人最高的赞赏。

如果说男人之美在于度，那么，女人之美就在于韵，那种韵味就是女人的优雅。

优雅的女人也俗称女人中的女人，优雅远远要比美丽、知性、温柔的含金量高。优雅的女人也是一般男人心目中最欣赏的女人。因此，也就有了"优雅是女人唯一不会褪色的美"的说法。

林徽因超凡脱俗，富有情调，具有不一般的优雅。

如今提起林徽因这位民国女神，一般人只能联想到她的美貌，许多人还只停留在她是民国时期的一位作家和诗人，甚至还有人简单地停留在她与梁思成、金岳霖、徐志摩之间的情感故事上。

了解她的人也只是一些捕风捉影的事情，如一位民国的才女与她争风吃醋、诗人徐志摩为了聆听她的讲演而遭遇空难、哲学家金岳霖更是为了钟情她而终身不娶等八卦。

八卦归八卦，总有无风不起浪。但只对这些八卦感兴趣，未免也太俗了。我们应当从更深的层面上了解林徽因、熟悉林徽因、喜爱林徽因。

一、林徽因有着融在骨里的自信

林徽因出生在"天堂杭州"一个名望家庭，父亲林长民毕业于日本早稻田大学，曾经担任过北洋政府的秘书长，是个地位显赫、权倾一世的人物。

生活在这种家庭的林徽因，压根儿就不用为生活和工作这些小事担忧。但少女时期的林徽因就有着家国情怀、报国志向，萌发了将来要成为一位女建筑师的念头，立志要为祖国的建筑事业作出贡献。

为此，林徽因选择了当时一般只有男人才能从事的建筑业。在西方国家的大学不招收学女生学建筑的情况下，她改修了其他专业，完全靠旁听学完了建筑学的所有课程。

从事建筑是一项非常艰苦的事业，出于热爱、出于坚信，大家闺秀出身的林徽因跟随丈夫，跋山涉水，风里来雨里去，到穷乡僻壤进行野外考察。她忍受着烈日和疲惫，在那些年久失修的庙宇里，她作为唯一的女性和男同事们一起爬上爬下，去丈量、测绘和探索中国古建筑。

放弃不难，坚持一定很酷。林徽因在建筑学领域的造诣，令男人汗颜，在那个女性仍备受歧视的年代，她凭借自己的坚信和实力，成为共和国杰出的一名女建筑师。

著名作家李健吾评价林徽因说："她既耐得住学术的清冷和寂寞，又受得了生活的艰辛和贫困。"

林徽因原来叫林徽音，因当时有人用林徽音的名字发表文章，林徽因索性将名字改为林徽因。她对此说："我不怕人家把我的作品误认为他的，只怕日后把他的作品错当成我的。"林徽因这样的回答，语言是既幽默和风趣，内心又自信和自豪。

二、林徽因有着扬在脸上的才情

腹有诗书气自华。有了书籍的滋养，容颜自然改变，内在自然提升。

林徽因才华横溢、才情迷人，是一个美貌与智慧并齐的女子。

她出生书香门第，优雅也来自于书香门第的熏陶，她博览群书、通晓诗词歌赋、擅长琴棋书画。

林徽因有着一口流利的英语。1924年，印度作家、亚洲第一个诺贝尔文学奖获得者泰戈尔访华期间，林徽因与诗人徐志摩共同担任翻译。

林徽因是一位著名的作家，她最早加入了"新月社"，在小说、诗歌、散文、戏剧、绘画、翻译等几方面成就斐然。

1931年4月，年仅17岁的林徽因就在《诗刊》第二期上发表了她的第一首诗《谁爱这不息的变幻》。她的文章别具一格，既充满诗意又充满哲理；既有浪漫又很现实，而且不失科学严谨。

林徽因的文字美得醉人，一看她的文学，就知道她是一个美丽优雅的女人。

"邂逅一个人，只需片刻；爱上一个人，往往会是一生。萍水相逢随即转身不是过错，刻骨相爱天荒地老也并非完美。在注定的因缘际遇里，我们真的是别无它法。"

"留存一段记忆只是片刻，怀想一段记忆却是永远。"

"红尘陌上，独自行走，绿萝拂过衣襟，青云打湿诺言。山和水可以两两相忘，日与月可以毫无瓜葛。"

"书是最好的朋友。唯一的缺点是使我近视加深，但还是值得的。"

林徽因是一位散文家，她的散文充满灵性，散发着悠悠诗意和脉脉情理。林徽因是一位诗人，她的诗歌在追求格律的同时又不失清莹温婉、和悦流畅之美。

林徽因是中国历史上第一位女建筑学家，在中华人民共和国国徽设计、人民英雄纪念碑设计和景泰蓝工艺革新等方面都作出了杰出贡献。

她一生执着于对美的追求，对美学理论体系有着极其深刻的解析。

这个世界上唯一扛得住岁月摧残的就是才华。

林徽因是一位杰出的才女，也是中华民族杰出的女性。

她几乎是标志民国时代的颜色，出众的才、倾城的貌、浑身的雅，因此被列入当时出版的《当代中国四千名人录》。

诗人卞之琳说："林徽因天生是诗人气质。酷爱戏剧、也学过舞台设计。她和丈夫梁思成是建筑同行，虽然表面上是丈夫的得力协作者，其实却是丈夫灵感的源泉。"历史学家费正清说："沈从文眼里的林徽因是'绝顶聪明的小姐'。"美国著名汉学家费慰梅说："林徽因能够以其精致的洞察力为任何一门艺术留下自己的印痕。"语言学家林语堂曾称赞林徽因说："她用'惊艳'两字形容还不足。"

三、林徽因有着刻在命里的坚强

林徽因是位个性鲜明、争强好胜、疾恶如仇的人。她的身上有着近代中国女性最突出的一个性格特点：坚强。

她历经清朝、民国、新中国三个时期。在那动荡不安的年代、在那封建思想深厚的时代，她并没有像一些名望贵族的子弟一样做一个千金小姐，而是在家庭环境的熏陶之下，树立强烈的家国情怀，立志报效祖国。

她始终将个人的命运紧紧地和国家、民族事业联系在一起。抗日战争爆发后，她不是选择出国避难，而是义无反顾地和丈夫一起留在国内，共赴国难。美国朋友费正清夫妇请她去美国治疗疾病，借此避难。她毅然拒绝地说：我要和祖国一起受苦。

儿子梁从诫问她：日本人来了怎么办？她说："门后不是有扬子江吗？"

兵荒马乱时期，好不容易挣了点钱，她拿着屈指可数的钱买的第一件东西就是测量建筑所需的尺子，而后才买了许多天没有吃到的肉。

作为一名建筑师，林徽因希望保护北京古城墙，在得不到支持的情况下，她一直以拒绝吃药、绝食来抗争这种破坏性建设。

她在病床上发出最后一声呐喊："你们现在拆的是真古董，有一天，你们后悔了，想再盖，就只能是假古董了！"固然，一些乱拆乱建被她言中。当林徽因在病床上为人民英雄纪念碑绘制设计图纸时，外面已经开始拆除外城城墙。

1955年4月1日，随着北京城墙的轰然倒塌，51岁的林徽因带着没有能保护古城墙的遗憾，永远离开了她钟情的这个世界。

四、林徽因有着藏在内心的情怀

林徽因是一个爱热闹、外向度很高的人，在民国初年的社交圈中，她就是一个网红级的人物。

林徽因以"太太的客厅"为中枢，举行家庭文化沙龙，聚集着像金岳霖、钱端升、沈从文、陈岱孙、卞之琳等许多社会上的文化精英。林徽因是当仁不让的客厅主角和沙龙主持，来者纷纷被她的思想、灵魂、睿智、才情、热情所打动。

费慰梅有这样的回忆："林徽因不是靠容貌来吸引来访者，而是靠学识、智慧、洞察力，形成了明理而坚实的'精神魅力'。"

古往今来，女人很难有完美的，才女一般不美丽，美女很少有才华。而林徽因既有着倾国倾城的容貌，又有着举世无双的才气，而且全身上下散发着由内而外的迷人的优雅。

女人真正的魅力从来不是来自外在的颜值，而是内在的修养、内心的善良、浑身的优雅。如果说女人爱上一个男人，是"始于才华，陷于格局"的话；那么，男人爱上一个女人，就是"始于颜值，陷于优雅"。

优雅的林徽因的周围肯定不缺乏追求者。林徽因的情感生活幸福而浪漫，像一个春天的童话，这也不足为奇。正像她所说的："唯有心灵的安静，方能铸就人性的优雅。"

当林徽因被举止优雅、灵魂自带香气的浪漫派诗人徐志摩所吸引时，在对待感情上，年少的林徽因比徐志摩更为成熟。林徽因回应徐志摩对她的爱时说："徐志摩当时爱的并不是真正的我，而是用他的诗人的浪漫情绪想象出来的林徽因。可我其实并不是他心目中所想的那样一个人。"

林徽因说："下次再遇到喜欢的人，千万要记得只做朋友，不远不近的欣赏，淡淡的喜欢，不至于到最后，乱了初心，败了芳华。"也许，这段话是对钟情于她的徐志摩的心里体现。

她后来选择了与自己共学建筑又情深意切、情趣相投的梁思成。

林徽因是一位感情智慧很高的女子。婚前，梁思成问林徽因："有一句话，我只问这一次，以后都不会再问。为什么是我？"林徽因说："答案很长，我得用一生去回答。你准备好听我了吗？"婚后，梁思成曾诙谐地对朋友说："中国有句俗话：文章是自己的好，老婆是人家的好。可是对我来说，老婆是自己的好，文章也是老婆的好。"

面对哲学家金岳霖执著的求爱，林徽因不仅没有离开梁思成，反而情深意切地对梁思成说了一句能让世上所有男人都无法拒绝的话语："你给了我生命中不能承受之重，我将用我一生来偿还！"

美貌是林徽因身上最微不足道的闪光点，才情才是她身上的一个闪光点，而优雅是林徽因身上另一个迷人的亮点。

林徽因的形象看似一幅画；林徽因的故事听像一首歌。

"一身诗意千寻瀑，万古人间四月天。"

我无法描述林徽因有多美，我也无法表述林徽因有多牛，我更无法叙述林徽因有多雅，我只能从心底里赞叹：最雅不过林徽因！

恩格斯才是最"绅士"的绅士

西方的绅士和东方的君子在本质上是一个概念。绅士体现的是身份，君子体现的是修养；绅士有着贵族气息，君子有着官宦味道。

说起西方的绅士，你也许会马上想到英国绅士那种衣冠得体、举止优雅、待人谦和、谈吐高雅的风度。你也许还会联想到这些绅士身上具备一般男士不具有的谦卑、诚实、英勇、公正、担当的品质。的确如此，西方的绅士教育和绅士文化，培育了许许多多有内涵、有修养、有文化的绅士。

在这里，我要推崇和宣传的是一位既有优雅的举止、又有谦和的风度；既有谦卑的性格，又有担当的品质；既有渊博的知识，更有深邃的思想的德国绅士，那就是马克思主义的创立者、全世界无产阶级和劳动人民的革命导师、德国思想家恩格斯。说到恩格斯，你一定马上会想到"马恩列斯"四位导师巨像中唯一不是正面像的那个人。相片上的恩格斯长脸挺鼻、眼睛明眸、秀发柔美、络腮胡须。让人觉得目光沉静而深远，思想缜密而深邃。

一、无坚不摧的光辉思想，指引着国际共产主义运动的前进方向

西方绅士一般都是有知识有思想的人，而伟大的恩格斯更是学识渊博、才高八斗。他不仅仅是伟大的文学家，而且是伟大的哲学家和思想家。

恩格斯是马克思最亲密的战友，一生从事科学共产主义的研究，是共产主义运动的开创者。发现和论证无产阶级的历史使命是马克思和恩格斯共同的具有世界历史意义的功绩，也是他们追求真理的思想基础。

1845年初，恩格斯与马克思第一部合著作品《神圣家族》问世。恩格斯和马克思合作的第二部著作是标志唯物史观创立的《德意志意识形态》。1848年，恩格斯与马克思合作的第三部著作《共产党宣言》出版。这篇震撼世界的宣言书是关于科学共产主义的第一个纲领性文件，它标志着马克思主义新世界观的公开问世。

恩格斯的《政治经济学批判大纲》和《英国状况——评托马斯·卡莱尔的〈过去

和现在〉》两篇文章的发表，表明恩格斯已经从唯心主义向唯物主义、由民主主义向共产主义的转变。恩格斯晚年一直从事自然科学研究，其最终成果是《自然辩证法》。支持并帮助马克思写作完成了《资本论》。如果说马克思的《资本论》是阐述历史领域的辩证法的典范，那么恩格斯的《自然辩证法》则是阐述自然界的辩证法的经典。1878年，恩格斯完成了其光辉著作《反杜林论》，对马克思主义哲学、政治经济学和科学社会主义作了系统的阐述。

恩格斯在军事理论领域的造诣也很深。他在批判地继承以往军事理论遗产和总结革命实践的基础上，提出了有关战争、军队、军事学术和军事史的学说，为无产阶级军事科学奠定了基础。

恩格斯和马克思是人类历史上杰出的"千年思想家"，他们共同创立了马克思主义。恩格斯和马克思共同创立的这一伟大思想，以其前所未有的伟大力量改变着世界的面貌和人类历史的进程，充分展现着马克思主义无比巨大的真理力量和无比强大的生命力。

二、无以伦比的政治品德，树立了无产阶级革命导师的光辉形象

对马克思和马克思主义的忠诚，是恩格斯政治品德的重要体现。

恩格斯和马克思一起创立了马克思主义，开辟了人类思想史上的新纪元。恩格斯思想对马克思和马克思主义的影响是巨大的。

恩格斯是一位谦卑的人，恩格斯总是把功劳和荣誉归功于马克思。他说："马克思是人类的天才，而我们最多只是能者。"他说："我高兴我有马克思这样出色的'第一提琴手'"，而始终谦逊地自称是"第二提琴手"。作为马克思毕生的革命伙伴和忠实的战友，恩格斯以"第二小提琴手"来定位自身在马克思主义形成和发展中作用。

恩格斯对马克思的人品有着高度的评价，他在马克思墓前的讲话中说："马克思可能有过许多敌人，但未必有一个私敌。"因此，"他的英名和事业将永垂不朽！"

恩格斯《在马克思墓前的讲话》具有重大的理论价值和重要的历史地位，树立起了马克思"最伟大的思想家""人类史上第一伟人"的崇高形象。

恩格斯对马克思是非常敬佩的。恩格斯在《路德维费尔巴哈和德国古典哲学的终结》中说："我和马克思共同工作四十年，在这以前和这个期间，我在一定程度上独立地参加了这一理论的创立，特别是对这一理论的阐发。但是，绝大部分基本指导思想，尤其是对这些指导思想最后的明确的表述，都是属于马克思的。至于马克思所做到的，我却做不到。马克思比我们一切人都站得高些，看得远些，观察得

多些和快些。马克思是天才，我们至多是能手。没有马克思，我们的理论还不会是现在这个样子。所以，这个理论用他的名字是公正的。"

维护马克思、敬重马克思、宣传马克思，是恩格斯遇见马克思后的革命人生和政治品德的写照。

马克思逝世以后，恩格斯当之无愧地成了"整个文明世界中最卓越的学者和现代无产阶级的导师"。但由于他对马克思的由衷敬重，每当人们热情赞扬他为无产阶级伟大事业作出的巨大贡献时，他都会强调："我只是有幸来收获一位比我伟大的人——卡尔·马克思播种的光荣和荣誉。"

恩格斯对于推动马克思主义的发展有着不可忽视的巨大作用。他将自己的一生献给了马克思创立的伟大事业，献给了全人类的解放事业。

三、无人比肩的人格魅力，彰显出无产阶级革命战士的品德修养

恩格斯的父亲是工厂主，虔诚的基督徒，有着普鲁士贵族血统。母亲心地善良，遵守礼教，喜爱文学和历史。出身名门望族的恩格斯从小就具有贵族精神，具有政治抱负和斗争精神。年轻的恩格斯早就有了"我们将血战一场，无所畏惧地直视敌人冷酷的眼睛并且战斗到生命的最后一息"的决心。

恩格斯具有西方人的骑士精神。1849年5月，恩格斯在爱北斐特参加武装起义，亲临前线参加战斗。1870年普法战争爆发，恩格斯以其卓越的军事才能、丰富的军事知识以及战略家的眼光，对战争的发展过程作了科学的评估，发表了大量的军事评论文章。

国际共产主义运动中曾出现过多次思想上的分歧，但恩格斯始终站在马克思一边，始终维护马克思的权威。恩格斯非常重视与马克思的革命友谊。恩格斯为了使马克思能专心致力于革命理论的研究，长期以来在经济上资助贫困的马克思。他违背自己的意愿，到父亲经营的公司中工作，把挣来的钱源源不断地寄给马克思。

1863年初，马克思全家已经到了一贫如洗的地步，他打算让大女儿和二女儿停学，找个地方工作，自己和妻子燕妮、小女儿搬到贫民窟去住。恩格斯得知这个消息后，连忙发电报劝说马克思，又迅速筹集了一笔钱，汇给了马克思，使马克思一家暂时渡过了难关。马克思受反动政府的迫害，长期流亡在外，生活很苦。恩格斯把马克思的生活困难看作是自己的困难，省吃俭用，每个月不间断地寄钱给马克思。此外，恩格斯还将自己的稿酬交给马克思，在信里写道："不能让那帮狗东西因为卑劣手段使你陷入经济困境而高兴。"当马克思从恩格斯的来信中得知恩格斯的母亲过世的消息时，马克思只是简单安慰了一下恩格斯，然后又向恩格斯提出要5个英

镑。悲伤的恩格斯深知马克思的处境，也没有过多计较自己的朋友不近人情的要求，这是何等深厚的友情和个人修养呀！

从1851年至1869年，马克思共收到恩格斯的汇款3121镑。对当时的恩格斯来说，这已是倾囊相助了。恩格斯对马克思的资助甚至超过了他自己的消费。

四、无怨无悔的担当精神，体现着一个共产主义战士的无限情怀

1883年，马克思逝世，恩格斯悲痛万分。朋友们劝恩格斯去旅行散散心。但恩格斯想到马克思生前用毕生精力写作的《资本论》还没完成，这数千页的手稿是马克思花了近40年的心血留下来的一份珍贵遗产。整理出版《资本论》，不仅是为了实现他最亲密朋友的遗愿，而且对国际工人运动具有十分重大的意义。

恩格斯谢绝了朋友们的劝说，放下自己手头的《自然辩证法》，倾心整理马克思未完成的《资本论》后两卷。他日以继夜地抄写、整理、补充、编排，花了整整11年时间，完成了这部伟大著作的出版。

尽管恩格斯为马克思做出了巨大牺牲，但他始终认为，能够同马克思并肩战斗40年，是他一生中最大的幸福。恩格斯勇于牺牲个人利益，乐于奉献社会，励志为人类谋幸福，并积极投身革命的实践活动。

恩格斯70岁生日时，来自世界各地的党组织和朋友纷纷表示要为他祝寿。但恩格斯婉言谢绝了这份盛情，他认为，所有的荣誉都应该归功于马克思，自己承受不起太多的赞誉。

恩格斯晚年的主要精力致力于创建和巩固第二国际，他是当时无产阶级革命的思想导师和精神领袖。他捍卫和发展马克思主义理论，承担起培养各国年轻的社会主义活动家和理论家的重任。他领导第二国际联合各国工人政党，开展了反对无政府主义和修正主义倾向的斗争，为国际共产主义运动做出了巨大的贡献。

恩格斯临死前，把3万英镑的财产，1/3给了马克思的女儿劳拉和爱琳娜，1/3给了马克思长女小燕妮的孩子们。

列宁这样评价恩格斯："他为天才的朋友树立了一块永不磨灭的纪念碑。无意间，他的名字也被镌刻在了上面。"

恩格斯的一生是革命的一生、战斗的一生、伟大的一生。作为一个贵族出生的绅士，他优雅谦卑；作为一个革命家，他具有伟大的斗争精神和牺牲精神；作为一名"千年思想家"，他的思想永远指引着国际共产主义运动的方向。

恩格斯的名字和他的伟大思想将永远被世人铭记。

阿斗真的是扶不起的"阿斗"吗？

说到阿斗，许多人不是马上想到那是三国时期的刘禅，而是首先想到的他是一个扶不起的人、一个软弱无能的人、一个三国时期的昏君。

在《三国演义》中，作者罗贯中将刘禅描写得极为窝囊，甚至带有贬义。

以至后来的人们都认为刘禅是"扶不起的阿斗"，并把扶不起的人称作"阿斗"。

如何让历史回归真相？如何让有些一直被遮蔽的历史或一直被强制接受历史观点，重新诠释？这应该是辩证唯物主义和历史唯物主义的基本观点，也是研究历史的人们所期盼的。

今天，我凭着常识性的知识，颠覆你对历史上阿斗的评价，让你较为客观地认识阿斗，让你真正了解1800年前的阿斗究竟是不是"扶不起的阿斗"。

一、面对年幼继位，刘禅是个善于动脑的皇帝

刘禅，小名阿斗，三国时期蜀汉末代皇帝，汉昭烈帝刘备之长子。

章武3年（223年）4月，刘备去世。5月，刘禅继位称帝，时年17岁。刘禅继位初期，根据先父刘备遗诏，由丞相诸葛亮辅政。当年白帝城托孤之时，刘备对刘禅说："汝与丞相从事，事之如父。"

刘禅坐上帝位后并没有忘记先父的这一嘱托，切切实实对诸葛亮"事之如父"，十分尊重诸葛亮，在许多重要的国事处理上按照诸葛亮的意见行事。

随着刘禅治理蜀国经验的不断积累，他开始对诸葛亮穷兵黩武的北伐导致国力衰退有分歧。可是基于先父刘备订立的北伐统一中国恢复汉朝宗师室的既定政策和诸葛亮在蜀国的威望，刘禅在诸葛亮主政期间，以团结和大局为重，全力支持诸葛亮的北伐。

诸葛亮死后，刘禅提出"须吴举动，东西掎角，以乘其衅，休养生息，积蓄力量后从长计议再北伐"的政策，亲自处理除了对外战争领域之外的国内军政事务。

敢于放权是刘禅的一大特点。他深深知道自己年幼，缺乏执政经验和治理手段，

要想匡扶汉室就得依靠身边的臣子们。如果抛开诸葛亮这位既智谋多勇、又有官场关系的丞相，将无法治理动乱时期的蜀国。

在历史上，刘禅是所有帝王中与托孤辅政大臣关系处理得最好的一位帝王。他深知"君臣不和，必有内变"的道理，继承了父亲刘备与诸葛亮那种互相信任的君臣关系的典范，十分信任诸葛亮全权处理国家事务，没有出现明争暗斗的现象。

刘禅也是善于罗织关系网的人。称帝后，为了维护和巩固自己的执政基础，他在蜀汉慢慢发展自己的关系网。刘禅先后迎娶了张飞的两个女儿，并且立其中一个为皇后，维系了刘张两家的关系。刘禅又把自己的女儿嫁给了诸葛绪，任命诸葛绪为军事将军，这样诸葛亮一脉的关系也得到了维系。

应该说，刘禅在刘备死后，能够守住他先父留下来的"一亩三分地"。

二、面对乱世年代，刘禅是个善于计谋的皇帝

三国时期是一个动荡的时期，官场更是阴险毒辣。

有一次，刘禅手下的杨仪和魏延各自向他告密说对方要造反。刘禅在权衡他俩之间利弊后，果断地决定处死魏延，避免了一场严重内战的发生。

在斩杀了魏延之后，刘禅还下旨赐棺材为魏延厚葬。由此可见，刘禅不仅懂得权衡利弊，而且还知道如何御下。

在诸葛亮去世之后，许多人都在争抢丞相这个职位。刘禅在经过一段时间深思熟虑后，立即整合朝纲，废除了丞相制度，彻底解决了蜀国多年来由丞相决定大小事务的局面。

同时，增加了一些其他职位，让大臣之间形成了相互制约的制度，不但避免了大臣的权力过大，而且使蜀国的各项大权都彻底掌握在自己手中。这项重要的举措，体现了刘禅高超的政治智慧和远见卓识。

刘禅在诸葛亮去世后，连下了四道圣旨，也足于说明刘禅政治手段的高明。

刘禅在第一时间下了第一道圣旨，禁止官员们去奔丧。这是打压诸葛亮威望的一招。

随后，刘禅又下了第二道圣旨："今使使特节左中朗将杜琼，赠君丞相武乡侯印绶，谥君为忠武侯。"给诸葛亮一生盖棺定论，肯定了诸葛亮的生平功绩，并给了他较高的赞誉，让人感觉刘禅不是忘恩负义的人。同时也在提醒大家：那已经是过去式，现在是由我刘禅当家。

第三道圣旨还是与诸葛亮有关。刘禅以"不符礼制"为由，禁止各地官员和百姓自发给诸葛亮建庙。这显然是为了降低诸葛亮的影响力。

第四道圣旨大赦，大赦天下。在诸葛亮去世以后，刘禅就大赦天下，显然是在提醒大家：以前的时代过去了。建立属于个人的绝对威力。

在诸葛亮临终之时，刘禅问了诸葛亮两个关键的问题。一是诸葛亮之后谁可以辅佐他继续稳定蜀汉政权；另一个是诸葛亮的财产和后人的安排问题。第一个问题，事关政权稳定，诸葛亮早有安排。令诸葛亮万万没有想到是第二个问题，这个问题体现出刘禅对诸葛亮家庭权力一种控制，第二个方面也体现也刘禅对诸葛亮家庭财产的一种怀疑。这两个问题，都无不显示出刘禅的智慧。

刘禅在政治上能够如此敏感，能有如此独特的招数，能说他是一个昏庸之人吗？

三、面对亡国困境，刘禅是个善于退却的皇帝

刘禅作为亡国之君，他知道不仅自家性命，而且包括蜀国百姓生死都掌握在魏国人的手里。所以，亡国后的刘禅整天装憨卖傻，处处隐藏才能，瞒天过海，养晦自保。其表面上麻木和愚钝的背后，潜藏着过人的狡诈和机智。

"乐不思蜀"，是刘禅应对司马昭的有效方法。刘禅之所以投降，正是因为他看清楚了整个局面。而且，他也不愿意再看到百姓因为战争的原因而流离失所，士兵白白战死。刘禅宁愿背上千古骂名，也不愿看到百姓惨死，他是一个真正的心中有民、爱民如子的贤君。

到了魏国的刘禅，凭借着装疯卖傻，让自己在魏国无忧无虑地活了下去。难道这样的刘禅不是一个见风使舵、拥有智慧的人吗？

莎士比亚说过："装傻装得好也是要靠才情的；他必须窥伺被他所取笑的人们的心情，了解他们的身份，还得看准了时机；然后像窥伺着眼前每一只鸟雀的野鹰一样，每个机会都不放松。这是一种和聪明人的艺术一样艰难的工作。"

而刘禅恰恰做到了这一点。我们不能以"成者王侯、败者寇"的主导文化来衡量"乐不思蜀"的刘禅。

四、选择刘禅继位，表明刘禅是个可以担当重任的人

刘备有3个儿子，刘禅是刘备的长子。按照中国古代惯例，这个皇位应该是由刘禅继承。但三国时期是动乱不堪的年代，当时的蜀汉国家也刚刚建立，根基还不稳定，加上魏国和吴国的入侵，更使得蜀国内外交困。在这样的情况下，刘备在考虑王位的继承时是非常谨慎的。而且在此之前，也有立贤不立长的先例。

如果刘禅真的是那么昏庸无能之辈，刘备绝不会把皇位传给刘禅。

诸葛亮在《与杜微书》中评价刘禅："朝廷年方十八，天资仁敏，爱德下士。"

诸葛亮这句对刘禅的评价可谓很高了，而且，根据诸葛亮的性格，他从来都不会说一些阿谀奉承的话。

刘禅从小学习《韩非子》《管子》等书，《韩非子》一书中说："君主不智才是大智，无为才是功绩。"他知道哪些是对，哪些是错。

晋朝的李密曾经把刘禅比作春秋五霸之首的齐桓公，说道：齐桓公得管仲而成就霸业，而刘禅得诸葛亮才与强魏抗衡。

刘禅40多年的皇位历史表明：他是个极不简单的人。刘禅在位41年，蜀国老百姓休养生息，国泰民安，蜀国也未出现内忧外患，也证明了作为皇帝的刘禅功不可没。刘禅当了41年的皇帝，41年的帝王历史，这在中国帝王史上时间是很长的，排名在第8位，在三国时期国君中，是在位时间最长的一位。在三国那种群雄割据、战乱不断的时期，能够在位这么久，没有相当的才智肯定会动摇江山。

不少人把刘禅能够安稳地做皇帝归因于诸葛亮的辅佐，应该说确有诸葛亮的功劳。但是，诸葛亮死于公元234年，只辅助了刘禅11年。诸葛亮死后，刘禅仍做了29年的皇帝，如果没有治国理政的才能，又怎么能延续29年的执政生涯呢？

刘禅绝对不是历史小说《三国演义》中描述的那样昏庸低能。南朝史学家裴松之评价"后主之贤，于是乎不可及"。

英国历史学家乔治·屈维廉说："历史有三种不同的任务，我们可以称为科学的、想象的或推测的和文学的。"

今天，我们运用科学的、想象的或者推测的方法，加上一些简单的历史常识，综观刘禅40多年皇帝的客观现实，我们不难发现：从历史上看，刘禅虽算不上是开天辟地、雄才大略的国君，但他也绝对不是一个懦弱无能、昏聩的皇帝，更不是一个扶不起的人。

刘禅是被历史扭曲的君主，我们应该还历史的本来面目，那一顶戴在他头上千年的"扶不起的刘阿斗"的帽子，其实应该给他摘掉了。

历史的真实让人神往，历史深处的细微真相让人震惊。让我们从褪色的画面中，从被误读的历史中，从历史常识中，还原历史的原貌，重新认识阿斗。

人类历史上最伟大的革命友谊

美国科学家和思想家爱因斯坦有一句名言："世间最美好的东西，莫过于有几个头脑和心地都很正直的严正的朋友。"

如果要用事例来印证这一名言的话，那么，伟大的革命导师马克思和恩格斯的革命友谊就是最有说服力的。

马克思和恩格斯是人类历史上杰出的"千年思想家"，他们共同创立了马克思主义。马克思和恩格斯共同创立的这一伟大思想，以其前所未有的伟大力量改变着世界的面貌和人类历史的进程，充分展现着马克思主义无比巨大的真理力量和无比强大的生命力。

这一照耀着全人类的伟大的光辉思想的诞生，归结于马克思和恩格斯之间的革命友谊所产生的巨大的思想合力。

马克思和恩格斯崇高的革命友谊，为人类树立了光辉的典范，更是为国际共产主义运动中千千万万个共产主义者树立了光辉的榜样。

伟大的革命导师列宁在评价马克思和恩格斯的友谊时说："古老的传说中有各种各样十分动人的友情故事，后来的欧洲无产阶级可以说，它的科学是由两位学者和战友创造的。他们的关系超过了古人关于友谊的一切最动人的传说。"

今天，让我们怀着对人类思想史上最伟大的思想家的敬仰，怀着对人类历史上最伟大的革命友谊的敬佩，零距离地走近马克思和恩格斯，细细地了解他们伟大而又崇高的革命友谊。

一、深邃的思想契合，奠定了他们革命友谊的基础

成长相似的人，有趣的灵魂总会相遇。马克思和恩格斯在人生的旅途中、在革命的生涯中，有着相似的经历。因此，也使得他们能够走在一起。

出身德国名门望族的恩格斯从小就具有政治抱负和斗争精神。年轻的恩格斯早就有了"我们将血战一场，无所畏惧地直视敌人冷酷的眼睛并且战斗到生命的最后

一息"的决心，这些精神与马克思的无产阶级的斗争精神一拍即合。

人们都把马克思和恩格斯的友谊比喻成中国春秋时的"管鲍之交"。可是很少有人知道这一段伟大的革命友谊差一点毁于第一次接触。

1842年11月，恩格斯取道科隆去拜会马克思。在《莱茵报》编辑部，恩格斯第一次见到了马克思。

因为马克思任《莱茵报》主编后开展了对自由人的斗争，拒绝鲍威尔等人的稿件。而恩格斯又不了解内情，在马克思面前谈及鲍威尔，因此使马克思对恩格斯没有好感，甚至表现出不耐烦的样子。恩格斯后来说这是"十分冷淡的初次会面"。

1843年9月，恩格斯给《德法年鉴》编辑部寄去了题为《国民经济学批判大纲》的稿件。恩格斯在这篇文章中，第一次将德国哲学、英国经济学和法国社会主义思想融合在一起，并将社会批判的矛头直接指向了资本主义私有制。这个思想观点在马克思主义发展史上还是第一次。负责审稿的马克思高度评价了恩格斯的这篇文章，并称其为"天才大纲"。在《1844年经济学哲学手稿》中称其为"内容丰富而有独创性的著作"，甚至在《资本论》中，马克思多次引用了它。与恩格斯的这篇文章同时发表在《德法年鉴》第一、二合刊号上的，还有马克思的《〈黑格尔法哲学批判〉导言》和《论犹太人问题》两篇文章。

恩格斯从马克思的文章中看到了德国革命的前景和希望，领会了革命民主主义转向共产主义、唯心主义转向唯物主义的必要性，加深了对马克思的印象。

这也是他们思想的第一次吻合。此后，马克思和恩格斯不断用通信的方式交换思想，两位伟大的思想家对基本理论问题与现实斗争策略的看法高度契合。

二、共同的革命实践，磨炼了他们革命友谊的韧性

从马克思和恩格斯第一次会晤起，在40多年时间里，他们在领导国际共产主义运动的伟大斗争中，团结作战，患难与共，建立了真挚的革命友谊。

由于革命斗争需要，他们曾身处两地近20年，但他们之间的关系不仅没有疏远，而后还越来越密切。他们经常通信，交谈各种政治形势和科学理论问题，共同指导各国无产阶级革命运动，在国际共产主义运动的伟大事业中亲密合作。

1844年，马克思和恩格斯共同撰写了《神圣家庭》，进行了第一次合作，建立起漫长而深厚的革命友谊。1845年，马克思和恩格斯共同完成了《德意志意识形态》的成稿，第一次系统阐述了历史唯物主义的基本原理。1846年，恩格斯和马克思在布鲁塞尔共同创建共产主义通信委员会。1846年德国三月革命爆发，马克思和恩格斯回国参加革命斗争，并组织出版革命运动的战斗机关报《新莱茵报》。

恩格斯和马克思同住在伦敦时，每天下午，恩格斯总要到马克思家里去。后来他们住在两个地方，就经常通信，彼此交换意见和研究工作。恩格斯回家后给马克思写信："我还从来没有一次像在你家度过的十天那样感到心情愉快，感到自己真正是人。"

1883年，马克思逝世。恩格斯悲痛万分，朋友们劝恩格斯去旅行散散心。但恩格斯想到马克思生前用毕生精力写作的《资本论》还没完成，这数千页的手稿是马克思花了近40年的心血留下来的一份珍贵遗产。整理出版《资本论》，不仅是为了实现他最亲密朋友的遗愿，而且对国际工人运动具有十分重大的意义。恩格斯谢绝了朋友们的劝说，放下自己手头的《自然辩证法》，尽心整理马克思未完成的《资本论》后两卷。他日以继夜地抄写、整理、补充、编排，花了整整11年时间，才完成了这部伟大的著作的出版。恩格斯说："这是我喜欢的劳动，因为这时我又和我的老朋友在一起了。"《资本论》这部经典著作的写作及出版，是马克思和恩格斯伟大革命友谊的深厚结晶。

三、彼此的欣赏敬仰，提升了他们革命友谊的层面

马克思和恩格斯共同的信仰，使得他们彼此把对方看得比自己重要。马克思对恩格斯的才能十分敬佩，说自己总是踏着恩格斯的脚印走。而恩格斯总是认为马克思的才能要超过自己，在他们的共同事业中，马克思是"第一提琴手"，而自己是"第二提琴手"。

正是如此坚实、深厚和真诚的革命友谊，完美演绎"第一小提琴手"的马克思与"第二小提琴手"恩格斯共同奏响了国际共产主义运动史上最波澜壮阔的进行曲。马克思和恩格斯分开近20年，但他们在思想上的交流从没有终止过。两个人平均每隔一天就要通信一次，他们谈论各种现实问题，谈论对形势的看法，研究革命的策略。

马克思把阅读恩格斯的来信看作是最愉快的事情，他常常拿着信自言自语，好像正在和恩格斯交谈似的。根据列宁编著的工具书《马克思和恩格斯通信集（1844—1883年）提要》，该书收集了马克思和恩格斯通信352封，共40多万字。

1867年4月2日，马克思主义射向资本主义威力最大的炮弹《资本论》第一卷出版。马克思兴奋极了，写信对恩格斯说："这一卷能够完成，只是得力于你！没有你为我而作的牺牲，这样三大卷的著作，是我不能完成的，我拥抱你，感激之至！"恩格斯满怀喜悦的心情复信给马克思："乌拉！当我终于在白纸黑字上看到第一卷已经完成，我禁不住这样欢呼起来。"

恩格斯尽管为马克思做出了巨大牺牲，但他始终认为，能够同马克思并肩战斗

40年，是一生中最大的幸福。恩格斯对马克思是非常敬佩的，恩格斯说："我和马克思共同工作四十年，在这以前和这个期间，我在一定程度上独立地参加了这一理论的创立，特别是对这一理论的阐发。但是，绝大部分基本指导思想，尤其是对这些指导思想的最后的明确的表述，都是属于马克思的。至于马克思所做到的，我却做不到。马克思比我们一切人都站得高些，看得远些，观察得多些和快些。马克思是天才，我们至多是能手。没有马克思，我们的理论还不会是现在这个样子。所以，这个理论用他的名字是公正的。"

维护马克思、敬重马克思、宣传马克思，是恩格斯遇见马克思后的革命人生和政治品德的集中写照。

恩格斯对马克思的人品有着高度的评价，他在马克思墓前的讲话中说："马克思可能有过许多敌人，但未必有一个私敌。"因此，"他的英名和事业将永垂不朽！"

在马克思逝世以后，恩格斯当之无愧地成了"整个文明世界中最卓越的学者和现代无产阶级的导师"。但由于他对马克思的由衷敬重，每当人们热情赞扬他为无产阶级伟大事业作出的巨大贡献时，他都会强调："我只是有幸来收获一位比我伟大的人——卡尔·马克思播种的光荣和荣誉。"

四、无私的互帮互助，融洽了他们革命友谊的关系

马克思和恩格斯在共同的革命斗争中并肩战斗，在生活中他们互帮互助。

马克思不仅十分钦佩恩格斯的渊博学识和高尚人格，而且对恩格斯的身体也很关心。有一个时期，恩格斯生病，马克思时时挂在心上，他在给恩格斯的信中说："我关切你的身体健康，如同自己患病一样，也许还要厉害些。"

恩格斯为了使马克思能专心致力于革命理论的研究，在经济上经常资助贫困的马克思。他违背自己的意愿，到父亲经营的公司中工作，把挣来的钱源源不断的寄给马克思。1863年初，马克思全家已经到了一贫如洗的地步。马克思打算让大女儿和二女儿停学，找个地方工作，自己和妻子燕妮、小女儿搬到贫民窟去住。恩格斯得知这个消息后，连忙发电报劝说马克思别这么做，又迅速筹集了一笔钱，汇给了马克思，使马克思一家暂时渡过了难关。

马克思在给恩格斯的信中写道："亲爱的恩格斯，你寄来的100英镑我收到了。我简直没法表达我们全家对你的感激之情。"在恩格斯需要帮助的时候，马克思同样竭尽全力，毫不犹豫。1848年11月，恩格斯逃亡到瑞士，由于走的时候很匆忙，身边没带多少钱。还在病床上的马克思得知后，连忙到银行将自己仅有的钱取出，全部寄给了恩格斯。由于马克思受反动政府的迫害长期流亡在外，生活很苦。恩格斯

把马克思的生活困难看作自己的困难，省吃俭用，每个月不间断寄钱给马克思。

从1851年至1869年，马克思流亡期间，恩格斯给马克思的资助甚至超过了他自己的消费。

此外，恩格斯还将自己的稿酬交给马克思，在信里写道："不能让那帮狗东西因为卑劣手段使你陷入经济困境而高兴。"

当马克思从恩格斯的来信中得知恩格斯的母亲过世的消息时，马克思只是简单安慰了一下恩格斯，然后又向恩格斯提出要5个英镑。悲伤的恩格斯深知马克思的处境，没有计较自己的朋友不近人情的要求，这是何等深厚的友情啊！马克思和恩格斯时时刻刻设法帮助对方，并各自为对方在事业上的成就感到骄傲。马克思答应给一家英文报写通讯稿时，还没有十分精通英文，恩格斯就帮他翻译。恩格斯从事著述的时候，马克思也往往放下自己的工作，帮助他编写其中的某些部分。

马克思在一次致恩格斯的信中这样写道："亲爱的恩格斯，你是在哭还是在笑，是在睡觉还是醒着？最近三个星期，我往曼彻斯特寄了各种各样的信，却没有收到一封回信。但是我相信都寄到了。"

同样，如果有几天听不到马克思的音讯，恩格斯就会发出"连珠炮"似的追问"老摩尔，老摩尔，大胡子的老摩尔，你出了什么事情？怎么听不到你一点消息？你有什么不幸？你在做什么事情？你是病了？还是陷入了你的政治经济学的深渊？"

马克思和恩格斯也是酒桌上的好友。《马克思恩格斯全集》收录的书信中，述及他们两个人喝葡萄酒的有400处左右，可见马克思和恩格斯的革命友谊也是经过"酒精考验"的。

恩格斯曾经指定马克思作为自己遗产的唯一继承人，但在马克思逝世后，恩格斯重新修改了遗嘱。按照最终的遗嘱，马克思的长女珍妮得了恩格斯全部遗产的1/3，马克思的次女劳拉.拉法格和三女爱琳娜各得恩格斯全部遗产的1/3。可见，恩格斯和马克思的友谊有多深。

马克思在1866年2月20日给恩格斯的信中，对他们两个人的友谊作了高度的评价："我们之间的这种友谊是何等的幸福，你要知道，我对任何关系都没有作过这么高的价。"

大千世界，人山人海。在这人群中能寻找到思想契合、志同道合、情趣相投的战友，那是多么的幸福。

马克思曾说："在这个尘世上，友谊是私人生活中唯一具有重要意义的东西。"按照马克思的这一观点，马克思和恩格斯的友谊，对于他们来说是何等的重要。

马克思和恩格斯的友谊不愧是人类历史上最伟大的革命友谊。而对于成千上万的共产主义者来说，他们的革命友谊就是榜样！他们的思想就是前进的方向！

灵魂深处的呐喊

"鲁迅"，这是一个让华人世界几乎都能记得和熟悉的名字。

鲁迅，这是一位让中国文坛乃至整个世界文学界的人们，都十分敬仰的伟大作家；鲁迅，这是一位20世纪东亚文化地图上占最大领土的作家（韩国文学评论家金良守对鲁迅的评价）；鲁迅，这是一位让反动分子一听到鲁迅的名字就会使自己头皮发麻的"毒舌"。

对于鲁迅，即使没有上过学的人也大都记得他那句被人常应用的名言："走自己的路，让别人去说吧。"

鲁迅先生是中国现代文学的奠基人。中国第一部现代白话文小说《狂人日记》的诞生，标志着鲁迅这位中国文化巨人的横空出世。

因此，在中国文学发展史上，"鲁迅"是一个响亮的名字，即使是近现代中国历史上，也始终无法绕开鲁迅，不得不提鲁迅。

但是，鲁迅先生对近现代中国深远的影响，不是以一个伟大的文学家的身份出现的，而是以一个伟大思想家的身份出现的，他以自己伟大的思想来影响中国乃至世界。

鲁迅是一座历史丰碑。他的伟大的思想、伟大的灵魂和精美的作品，奠定了他在中国近现代历史上的无法撼动的历史地位。

鲁迅的历史地位随着新中国的成立达到最高点。许多中外名人对鲁迅的历史地位和杰出成就都给予了极高的评价。

中国现代作家郁达夫感慨道："如问中国自新文学运动以来，谁最伟大？谁最能代表这个时代？我将毫不踌躇地回答：是鲁迅。"

现代诗人冯雪峰在评价鲁迅时说："鲁迅的文学思想，并非中国传统文学所培植的，但他的思想和作品又无不浸润着中国民族的长久传统，他用民主革命的理性光辉，去照亮中国的传统文化。"

日本文学评论家竹内好说："鲁迅是现代中国国民文化之母。"德国汉学家顾彬："鲁迅是20世纪的中国无人可及也无法逾越的作家。"

而伟大的领袖和导师毛泽东同志从阶级的立场、政治的方向诗人的角度，对鲁迅先生的评价更是把他推向了极高的地位。

毛泽东同志与鲁迅先生素未谋面，但他对这位伟大的文学家、文艺战士、革命的硬骨头精神极为敬仰、极为推崇。

在鲁迅先生去世一周年之际，毛泽东同志在《论鲁迅》的纪念文章中，称鲁迅为"中国第一等的圣人"，而自己则是圣人的学生。毛泽东同志在讲话中常常称"马、恩、列、斯、鲁"。可见鲁迅先生在毛泽东同志心目中的位置。

毛泽东同志在《新民主主义政治和新民主主义文化》的讲演中说："鲁迅是中国文化革命的主将。他不但是伟大的文学家，而且是伟大的思想家和伟大的革命家。鲁迅的骨头是最硬的，他没有丝毫的奴颜和媚骨，这是殖民地半殖民地人民最可宝贵的性格。鲁迅是在文化战线上，代表全民族的大多数，向着敌人冲锋陷阵的最正确、最勇敢、最坚决、最忠实、最热忱的空前的民族英雄。"

这个评价集中体现了毛泽东同志和中国共产党人对鲁迅先生极其高度的肯定。

一、鲁迅的灵魂深处有着不可退却的倔强性格

鲁迅思想的根本点就是对中国人精神的深刻反思，对黑暗及邪恶的坚韧反抗。鲁迅的文学和文字都渗透着"横眉冷对千夫指，俯首甘为孺子牛"的爱憎分明的阶级立场。

在涉及民族存亡、国家兴衰、道德底线、文化的前进方向等原则问题上，鲁迅先生一贯立场坚定、旗帜鲜明。对于邪恶势力更是横眉冷对、口诛笔伐、敢于亮剑、毫不退让。

鲁迅的时代是中华民族危机空前、民不聊生的时候，鲁迅等一大批进步人士出于强烈的爱国心和对民族前途的忧虑、出于对反动派的怒吼、出于对启迪愚昧落后的思想而发声。

鲁迅就像西方自信笃定、狂傲独特的德国哲学家尼采，他不畏权威神鬼，富有革命的斗争精神，是一位对敌斗争十分坚决的前所未有的文化斗士。

鲁迅先生的一生充满着革命的激情，是一位遇到战斗就热血沸腾的战士，他的笔墨像出膛的子弹、奔涌的烈火，指向黑暗的社会，瞄准丑恶的嘴脸。他不能容忍民族的沉默无声，他不能眼睁睁地看到民众熟视无睹的麻木不仁。正如鲁迅的名言所说："不在沉默中爆发，就在沉默中灭亡。"

在血与火的斗争实践中，鲁迅宣称："只要我活着，就要拿起笔，去回敬他们的手枪。"鲁迅先生实现了他当初弃医从文的承诺：要用文章来骂醒麻木不仁的国人。

鲁迅先生在生命的最后时刻，意识到自己树敌不少，但他对此从不悔恨，他说："我的怨敌可谓多矣，倘有新式的人问起我来，怎么回答呢？我想了一想，决定的是：让他们怨恨去，我也一个都不宽恕。"

鲁迅先生不可退却的性格，即使在临死前也是充满着倔强，他的最后遗言："不饶恕人，也不求人饶恕。"

二、鲁迅的文学思想有着中国精神的深刻反思

鲁迅生活的时期是一个中西方文化碰撞、西方文化冲击传统文化的时代，鲁迅是那个时代最富有反省和反思精神的作家。鲁迅先生说："没有思索和悲哀，就不会有文学。"鲁迅的这种反思精神贯穿在他所有的文学作品中。

鲁迅先生在作品《祥林嫂》一文中塑造祥林嫂这一人物形象，就是为了揭露封建礼教吃人的本质。鲁迅鲜明地指出，是族权、夫权、神权三座大山的压迫，才造成了祥林嫂如此的悲剧。

鲁迅先生认为，既要对社会进行启蒙教育，又要对社会进行改造。小说《故乡》，通过作者在回乡的所见所闻，揭露了帝国主义的侵略、封建主义的压迫。从闰土身上揭示了旧制度对社会的摧残，指出了农民的落后和愚昧，从而坚定了鲁迅改造社会的强烈愿望。

鲁迅先生在《春末闲谈》一文中指出，猛兽总是独行，牛羊才成群结队。而猛兽代表着反动当局，是强者；牛羊是劳苦大众，是弱者。在强者和弱者并存的等级社会中，强食弱肉，弱者要想制衡强者，达到相对平等的均衡状态，唯一的办法就是像牛羊结队一样抗御猛兽一样，弱者联合起来压制压倒强者。

鲁迅先生提倡思想自由，允许民众言论自由，他指出："因言获罪，摧毁了大多数中国人的责任与担当。"

鲁迅先生在许多作品中都充满着哲学思想，又不乏幽默风趣。鲁迅先生在《理解尊重》一文中说："我以为别人尊重我，是因为我很优秀，后来才明白，别人尊重我，是因为别人优秀。"

"永远别对伤害你的人抱有希望，伤害人一旦有了先例，就可以发生得更容易。一条狗咬过了人，会因为血腥的味道再次伤人。一个人背叛了你，会因为你的善良变本加厉。"这也是鲁迅先生对现实生活的感悟之言。

鲁迅认为，国民性的最大特点是奴性人格，表现在麻木不仁、冷漠无情、是非

不分、混沌无知、愚昧落后、自私自利、自欺欺人、自我安慰。鲁迅先生笔下的阿Q是国民劣根性的集中代表，其"精神胜利法"是其卑怯和奴性的充分表现。鲁迅的作品就是要警醒和解放这些愚昧的人。

三、鲁迅的斗争精神有着一往无前的豪迈气概

笔墨相讥是那个时代文坛空前繁荣的一个表现。鲁迅先生用文章来骂人，文字犀利，震耳发聩，像"匕首"和"投枪"，它不但指向反动派，而且也指向自己阵营中的错误思想。

鲁迅先生被称为"骂遍民国无敌手"的毒舌，堪称骂功高手。鲁迅先生骂过的人涉及到政界、军界、学界等许多领域，被他痛骂过的人不计其数。有人粗略统计，他在文章中骂过的人超过了1000个。

鲁迅先生的骂人是以笔战的形式出现，鲁迅先生骂出了风格、骂出了水平、骂出了特色，有的被骂的人因此对他也咬牙切齿。

文学家梁实秋是与鲁迅笔战时间最长的一位现代文化名人。

两个人的笔战，起初由对文学的阶级性的不同看法引起。留学美国，师从白璧德的梁实秋主张文学的人性论，而鲁迅却认为文学具有阶级性。正是在观点绝不相同的论战中，鲁迅写下了影响巨大的《丧家的"资本家的乏走狗"》一文。

在非友即敌的二元对立的世界中，梁实秋也成了"资本家的乏走狗"的代名词。此文后来也成了中学教科书的内容。

鲁迅先生和文学家胡适的主要矛盾是思想冲突。"五四"运动后期，胡适与鲁迅日渐分道扬镳，走进了不同的思想阵营。于是，鲁迅先生写了多篇文章来批判讽刺胡适。

胡适的"多研究问题，少谈些主义""钻入研究室""整理国故"，乃至后来的"好政府主义"、对国民政府"小骂大帮忙"等言行，都被鲁迅先生怒目。胡适主张学校是教学机关，不应该卷入政治漩涡尤其是党派斗争漩涡中。鲁迅骂他出卖灵魂，令人作呕。骂胡适乃是为虎作伥却又标榜仁义道德的"帮忙文人"。

鲁迅先生和诗人徐志摩的对骂属于价值观问题。鲁迅先生认为徐志摩写的东西多是"无病呻吟"的产物。徐志摩写有关"音乐"的文章，文中说战场中的声音也是"音乐"，这引得鲁迅不满。鲁迅先生是民族斗士，在他看来，战场就是苦难的聚集地。而徐志摩却说成"音乐"，这必然会遭到痛恨战争的鲁迅的痛斥。

1924年，文学评论家陈西滢在胡适的支持下与徐志摩、王世杰等共创《现代评论》杂志，主编其中的《闲话》专栏。在此期间，陈西滢与鲁迅结怨，两人爆发多

次笔战。

1925年的北京女师大风波，陈西滢与鲁迅开始针锋相对，口诛笔伐。此外，1926年3月8日，"三一八惨案"发生时，陈西滢在《现代评论》的"闲话"专栏发表暗示此次风潮由鲁迅主使的文章，引起鲁迅的极大的反感，并撰文反击。鲁迅先生在《记念刘和珍君》等文中把陈西滢讥讽为"正人君子"。这是鲁迅先生在现代文化史上的第一次笔战。

陈西滢长期以来都是被高度脸谱化，顶着鲁迅的"骂名"而留下"反动文人"的形象。如果说鲁迅先生是以"骂人"出名的，那么陈西滢就是"被骂"出名的，并且主要是被鲁迅"骂"出名的。1925年至1927年间，鲁迅先生半数以上的杂文都与陈西滢及其所代表的"现代评论派"有关。

教育家章士钊早在五四新文化运动期间就因提倡复古而与鲁迅相悖交恶。北京女师大风潮期间，他担任段祺瑞政府的司法总长与教育总长。"三一八惨案"后，由于鲁迅支持学生，章士钊将鲁迅开除教育部佥事一职。鲁迅先生在文章中除了痛骂章士钊外，还骂了北京女子师范大学的校长杨荫榆和陈西滢。

被鲁迅先生骂过的作家张春桥（当时的笔名叫迪克），当时也与鲁迅笔战，鲁迅先生痛恨他为虎作伥。果然后来篡党夺权的张春桥更加嚣张，被鲁迅言中。

有些被鲁迅先生骂过的人，对鲁迅先生还是有很高的评价。

诗人郭沫若也被鲁迅先生骂过，但他也不得不说："鲁迅先生无意做诗人，偶有所做，每臻绝唱。""鲁迅是革命的思想家，是划时代的文艺作家，是实事求是的历史学家，是以身作则的教育家，是渴望人类解放的国际主义者。"

鲁迅先生去世后，作家苏雪林给胡适写了一封长信，称鲁迅先生是"刻毒残酷的刀笔吏，阴险无比。"但胡适不出一句恶声，反而对鲁迅给予了很高的评价："鲁迅是个自由主义者，绝不会为外力所屈服，鲁迅是我们的人。"

当夫人许广平就《鲁迅全集》出版事宜给胡适写信，请他推荐商务印书馆出版。胡适欣然同意，并亲自担任鲁迅纪念委员会委员，为《鲁迅全集》的出版奔波出力。

被鲁迅先生骂过的作家老舍说："看看鲁迅全集的目录，大概就没人敢说这不是个渊博的人。可是'渊博'两字还不是对鲁迅先生的恰好赞同。"

被鲁迅先生骂过的还有钱玄同、周作人、林语堂、废名、梅兰芳、李四光、成仿吾、沈从文、施蛰存、朱光潜、邵洵美、邹韬奋、吴宓、欧阳兰、吴佩孚、段祺瑞、蔡元培、梁漱溟、钟敬文、蒋梦麟、张学良、刘半农、张天翼、戴望舒、林徽因、章太炎、吴稚晖、老舍、叶圣陶、茅盾等人。

平心而论，鲁迅先生骂人，常常对事不对人，骂过就算，并不记仇。他骂的，常常是涉及国家存亡、民族文化存亡的大事，而形态上却是与个人论战。

被鲁迅先生骂过的人不一定都错，也不一定都对。

俗话说：骂人没有好话。因此，在笔战过程中难免有损害对方形象的现象的出现，但鲁迅先生从来就事论事，因此无碍于笔战中的鲁迅一身正气的形象。

当然，对鲁迅先生隐隐约约的反面的评价，也从来没有停止过。有内心的中伤和无意的曲解，含沙射影也好，露骨直白也罢，都时有出现。但这并不影响一个时代的文学巨人的伟岸风采。

鲁迅先生被称为骂遍天下无敌手，但鲁迅先生也自称一生背负骂名。正如他自己所说，和一些人的激烈争论实为公仇，而非私愤。鲁迅先生是骂不倒的倔强，打不断的脊梁，倒是这些不起眼的尘埃反而映衬了鲁迅先生的伟大。

一位名人说过，世上没有被捧成的伟人，更没有伟人会因咒骂而变得渺小。

1936年10月19日，鲁迅先生因病去世，他的遗体上覆盖着由沈钧儒书写的"民族魂"的旗帜。

上海10万民众自发地赴万国殡仪馆瞻仰鲁迅先生遗容，许多人行走10多里至万国公墓，人们含着眼泪以步行的方式来送别鲁迅，以寄托对鲁迅先生的哀思。

中国现代漫画事业的先驱丰子恺说："有些动物主要是皮值钱，譬如狐狸；有些动物主要是肉值钱，譬如牛；有些动物主要是骨头值钱，譬如人。"

鲁迅先生就是这样一位爱憎分明、永不屈服的硬骨头，鲁迅的骨头才是最硬的。鲁迅先生无愧于"民族魂"的光荣称号。

鲁迅先生不但是一位伟大的文学家，而且也是一位伟大的思想家，他即使不是中国近现代历史上的第一伟人，但至少是中国近现代文字史上的第一伟大。

日本诺贝尔文学奖获得者大江健三郎说："在我有生之年，我希望向鲁迅先生靠近，哪怕只能挨近一点。这是我文学和人生的最大愿望。"

不懂鲁迅，就是不懂近现代史的中国；不懂鲁迅，身上就不会能有灵魂这种不可退却的最后的倔强；不懂鲁迅，就无法肩负起中华民族伟大复兴的历史重任。

她是用博爱拥抱苦难的人

如果昨天有人问我：在这个世界上唯一让所有人都爱的女人是谁？我会毫不犹豫地回答：母亲；如果再让我回答具体是哪位女性时，我一时还真回答不上来。

但今天，当我看完《印度修女德蕾莎》后，我除了感慨万千和肃然起敬外，我更要理直气壮地告诉你：世界诺贝尔和平奖获得者、著名的天主教慈善工作者、印度修女德蕾莎就是世界上唯一让所有人都爱的女人。

中国人民的伟大领袖毛主席说过这样一句话：一个人做点好事并不难，难的是一辈子做好事。德蕾莎修女就是一辈子用自己的大爱、怜悯、慈悲和执着，去做好事、做善事、做每一个人都能做却没有去做的事——帮助苦难的人。

她带着修女，在街头、甚至火葬场和坟坑里，寻找那些濒死的人。她为这些人喂饭、包扎、擦洗溃烂的身体，让他们和常人一样具有尊严。

她坚守清贫、嫌弃物欲，过着十分清贫简单的生活。在寒冷的冬天，她只穿鞋，没有袜子。她吃最简单的食物，甚至有时只吃盐和饭。

早年印度穷人很多，许多人不穿鞋，为了接近这些穷苦的人群，她也不穿鞋。

有一次戴安娜王妃访问印度，亲自去拜见德蕾莎修女。她突然间发现德蕾莎修女没有穿鞋。事后她讲了这么一句话："我跟她握手的时候发现她没有穿鞋，而我脚上穿了一双白色的高跟鞋，真羞愧呀。"

德蕾莎穿着蓝色花边围裙和凉鞋，去接受世界性的最高荣誉——诺贝尔和平奖。她还建议将用于宴会的7000美元全部捐给印度穷人。她卖掉了诺贝尔奖牌，连同奖金全部捐给了慈善事业。她的获奖感言是："这项荣誉，我个人不配领受。今天，我来接受这项奖金，是代表世界上的穷人、病人和孤独的人来领奖的。因为我相信，你们愿意借着颁奖给我，而承认穷人也有尊严，这个奖是对贫穷世界的承认。"

德蕾莎把一切都献给了穷人、病人、孤儿、孤独者、无家可归者和垂死临终者。就是这样一个弱女人，把爱撒向苦难的穷人，用伟大的爱拥抱苦难的人。

有个被德蕾莎救治过的老人在临死前，拉着德蕾莎修女的手，用孟加拉语低声地说："我一生活得像条狗，而我现在死得像个人，谢谢了。"

德蕾莎修女的善行向我们揭示了：世界上最渺小的生命也应拥有最高贵的尊严的道理。德蕾莎修女留下了4000个修会的修女，超过10万以上的义工，还有在123个国家中的610个慈善工作者。她去世时，个人财产只有1张耶稣受难像，1双凉鞋和3件粗布沙丽。印度政府为她举行了只有总统和总理才有资格享有的国葬。在女性地位堪忧的印度，这是一个国家给一个伟大的女人极高的荣誉。她不但获得国葬，而且连总统和总理都在她遗体前下跪。难怪美国国务卿希拉里说："我连帮德蕾莎修女提鞋都不配。"

德蕾莎以明亮的眼神、菊花般的皱纹、矮小佝偻的身躯，诠释了人的美丽原来与皮囊无关；撕下了"你爱我我就爱你"的"非爱"面具；揭示了当今社会人与人之间的一些虚伪和邪恶；提醒了人们放下高贵，去关爱每一个需要关爱的人。

德蕾莎修女，这位举世公认的穷人之母，为全世界所有人——无论是信徒还是非信徒，树立了博爱仁慈的榜样；见证了就算在最艰难最困苦的时刻，只要有爱，人生依然是有价值的。

2009年10月4日，诺贝尔基金会评选"1979年和平奖得主德蕾莎修女"为诺贝尔奖百余年历史上最受尊崇的3位获奖者之一。（排名后两位的是1964年和平奖得主马丁·路德金、1921年物理学奖得主爱因斯坦）。

在历史上十大著名诺贝尔奖得主的排名中，德蕾莎修女排名第一。

德蕾莎的哲理名言，始终激发起人们对爱的追求。

德蕾莎修女说："如果要为穷人服务，必须先把自己变成穷人。除非你过贫苦者的生活，否则你如何了解他们？"

"即使你是友善的，人们可能还是会说你自私和动机不良，不管怎样，你还是要友善。""即使把你最好的东西给了这个世界，也许这些东西永远都不够，不管怎样，还是要把你最好的东西给这个世界。""如果我们说：'我爱上帝，但是我不爱我的邻居'，这是不够的。"

德蕾莎修女认为，人类的不幸并不存在于贫困、生病或饥饿之间。真正的不幸是当人们生病或贫困时没有人伸出援手。即使死去，临终前也应有个归宿。

正是这位貌不惊人的修女，曾经让无数被世俗社会抛弃的人，在生命的最后几个小时里，获得了尊严的补偿，让垂死的人有尊严地离开世界。

德蕾莎去世前说："在血缘上，我是阿尔巴尼亚人，从公民的身份上，我是印度人，但从信仰上讲，我属于世界。"

她的墓碑上刻着她留给世人的遗言："因为我爱你们，你们也要爱彼此。"

2016年9月4日，罗马教皇方济各在梵蒂冈城圣伯多禄广场正式封德蕾莎修女为圣人。教皇说道：让我们将德蕾莎的微笑铭记于心并给予我们所遇到的每一个人。

台湾大学校长李家同特地去德蕾莎修女工作的地方，做了他一辈子没有做过的事情：洗碗、给病人喂水喂饭、洗衣服、送药、搬运尸体……，他写道："现在我才知道，我一直在躲避着人类的真正穷困和不幸，其实我从来没有真正爱过。"

英国诗人雪莱说："博爱是消除人类不幸的唯一良方。"

南斯拉夫科索沃内战期间，德蕾莎向负责战争的指挥官说：战区里的妇女儿童都逃不出来。指挥官跟她讲："修女啊，我想停火，对方不停啊，没有办法。"德蕾莎说："那么，只好我再去对方那边了！"当德蕾莎走进战区后，双方立刻停火。当她把战区里的妇女儿童带出后，双方又打起来了。

当联合国秘书长安南听到这则消息后赞叹道："这件事连我也做不到。"之前联合国曾调解过好几次，但南斯拉夫的内战始终没有停火。而当德蕾莎走进战区后双方却能立刻停火，可见德蕾莎巨大的人格魅力。

德蕾莎的人格、精神力量以及纯粹的心灵，早已超越了文化属性和人性的存在。她是全世界所有爱与美的化身，她的人性的真善美永远是我们学习的榜样！

如果我说，在看完《印度修女德蕾莎》后，我一气呵成这篇读后感，也许你会相信；但如果我说，看了《印度修女德蕾莎》后，我热泪盈眶，也许你不一定相信。这也并非说明我是个心软之人，容易被情节感染，而是德蕾莎修女的故事的确打动人心，她的事迹让每一个人敬佩万分。

英国文艺复兴时期思想家培根说："同情是一切道德中最高的美德。"而在一切道德品质之中，善良的本性是最需要的。

今天的世界，光明与黑暗并列，暴富与贫穷共存，战争与和平同在。但人类追求和谐、美好和幸福又是如此的迫切，德蕾莎修女的博爱和善良，一生的信仰和践行，对当今动荡不安的世界不是一种警示教育吗？

德蕾莎修女的一生，既简单，而又伟大，就像她所说的："我们常常无法做伟大的事，但我们可以用伟大的爱去做些小事。有时你需要做的只是握住他的手，给他一个微笑，听听他说的话，这就够了。"

"爱不是将自己剩余的、不要的分给别人，而是以全心将自己所有的、心爱的分给大家。"这沉甸甸的爱，德蕾莎修女一生做到了。

一个人只有博爱在，才能证明他的存在。

德国音乐家贝多芬说："没有一个善良的灵魂，就没有美德可言。"生命短促，爱心无限，让我们把美德留传到遥远的后世，让世界永远充满爱。

牛顿到底有多 "牛"？

牛顿的名字，只要上过初中的人就不会感到陌生。但大多数人只停留在知道他是个大物理学家，发现了万有引力定律的层面上。

人们知道牛顿很 "牛"，但牛顿还有一些牛气冲天的地方，也许你并不了解。

比如说，在中国，许多人只知道牛顿是一个杰出的科学家，不知道他还是开启近代社会的伟大的思想家。

今天，就让我们带着对这位人类最伟大的科学家无限敬仰的心情，一起走近牛顿。

一、没有牛顿，就没有物理学

牛顿的 "牛"，是他的思维方式非同寻常。一个苹果落地的现象司空见惯，一般人根本不会联想到什么。而牛顿就想到了苹果为什么垂直落在地上，为什么苹果不悬在空中或飞到天上。于是他得出大地对苹果有吸引力，发现大地对物体都有吸引力，于是他发现了万有引力定律。

牛顿在物理学上，奠定了经典力学的基础，定义了许多物理量，提出了力学三定律和万有引力定律。牛顿被誉为 "物理学之父"。

在牛顿以前，并没有一个关于物理因果性的完整体系。

牛顿的创造，标志着现代力学诞生、物理学诞生，乃至近代自然科学诞生。

二、没有牛顿，就没有高等数学

牛顿是一个伟大的数学家。在牛顿之前的数学是初等数学，在牛顿以后，才有了高等数学。

牛顿在数学上发现二项式定理，发明了微积分，直接开创了高等数学。从此，数学家和物理学家开始 "分居"。

因为有了高等数学，人们看待世界的方式有了改变。

三、牛顿是一位百科全书式的全才

在光学上，牛顿提出了光的粒子说，发现了光谱，发明了牛顿望远镜。

在天文学上，牛顿利用经典力学和微积分，构建了当时最准确的天体运动模型。牛顿发明了反射望远镜。在天文学上第一次提出了月亮潮汐现象的解读，证明了地球是不规则的球体。牛顿第一个提出了人造地球卫星。

在化学上，牛顿通过对炼金术的研究，提出了原子论的原型，以及朴素的物质不灭定律的构想。在经济学上，牛顿提出了金本位制度。

全世界在自然科学领域中诞生了许许多多伟大的科学家。如果给这些伟大的科学家排一个名次的话，他们都称得上是在某个领域里独领风骚的人物。但是在自然科学的神圣殿堂中，唯有一人堪称帝王，这头一把交椅，非牛顿莫属。

牛顿的科学成就，至今无人敢与之争锋！

四、牛顿是一位伟大的思想家

牛顿不但是一位杰出的科学家，而且他还是一位开启近代社会的伟大的思想家。牛顿的哲学思想和方法论体系被爱因斯坦称赞为"理论物理学领域中每一工作者的纲领"。正是这样一个纲领，指引着人类一代又一代的科学家不断向科技高峰攀登。

牛顿谦逊好学，他说："如果我比笛卡尔看得远些，那是因为我站在巨人们的肩上的缘故。"

牛顿指出："把简单的事情考虑得很复杂，可以发现新领域；把复杂的事情看得简单，可以发现新定律。"这些哲学思想引领着他从事研究物理数学。

牛顿抨击当时的社会现象，发出了他内心对现实世界的无奈："我可以计算天体运行的轨道，却无法计算人性的疯狂。"

牛顿以他伟大的思想指引着他杰出的科学研究，他不愧是一个伟大的思想家。

五、牛顿是有史以前最伟大的科学家

爱因斯坦说："在牛顿以前，并没有一个关于物理因果性的完整，能够表示经验世界的任何的深刻特征。以他以前和以后，都还没有人能像他那样地决定着西方的思想、研究和实践的方向。"

牛顿的著作《自然科学与哲学》最早提到科学一词，我们系统性的科学的思考来自于牛顿。牛顿开拓了向科学进军的新纪元。

在牛顿诞生后的数百年里，随着现代科学的兴起，大多数人的生活方式发生了

革命性的变化。而这些变化大都是基于牛顿的理论和发现。

历史学家认为，英国最终能成为世界强国，主要靠了三个人，那就是瓦特、牛顿和亚当·斯密。没有牛顿的力学就没有爱因斯的相对论。

由于牛顿的卓越贡献，他逝世后以非王室身份享受国葬，整个伦敦全城为他送葬。

法国大文豪、启蒙思想家伏尔泰在牛顿的葬礼上感慨道："走进威斯敏斯特教堂，人们所瞻仰的不是君王们的陵寝，而是国家为感谢那些为国增光的最伟大的人物建立的纪念碑。"

牛顿的墓碑上镌刻着："让人们欢呼这样一位多么伟大的人类荣耀曾经在世界上存在。"

美国第28任总统威尔逊说："《美国宪法》是臣服于牛顿规律的。"

在《时代》杂志评选人类历史最有影响力的人的评选中，牛顿排名第二，排名第一的是耶稣。在《影响人类历史进程的100名人排行榜》中，牛顿名列第二位，排名第一的是穆罕默德。

牛顿，作为人类有史以来最伟大的科学家，他开创了人类科学的新纪元。他的科学发现，为人类历史带来了翻天覆地的变革，我们现在人类许多的幸福生活都与他有关。

我们在享受人类科学发明成果的同时，不能忘记牛顿这位伟大的思想家和科学家，不能忘记他对人类文明与进步所作出的杰出贡献。

牛顿伟大思想的光芒将永远指引着一代又一代的科学家向着世界科学高峰攀登。

一位东方君子的绅士风度

东方的君子和西方的绅士，其实都是些介于贵族和平民之间的人。这个阶层的人完全以个人的文化涵养，行为修养为特征。无论是君子还是绅士，都值得人们尊重。

西方绅士的风度就是有文化、有修养、有仪表，具有善良、正直、忠诚的品质，体现在崇尚荣誉、责任担当、牺牲精神、怜悯弱者等方面。

"绅士"这个词，无论西方还是东方，一度时期一直都带有贬义。但长期以来，更多的是褒义。

说到东方的君子，我们完全可以说上一大堆名字。而在这些人物中，民国才子、现代思想家、哲学家、文学家胡适无疑是个魅力无限的具有绅士风度的谦谦君子。

民国时期，流传着这样一句话："世间如果有君子，名字一定叫胡适。"这足于说明在当时，人们对胡适这位君子的形象高度认可。

美籍华人学者唐德刚评价胡适："谦谦君子，温润如玉。"历史学家罗尔纲说胡适："我还不曾见过如此一个厚德君子之风。"散文家陈之藩说："每次读胡适给自己的来信，并不落泪，而是想洗个澡，只觉得自己污浊，因为从来没见过这样澄明的见解与这样广阔的心胸。"

就连一生骂人无数的台湾学者李敖，都对胡适尊敬有加，称他是"最有见解"的人。

胡适西装革履，风度翩翩、举止优雅，在那个时代上层女性的择偶标准里，胡适无疑是她们首选的终身伴侣。"未见胡适已倾心，一见胡适误终身。"就是当时女性心中对胡适形象的最好写照。此时的胡适可谓万千少女心中的梦中情人。

胡适在女生面前不仅有绅士风度，而且更有着一种认真的态度，尊重女性，贯穿于胡适的一生。

民国初期，文人离婚是热潮，因为当年的婚姻都是由父母而定，婚内爱上自己遇到的钟爱的女人，也并不是一件丢人现眼的事情。

作为领导中国新文化运动，既有思想又有文化，既潇洒又儒雅的胡适，在他面前经常会出现和自己灵魂高度契合、情趣相投的女子。而且，胡适的结发妻子江冬秀是一个十分封建的小脚女人，既没有文化，又没有相貌。但恰恰胡适对她十分忠诚，从一而终，也足于说明了胡适对待女性的态度。

胡适身上不仅有着西方人彬彬有礼的绅士风度，而且有着中国人传统的宽容和大度的胸襟。

因某些思想观点不同，鲁迅先生对胡适非常有成见，写了不少讽刺、挖苦胡适的文章。但胡适不搞"党同伐异"，不搞党派、政治和思想之争，也不带个人情感的偏见，迄今为止，未见胡适回骂鲁迅的文字。

胡适把新文化运动短篇小说的创作成绩归于鲁迅。对于文化界和思想界出现的对鲁迅在内的左翼作家的抨击以至谩骂的现象，作为右翼文化泰斗的胡适没有回应、没有和声，不搞对抗。当鲁迅遭到无端谩骂和人身攻击时，胡适还为鲁迅叫屈，主持公道。

胡适虽然十分鄙视郭沫若的"阿谀"和"无行"，但由于郭沫石在中国甲骨文研究方面的成就，胡适也照样提名他为第一届中央研究院的院士。

虽然胡适和梁漱溟在对待中西方文化上争论十分激烈，免不了有口舌之战，但胡适对梁漱溟的人品、操守以及其圣贤自任的气魄，发自内心地敬佩。

民国初年，胡适也经常被许多文化人士抨击和谩骂，但他很淡定，心平气和。正如他自己所说："不要去管它，那是小事体，我挨了40年的骂，从来不生气。"

胡适在中国文化、思想、哲学史上具有十分重要的位置。他早年毕业于美国哥伦比亚大学，学识渊博，得过36个博士学位（自己认为35个），这恐怕在中国是绝无仅有的。

胡适26岁就受聘北京大学教授，后来出任北京大学校长。1936年出任中国驻美国大使。还担任过中央研究院院长。

鲁迅先生虽然和胡适在某些思想上有分歧，但他又说："《新青年》时期，最惹我注意的是陈独秀和胡适之，我佩服陈胡。"

英国翻译家阿瑟·戴维·韦利曾说："胡适绝顶聪明，可以说是当今世界上最聪明的六个人之一。"此话听上去有点过，但一定有其支撑这一说法的理由。

胡适是第一位提倡白话文和新诗的学者。白话文运动，是新文化运动的主力军，而胡适是提倡白话文的旗手。

1917年，胡适在《新青年》上发表《文学改良论》，主张进行文学革命，艰难地迈出了中国现代文学的艰难第一步。1919年2月，胡适出版了《中国哲学史大纲》

（卷上），开创了中国哲学史，第一次突破了千百年来中国传统的历史和思想史的原有观念标准、规范和通则，成为一次范式性的变革。

胡适是中国新文学、哲学、史学的开山之人，他被国际学者公认为"中国文艺复兴之父"。

胡适一生崇尚科学、崇尚民主自由、崇尚理性主义，追求民主、法治、自由、人权等普世价值的实现，强调反对封建专制和集权政治，倡导人的民主自由。

为了"民主"和"自由"，胡适不顾生死，发表了许多文章，抨击国民党政客践踏人权。国民党通过多种渠道警告他，但胡适毫不退缩，继续发表文章抨击蒋介石和国民党当局，表现出一个旧时代知识分子不屈的灵魂。

胡适是一个正直的知识分子，他的人生格言："宁鸣而死，不默而生。"历史上他曾三骂蒋介石，虽然蒋介石为了体现自己胸怀大度，面上不计较胡适，但私底下蒋介石恨透了胡适。胡适去世后，蒋介石在日记中写道"胡适之死，在革命事业与民族复兴的建国思想言，乃除了障碍也。"

毛泽东同志早期对胡适先生也十分佩服。新中国成立后，毛泽东同志曾托人带信劝胡适先生回国，同时还对人说："胡适在新文化运动中是有功劳的，不能一笔抹杀，应当实事求是。"

胡适的文化更趋向于西方，思考的模式也完全是欧式的，他具有谦逊谦卑的绅士风度。曾经和胡适共事过的季羡林先生回忆，胡适待人亲切，无论对什么样的人，都是笑容满面，从来没见过他因自己的身份而"摆架子"。后辈在他面前，丝毫没有局促感，经常如沐春风中。

胡适乐意赞助困难学者从事和完成学业，一批后起之秀，如林语堂、周汝昌、李敖、沈从文、季羡林，都曾受过胡适的资助。胡适之所以愿意赞助别人，是因为他知道得到他赞助的人，能在学识上学问上有所建树。正如胡适所说的："借出去的钱，总是'一本万利'，永远有利息在人间。"

胡适虽然一辈子也并不快乐，但他很守规矩，一直在委屈自己，而去成全他人。

胡适在历史上也做过许多好事，他出任美国大使期间，说服美国坚定地站在中国这一边，支持中国的抗战。

毛泽东同志建立的第一个中国共产党学校"湖南自修大学"就是胡适的提议和倡导。

上世纪五六十年代，大陆批判和否定胡适的力度有点偏大，因此，他的名字几乎隐藏到尘埃。但近年来，对胡适的评价日渐趋向公道，胡适《我的母亲》也被选入大陆全日制语文教育初中课本。

　　当然，胡适在历史上反对共产党、反对共产主义运动，还敌视社会主义的新中国，为蒋介石和国民党的反动统治歌功颂德、摇旗呐喊。对中国共产党而言，历史上，胡适有着消极和负面的一面，这也是不争的事实。

　　对于这样一个反共分子，毛泽东同志也曾说："批判嘛，总没有什么好话，说实话，21世纪，那时候，替他恢复名誉吧。"

　　中国历史学家范文澜说："历史多么无情而又有情，不遗忘每一个对历史的贡献，也不宽容每一个对历史的障碍。"

　　在近现代中国历史上，胡适是一个多面性、复杂性的历史人物，尽管他有消极负面的一面，但是，他在中国思想、文化和哲学史上的地位不能被否定，他的历史贡献不能被抹杀，他一生追求科学、民主和自由的思想，也不能被遗忘。

他为何能成为"中华千古第一完人"？

在中华民族五千年的文明史上，不乏牛气冲天的英雄豪杰，也不缺才华横溢的文人墨客。而这些文武两全的杰出人物中能建立不朽的历史功勋的人也不是很多，能称得上完人的那更是凤毛麟角了。

早在春秋时，鲁国大夫叔孙豹说："太上有立德，其次有立功，其次有立言，虽久不废，此之谓三不朽。"

从此以后，"立德""立功""立言"三不朽成为千百年以来无数仁人志士孜孜以求、梦寐以求的一种永恒的价值追求。

但是，历史上真正能够做到"三不朽"的实现者寥若星辰。据综合考证，只有孔子、王阳明、曾国藩才够格。

孔子立言、立德，无话可说，但立功还谈不上。

王阳明立言、立德、立功都可以，但立功远远不如曾国藩。

"立德、立功、立言"，其实质就是做人、做事、做学问。曾国藩在"立德、立功、立言"方面无疑是一个成功者。他以近乎完美的道德品行、举世瞩目的卓著功勋、精辟独到的论说言辞，博得了后人的一片掌声。

因此，人们普遍把曾国藩称作为"中华千古第一完人"，这一点也不为过。

一、立德立功立言三不朽，为师为将为相一完人

历代名人对曾国藩的评价是客观公正和充分肯定的。从李鸿章、左宗棠到袁世凯、蒋介石，无不对曾国藩顶礼膜拜。即使是共产党内的陈独秀和毛泽东，也对曾国藩连连点头。

李鸿章作为曾国藩的门第，对恩师十分敬佩："师事近三十年，薪尽火传，筑室忝为门生长；威名震九万里，内安外攘，旷世难逢天下才。"

梁启超对曾国藩的评价是："曾文正者，岂唯近代，盖有史以来不一二睹之大人也已；岂唯我国，抑全世界不一二睹之大人也已。"

也难怪人们对曾国藩有这样如此高的评价，就连毛泽东和蒋介石都共同推崇曾国藩为晚清第一人，都对曾国藩崇拜、欣赏和服膺。

毛泽东同志一生没服过什么人。在毛泽东眼里，连成吉思汗也不过是个只会玩枪打鸟的人，但他却"独服曾文正"。

在毛氏宗祠的神龛上还摆着一本《曾文正公家书》，可见，毛氏一家对曾国藩的崇拜之情。毛泽东曾经在曾国藩创办的东山学堂求学过，毛泽东至今唯一保留下来的一本读书笔记是《讲堂录》，记载了大量的有关曾国藩的语录。毛泽东的祖上有不少人参加过湘军，并且立过战功。

毛泽东曾说："吾于近人，独服曾文正，观其收拾洪杨一役，完美无缺。"

毛泽东在这段赞扬曾国藩的话语中，除了用"独服"两字外，他还用"收拾"两字，说明了他对洪秀全是鄙视的。尽管毛泽东晚年又称曾国藩是"地主阶级中最厉害的人物"，但仍然是毛泽东对曾国藩的褒扬，只不过此时的毛泽东是用阶级分析的观点来看待曾国藩了。

在延安时期，毛泽东还提议阅读《曾文正公家书》。经考证，毛泽东制定的供红军使用、后来唱遍全国的《三大纪律八项注意》，就曾受过曾国藩《爱民歌》作品的影响和启示。

蒋介石也非常钦佩和敬仰曾国藩，而且自认是曾氏的私淑弟子。蒋介石的案头经常摆了两本书，一本是《圣经》，另一本就是《曾文正公全集》。用蒋介石自己的话来说，平生只服曾文正公。

对于曾国藩这个名字，只要有过九年义务制教育经历的人，都知道他是个"汉奸、卖国贼、刽子手"。本人从小也接受这种教育，也无不受到这样的灌输。因此，看到这个名字，有时也会想到他就是镇压太平天国革命运动的第一刽子手曾剃头。

作为历史人物，仁者见仁，智者见智，也很难有一个准确无误的定论。

曾国藩是中国近代史上充满了深刻内涵的一个悲剧人物，是近代史上重要而有复杂的人物，在历史上留下的痕迹也最深。

一个国家、一个民族、一个政府的衰亡从来不是一两个人所造成的。曾国藩生长在一个千疮百孔、行将就木的满清王朝，时代汹涌的潮流无不冲击着这个摇摇欲坠的清王朝。他对"康乾盛世"后满清王朝的腐败衰落，也是洞若观火，但他心有余而力不足。

二、立言，曾国藩学问兼收并蓄、博大精深，是中华传统文化集大成者

曾国藩是中国传统文化的集大成者。从某种意义上讲，曾国藩是中国传统文化的化身。

　　曾国藩学问兼收并蓄、文章博大精深，是近代儒家宗师。蒋介石称其著作为任何政治家所必读。他一生勤奋笃学，推崇儒家学说，崇尚经世致用的实用主义，成为继孔子、孟子、朱熹等之后又一个"儒学大师"。

　　如果说儒家文化可以分为早、中、晚三个发展时期，并有与之相应的三个代表人物的话，那么早期为孔子，中期为朱熹，而晚期就是曾国藩了。

　　曾国藩继承了中国以儒学的纲常名教为核心的传统文化。他按照儒学的"修身、齐家、治国、平天下。"的做人做事之路，恪守"三纲五常"之道，认为"君虽不仁，臣不可不忠；父虽不慈，子不可不孝；夫虽不贤，妻不可以不顺。"他提出"以礼自治，以礼治人。""执两用中""持盈保泰""刚柔相济""勤、俭、谨、信"等儒家思想。其家训的"八本""八字""四条""四败"等等，也无不反映了曾国藩是集中国传统文化的大成。

　　曾国藩的《曾文正公家训》等著作和一些经典语录，在当今仍非常实用。

　　曾国藩治家有方，培育出一代代杰出的后代，如曾纪泽、曾广均、曾宪植等。曾氏家族更是历史上算得着的侯门望族，一百多年来没有出现过一个"败家子"。

　　曾国藩不愧是中国封建社会的最后一尊"精神偶像"。

三、立德，曾国藩为人谦恕自抑、克已唯严，是封建官场的践行者

　　曾国藩克已唯严、崇尚气节、倡导德行。并且为人师表、身体力行，获得了朝廷上下一致的认可。

　　曾国藩天天写日记反省自己，天天监视自己、天天教训自己。他主张凡事要勤俭，克制内心的私欲，压抑人性中恶的一面。他主张为官不可自傲，以德为官、以忠谋政。

　　曾国藩一生遵奉"居官以耐烦为第一要义"，以忍耐来自我约束，防止浮躁而铸成大错。以"忍"字立身，不争一时之长短，忍辱负重，具有"打掉门牙和血吞"的超强的忍耐。他主张"养活一团春意思，挑起两根穷骨头"，任何时候要耐得住寂寞，而不放弃希望，坚韧不拔地勇往直前。

　　正是由于自身严格的修炼，曾国藩做到了"修身、齐家、治国、平天下"四者的完美结合，被誉为"官场楷模""晚清第一名臣"。

　　曾国藩待上、待下、待同事谦恕自抑、诚实可信、豁达大度。他任人唯贤，一生推荐过的下属有千人之多，官至总督巡抚者就有40多人。像李鸿章、左宗棠、郭嵩焘、彭玉麟、李瀚章这样的谋略高手、像俞樾、李善兰、华蘅芳、徐寿等第一流

的学者和科学家，都出自于他的推荐。

曾国藩在面对四次被人劝说当皇帝的情况下，能够严守"忠义"两字，侍主之心不变，不因独揽朝政大权而心生篡位之心，也足于说明他政治品德的高尚。

四、立功，曾国藩处事高明精明、功勋卓著，是满清王朝的拯救者

毛泽东说，曾国藩除了具有高深的学问素养外，还是一个"办事兼传教之人"。

曾国藩意志超强，非常人所能及。他从少年起，就"困知勉行，立志自拨于流俗"。他志向远大、勤勉踏实，不论遭受多大挫折，从不灰心丧气，坚持到底。这也是他成功的根本秘诀。

曾国藩任人唯贤，是培育、推荐和使用人才的第一高手。曾国藩的幕府是中国历史上规模和作用最大的幕府，几乎聚集了全国的人才精华。他为政四十年，幕僚共计四百多人。左宗棠、李鸿章、彭玉麟等众多名臣就是其中的佼佼者。

文人与屠夫本有天壤之别，但在曾国藩身上却能合二为一。他既能舞文弄墨，又能舞枪弄棒，正如历史上说他是"文能应试，武能杀人"。

曾国藩亲自缔造了一支强悍无比的湘军，苦战二十多年，打败了太平军，保住了大清江山，挽救了垂死的满清王朝，是清朝的"救命恩人"，此话不虚。

他在绝境中求生路、在逆境谋顺境的生存之道，使他成为一代"逆境大师"。

曾国藩是中国历史上真正睁眼看世界并积极实践的第一人。他匡救时弊、整肃政风，学习西方文化，使晚清出现了"同治中兴"的局面；他组织建造了中国第一艘轮船，开启了近代制造业的先河；他建立第一所兵工学堂，肇始中国近代高等教育；他组织翻译印刷西方书籍，奠定了近代中国科技基础，开阔了国人的眼界；他组织第一批赴美留学生出国，为国家培养了大批栋梁之才。其中民国第一任总理唐绍仪、中国"铁路之父"詹天佑、清末外交部尚书梁敦彦、清华大学第一任校长唐国安等就是其中佼佼者。

曾国藩是中国近代现代化建设的开拓者。他说："目前资夷力以助剿济运，得以纾一时之忧；将来师夷智以造炮制船，尤可期永远之利。"其自强御侮的目的显而易见。

洋务运动被论证为中国第一个近代化运动，曾国藩是洋务运动的首领。对曾国藩的洋务思想及其实践的爱国性和进步性，从来没有人争议过。

曾国藩当之无愧是满清第一汉臣、中兴第一名臣。他实现了儒家修身、齐家、治国、平天下，立德、立功、立言"三不朽"事业，不愧为"中华千古第一完人"。

历史活动是由各种各样的个人活动构成的。历史人物不仅是指勇立历史潮头、

推动历史前进的正面人物，也包括那些阻碍历史前进的反面人物。

历史和历史人物就是由不同的人从不同的角度加以观察和记录，这种记录避免不了时代的烙印和记录者的偏见，会造成对一些历史和历史人物的误读。

我们评价历史人物和历史事件，要从辩证唯物主义和历史唯物主义的观点出发，客观公正地评价一个历史人物。对于晚清重臣曾国藩，我们既要看到他的反动和反面，又不能抹杀其在历史上一些可圈和可点之处。

当然，处在晚清时期的曾国藩也做了一些违背人性的事。比如，攻打太平军、攻战南京后，手下的湘军屠杀了数十万百姓。这些都是不争的事实，无法篡改。

如果想泾渭分明地、三七开似地分辨曾国藩，那也是很难的。

中国历史学家范文澜说："历史多么无情而又有情，不遗忘每一个对历史的贡献，也不宽容每一个对历史的障碍。"

在那个腐朽没落的封建时代，也出现了内安社稷、外争国权、严守忠义而又修身律己的人，这些人难能可贵，他们也让这个时代的人难以望其项背。

曾国藩就是这样的人。也难怪他能成为"中华千古第一完人"。

敬天爱人，一位世界顶级企业家的悟道

敬天爱人，这是一个哲学层面的命题。但正是这一哲学命题，被一位日本企业经营者所理解和秉持，成为他的哲学思想和企业文化，从而白手起家，使他的两个企业都成为世界500强企业。

在所有能称得上"家"的行业中，企业家应该是最多的，我们的周围就有不少号称企业家的经营者，即使是世界级企业家也为数不少。

但有着深刻的人生哲学思想和丰富的企业管理理论的企业家，那就为数不多了，这样的人都是凤毛麟角。

我宣传和赞美过许多世界级的哲学家、思想家、文学家、政治家，但我还没有宣传和赞美过世界级的企业家，特别是有思想、有灵魂的企业家。

日本企业家稻盛和夫是一位世界级的企业家。他27岁创办了京都陶瓷株式会社，52岁创办了第二电信（在日本仅次于NTT的第二大通讯公司）。这两家公司都是世界500强企业。一个人有两家世界500强企业，这在人类历史上几乎是绝无仅有的。

2010年1月，年近80岁的稻盛和夫应日本政府的强烈邀请，出任即将倒闭的日本航空公司董事长（日本航空公司也是世界500强企业、世界第三大航空公司）。他仅仅执掌一年多时间，就使日本航空公司当年盈利1800亿日元（接手时当年亏损1800亿日元。日本政府准备投入几百亿美元去激活日本航空公司）。同时，稻盛和夫执掌的日航做到了3个世界第一：第一个是利润世界第一，第二个是准点率世界第一，第三个是服务水平世界第一。

出于一种朴素和狭隘的民族主义情感，对于日本人，我的骨子里始终充满着愤恨。但稻盛和夫经营企业的巨大成就、特别是他深邃的哲学思想，让我十分敬佩。加上稻盛和夫一直以来对中国人民十分友好，促使我发自内心地有了宣传和赞美稻盛和夫的冲动。

一、苦难成就事业，稻盛和夫的成功来自于艰辛的磨炼

经受苦难是人生的宝贵财富。稻盛和夫可谓是命运多舛，遭受了众多的不幸。

还在读小学时，稻盛和夫染上了当时死亡率极高的肺结核（差一点被夺去生命），他整日与疾病作斗争，因此，他考了两次初中都没有考上。高中的时候，家中所有的房屋和产业，都在战争中被摧毁，成为一堆废墟，考大学时再次失利，只考上了一个三流大学。

当时家里经济条件十分拮据，父母都期盼着他能尽快找到一份工作，来减轻家里负担。但他几次外出找工作，没有一家公司愿意录用他这个三流大学毕业的学生。

他只好进了一家即将倒闭的工厂，但工厂连薪水都发不出来。俗话说，穷人的孩子早当家。27岁时，稻盛和夫创办了第一家自己的公司，也就是后来成为世界500强的京瓷公司。

二、态度决定一切，稻盛和夫的成功来自于坚韧的意志

"冬天越是寒冷，樱花就越开得烂漫。"这是稻盛和夫的一句名言。不达目标，决不放弃，正是稻盛和夫坚韧意志的体现。

稻盛和夫认为，企业经营是一次艰苦的修行，必须付出不亚于任何人的努力，做不到这一点，任何愿景都是空中楼阁。

稻盛和夫认为，人一定要具有这样的不达目标决不放弃的决心和永不言弃的精神实质。只要带着这般坚强的意志不断尽力，无论干什么事业，都一定能"冲出一条血路。"

稻盛和夫认为，成功的人往往都是那些沉醉于所做之事的人。无论从事何种职业，只要心中有激情，全力以赴，就能够实现自己的理想目标，因为正是这样严酷的环境和严峻的局面，才能磨炼我们的心志，磨炼我们的灵魂。

在经济萧条时，稻盛和夫带领员工研发新产品，实行全员销售，磨炼全体员工战胜困难的信心和勇气，把萧条看作再发展的飞跃台。

三、厚道凝聚人心，稻盛和夫的成功来自于美好的心灵

稻盛和夫认为："一颗美好的心灵，必然会得到命运的垂青。"他在企业经营实践中，充分相信事在人为，发挥人的积极因素。出于对良知的领悟，他提出了"敬天爱人，利他之心"的观点，并将这一理念践行在企业的经营管理中。

稻盛和夫在总结他成功的经验时说，他所有的成功之道，不过八个字："敬天爱人，利他之心"。所谓利他之心，就是忘我利他，把自己放在后面，也就是我们中

国人提倡的"毫不利己，专门利人"。

稻盛和夫在企业经营实践中发现，以利他为动机发起的行动，比起无此动机的行为，成功的概率更高，有时甚至会产生远超预期的惊人的效果。

先为世人，为社会尽力，人生就会幸福。一切为了员工，是稻盛和夫企业发展的出发点和全部归宿。1984年，他把自己17亿日元股份赠予1.2万名员工。65岁时，稻盛和夫选择了退休，还将自己的那些财物，如股票等全部捐给了员工，自己则去出家、悟道。

面对日航破产和重建，他居然接手这个烂摊子。因为他心系的是日航全体员工的生计和幸福，他深深知道日航倒闭和破产将意味着什么。而且更让人感动的是：他不要一分钱薪水，无偿地工作。这一举动也激励和影响了日航的员工。

在总结日航重建成功到底是什么原因时，稻盛和夫先生不谦虚地说道："主要是因为我让日航的干部和员工们感动了。我80岁高龄，是外行，且不收取一分报酬，没有私利，没有它心。像他们的长辈一样，为了他们的幸福而拼命工作。他们被我这个样子感动了，他们觉得'自己不更加努力太不应该了！'由于所有员工团结一致、共同奋斗，不断地改革创新，日航重建才获得了成功！"

稻盛和夫在他的著作《人生与经营》中写到："无论现在还是将来，公司永远是员工生活的保障。"

稻盛和夫的这一企业管理的理念，以及他对员工的无尽的关怀，鼓舞着员工热爱企业，奉献企业。许多员工选择身后葬在公司的墓地，墓碑上写着："为那些永生不愿离开京瓷的人。"

四、思路决定出路，稻盛和夫的成功来自于哲学的思考

稻盛和夫一生的偶像是中国古代哲学家王阳明，稻盛和夫"敬天爱人"的哲学思想就是来自于王阳明的哲学思想。稻盛和夫信奉的是自然理性和良知，"利他之心"就是具体的体现。

稻盛和夫用他的哲学思想指引着团队渐渐走向成功，他的哲学思想成功拯救了日本航空公司。

稻盛和夫被称为日本四大"经营之圣"之一（另外三位：松下幸之助创办了松下电器公司、本田宗一郎创办了本田汽车、盛和昭夫创立索尼公司。）

稻盛和夫最为著名的经营理念叫"阿米巴"。阿米巴经营是稻盛和夫在京瓷公司的经营过程中，为实现京瓷的经营理念而独创的经营管理手法。在阿米巴经营中，他把公司组织划分为被称作"阿米巴"的小集体。各个阿米巴的领导者以自己为核心，自行制定所在阿米巴的计划，并依靠阿米巴全体成员的智慧和努力来完成目标。

通过这种做法，生产现场的每一位员工都成为主角，都主动参与经营，从而实现"全员参与经营"。

稻盛和夫在企业的经营活动中还特别注重"意愿"和"人心"的力量，坚信"心想事成"。他认为，领导者内心的意愿具有巨大的影响力。只要内心的意愿足够强烈、足够持久，就能表现为外在的动力。全体员工内心的意愿形成企业氛围、企业文化。稻盛和夫在告别演讲时说：我之所以成功，是因为哲学的力量。对于经营哲学，不仅自己要实践，还要与全体员工共有。

稻盛和夫企业管理的哲学思想在全世界有着不凡的影响力，被世界上许多著名企业家视为偶像。

特别是当他的企业管理的哲学思想传入21世纪初的中国后，在中国企业家和创业者队伍中产生了巨大的影响。马云曾经三次拜访稻盛和夫，任正非提及他，也自叹不如。

稻盛和夫对中国人民特别友好。1975年就首次访华，之后他曾数次前往中国。他关心中国企业的发展，特别是中国西部大开发。

2004年4月，稻盛先生应邀到中共中央党校讲演，并被授予"中日友好使者"称号。2009年6月，稻盛先生应邀到清华大学、北京大学讲演，好评如潮。同年11月，稻盛先生又应邀到《中外管理》恳谈会讲演，帮助中国的企业家在提高心性的基础上拓展经营。2001年，他创立了"稻盛京瓷中国西部开发奖学基金"。从经济方面资助生活在中国西部地区的品学兼优、生活贫困的学生，为西部地区有代表性的12所大学的学生提供奖学金。2010年，稻盛先生先后赴北京、青岛进行"经营为什么需要哲学"和"经营十二条"的主题演讲。2011年9月24日至26日，79岁高龄的稻盛先生亲临广州，向中国企业家们讲解"阿米巴经营"。

在日本人召开"日本是否应该向中国谢罪"座谈会上，大部分人都认为：一个国家向另一个国家谢罪是不可思议的，是绝不可行的，谢罪将有失国家权威。

但稻盛和夫发出了不同的声音，他说："日本侵略了他国，践踏了别国的领土，这既然是历史事实，就应该道歉、谢罪，这是常识。"

历史不会忘记这位伟大的英国人

历史残酷无情，但历史又有情有义，它不遗忘每一个对历史的贡献，也不会宽容每一个对历史的障碍。因此，必须用马克思辩证唯物主义和历史唯物主义的观点，看待历史人物对历史发展的巨大推动作用。我觉得，在英国历史上，有一个人物举足轻重，不得不提。

这不但因为他领导英国人民取得了反法西斯战争的伟大胜利，而且因为他曾经在英国最大的新闻媒体，也是世界最大的新闻媒体——英国广播公司（BBC）一次民意调查中，被评选为有史以来最伟大的英国人，更重要的是因为他深邃的思想、广博的知识、卓越的才能、个人的魅力，深深影响了几代英国人、甚至是许多的东西方人。

他就是第二次世界大战的反法西斯英雄、两度出任英国首相的温斯顿·丘吉尔。

也许人们说，欧洲文艺复兴时期的英国诗人莎士比亚才是英国历史上举足轻重的人物、不得不提的人物。

我并不否定人们的这一认为，更不否定大文豪莎士比亚在英国历史上前所未有的影响力，也并不否认莎翁在世界文学史上无法撼动的卓越地位。

就连被评为英国历史上最伟大的英国人的丘吉尔（在2002年英国广播公司举办的评选"100名最伟大的英国人"票选活动中，丘吉尔获得第一名，莎士比亚获得第五名）也这样感慨："我宁愿失去一个印度，也不愿失去一个莎士比亚。"可见人们心目中的莎士比亚确实也是一个伟大的英国人。

但今天，我只能按照英国人"民意调查"中的结果，来歌颂这位英国历史上最伟大的英国人丘吉尔。

法国启蒙运动时期思想家孟德斯鸠有句名言："固然我有某些优点，而我自己最重视的优点，却是我的谦虚。"我之所以不在文章题目中出现"最伟大"三个字，旨在体现丘吉尔这位绅士的谦卑和儒雅。

丘吉尔曾引用古希腊作家普鲁塔克的"对他们的伟大人物忘恩负义，是伟大民族的标志！"这一名言，说出了他的一句内容类似的名言："对杰出内阁首相的无情，是伟大民族的象征。"

可能受丘吉尔这一名言的影响，在今天的英国，民众可以随时随意批评、指责、甚至谩骂他们的首相，这也不是什么稀奇的事。

但如果你批评丘吉尔，遇到的风险是相当大的，招来的可能是公众、媒体和政客们一致的口诛笔伐。

带着历史的观点、客观的观点、辩证的观点，让我们一起走近这位世界叱咤风云人物、最伟大的英国人丘吉尔。

一、丘吉尔是一位浑然天成的贵族血统，传承着崇尚荣誉的骑士精神

丘吉尔出生在一个声名显赫的贵族家庭。他的祖先马尔巴罗公爵是英国历史上著名的军事统帅，他的父亲伦道夫勋爵是19世纪末杰出的政治家。祖先和父辈身上那种谦卑、勇敢、正直的贵族品质，给丘吉尔的成长提供了潜移默化的榜样作用。

丘吉尔7岁时被送入贵族子弟学校读书，后进入桑赫斯特皇家军事学院。1893年8月，丘吉尔进入该校的骑兵专业学习。他也参加了第一次世界大战。

第二次世界大战爆发后的1940年5月，丘吉尔在危难之际，以381票对0票的绝对优势，出任英国首相。此时的英国渐渐衰落，早已不是巅峰时期的日不落帝国。丘吉尔出任首相后三天就发表了他的观点：胜利，不惜一切代价去争取胜利。

丘吉尔出身贵族，血脉中流淌着浑然天成的贵族血统，传承着责任担当、自由灵魂、崇尚荣誉的贵族精神，展现着价值取向和文明素养的绅士文化和绅士风度。

贵族精神的实质是无处不在的担当精神和荣誉感。正是受这一精神和文化的影响，使他具有坚韧不拔的骑士精神，带领英国人民勇往直前地与法西斯殊死战斗，直到胜利。

面对武装到牙、虎视眈眈的德国法西斯，丘吉尔以强烈的民族精神、责任担当和个人荣誉，坚决反对前任首相张伯伦的"绥靖政策"，坚决拒绝德国的和谈要求，在法国全面沦陷的困境下，领导英国人民向法西斯开战，成为英国的拯救者。面对已经横扫北欧、西欧、东南欧的法西斯德国，丘吉尔临危不惧、力揽狂澜，抵住国内投降主义势力的进攻，坚持对抗强大的德国法西斯，始终让英国在国际上处于极为有利的位置。

在第二次世界大战中，反纳粹斗士丘吉尔成为使德国法西斯分子希特勒最为害怕的人。

在斗争的策略上，丘吉尔以一个杰出政治家的巨大勇气和高度灵活性，从英国

人民的根本利益出发，完成了英国政治和他本人政治生涯中的重大历史性转折。

在处理对苏联关系问题上，他放弃两国之间的阶级对立和意识形态的不同，毫不犹豫地与苏联结为盟国，使不同意识形态下的反法西斯力量在特定的历史条件下结成了统一战线。

丘吉尔积极劝说罗斯福一起对抗德国，与美国建立深厚的友谊，共同建立世界反法西斯战争联盟。

丘吉尔是世界反法西斯同盟的坚定组织者和推行者，因此被认为是20世纪最重要的政治领袖之一。

自信是英雄的本色。丘吉尔是战略家和预言家，面对残酷的战争，丘吉尔坦言："纵然坚持下去，并不是我们真的足够坚强，而是我们别无选择。"面对残酷的战争，他大声疾呼："第一是，决不放弃；第二是，决不、决不放弃；第三是，决不、决不、决不放弃！"丘吉尔那种不可退却的倔强的性格和永不言败的不屈精神，在世人心目中已成为英国人民英勇不屈的斗争精神的集中象征。

丘吉尔是一名勇敢的骑士。在法国等国家投降德国后，他威武勇猛，坚持抵抗法西斯。当许多人都在恐惧法西斯德国时，他相信人们最大的恐惧只是恐惧本身。

在他的卓越领导下，英国人民取得了反法西斯斗争的胜利。

二、丘吉尔是一位才华横溢的西方绅士，彰显出浑身涌动的才智才情

丘吉尔是一位人生内涵极为丰富的传奇人物。他堪称文武全才，一位伟大的天才。他不但是一位政治家、战略家、外交家，而且还是预言家、发明家、历史学家、画家、演说家、作家、记者，是名副其实的世界政坛上的百科全书。

面对第二次世界大战残酷的现实，他从英国人民的根本利益出发，以一个政治家高超的政治智慧、军事家强硬的手段、预言家犀利的眼光，提出："如果纠缠于过去与现在，我们将失去未来。"同时，提出"没有永远的朋友，没有永远的敌人，只有永远的利益。"的论断，主动联合美苏共同抵抗法西斯。

丘吉尔身上闪耀着民主自由的思想光芒。他说：当我们跪下去的时候，伟大领袖便产生了。当我们不会反抗的时候，奴隶便产生了；当我们不会质疑，骗子便产生了；当我们太娇惯，畜生便产生了。

1945年二战结束后，丘吉尔在首相选举时败选，成千上万的英国人为这位卓越功勋的反法西斯英雄的落选而落泪。当丘吉尔听到下台的消息时，他幽默地说："他们完全有权利把我赶下台，那就是民主，那就是我们一直奋斗争取的。英国人民成熟了。他们学会了选择，他们不需要一个英雄领导他们重建家园。"

丘吉尔竭力倡导自由民主的制度，他指出：民主是最坏的制度，但也是现在所能找到的最好的制度。

丘吉尔是一位杰出的文学家。他曾说：写作是主业，当首相是副业。他还说："自己来生最愿意做的事是与奥斯卡·王尔德（19世纪爱尔兰最伟大的作家，唯美主义代表）对话。"

他一生撰写了《英语民族史》《世界危机》《马尔巴罗的生平与时代》《马拉坎德野战军纪实》《不需要的战争》等许多文学著作，出版了《第二次世界大战回忆录》，整整16卷，共计360万字。这部《第二次世界大战回忆录》巨著，不仅仅只是一部战争回忆录，更是一部伟大的文学著作。

1953年，凭借《不需要的战争》这部伟大的巨著，加上丘吉尔精通历史和传记的艺术以及他那捍卫崇高的人类价值的光辉演说，使他获得了诺贝尔文学奖，这在世界政治家队伍中是绝无仅有的，也使许多职业作家差点晕倒在写字台。

丘吉尔是一名著名的画家，他画的《查特韦尔庄园的金鱼池》，在2014年苏富比拍卖会上，最后以180万英镑的高价成交，约合1533万人民币。丘吉尔是一位才华横溢的学者。从1929年到1965年，连续36年担任英国布里斯托大学校长。

丘吉尔是历史上掌握英语单词数量最多的人之一（12多万字）。

《星期日泰晤士报》曾评论说："今天，温斯顿·丘吉尔不仅是英国精神的化身，而且是我们的坚强领袖。不仅英国人，整个自由世界都对他无比信任。"

三、丘吉尔是一位风趣幽默的语言学家，显示出威力无比的口才魅力

丘吉尔有句名言："口才艺术主要分四大要素，而语速占第一位。"

丘吉尔是一位世界杰出的演说家。面对法西斯的进攻，他无所畏惧地面对纳粹飞机在伦敦上空狂轰滥炸，出现在学校、教堂、军队、居民区。他左手紧握着雪茄，右手挥舞着胜利的"V"手势，面向他的民众发表演说。人们现在普遍使用的"V"字手势，也源自丘吉尔的胜利手势。

丘吉尔在首相就职时发表了著名的演说："我没有别的，只有热血、辛劳、眼泪和汗水献给大家。你们问：我们的目的是什么？我可以用一个词来答复：胜利，不惜一切代价去争取胜利，无论多么恐怖也要争取胜利，无论道路多么遥远艰难，也要争取胜利，因为没有胜利就无法生存。"

丘吉尔在最艰苦的战争时期，发表了《我们将战斗到底》的著名演说。他的精彩演说不但给正在怀疑、担忧的英国民众以巨大的精神力量，而且极大地鼓舞了英国人民同法西斯战斗到底的坚强决心，前赴后继投入反法西斯战场。

丘吉尔冒着德国飞机的轰炸，在剑桥大学发表了20分钟的演讲。其中"永不放弃，坚持到底"这句话，成为当时英国的民族精神，也迅速成为世界反法西斯战线的精神旗帜。

丘吉尔也是个顽固的反共分子。二战时期他联合苏联抗击德国，并不代表他不敌视共产主义。在第二次世界大战结束后，他发表了影响深远的《铁幕演说》，正式揭开了美苏冷战的序幕。

他被美国杂志《人物》列为近百年来世界最有说服力的十大演说家之一。

丘吉尔机智灵活、幽默风趣的语言，给世人留下了许多经典的故事。

二战结束后，英国进行了新政府的选举，包括丘吉尔在内的全世界所有人都认为丘吉尔一定会轻轻松松的赢得这次走过场的竞选，其中也包括他的工党竞争对手艾德礼。但结果是丘吉尔下台。知道这一消息后，斯大林得意对丘吉尔说："你打赢了仗，人民却罢免了你。看看我，谁敢罢免我！"面对这一难堪的嘲讽，丘吉尔智慧地回答："我打仗就是保卫人民罢免我的权力。"

在丘吉尔的75岁生日会上，一名年轻的新闻记者对他说："希望明年还能祝贺您的生日。"丘吉尔拍拍年轻人的肩膀，幽默风趣地说："我看你身体这么壮，应该没有问题。"

二战结束后的一天，年老的丘吉尔来到下议院，坐在一个年轻的议员旁边，突然问道："年轻人，你知道是什么东西支撑我在各方面都取得了如此巨大的成就吗？"这个年轻的议员用非常渴望的眼神等待着这位德高望重的伟大人物的教诲，急切地说："我非常想知道。""虚荣心！强烈的虚荣心！"丘吉尔大声说道，随即哈哈大笑，起身而去。

丘吉尔很不喜欢自己的女婿，有一次他和女婿同时参加一个聚会，有人问他最崇拜谁。当着女婿的面，丘吉尔回答说："墨索里尼。因为他有勇气枪毙自己的女婿，我却做不到。"

有一次，一位英国妇女问丘吉尔："您每次发表演说，大厅里总是挤得水泄不通，难道您不感到兴奋激动吗？"丘吉尔回答："承蒙夸奖，不过，每当我产生这种感觉时，我总让自己记住一件事，如果我不是在发表演说而是在受绞刑，恐怕观众还会多一倍。"

丘吉尔退位时，英国国会拟通过提案，塑造一尊丘吉尔的铜像，置于公园，让众人敬仰。丘吉尔听后回绝道："多谢大家的好意，我怕鸟儿喜欢在我的铜像上拉屎，所以还是请免了吧！"

丘吉尔令人折服的幽默风趣、卓越高超的政治智慧、永不言败的骑士精神，印证了英国唯美主义者王尔德的一句名言："所有人类的重大问题都有一个共同点：没有点幽默和疯狂是没办法解决的。"

时势造就的英雄必然带有历史的特征。丘吉尔是世界许多重大历史事件的直接参与者、策划者、指挥者、见证者，他的身上留有深深的历史烙印。

作为历史上最伟大的英国人，丘吉尔的历史功勋，特别是他在世界反法西斯战争中所立下的不朽功勋不可磨灭。

作为历史上最伟大的英国人，丘吉尔的思想、智慧、才情、魅力也将永远被世人传颂。

生命

一场不可辜负的奔赴

拾贰

人最容易忘记的是自己

"人最容易忘记的是自己。"这是丹麦著名宗教心理学家、哲学家索伦·克尔凯郭尔从存在主义的角度，反对理性主义的一句名言。

这句名言指出，在一个充满客观物质的社会环境之中，一个人往往很容易迷失自己，也最容易忘记自己本身。

现实的生活告诉我们，一个人忘记其它都可以解释、都可以被人理解，唯独忘记了自己，就无法解释和被人理解了。

一个人无论是在得意时还是失意时，无论是在幸福时还是无助时，有时都会忘记原来的自己和现在的自己。

所以也就有了"他连自己是谁都不知道了"这样一种说法。

在一个群体、一个单位里，每当出现问题和事故追责时，许多人都不愿意承担责任。一些人甚至把责任推卸给别人，摆出与己无关的样子，忘记了自己对此应该承担的责任。正像法国启蒙思想家伏尔泰所说的："雪崩时，没有一片雪花会觉得自己有责任。"

一、得意时，忘记了自己究竟是"几斤几两"

得意意味着成功，成功值得庆贺。人生的过程总是灿烂的时间多于灰暗的时间；得意的次数多于失意的次数。

但有些人得意时显得太得意，甚至认为自己就是比别人不一般。这些人得意时，往往沉浸在成功的无比喜悦中，目中无人，老子天下第一，高估自己，高调为人，甚至趾高气昂，嘲讽和打压别人。

这个时候，过去的同学、同事、战友、甚至是长者和领导等都不在他的眼里，完全忘记了自己曾经也是"草根"出生，也是凡夫俗子。

人若是看透了自己，就绝不会小看别人。关键是这些人没有看透自己，忘记了自己是"几斤几两"。人认识自己难，认识自己的不足更难。

一个人得意时，往往很容易忘记自己的缺点。人应该记住自己的一些缺点，并且要努力改掉这些缺点。一个人走上坡路的时候，感觉空气都是甜的，但一旦走下坡路，会感觉空气都会紧张起来。

二、失意时，忘记了自己立下的豪言壮语

失意和得意是在人生中一定都会遇到的两个方面。人生不会是一路春风，有时会遇到许许多多的挫折和苦难。

而且，有时候挫折和失败会接踵而来，就像世界文豪莎士比亚说的："当悲伤来临的时候，不是单个来的，而是成群结队的。"

失意，意味着暂时的挫折，也意味着暂时的失败。这个时候，也是考验一个人的时候，考验着一个人的毅力、检验着一个人的韧劲。

向前，不一定能胜利；停止，一定会失败。不放弃，就会有成功的希望；一放弃，只会是失败的必然。

失意时，一些人忘记了"失败是成功之母"的道理，忘记了自己只是遇到暂时的挫折，忘记了自己有着巨大的潜力和希望。

美国第16任总统林肯说："我不在意你曾堕落，我只在意你是否会崛起。"

若要坠落，神仙也救不了他；若要成长，绝处也能逢生。因此，一个人不能因为一时的挫折和失败，就丧失信心，更不能妄自菲薄、自轻自贱。

世界文学史上伟大的小说家、法国作家普鲁斯特在《追忆似水年华》中有过这样一段话："一个人不能拥有的时候，唯一能做的就是不能忘记。"

一个人不能忘记自己什么？不能忘记自己的初心，不能忘记自己年少时的理想和追求，不能忘记自己为了实现这个目标而立下的气壮山河的豪言壮语。

失意时也就是不能拥有的时候，这个时候虽然是沮丧的时候、落魄和落难的时候，但也正是总结经验、吸取教训、重振旗鼓、东山再起的时候。而绝不能灰心丧气，一蹶不振。

人生就是一边跌倒，一边咬紧牙关含泪奔跑。我们既然选择了远方，就要风雨兼程。这个时候，没有谁能阻止我们对远方的向往。

三、幸福时，忘记了自己落魄的长夜痛哭

人都有过事业有成、辉煌灿烂的时候，这个时候也是人生得志得意的时候，也是可庆可贺的时候。但也是最容易被胜利冲昏头脑的时候。

但这个时候，更需要我们保持冷静的头脑，谦虚谨慎，戒骄戒躁，而不是盲目

乐观，自我陶醉，更不能得意忘形。

古希腊哲学家德谟克利特说："忘了自己的缺点，就产生骄傲自满。"而且一不小心，就会遭受挫折。

现实生活中，一些人往往因为暂时的成功，而被胜利冲昏了头脑，忘乎所以，忘记了自己曾经也很弱小和卑微。这些人忘记了自己曾经有过的落魄日子，忘记了曾经有过的整夜痛哭。

有一首歌的歌词是这样说的：从来不需要想起，永远也不会忘记。

正如法国作家莫罗阿所说的："当你幸福的时候，切勿丧失使你成为幸福的德行。"

因此，当我们成功的时候，当我们幸福的时候，一定要时刻保持如履薄冰、如临深渊的忧患意识，不能忘记自己曾经也落魄过、失败过。

四、无助时，忘记了自己自豪的存在价值

人都有无助的时候，但世上没有救世主，一切靠自己。

许多人在无助的时候，在寂寞的时候，都会产生不自信，不承认自己的存在价值，往往只希望得到别人的帮助。但真正能帮助自己走出无助和困境的，只能是自己。

一个不懂得自己欣赏自己的人是难以快乐的；一个连自己都不相信自己的人也是难于成功的。

一个人无助的时候，必须要用自己所有的勇气，撑起最灿烂的笑容。

难熬的日子里，越要保持乐观的心态，坚定信念，坚定不移。

世上没有悲剧和喜剧之分，如果你能从悲剧中走出来，那就是喜剧；如果你沉溺于喜剧之中，那就是悲剧。一个乐观的人，在每个危机中会看到机会；一个悲观的人，在每个机会中只能看到危机。

在泪水中浸泡过的微笑最灿烂；从无助中走出来的灵魂最清醒。

一个忘记自己的人，一个不知道自己是谁的人，总会追求一些毫无价值的东西。而一旦清醒时，美好的年华早已过去。

水，最容易消失在水中；人，最容易消失在人群里。一滴水，清澈可见，但融入到水中，就找不到了那滴水了。人融入人群也是同样的道理。即使你是一位有个性、有思想、有能力、有见解的人，一旦入群，你想合群，你就得磨掉自己的棱角。

社会的复杂总是超出我们的想象。为了生存，我们也得入群，但人最容易迷失的地方就是人群。因此，我们既要合群，又要脱俗。我们必须守正，坚守自我，不能忘了自己。

任何时候，放弃谁都可以，千万不要放弃自己。任何时候，忘记什么都可以，千万不能忘记自己。

可以忘记一切，但不能忘记我们头顶上的星空，不能忘记我们内心的信仰和追求。

别忘了自己心中的梦想，别忘了自己立下的远大志向，也别忘了答应自己要去的地方。前进的道路上，无论它有多么坎坷，无论它有多么遥远，我们都要风雨兼程。

人富有了就该炫耀吗？

无论是经济上的富有，还是知识上的丰富，一般人只要觉得自己比一般人不一般，就会晃动起来、炫耀自己、张扬自己。

这种炫耀，也并不奇怪，其实也很符合人性。一个人每当自己有成就感时，就会或多或少地有一种飘飘然的感觉。

俗话说：人逢喜事精神爽，一个人最兴高采烈的样子可能就是这样来的。

现实生活中，炫耀财富的人总是比炫耀知识的人多，究其原因，有知识的人比有财富的人，总体上涵养要好一些。

当然，一些有知识的人也会炫耀自己，也会标榜自己，所以，也就有了"文人相轻"的说法。但炫耀知识的人不会像炫耀财富的人那样露骨和直白。

在这里，我并不是认为财富多的人头脑简单、没有知识，应该说许多商人也是因为拥有了知识才积累了财富，我只是觉得有钱的人更容易炫耀自己的富有。

在这个世界上，有钱的人不少，甚至钱多得连自己都不知道究竟有多少的人也很多。因为觉得自己的财产比一般人多，因为觉得很富有，所以也就认为自己很不一般，然后开始兴奋起来，开始晃动起来，进而炫耀自己的富足。

英国经济学家、"经济学之父"亚当·斯密说："在多数人那里，财富主要用于炫耀。"

我们不难发现，一些人有钱后，财大气粗，无论是穿着还是出行，无论是居住还是消费，无论是说话还是做事，都会展现自己、炫耀自己、甚至会标榜自己，显示自己的存在感和成就感。这些人唯恐人家不知道他的富足和富有，唯恐人家不知道他的存在。

法国现实主义作家巴尔扎克说："有钱的人从来不肯错过每一个表现俗气的机会。"即使是有知识的有钱人，相当一部分人骨子里也都有喜欢炫耀自己的成分。

前段时间，国内有些牛气冲天的大企业的老板，还是抑制不住富有后内心的喜悦，趾高气昂，口出狂言，好像自己是洞察世界经济风云的权威，似乎国家制定政策最好要听听他们的意见。

甚至一些有钱人无视政府的存在，藐视政府的权威。这就显得有点过分了，更有点自不量力了，也真不知道天高地厚了。结果，摔得很惨痛，真是后悔莫及。在全国上下一片的指责和骂声中，才慢慢明白原来自己很幼稚、很无知，根本不应该、不值得炫耀和晃动。

卡耐基曾说："当你锋芒毕露，周围人就站在了阴影中。"

炫耀是一道耀眼的光，照亮自己的同时，往往会灼伤别人。

中国特色的社会主义制度，决定了我们与西方的社会制度有着本质上的不同，这种根本性的不同就在于，资本不能够主导国家，不管你的资金有多么雄厚、产品有多么前沿、科技有多么发达、带动力有多么强大。

总之，企业家要按照国家的法律和政策，一心一意地做大做强做优企业，不要三心二意，更不要想入非非。企业家的资本只能促进和推进经济的快速发展，不能既想挣大钱，又想在政治等其他领域伸手。不应该主动参与重塑社会治理层面的事情，更不能干预和影响社会意识形态和价值体系。

企业家无论有多大成功，都应该谦虚谨慎，不忘初心，始终感恩国家的富民政策，始终与人民群众心连心，始终模范地遵纪守法，始终珍惜企业发展的来之不易。而不能妄议国家的路线方针政策，钻国家法律和政策的空子，投机钻营，背道而驰。

美国著名企业家皮尔盖茨说："真正的富裕是拥有一颗富裕的爱心，而不是仅仅拥有许多的金钱。"因此，企业家除了不应该炫耀自己的富有外，而应该体现自己的爱心，更应该懂得奉献社会，济贫救穷。

一个人富有后，不能忘了创业初期的艰辛，不能忘了富有以后应该保持低调。一个人富有了，应该懂得给子女留点什么、在社会上树立什么样的形象，做一个有绅士风度的有钱人，不能把财富当成炫耀自身的资本。

我们提倡富而不骄、富而好礼，我们提倡富有了更要有爱心和善心，而不能富而不仁、骄奢淫逸。

任何一个单位、任何一个人都不应该炫耀自己的富有，都应该懂得谦卑，务实低调、行稳致远。

一个人越爱炫耀什么，越说明他缺少什么；一个人越是炫耀自己的财富，越说明他没有安全感，也表明他头脑的空虚，表明他的不自信。

在别人面前炫耀自己的富有，对别人的一种无形的冒犯，也是一种残忍的表现。

实践证明，任何一种炫耀，对企业和个人的发展不利，都将会潜伏着危机。今天，命运让你富甲一方；明天，命运也许会让你倾家荡产。我们必须时刻持有如履薄冰、如临深渊的危机意识。

明朝沈万三炫富酿成祸害的事就是一个典故。明朝时期，朱元璋准备修建南京城墙，沈万三为表忠心，向朝廷请求出资帮忙。

当时，总修筑70多里的城墙，而沈万三却负责了三分之一。沈万三凭一己之力修筑城墙，最后他比皇家修筑的城墙提前3天完成。他这样做，不是明显丢了皇帝的面子吗？事后，沈万三又一次炫耀自己的富有，沈万三又向朱元璋提出，自己拿出一百万两黄金，代替皇帝犒赏三军。

谁都知道，军队历来是皇家的禁脔，你去犒赏，耻笑了皇朝、削弱了皇权，百姓只知道沈万三，却不知道感恩皇上。沈万三想通过向朝廷捐钱来显示自己，使皇帝信任自己。但是，他的炫富，触怒了朱元璋。最后，全家被流放云南大理，自己因抑郁致死。

曾经据报道，安徽天长市两名男子在酒桌上炫耀富有，用烧百元人民币的方式来斗富，最终因故意损坏人民币受到警告和罚款1000元的处罚。

在强者面前的炫耀，是一种自不量力；在弱者面前的炫耀，是一种哗众取宠。总之，人富有了不应该炫耀，炫耀也是一种得不偿失的行为。

其实，真正的富有是内心的安宁，而内心的安宁是需要岁月的磨砺和沉淀。低调谦卑、乐观豁达、随遇而安、一切随缘，就是内心的安宁。只有内心安宁了，我们才能宁静致远，我们才能更上一个台阶，我们才能更富有。

中华民族是勤劳勇敢的民族，改革开放以来，中华儿女以踏实务实的精神，建设社会主义现代化强国，经济实力跃居世界第二位，但我们从来不以在世界强盛的地位而自居，韬光养晦、善于守拙、低调务实。

富不过三代，唯有思想可以流传百世。高收入者要高品位、高格调。袋子富有了，脑子也要武装起来。不断地充实自己，做一个灵魂有趣的人。

人生一共有三层楼。第一层是物质生活，第二层是精神生活，第三层是灵魂生活。一个人有钱了，仅仅是拥有了第一层楼。我们要在拥有了第一层楼的同时，不断地加强学习，不断地强身健体，使自己拥有第二层楼和第三层楼，做一个有信仰、有思想、有责任、有担当、有情怀的财富拥有者。

真正的朋友就是另一个自己

　　真正的朋友是什么？是志同道合、情投意合、交谊深厚的人。真正的朋友是什么？是没有血缘关系的亲人。真正的朋友是什么？是同一灵魂寄在两个躯壳中。真正的朋友是宝贵的财富，但是，无需花费更多的精力去得到。

　　世界上用得最普通的名词是朋友，可是最难得的也是朋友，真正的朋友更难得。

　　人的一生时间短暂，能拥有几个、哪怕只有一个"三观"相符、灵魂相通、情趣相投、真诚相待、有难相助的知心贴心的朋友，那是一个人来到这个世界上十分幸福、开心、欣慰的事。

　　每一个人来到人世间，都是带着寂寞而来，带着空白而到，总想让自己在这个陌生而又珍爱的世界里，拥有一个像自己一样的朋友，走进自己的世界，走进自己的内心，能帮助自己抚慰沧桑、出谋划策、解救困境、点燃希望。

　　古希腊哲学家苏格拉底说："告诉我你的朋友，我就知道你是什么样的人。"这一名言告诉我们：真正的朋友就是另一个自己。日常生活中我们不难发现：与一个知心朋友相处的时间久了，你的朋友越来越像自己，而你自己则开始成为你朋友的影子。

　　你是什么人不重要，和谁在一起才是最重要。

一、这个朋友，一定是个灵魂相通的人，彼此思想契合

　　结交朋友，首要的一条就是思想上相符、"三观"上相同、灵魂上相通。也就是俗话所说的物以类聚，人以群分。

　　只有灵魂相通，两个人才能做到在思想上同频共振，形成共鸣点。

　　我们每个人都希望在这世界上，有那么几个人，那怕只有一个人，真正懂得自己的内心世界，能与自己的观点契合、思想共鸣、灵魂相通。

　　所谓灵魂相通，就是一个眼神就能让对方领会自己的内心；一句没有讲完的话就能让对方明白自己的意思；即使无言，对方也能知道自己内心的想法，这是一种

思想上和精神上的高度认同和高度契合。

相同或相似的两个灵魂在一起，一定有一种似曾相识的感觉，一定有一种一见如故、相见恨晚的愉悦。灵魂相通的人，在思想脉点上合拍。灵魂相通的人有共同的泪点、有共同的笑点、有共同的燃点。

所谓知心朋友，不仅是你说的话我懂，而且你的一个表情我就会明白一切，甚至你不说话，从你的眼神里我都看得明、读得懂。

真正知心的朋友未必天天相见，未必处处相聚，但一定会在繁星满天的时刻、海角天涯的地方想念对方，在各自的心里住着另一个自己。

所以，真正的朋友不是在一起有聊不完的话，而是即使不说一句话，彼此间也不觉得尴尬。

朋友间真正的对话是无语，并非话多，靠心领会。那种心灵深处的懂得、精神层次的认同，就是心灵伴侣，就是一个灵魂孕育在两个躯体里。

民国诗人徐志摩说："我将于茫茫人海中，访我唯一灵魂之伴侣。得之，我幸；不得，我命。"在人生的旅程中能遇上灵魂伴侣，既是幸运，也是幸福，因此，要懂得珍惜。

二、这个朋友，一定是个开诚布公的人，彼此赤诚相待

没有美德就不可能有友谊。但除了美德之外，一切事物中最伟大的是友谊。

战国时期儒家代表人物孟子说："人之相识，贵在相知，人之相知，贵在知心。"

真诚是朋友间排名第一的美德。所谓结交知心的朋友，就是结交真诚的朋友。人类伟大的科学家和思想家爱因斯坦有一句名言："世间最美好的东西，莫过于有几个头脑和心地都很正直的严正的朋友。"

真诚是一种重要的美德。朋友间相处，真诚是最基本、也是最根本的要求。

假如你遇上了一个知心朋友，相互投缘，相互默契，你对他绝对信任，什么事情都可以跟他交流，就像和自己说话一样，那还有什么比这更令人愉悦的呢？

所以，我们结交朋友，就是要结交一个相处融洽和谐，同时既能帮助自己一起分析问题（有才能）、又能为自己保密（有品德）的朋友。

三、这个朋友，一定是个有趣有味的人，彼此其乐融融

有趣有味的人是个线条分明的人、这样的人是个既有情调又有腔调的人。这样的人也是一个幽默风趣、会调侃的人，找到这样的朋友，相处的时候一定其乐融融、一定笑声不断。这样的朋友，有着积极乐观的人生观，富有朝气，面带阳光，给人以信心和正力量。

"好看的皮囊千篇一律，有趣的灵魂万里挑一。"当今这个社会，漂亮的脸蛋很多，有趣的灵魂很少。找到有趣的味的朋友那是一种幸福。

有趣有味的人一定是个层次不低的人，有趣的人一定有温度、有味道，总会让人回味无穷、心旷神怡。他们知识面丰富，见多识广，和这样的朋友在一起，一定会提升自己、丰富自己、快乐自己。

四、这个朋友，一定是个大度无私的人，彼此愿意付出

俄国批判现实主义作家托尔斯泰在《战争与和平》中有一句名言："财富并非永久的朋友，朋友却是永久的财富。"

真正成为朋友的人，绝对不是建立在金钱的基础上。如果因为看中朋友财富多而结交朋友，攀附对方，这种朋友关系是不纯洁的，也是对朋友的亵渎，因此早晚也会分道扬镳。

友谊是出于一种本性的冲动，而不是出于一种求助和索取的愿望；朋友是出自一种心灵的呼唤，而不是出自可能获得物质上的好处的一种精打细算。

俗话说，朋友间是不谈钱的，谈钱就会伤感情。所以也就有了真正的朋友间借钱是不打借条的。真正的朋友，一定愿意为对方付出，也一定是个大度的人，为了朋友从不考虑自己的人。

五、这个朋友，一定是个富有内涵的人，彼此取长补短

结交朋友，一定要寻找有素养、有内涵的人。这也有利于提升自己的品位，提升自己的形象。

这样的朋友公道正派、富有爱心、同情弱者，充满着正能量。这样的朋友，有内涵、有涵养、有品位、有才情。这样的朋友一定会站在道德的制高点上，维护公平、匡扶正义、打击邪恶。这样的朋友，一定是个会指出你缺点和不足的人，哪怕你对此不开心。所以，要感谢所有告诉你缺点和不足的朋友。玫瑰花是芳香的，但也是带刺的。

知心朋友的情谊之所以珍贵，是因为不为利来，不为利往。真正的朋友是患难与共的兄弟（姐妹），能做到有福同享、有难同担、风雨同舟、同甘共苦。

日本早期象征主义诗人萩原朔太郎说："可以同悲的朋友易得，能够同喜的朋友难寻。"一个懂你眼泪的朋友胜过一群只懂你笑容的朋友。在患难中建立的朋友感

情最使人难忘，也最牢不可破。所以，我们更不能忘记在患难中、在无助时遇到的知心朋友。

印度诗人泰戈尔关于朋友间的友谊和感情，有这样一段论述：友谊和感情之间的区别在于友谊意味着碰上两个人和世界，然而感情意味着两个人就是世界。在友谊中一加一等于二；在感情中一加一还是一。

真正的朋友是另一个自己，我们要用心保护好那个自己，用情爱护好那个自己。

真正的朋友是彼此吸引。结交知心朋友和谈恋爱是一个道理（找一个我爱的人，找一个爱我的人），既要希望对方爱自己，又要爱着对方，而不是一个人单相思、一厢情愿。

朋友犹如美酒，愈陈愈醇。在人生的路上，我们要珍惜最早遇到的知心朋友。朋友间相处的时间越长，友谊也会越深，这个朋友也越珍贵。

"万两黄金容易得，知心一个也难求。"现在许多人都感觉：过去是酒逢知己千杯少，现在是酒逢千杯知己少，说的就是知心朋友越来越少。

网络上有一句话说得好：朋友和假期是人生中最精彩的两样东西。相识是缘、相知是情、相处是趣、相伴是福，愿你和你的朋友更相惜、相爱。

人性的弱点：在乎别人如何看待自己

如果有人问你一个问题：你在乎别人对自己的看法吗？你也许会这样说：我才不在乎人家背后怎么说。但是，我可以肯定：你虽然嘴上这么说，但内心深处对别人的看法一定很在乎。这就是人性。

这也是人性中一个较为突出的一个弱点：在意别人如何看待自己，过于看重自己在别人心目中的形象。

因此，当一个人发表意见、做一件事情、或者刚到一个新单位，就会通过他人打听别人对自己言行和表现的看法。

当听到别人对自己的赞许声时，心里会有一种说不出的满足感；但当听到别人对自己有看法时，脸就马上会阴沉下来，心中有一种明显的失落感。同时，可能还会说一些反击的话，心里也会对这个人愤恨。极少数心胸狭窄的人甚至立马会产生如何报复别人的想法。

其实，以其在意别人如何看待自己，倒不如自己先看清自己。自己对自己的不信任、不认可、不确定的内在表达，会通过在乎别人如何看待自己这种心理中呈现出来。

曹操再奸猾，也有知心朋友；刘备再和善，仍有死对头；孙权再圆滑，左右还有仇人。一个人来到世界上，不可能和每个人相处圆润。你决定不了别人内心对自己的看法，所以，就没有必要太在乎别人对你的看法。

俗话说，皇帝都有背后之言，我们每一个凡夫俗人又何必太在乎自己的背后之言呢？

有种心安叫问心无愧。我们需要的是做好自己的事情，不愧欠他人。越在乎别人对自己的看法，越会烦恼；越不在乎别人对自己的看法，越是轻松。

一个人不要想得太多、顾虑太多。你并不是这个世界上最重要的人，至少不是每个人都闲着会在意你。

当你觉得别人在自己背后说三道四时，也许别人没有那么多时间来谈论你；当你觉得别人对自己有看法时，也许别人在背后反而对你赞叹不已。一个人太在乎别人背后对自己的看法，就会束缚自己的思想和行动，就会变得谨小慎微，迈不开手脚。千万不要让别人控制了你的情绪和手脚。一个人太在乎别人的看法，就会让别人觉得你太懦弱和渺小。

别太在乎人家背后对你的看法，因为那些比你强大的人，根本懒得提起你。嫉妒和诋毁你的人，在本质上是一种自卑的表现，其实是在仰望你。知道了这一点，你还有必要在乎别人对自己的看法吗？

人生无非是笑笑人家，再被人家笑笑。

人人都爱面子，人人都要面子，人人都希望自己得到别人的认可和尊重。在乎别人的看法，就是一种要面子的心理。

爱面子、要面子，在乎别人如何看待自己，也何尝不是一件不好的事情。这也是一种有上进心的表现，它有助于调整自己、规范自己、约束自己、提高自己。

但是，太在乎别人对自己的看法，就是死要面子，就是一种虚荣心。面子掩盖不了一个人的不足，承认不足才能内心强大，不断进步。

有时，一个人越是想表现什么，就越说明他缺乏什么；一个人越是觉得别人对自己有看法，说明他往往越渴望得到别人的认可。德国哲学家、唯意志论的创始人叔本华说："越是内心有欠缺，他越是希望在别人眼里被看作是幸儿。"

欲望是痛苦的根源，因为欲望永远是不能满足的。因此，我们不能老是处在别人对自己要有好的看法的想法中。不然，会很痛苦的。

人之所以不快乐，许多情况是因为太在乎别人对自己的看法，而忽视了自己的存在；人之所以不快乐，那是因为你把有些背后之言看得太严肃了。一个人太在乎别人的看法，最后会有两种结局：要么自己被累死，要么让别人被笑死。

要知道，当大多数人都在关注你飞得高不高时，只有少数人关心你飞得累不累，甚至少数人只关注你摔得怎么样。活在别人的掌声中，是一个经不起考验的人。

一个人即使做得再好，再优秀，有时也会有人在背后指指点点；一个人即使十分平庸，有时也会有人在背后为他点赞。

喜欢在背后说三道四的人，其实就是见不得别人的好，而人性最大的恶就是见不得别人的好。这个世界上，当面说人家好话的人多，背后说人家好话的人少，有意和无心否定别人的人多。社会很现实、世界很残酷，不要想得那么天真、不要想得那么美好。

所以不必太在乎他人的眼神，你需要讨好的，应该是你自己。越是没有人爱的时候，越是要懂得格外爱自己。

虽然世界不会围绕自己转，但也无需使自己围绕别人转。一个人在世上，是为自己活着，无关他人，切不可活在别人的看法中。人家闲着无事谈论你，你不要让人家的言论淹没了你的声音。你应该珍惜自己，优秀自己，成长自己。

人生的道路上不如意是经常发生的事情，只要自信、只要坚信，每一个自信的笑脸背后都有着咬紧牙关的灵魂。当别人闲着无事谈论你时，在不经意的过程中你已经成熟、成长，远远地把这些吃饱撑着的人甩在了后面。

鲁迅先生说："走自己的路，让别人去说吧！"坚定自己的立场、观点和方向，认准的路，不管人们如何看待，也要坚定不移地走下去。

不太在乎别人看法的人，会登高望远，能看到事物的全面；而过于在乎别人看法的人，容易一叶蔽目，而不见整个森林。

过分考虑别人对自己看法的人，其实也是一种不自信的表现。一个人越在乎别人对自己的看法，其实越是一种自卑的心理在作怪。

用自己的坚信、自信和努力，回敬那些在背后对你有看法的人。用自己的不平凡来改变别人对你的看法；而不能让别人的看法来改变你本来的不平凡。

别人对自己有看法很正常，但自己对别人的看法产生看法就是不正常了。别人把自己看轻，自己必须把别人看清。努力不是为了改变别人对自己的看法，而是为了给自己有个说法。

对于别人对自己的看法，我们应该按照"放弃该放弃的是无奈，放弃不该放弃的是无能；不放弃该放弃的是无知，不放弃不该放弃的是执着"的哲理，扬长避短，有所选择。

别人对你有看法，其实就是不在乎你，但你不能在乎别人的不在乎；你在乎了别人对你的不在乎，你就是在乎了别人，不在乎自己。

你若透彻了自己，你就一定会看透别人。不要在乎别人对你的看法，也不要向人打听别人对自己的看法，免得又多了一个对你有看法的人。

你若盛开，清风自来；你若自信，一切看轻。

美丽可引人入眼，气质能引人入魂

爱美之心，人皆有之。所以，"一见钟情"这个词一直以来都很流行。

这个社会已经不流行以貌取人，但这个时代还"盛产"漂亮。因为漂亮可以仿制，所以漂亮的脸蛋越来越多，但灵魂不能复制，因此，有趣的灵魂却很少。

这个时代注重气质的女人越来越多，但具有不凡气质的女人却并不多见。不凡的气质来自于人的心灵深处，所以，只有不凡的气质才让人动心动魂动魄。不凡的气质从不雷同，也从不会让人厌烦。

因为美丽是一种感官体现，所以，美丽见多了也就不以为然了，俗话叫审美疲劳。

法国启蒙思想家伏尔泰说："外表的美只能取悦于人的眼睛，而内在的美却能感染人的灵魂。"

美丽只是外在的表现，气质才是内在的素养。气质也是一个人素质的综合体现，是后天形成的，很少有天生的，因此，也是装不出来的。

意大利哲学家布鲁诺说："灵魂的美胜于身体的美。"

美国电影演员梦露是世界超级性感女神，代表着一个时代女性的颜值，也吸引了全世界成千上万人的眼球，以至前苏共中央总书记赫鲁晓夫访问美国时都想见她一面。

但梦露引以为豪的不是自己的颜值，而是她的思想和灵魂。正像梦露所说的："男人们愿意花大钱买我一个吻，却没人愿意花一美分了解我的灵魂。"

气质，是一种由内而外的自然而然的流露，它渗透出一种耐人寻味的韵味，给人带来的是一种扑面而来的美感。不凡的气质也是女性的一种光彩和光环。

夸女人有气质，是对一个女人最好的夸赞，远远比夸她漂亮更让她喜悦和满足。

一个女人不凡的气质来自于善良、温柔、聪慧、才情、典雅，而从来不是漂亮的脸蛋和迷人的身材。

女人不凡的气质来自于教养，女人最伟大的资本也是教养。正如英国思想家培根所说的："美的形象与美的德行结合起来，美才会放射出真正的光辉。"

一、不凡的气质来自于聪慧，它给人以冰雪聪明的感觉

聪慧的女人虽然受过一定的良好教育，有一定的文化底蕴，有着智慧的火花，但与学历无关。

她们有洞察事物的感悟，她们既有感性的认识，又能理性地运用。她们有极高的情商和智商，始终给人冰雪聪明的感觉。她们懂得该说的时候说、不该说的时候不说、说到什么程度、说到什么分寸。

聪慧的女人懂得示弱、懂得界限、懂得理解、懂得信任、懂得换位思考，她们能充分展示自己的人格魅力。聪慧的女人有独立的思想和主见，也能听得进别人的意见和建议。

她们也有独立的经济，知道自己的价值所在，但从不高估自己、炫耀自己，外表低调，内心充满着底气和自信。

二、不凡的气质来自于优雅，它给人以典雅高贵的感觉

优雅是女人唯一不会褪色的美，优雅是女人一种永恒的魅力。

优雅的女人打扮得并不华丽，但却端庄典雅、妆容得体，但从不邋邋遢遢。因为她们懂得：每个人都不喜欢透过连对方自己都毫不在意的邋遢外表去发现其优秀的内在。

优雅的姿态，是女人内在修养的外在体现。有一句话说得好：女人必须精致，这是女人的尊严。优雅的女人做事精致、细腻、得体，有着精致的人生。优雅的女人和人交往，有着吸引人的独特气质和魅力。优雅的女人语言得体、微笑可掬。她们不做作、不世故、不媚俗、不卑亢、不失礼、不虚伪。她们注重修炼品性，涵养内在素质。

法国思想家罗曼·罗兰说："气质之美与其说是来自内心的修养，不如说它是来自一种对美好事物的欣赏能力。这份欣赏力就使一个人的言谈举止不同流俗。"

有气质的人，她的一言一行、一举一动都表现出自己灵魂的高贵和品格的高尚。

三、不凡的气质来自于善良，它给人以人性向善的感觉

善良是融在血液里的爱，散发出人性的光芒。善良是一个人最优秀、最重要、最需要的品质。当物质越来越左右着人们的价值取向时，一个人的善良品质越来越显得珍贵。

英国哲学家罗素说："在世界上一切道德品质之中，善良的本性是最需要的。"善良，彰显着女性人性的美，女人的善良是一个女人具有气质的重要方面。没有一颗善良的爱心，就谈不上是一位品德高尚的女人。女人有一颗善良的心，就会善解人意，就会懂得孝顺父母和公婆、懂得善待他人。善良的女人对弱者始终有着同情，对邪恶始终充满着愤慨。悲悯，在有善良的女人身上体现。善良，体现着一个女人有母仪天下的胸怀。

女人没有一颗善良的心，一切都无从谈起。

四、不凡的气质来自于恬静，它给人以温文尔雅的感觉

静若清池，动如涟漪。恬静，透露着一个女人幽兰的芬芳。恬，代表着女人的内在能量，也会影响到外在的气质。静，更是女人一种特别的气质和修养。

恬静的女人外表温柔、内心强大。因为恬静，容易让人产生好感。恬静的女人始终给人色泽亮丽、心旷神怡的感觉。恬静的女人善于倾听，善于倾听别人是有涵养的体现，善于倾听容易得人心。恬静的女人始终面带微笑，扬在脸上的微笑也带给人们可亲可信的感觉。

微笑，体现着女人的一种宽容；微笑，也展现了女人的一种胸怀。微笑是女人最美丽的表情，微笑永远是女人的一种智慧。

一个人的气质不是从小就有，也不是一蹴而就的，它是一种厚积、它是一种历练、它是一种修养。

古希腊哲学家、西方文明的思想宗师柏拉图说："当美的灵魂与美的外表和谐融为一体，人们就会看到，这世上最完美的美。"

美丽果然吸引眼球，但气质比美丽更夺人心魄。

怀念，一种无法割舍的情愫

怀念是一种情愫。我们每一个人都有深深怀念的时候，对人、对事、对物、对曾经经历过的难于忘怀的事情，特别是对祖国的一种深切怀念。

对于许多俄罗斯人来说，对前苏联的怀念，就是他们的一种情愫。那种无法割舍的情感，足于让他们陷入久久的回忆和深深的思考之中，怀念时的悲伤心情也足于让其中的一些人泪流满面、涌上心头。

无产阶级的革命导师列宁缔造的苏维埃社会主义共和国联盟，是曾经让千千万万个苏联人引以为自豪的伟大强盛的社会主义国家，也曾经让全世界刮目相看的国家。

在飘扬着共产主义旗帜的那个时代，苏联是世界上仅有的两个超级大国之一，苏联拥有自己领导的华约组织，世界上50多个社会主义国家都隶属于苏联。苏联拥有着与美国抗衡的战略核心武器军事实力。

半个多世纪以来，华约组织始终与北约组织不共戴天、针锋相对、武装对抗。

苏联，使马克思社会主义的构想变成了现实，而且造就了一个伟大的社会主义时代。

苏联，改变了冷战时期的世界格局，让傲慢的以美国为首的西方国家胆颤心惊、寝食不安。

但是，30年前，一个称霸世界、与美国对峙半个世纪的苏联轰然倒塌，一个超级大国突然走向解体，消失在世界，令全全世界及社会主义的中国十分惋惜、感叹和震惊。

在20世纪70年代巅峰时期，苏联一度在全球战略态势上压倒了美国，迫使美国不得不采取战略防守。

苏联是当时的世界第二大经济体和工业强国，仅次于美国。重工业方面苏联甚至超过了美国，鼎盛时期的苏联经济总量接近7000亿美元，是美国的60-70%（而现在，俄罗斯和美国在经济上的差距越来越大：2018年，美国国民经济总量约为20.5

万亿美元，俄罗斯的经济总量约为1.46万亿美元。）

苏联是第二次世界大战反法西斯斗争的主战场，如果没有苏联的顽强抵抗，第二次世界大战的胜负将难以预料。至少第二次世界大战的胜利，还会有更长的时间。说得更悲观一点，纳粹分子也许会取得第二次世界大战的胜利。

今天，俄罗斯和乌克兰的这场战争，使俄乌两国的人民都怀念苏联时代，如果是苏联时代，就不会出现这样可以避免的战争。

此时，人们怀念当时在世界范围内受到世界尊敬和羡慕的苏联。人们怀念那个敢于与美国分庭抗礼的苏联；人们怀念那时拥有大国尊严感的苏联；人们怀念那个贫富差距不大、相对公平、充满共产主义理想光芒的苏联。

据报道，苏联解体后的这些国家的部分老百姓，至今仍然使用着苏联时期的护照，也获得了许多国家的认可，这也足于说明苏联在许多国家的地位。

2008年，俄罗斯国家电视台举行了"最伟大的俄罗斯人"选举。曾经受到批评和指责的斯大林排名第三，甚至超过了彼得大帝。也充分说明人们怀念那个伟大的时代，想念那个时代的领导人。

2020年3月30日，保卫共产主义网站报道了俄罗斯独立民意调查机构列瓦达中心最新公布的一项民调数据结果，即关于"俄罗斯人对苏联的看法"。民调结果显示：近年来，俄罗斯人对苏联的看法越来越积极，高达75%的俄罗斯人称苏联时期是俄罗斯历史上"最伟大的时期"。

当然，苏联时期的政治和社会制度也让许多人憎恨。

失去了只能怀念，再也无法回到从前。

"在当今的俄罗斯，谁不为前苏联的解体感到惋惜，他就缺乏良知；谁想回到前苏联时代，他就一定没有头脑。"俄罗斯总统普金的这一段话应该是最好的回答。

俄罗斯人的这种怀念，应该给我们生活在社会主义祖国的人们许多的启示，那就是：我们要不忘初心，牢记使命，巩固江山，实现中华民族伟大复兴的历史使命。

实现中华民族的伟大复兴，首先不能忘记我们的民族曾经在历史上的辉煌，特别是不能忘记唐宋鼎盛时期的繁荣。

1000多年前，全世界只有中国有超过百万以上的超大城市。欧洲最大的城市，如意大利的威尼斯、英国的伦敦、法国的巴黎等城市的规模都不过万人。而中国的首都有150万人，中国城市规模超过20万人口的有6个，10万人以上的城市有46个。

1000多年前的夜晚，全世界的城市都是一片漆黑，只有中国的城市灯火辉煌。1000多年前，中国华北的钢铁业年产就达125万吨，而欧洲工业革命开始后英国，年产钢铁业才只有7.6万吨。中国11世纪开始使用纸币，而欧洲17世纪后才开始使用纸币。1661年，瑞典才发行纸币，才成为欧洲最早使用纸币的国家。1000年前的中国农业、商业、制造业、手工业、娱乐业都是世界最发达的，1000年前的中国才是世界的中心。

祖国在每一个人的心中都是神圣和美好的。后唐末代皇帝、诗人李煜在南唐灭亡被软禁后，面对国破家亡，面对妻离子散，李煜的内心充满悲伤、哀婉凄凉、怀念心切。李煜写下了一首千古绝唱的哀诗《虞美人》，并留下了"春花秋月何时了，往事知多少""问君能有几多愁，恰似一江春水向东流"的怀念祖国的千古绝句。

只有铭记这些历史，记住这些伤痛，我们才会有民族责任感，我们才会有坚定民族复兴的自信心。

看到苏联的解体，看到我们的祖先曾经创造的辉煌，我们更要进一步热爱我们的祖国、热爱我们的社会制度、热爱我们的幸福生活。

我们必须坚持道路自信、理论自信、制度自信、文化自信。我们必须反对历史虚无主义，继承光荣的革命传统，缅怀先辈的丰功伟绩，把中国特色社会主义事业进行到底。

苏联的历史近在咫尺，唐宋的历史也并不遥远。

历史的长河中，每一个远去的背影都留下了辉煌与遗憾，但如果我们只是停留在怀念，不去深刻的反思，那就不会崛起，也不会有再度的辉煌。

希望，人类穿透一切的力量

"希望"一词，我们并不陌生，十分熟悉。每一个人都有过希望，也有过实现希望的喜悦，也有过希望渺茫的不安，当然也有过希望落实的苦恼。

希望就是美好的愿望和理想的追求。农民春天去播种，希望秋天能收获；家长希望孩子健康成长；人民希望国家繁荣昌盛、国泰民安。希望是一个人良好的愿望，心中的梦想，是一个人内心深处的力量。

人类有着共同的希望，那就是追求公平正义、自由民主、和谐友善。

有希望，就有光明；有希望，就有力量。电影《肖申克的救赎》中有这样一段台词："不要忘了，这个世界穿透一切高墙的东西，它就在我们的内心深处，那就是希望。"

如果说自信是成功的基石，那么，希望就是爬上基石的力量源泉。人有时有无穷无尽的力量，这种力量都来自于希望。

中国革命战争年代，中国共产党人正是看到了新中国希望的曙光，才激励他们前赴后继、勇往直前。

年轻一代更要有希望和信念。毛主席1957年在莫斯科大学接见中国留苏学生时说："世界是你们的，也是我们的，但是归根结底是你们的。你们青年人朝气蓬勃，正在兴旺时期，好像早晨八九点钟的太阳，希望寄托在你们身上。"

领袖的一席希望的话语，极大地鼓舞了一代又一代的中国青年为着理想，肩负起建设祖国、保卫祖国的历史使命。

生活在这个世界上，没有一个人的经历是风调雨顺的，总有坎坷。我们只有心存希望和信念，才能改变一切，才能得到幸福。希望是通往幸福的桥梁，希望是改变命运的催化剂。一个人没有希望和信念，这是人生最大的悲哀。

没有绝望的处境，只有对处境绝望的人。人生的道路上不是一帆风顺，但只要我们有希望，即使是绝处也能逢生。人处在困境下看到希望时，希望就像一缕春风，能唤醒绝望中的人，能给人信心和力量。

即使在一个无比愤怒的时候，我们仍然要满怀希望；即使在一个无比绝望的时刻，我们仍然要敢于梦想。

世界文豪莎士比亚说："黑夜无论怎样悠长，白昼总会到来。"

一个人幸运的不是始终去做自己所希望做的事，而是始终希望达到自己所做的事情的目的。因此，最有希望获得成功的人，不是才华出众的人，而是脚踏实地奋斗的人。

希望是生命的源泉，失去希望，生命就会枯萎。希望，是一种取之不尽的力量，永远没有任何外力可以击退一个人内心深处那种坚定不移的希望。

人生的一切得失，只不过是生命能量的一种演变，它与金钱、地位无关，也不与命运划等号。如果我们心存幸福美好的希望和坚定不移的信念，幸福就会降临，机遇就会来到。一个人，即使一无所有，只要有希望，他就可能渐渐拥有一切；一个人，即使拥有一切，却不拥有希望，那就可能渐渐失去他拥有的一切。

中国现代思想家鲁迅先生说："希望是附丽于存在的，有存在，便有希望，有希望，便是光明。"

希望是一个长着羽毛的精灵，它栖息于人的灵魂之中，所体现的是人一种本能的精神信仰。一个有灵魂的人，首先是一个有希望和信念的人。

面对战场上血腥的杀戮、运动场上奋力的拼搏、受灾危难的煎熬、困难时刻的无助，甚至是生命的尽头，都是希望的力量在强烈地支撑，都是希望使人焕发出无尽的力量。

希望造就伟大的人物。周恩来少年时期就树立起"为中华之崛起而读书"的目标追求，在艰苦卓绝的革命岁月，他始终不渝地坚定共产主义的理想信念，为共产主义事业奋斗终生。正是希望的力量，使这位共和国的总理为革命、为人民鞠躬尽瘁、死而后已。

爱迪生幼年时并不成功，母亲教育其怀揣希望，最后牢记母亲的重托，成为大发明家。张海迪身残志坚，怀揣报效祖国的希望，成为对社会、对国家有贡献的人。

希望是醒着的梦，只要我们不失去希望，就一定能够梦想成真。但如果只有希望而没有去实践，那只能在梦里收获、白日做梦。

在点燃希望之光的人生路上，我们应该要学习孩子们那种从不怀疑未来的希望的童心。

伟大的革命导师马克思说："在科学上面是没有平坦的大路可走的，只有那些在崎岖小路上攀登不畏劳苦的人，才有希望到达光辉的顶点。"

希望成为现实，也是一条艰苦的道路。前方无绝路，希望在转角。在这条坎坷的道路上，没有捷径，我们只有风雨兼程、披荆斩棘，才有希望达到理想的彼岸。

每天早上叫醒我们的不是闹钟，而是心中的希望。人生总会有不期而遇的温暖和生生不息的希望。

人生是海洋，希望是舵手的罗盘，有希望才使人生不迷失方向。希望是人生的一盏明灯，只要你明确了自己前进的方向，再大的困难也会为你让路。但有些事情不是看到希望才去坚持，而是坚持了才会看到希望。人最宝贵的财富是希望，希望减轻了我们的苦恼，希望树立了我们的信心。有希望就能坚持，能坚持就是胜利。

拥有了希望，就拥有了自信；拥有了自信，就拥有了勇气；拥有了勇气，就会有战胜困难、甚至有开天辟地的力量。

心中有希望，手中有力量。中华民族复兴的伟大事业是华夏儿女的希望，只要我们每一个人树立起人生的美好愿望和目标追求，并坚持不懈地去奋斗，中华民族伟大复兴的历史使命就一定能实现。

他们珍爱生命，却不珍惜时间

许多人都一定会知道有一句体现深圳人价值观的一句话："时间就是金钱。"

我不否认时间和金钱的这样一种关系，我更不否定这一名言所体现的深圳的速度深圳的财富和深圳的时间观。

但我觉得还有一句更能被人接受的警世名言："时间就是生命。"

生命，对于每一个人来说，只有一次，人最宝贵的就是生命。对此，没有一个人持有异议。在生命最后一刻的时候挺过来的人，更有着最刻骨铭心的深切体会。

虽然我们有些人在日常生活中不一定很爱惜自己的身体，但从根本上来说，还是热爱和珍惜自己的生命。说得更白一点，人都是怕死的，每一个人都想使自己的生命更延长。

生命短暂，唯有珍爱才不辜负。中国现代文豪鲁迅先生说过："生命是以时间为单位的，浪费别人的时间等于谋财害命；浪费自己的时间，等于慢性自杀。"

鲁迅先生的这一名言，如果我把它作为这篇文章的论点，那是一个很引人眼球的话题；如果我把它作为这篇文章的论据，那同样具有说服力和感染力。

当今社会，热爱生命、敬畏生命、尊重生命的人越来越多，关爱生命、生命至上的理念也日渐深入人心。

特别是随着人们生活水平的日益提高，对自由的渴望，人们越来越重视和爱惜自己的生命。平时参加体检的人多了，有病及时上医院的人多了，谈论医学和养生的人多了，晨练的人多了，打拳养生的人多了，吃药保健的人也多了。

但人生苦短，生命是以时间为单位的。时间是构成生命的材料，节约时间才能使人的有限生命相对延长。

只有懂得生命真谛的人，才能使短暂的生命有效地延长。人生不售来回票，一旦启程，永不返回。人生的差好，在于生命是有尽头的。人生短暂，我们最终会失去。在这短短的一生中，我们要攀登、我们要前行、我们要追梦，我们要把有限的人生过得充实、活得精彩。

　　既然生命是以时间为单位的，那么，每一个时间段都是生命的组成部分，我们就应该珍惜来之不易的时间。让有限的生命绽放出精彩纷呈的辉煌，最好的、最有效的方法就是珍惜时间。

　　中国近代文学批评家梁实秋先生说："时间即生命。没有人不爱惜他的生命，但很少人珍视他的时间。"

　　现实生活中，浪费时间，不珍惜时间的现象司空见惯。

　　一些人三五成群地谈论着与己无关的事情，七嘴八舌地议论着别人的成功，在背后聊着与自己无关的无聊事。一些人相互请吃，忙于应酬，沉溺于酒桌和饭局，浪费了大量的时间和精力。一些人无所事事，得过且过，不主动找事做，也不知道自己应该做什么。还借口没有什么事可做。俗话说，要想打狗，总会找到木棍的。所以，这些人本质上不想做什么事。

　　没完没了的会议，把许多人长时间地圈在会议室看手机、打瞌睡。一些人为迷信活动浪费大量的时间和精力。他们不但没有信仰，反而相信鬼神。一些人把时间花在牌桌上，整夜"斗地主""搓麻将"。一部人公职人员还热衷于"掼蛋"，饭前不"掼蛋"一下，还真吃不下这顿饭。不会"掼蛋"还显得不时尚。

　　一些人整天捧着一只手机，好像每时每刻都在激动地等待中奖的消息。一些人敷着最昂贵的面膜，熬着最长的夜，自以为生活幸福，其实是在摧残自己的生命。一些人不良的情绪和心理障碍，长时间不主动调整和化解，也造成时间的浪费。

　　这些不珍惜时间的现象就是对生命的辜负，就是在摧残生命。生命短暂，需要我们点点滴滴地珍惜时间，延长生命。人生就是：昨天越来越多，明天越来越少。人生只有走出来的美丽，没有等出来的辉煌。

　　梦想不在于伟大，在于坚持；生命不在于长短，在于精彩。时间宝贵，唯有珍惜才不遗憾。

　　生活中最沉重的负担不是工作，而是无聊。所以，当一个人无视时间，整天无聊时，他的每一天都是沉重的一天，都是灰沉的一天。一旦多了一条皱纹、多了一些白发，才发现时间真的过得很快，生命不知不觉地到了尽头。而当久违了的朋友见面后实在而又老实地说了一句："你怎么这么苍老呀？快都认不出来了。"也许你这才会一下子紧张起来。

　　我们在年轻的时候，感觉日短年长；但当我们年老的时候，越来越感觉年短日长。

　　"花有重开日，人无再少年。""年年岁岁花相似，岁岁年年人不同。"在时光流逝的岁月，如何过好自己的每一天，这才是生命的智慧，这才是一个聪明人。

我国著名画家齐白石一生勤奋作画，笔耕不止。在八十五岁那年的一天上午，他写了四幅条幅，并在上面题诗："昨日大风，心绪不安，不曾作画，今朝特此补充之，不教一日闲过也。"

每一个人只有在短暂的生命里寻找永恒，寻找自己人生的价值，生命才有意义。德国哲学家尼采说："每一个不曾起舞的日子，都是对生命的辜负。"

我们要把每一天都当成是生命的最后一天，过好它、珍惜它。人的一生宝贵而短暂，只有珍惜，才是对生命的不辜负。

世界文学大师莎士比亚说："抛弃时间的人，时间也抛弃他。"同时他又说："人的一生是短的，但如果卑劣地过这一生，就太长了。"

生命里最年轻的一天，永远是今天；今天也是生命里最短的一天。

勤劳一日，可得一夜安眠；勤劳一生，可得幸福长眠。让我们以激情澎湃的昂扬姿态、脚踏实地的务实精神、时不我待的进取意识，演绎今天、无悔今生。

每一个不曾起舞的日子，都是对生命的辜负

"每一个不曾起舞的日子，都是对生命的辜负。"这是德国哲学家、西方现代哲学的开创者弗里德里希·威廉·尼采在著作《查拉图斯特拉如是说》中响彻云霄、振聋发聩的一句名言。

尼采的这一名言，隐含着对人生的追求、对生命的热爱、对生活的憧憬。

尼采哲学思想深邃，思想影响深远。他常常以悖论和格言的方式阐述思想。无论是从哲学思想的深度和广度，还是从哲学思想的影响力，尼采无疑是现代西方哲学思想的先驱。

尼采是我十分崇拜的一位西方哲学家，为了表达对这位传奇的哲学家的敬仰和怀念，我曾经写下了《尼采，我也写写你》一文。但即便如此，仍表达不尽我对哲学家尼采无比的敬仰、无限的感激、无穷的思念之情，这不仅因为他的哲学思想对现代哲学的发展影响巨大，而且还因为他的人文情怀早已使我入迷，足已让我陶醉。

今天我以"每一个不曾起舞的日子，都是对生命的辜负"作为题目，对这一名言进行解读和诠释，以此再次表达我对尼采这位哲学大师的怀念，也权当是《尼采，我也写写你》的续篇。

一、生命之路短暂，闻鸡起舞才不辜负

光阴似箭，弹指一挥间，人的一生宝贵而短暂，特别是当我们老了更觉得光阴似箭，更觉得人生的短暂，时间的宝贵。如何将有限的生命迸发出炽热的光芒，不虚度年华，不辜负生命，那是每一个热爱生命的人必须面对和思考的问题。

前苏联作家尼·奥斯特洛夫斯基所著的《钢铁是怎样炼成的》中的主人公保尔柯察金说过："人最宝贵的是生命，生命对人来说只有一次。人的一生应当这样度过：当他回首往事时，不会因为碌碌无为，虚度年华而悔恨，也不会因为为人卑劣，生活庸俗而愧疚。这样，在临死的时候，他能够说：'我整个的生命和全部精力，都已献给世界上最壮丽的事业——为人类的解放而斗争。'"这一壮丽的名言，告诫每

一位在人类解放事业的道路上不懈奋斗的热血儿女对待事业、对待生命的积极态度。

人生短暂，需要我们只争朝夕。"闻鸡起舞"就是一个珍惜时间的最好的典故。每一个有目标追求的人，都要带着信念，怀揣理想，像《晋书·祖逖传》中的东晋时期将领祖逖那样，闻鸡起舞，真正做到不辜负生命的每时每刻。"闻鸡起舞"诠释的是一种精神。鸡叫了天会亮，鸡不叫，天也会亮，天亮不亮不是鸡说了算，关键是你醒了没有。

一个有思想的人，一个有目标追求的人，闻鸡鸣要起舞，鸡不鸣也要起舞。决定我们"闻鸡起舞"的应该是肩负的重任，而从来不是天亮。支撑我们负重前行的是使命重任、目标追求和责任担当。

一个人只要知道自己为什么而活，为什么要坚强的活着，就可以忍受任何一种生活，就可以忍受任何一种苦难生活的磨难。

每一个不曾努力的日子，都是对来之不易的生命的一种浪费，都是对美好人生的一种亵渎。每一个人都是"舞者"，在人生这个舞台上，我们必须"闻鸡起舞"。

二、生命之路坎坷，庚续起舞才不辜负

人生的道路曲折坎坷，放弃很容易，坚持一定很酷。纵有千百个想要放弃的理由，也要寻找一个理由坚持下去。只有一条路不能选择，那就是放弃的路。

尼采曾经说过："但凡不能杀死你的，最终都会使你更强大。"一个成功者不是从不失败，而是从不放弃。人生最精彩的不是实现梦想的瞬间，而是坚持梦想的过程。在荆棘丛生的人生道路上，不论你在什么时候出发，重要的是出发以后就不要停止；不论你在什么时候结束，重要的是结束之后就不要悔恨。在人生的坎坷道路上，总会遇到许多的曲折和磨难，你可以哭，但不能输；你可以难过，但不能落魄。

失败，很多时候是因为丧失信心而放弃了最后一次的尝试。而胜利往往在于坚持一下的努力之中，坚持就是胜利。

一条路好不好走，不是由自己所能决定，但走不走、走不走完，都只有自己决定。既然选择了脚下这条路，即使跪着都要把它走完。

唐代诗人李白自幼虽然聪明，但贪玩顽劣。后因偶遇一老妇磨一铁棒，并在与之交谈中明白"只有功夫深，铁锄磨成针"这一道理。从此以后，他热爱生活，写出了许多千古绝唱诗句，成为一名传奇的浪漫主义诗人。

生命的道路上有两个结果，熬得住的，出众；熬不住的，出局。这过程中，有的人出彩，有的人出丑。这就是人生，既现实又残酷。

人生的道路很遥远、很坎坷，走下去很累、很险。可是，不走，也许会后悔一辈子。一个人，如果你不逼自己一把，你根本不知道自己有多优秀。当你倒逼一把的时候，你会慢慢地看到了自己的潜力所在，也看到了自己的优秀一面，你也会感觉到自己很不一般，你也一定看到了自己的价值所在，看到了生命的价值和人生的意义。

不要停止，只有不断地起舞，才能舞出人生的精彩，才是对精彩人生的不辜负。

三、生命之路精彩，激情起舞才不辜负

尼采曾经说过："如果这世界上真有奇迹，那只是努力的另一个名字。"

生命就是战斗，人生的历程就是奋斗的过程。人生包含着一天，一天象征着一生。

滴水穿石不是靠力，而是因为不舍昼夜。要把活着的每一天都看作是生命的最后一天，脚踏实地地奋斗好每一天。人生不售来回票，一旦动身，绝不能复返。因此，我们要定位好目标，矢志不渝地追求和奋斗。

世界文豪莎士比亚说："生命苦短，只有美德能将它传到遥远的后世。"我们要以满腔的热血，激情拥抱人生。人生的道路一旦选定，就要充满信心地勇敢地走到底，决不回头。既然选择了远方，那就要风雨兼程。生命的路上，绝不能放慢速度，哪怕粉身碎骨。

人生的路上，我们不是看到了希望才坚持，而是坚持了才会看到希望。人生只有走出来的美丽，没有等出来的辉煌。

生命不在于长短，而在于精彩。伟大的生命就是精彩的过程。每一个人要用平凡的脚步走完伟大的行程。人生没有彩排，每一天的起舞都是现场直播，没有"重新来过"之说。因此，要抓住机遇，全方面、全过程地舞出人生的精彩。

机不可失，时不再来。别错过机会，人生比你想象中的要短。德国音乐家贝多芬说："生命的长短用时间计算；生命的价值用贡献来计算。"

人生苦短，生命灿烂。让我们在人生的道路上，载歌载舞，有所作为，负重前行，走好精彩的人生之路。

后　记

在仰望中寻找灵魂相通的人

《星空下的仰望》一书得以顺利付梓，心中甚感欣慰。

十分感谢新华出版社，将我数年来思考与感悟所形成的文字编辑成书并公开出版，给了我一次汇聚思想和倾情释怀的机会，使我的作品能以这种形式同亲爱的读者见面。这虽然不是我写作的目的，但也确实圆了我一个小小的心愿。

捧着散发着油墨清香的新书，一种莫名的自我感动油然而生，犹如母亲抱着新生的婴儿，恰似农夫捧着丰收的新谷，又好像考生拿着录取通知书。这是一种倾注心血、终见收获后的感动，也有再启新程、激励未来的鼓舞。

阅读、思考、写作，是我养成多年的习惯。而《星空下的仰望》一书，正是凝聚我数年来阅读和思考的结晶。编入书中的上百篇作品，是我从自己的数百篇文章中系统整理、精心筛选，结集而成的。

诚然，将自己的文字编辑出版，绝非偶然，那是我心藏多年的梦想；而写作一本书，也绝非易事，那是需要有多少个废寝忘食、敲打键盘的寂寞时刻，需要有多少个字斟句酌、放逐思想的宝贵光阴。这是一种亢奋与激动相伴的过程；这是一种灵魂与思想对话的过程。其过程有灵感、有空白、有阵痛、有纠结，也有喜悦和享受，个中滋味，唯有自知。

我从小喜爱写作，也十分仰慕作家，甚至不知天高地厚，冒出想当作家的梦想，尽管后来步入仕途，但作家的梦想一直怀揣着，从未放弃过。

我认为，"仕而优则学，学而优则仕"的"优"，不是"优秀"，而是"优裕"，即"有余"或"富余"。也就是说，做官而有余力，就治学；治学而有余力，就做官。

作为担任一官半职的公务员，我始终认为，做官和做学问，并不矛盾也互不耽误，可以彼此促进，相得益彰。

有一位做官和做学问皆成功者云：做官是一种大俗，读书是一种大雅。从俗的、做官的立场上来看，这大雅对大俗是一种拯救；而从雅的、读书的立场上来看，这大俗对大雅又是一种成就，会更受人敬慕。

为官是一种职业，虽有事业的成分，但也不完全是个人全部和喜爱的事业。而做学问是一个人事业的自觉选择，没有人逼着，都是自己心甘情愿要走的路；为官是一时的，而做学问是一生的；为官是有规矩约束的，而做学问相对是自由追求的。

在为官的数十年间，我从未放弃阅读，也从未停止过思考和写作。凡是能利用的空余时间，都是我与书本为伴、与电脑为友的最好时光。

写作上瘾时，越写越想写，越写越停不下来。当然，也有越写越难的时候，也有感觉越写与别人的差距越大。就像"知道的越多，才知道自己知道的越少"这个道理。我开始懂得，作为写作者，必须对文字保持敬畏。

古人云：厚积薄发。写作是阅和写的过程，阅是厚积，写是薄发。写不像阅读那么轻松，必须有着深刻的思考、活跃的思维，才有写作灵感的乍现，才有思想火花的喷溅。

阅读和写作，是我受益终生的好习惯，也是对这个世界最深沉的爱。翻开书籍，打开电脑，当感受深切，闪烁的思想光芒直通灵魂深处之时；当灵感闪现，手指飞快地触动键盘之时；当文思泉涌，思想的火花怒放之时，可以说，我感到是幸福的。这是一种妙不可言的精神幸福，一种不可名状的心情愉悦。

人生没有白读的书。读书和写作让我深深懂得：触碰过的文字，一定能使自己的作品更有才情，灵魂更为清醒。

写作是孤独者的修炼，是一个人的狂欢。创作的过程虽枯燥而漫长，但充满着喜悦与兴奋。写作过程中也会遇到嘲讽、甚至是挖苦，如果没有强大的内心，那一定会败下阵来，就此封笔。

立德立功立言，是古代人生的三不朽，也是现代人的活着三境界，更是有思想、有追求的人的人生方向。

世上永恒的东西不多，流传下来的则更少。在短暂的人生中，能留下来的无非是财物、名利和思想。财物稍纵即逝，名利过眼云烟，唯有思想流传久远。在转瞬即逝的时间概念里，人总想留下一些东西，以示不枉今生。而形成文字的思想，无疑是最好的选择。

　　收尾了，按照惯例，作者总会谦虚地说一些"多谢读者阅读和支持，文章有许多疏漏甚至是错误之处"之类的话，我也难免落俗。《星空下的仰望》一书，虽然署上我的名字，但却凝聚着友人的关心和付出。何惠石、范军、吴菊红、卢莎莎等，对我这本书的写作，给予了多方面的帮助、指导和鼓励，在此表示由衷地感谢！

　　尽管我对本书的所有文章，进行了反复地修改和校正，但肯定尚有一些不足甚至是错误，或许某些观点还不能被所有的读者所接受。智者见智，仁者见仁，这也在我的意料之中。

　　有人赞许，我向您致谢，多了一个灵魂相通的人；无人喝彩，我也照旧在孤独的道路上前行。

　　感谢您看到书的这最后一页，记得：保护眼睛，眺望远方，仰望星空。

　　在文字的道路上，我会一直坚韧地向前行走，但愿一路上能被您温柔以待，能与您相伴而行。

陈东平

2022年8月6日